The Topmost

张海迪
·········著

绝顶

中国青年出版社

谨以此书

献给我亲爱的朋友F，C，还有S——

那个世纪虽已远去，

我的友谊为你们永存，

无论活着还是逝去。

张海迪

新版序

2025年的春天，中国青年出版社要再版我的长篇小说《轮椅上的梦》《绝顶》《天长地久》，这是我的生命中最宝贵的礼物。在此，感谢中国青年出版社，你是我文学阅读和创作的启蒙者。我也要感谢亲爱的读者，几十年来，你们的支持给了我鼓舞和力量。

2025年，我走进生命的第70年，其中65年我在病痛中度过，能走到今天，是文学给了我力量。童年起我开始自学，九岁就能读长篇小说了，每一本书都像闪烁的星光，照亮我的梦想。读书让我忘了病痛，只觉得云开了，雾散了，太阳出来了，世界无比灿烂。

1984年冬天，中国青年出版社约我写长篇小说，我想起很多作家，他们的小说拓展了我的视野，丰富了我的心灵。后来我就写下一本又一本小说。这三本书已经再版了很多次，能够拥有那么多读者，我真的很感动。

感谢中国青年出版社的编辑，这一版的编排为小说增添了文学的深意。

张海迪
2025年春天

再版前言

　　中国青年出版社再次出版《绝顶》，我无限感慨。这本书从第一次出版到今天已经过去十三年了，可写作的日子仿佛还在昨天。那时候假如不是因为病痛，我还会写下去，再写一年，两年……可我那时已经耗尽了精力，也没了体力。在静静的夜里，我却又一次次转着轮椅来到桌前，拿起笔，让一切重新开始。我写着，一行行，一段段，有时就忘了自己的存在，任思绪飘忽到遥远的雪山，看见千里长风飘起梅里女神的头发，听见隆隆的雪崩发出排山倒海般的呼啸。就像书中的登山者，我总是期待到达绝顶的那一天。

　　虽然残疾限制了我行走的自由，但文学想象力却给了我无限的空间，让我的生命和一座遥远神秘的雪山连接起来，让它的美丽和圣洁映衬出理想与失落、灿烂与黯淡。在缺少了英雄主义的今天，我把无畏的气概交给绝顶的攀登者了，他们身上也许有我的理想主义的痕迹，他们的攀登就是我的生活态度——只要生命不完结，攀登就不会停止。

　　在此，感谢中国青年出版社出版《绝顶》，感谢编辑对这部小说的理解。我也要感谢亲爱的读者，这本书出版以来，我收到你们那么多热情的鼓励，这对我是最珍贵的礼物。

张海迪

2015 年 5 月 8 日

前言

　　我写这部长篇时很多次都在想，人们最好在下个千年翻看这部小说。我不是什么预言者，但我坚信，我在这本书里所描述的关于攀登雪山峰顶的一些艰险，到那时也许就不存在了，人们很容易就能登上珠穆朗玛峰——海拔8848米的山顶上已有了我们的研究站点，如同昨天和今天在南极建立的长城站。珠穆朗玛峰上的站点最好也叫长城站——世界上最高的长城站。不过我也在想，假如8848米不再是不可逾越的障碍，世界上还有什么高峰要攀登呢？只要地壳不变动，8848米将是有限的数字和高度，而人类的探索精神则是无限的。

　　人类总是想超越极限，却又被无数的障碍阻挠，劈开了重重叠嶂，人也就跨越了千山万水。开始写这部书时，我总感到有一种无形的束缚，它始终不让我的想象展开翅膀到无边无际的天地里翱翔，可我说不清那紧紧束缚自己的是什么。我常常被这种困惑搅扰，同时也为超越困惑、获得心灵的解放不懈地寻找飞往更大空间的方向。我为此等待了很多年。有一天，我终于看见了梅里雪山！接下来的很多个夜晚，我都是在网上度过的，我被迷住了。那里有成百上千条关于梅里雪山的文字介绍，还有很多绮丽的风光图片，于是我看见我的一个主人公回头对我笑了，在此之前，我一直让他在一个不知名的空旷地带徘徊，在本书里他是梅里雪山的攀登者。

梅里雪山远没有珠穆朗玛峰高，主峰卡瓦格博海拔6740米。可它的地理环境却很复杂，山上终年积雪，巨大的冰川从山顶倾泻而下，直达山脚。陡峭的山体，风化的岩石，还有瞬息万变的气候，会让攀登者突然陷入绝境。自卡瓦格博（Kawagarbo）从海底隆起，它至今还是一座人类未及山顶的处女峰。只要人们达不到顶峰，卡瓦格博就永远是一个神秘的向往，一个神秘的存在。

人们可能还记得中日联合登山队的惨剧，十七名登山勇士无一人生还。我们很少能想起那些在冰川上攀援的人，也许这是因为我们中的大多数人、亲人和朋友没有从事这项冒险的竞技运动。一些人对登山者的死也许有点冷漠，甚至还会为他们冒着严寒去探险而感到不解。为什么鲜活的生命要去荒无人烟的地方，在那里经受暴风雪的袭击、雪崩随时发生的危险，还有缺氧——极度缺氧的窒息。哦，有时会几天几夜没有吃的，更没有热水喝，他们常常处在人生的绝境。天光黯淡，无边的黑夜，厚厚的积雪，看不见一丝星光，周围也没有篝火，不灭的只有心灵的篝火，最后那火也无声地熄灭了……

当太阳重新照耀时，冰盖上又多了一座或几座新的冰雕，他们的面容都十分安详，没有痛苦的挣扎，有的好像还在酣睡，却再也醒不来了……还有一些被皑皑白雪重重叠叠覆盖的雕像，我们再也见不到他们。也许在多少年之后，地球进一步演化，它变得暖了，冰川坍塌，雪山融化，他们还会获得新生。他们会站起来，抖掉身上的积雪，冻伤的脸颊不再是紫红的，由于海拔的沉降，紫外线的照射也不再那么强烈了，他们不用怕被灼伤，眼睛的雪盲症也好多了。他们掏出揣在胸前的旗帜，迎风抖开，一簇火红猎猎地飘舞着，发出哗啦啦的脆响。他们看见远处美丽的城市，葱茏的绿树，盛开的鲜花，一座高大建筑物的计时牌上清晰地显示着当地的时间：3000年×月×日……

我想这丝毫无损他们千年之前攀登高峰的意义。物质是坚实的，如同大地，而精神则如同天空或宇宙，是柔软的，无尽头的空漠。人的脑实质就是这种天空或宇宙，有限与无限都在其中，人的脑实质是比自然界的宇宙还要广阔的。无穷尽地开拓成为人类永生永世的寄托。西西弗斯整日推着一块大石头上山，其实是一个哲学寓言，它是时间与空间的规则——周而复始，永无止境。

我有一个好朋友，也是作家，他不是探险家，却总是做一些探险的事。他当然不像汤姆·索亚，他是成熟的、理智的人。我一直存有一张他在一个神秘的大峡谷的照片，那天当我拆开他从遥远的地方寄来的信，看到他的照片时，吓了一跳，手也猛地哆嗦了一下，我觉得他的照片实在吓人。这是我的朋友吗？满脸长而浓密的胡须，他无助地盯视着远方，两眼露出一片可怕的茫然。这张照片的后面写道：这是与队伍失去联系的第七天，身边只有两位藏民，别的一无所有了；我们已经筋疲力尽，只有等待那一时刻的到来。不过，他还是绝处逢生了。没过多久，他来信说，六月他还要再一次去攀登去探险，那里还有很多谜。

人类一次次向巅峰攀登意味着什么？这种原始的、夹杂着使命感的冲动，促使他们总是不断地告别亲人，义无反顾地奔向不可预知的地带。欲望是一种令人愉悦的需求，正是凭着这种欲望，人们才总想站得更高，看得更远。

我写这部长篇也是一种攀登，如同真正的登山者，一次次向高峰冲击，又一次次撤退，回到大本营，回到平淡无奇的生活中。这种攀登让我的体力和精力消耗很大，在经历了四十年的病痛之后，身体瘫痪部位的肌肉萎缩了，我越来越难以支撑自己，总有一种明天就会因疲惫而死去的感觉。其实，我对长篇小说的创作已经力不从心了，激情常被肉体的麻木疼痛和精神的忧郁绝望掩埋……

我想这将是我最后的一部长篇小说了。

精神攀登的路途异常艰苦，我有时也畏惧，害怕路途遥不可知，但冥冥之中又仿佛看见我的主人公在远处等待，等待我给他们一个结局。我有时急于接近他们，有时又小心翼翼地避开，我怕我笔下的主人公会在途中遭遇不测，也怕有的人会因为我给他们的结局而失望。其实我是清楚的——生命永远不会完结，我们的攀登也是如此。

张海迪

2001 年 12 月于济南

目录

01 神秘的力量

雪再大也要把小川送下山。肖顿河这么想着，就躺在充气床垫上，他又累又困，这一夜他一直守在小川原兵卫的身边，小川从没有病得这么重。他们原计划今天要向梅里雪山的6300米处攀登，并在那里建立第4号营地，为再一次冲击卡瓦格博顶峰做准备。可是昨天他们在一处缓坡上刚刚支好帐篷，小川 原兵卫就病了，他病得很突然，发高烧，忽冷忽热，全身发抖，神志也迷迷糊糊的，就像患了疟疾。一连十几个小时，小川的体温都在39℃以上，中方和日方的随队医生尽了最大努力，也没能让他的体温降下来。

肖顿河困得睁不开眼睛，心里却还很清醒，他发现小川已经好几次出现这种症状了，每次都和这次相同，高烧寒战，全身发抖，还梦呓似的说一些谁也听不懂的话。

小川这次临来之前曾在电话里对他说，他要与中方登山队密切合作，争取再一次向卡瓦格博峰冲顶。他还说要从日本给登山队带来一些更先进的测量仪器和登山器械，还有新型自动加热罐头。小川在登山途中没有什么异常，可是刚到6000米处他就说头晕，然后就倒下了，倒在了雪地上。

这是怎么回事啊？难道冥冥之中真有一种神秘的力量在作怪吗？肖顿河曾听这里的人说，神是不会让任何人到达卡瓦格博峰顶的，人们所有的努力都会白费，梅里雪山是神山，不容任何人侵犯。

肖顿河真为小川原兵卫担心，他对大家说，无论如何也要设法赶快送小川下山治疗，千万不能让小川出现意外。作为中日友好梅里雪山考察队的中方代理队长，肖顿河深感责任重大，因为小川不仅是好朋友，还是最默契的合作伙伴。

小川原兵卫从日本庆应大学物理系毕业后，到中国学习中文。那时肖顿河在燕北大学地球物理系，每逢上公共课他都会见到小川。在他眼里小川不太像日本人，他的身材高大挺拔，十分英武，眼睛深陷，鼻梁很高，脸上轮廓分明。小川告诉他，据说他的祖先是远道而来的荷兰人，在十六世纪，一些荷兰人乘大木船远航来到长崎，在那里从事商贸交易，因此长崎就有了荷兰人的后裔，至今长崎还保留着荷兰商馆，后来那里还建造了荷兰城，美丽的豪斯登堡就是典型的荷兰建筑。小川性格顽强，天生喜欢冒险，他说这也许和他的祖先冒险远航的经历有着某种关系。

肖顿河虽然和小川所学的专业不同，但他们却结下了深厚的友谊，也找到了共同的爱好——他们都喜欢科学探险。小川几乎每个寒暑假都要约肖顿河到中国西部地区游历，他们被那片辽阔而又充满着神奇传说的土地深深地吸引了。喜马拉雅颠连起伏，耸入云霄，塔克拉玛干大沙漠浩瀚无垠，不可逾越，辽阔的无人区荒凉沉寂，古老民族的神奇传说更让他们心驰神往。大学毕业后，肖顿河被分配到地球物理研究所做研究工作，小川却没能如愿从事他希望的雪崩研究。他先后当过翻译和记者，最后还是选择了雪山科学考察作为自己的职业。

当肖顿河埋头在物理实验室里的时候，小川的足迹已经遍及各大洲的许多地区，他攀登过南美第一高峰，也去过非洲的乞力马扎罗山，还登上过欧洲的阿尔卑斯山的主峰勃朗峰。然而小川说，他一心向往的还是与日本一水之隔的中国，向往这里的一座被西方人疑为香格里拉的梅里雪山。他和肖顿河都读过英国人 James Hilton(詹姆斯·希尔顿)写的 *Lost Horizon*，对书中描述的神秘的 Shangri-La(香格里拉)很着迷——一个没有尘嚣，没有战争，没有灾荒，没有痛苦的地方。

还是在大学读书的时候，肖顿河就萌生过攀登梅里雪山的念头，小川也很向往。他们曾经痴迷地站在图书馆一幅巨大的中国地图前，设想着、寻找着登上卡瓦格博峰的可能途径。小川回国时还专门去日本国立国会图书馆，用那里的大比例尺卫星照片，仔细研究梅里雪山地形的变化，分析那里的地质构造，还查阅了大量有关梅里雪山的气象资料。他们曾经是那样雄心勃勃地要去梅里雪山考察，可那时候他们都觉得条件还不成熟。

大学毕业时，小川已经能说一口流利的汉语，还能写流畅的中文。回国后，他常给肖顿河来信，也许由于职业的原因，他很少再谈起大学时的那些幻想，有时甚至还在信里嘲笑自己那时的天真。后来，就在肖顿河申请加入即将组建的中日友好梅里雪山考察队时，他突然收到了小川的来信，小川说他辞去了《朝日新闻》社的工作，也申请加入这支登山考察队。小川要来中国，肖顿河有些激动，他们的愿望就要实现了。

小川登山时总是一副不达目的不罢休的样子。可是事与愿违，他一到海拔 6000 多米的地方就发病，前几次他只得中断攀登计划回国。在日本，医生给小川做了非常细致的体检，却没有发现什么异常。医生说通过各项检查，证明他的身体没有任何问题，结论是他仍然可以参加攀登雪山和其他高强度的体育竞技运动。

肖顿河躺了一会儿就赶快爬起来，他冒着大雪又来到日本队的帐篷里。小川虚弱地躺在羽绒睡袋里，脸色苍白，神情疲惫，见肖顿河来了，他费力地睁大眼睛。他的队友羽田俊太赶忙让他喝了几口热水，浅野盛宏在一旁不停地给他按摩手上的穴位。

顿河君……对……对不起，实在对不起……小川喘了喘气说。

嗨，老伙计，你他妈的中了什么邪啦？肖顿河脱口骂道。可话刚一出口，他就觉得自己失言了，小川原兵卫毕竟是考察队的日方代理队长啊。

我……我真的是……是他妈的中……中邪了。小川显得有气无力，他说，昨天白天还好好的，怎么一到这儿就发烧，就晕了呢？真……真奇怪……

肖顿河伸手摸摸小川的额头，还很热。他说，你下山好好休息几天吧，这一次只是适应性行军，你不参加也不要紧。

什么？不要紧？怎……怎么不要紧？小川忽地坐起来，瞪大了眼睛，把他们的随队医生佐田应二吓了一跳，赶快让他躺下。

我是说，这样的行动你已经参加过很多次了。肖顿河说。

啊，那我也……也要参加，一定……一定要参加。

不行，你身体这样，走不了几步就得倒下。

我能行，顿河君，我真……真的能行。不信你看。小川支撑着要起来，可是晃了两下又躺下了。啊，真不走运。顿河君，你说……这……到底是怎么回事？是神的意志吗？

神的意志？肖顿河觉得奇怪，可又不得不认真地思考。长久以来，人们对那些难以涉足的地方充满着好奇心，即使是根据人们的常识来说，根本不会有什么异常情况的地方，也可能笼罩着一层神秘的色彩，于是就会有人故意夸大其词，甚至虚构情节，大肆渲染。他在年轻时也受到过这种神秘主义的迷惑，可随着人生阅历的增长，路走得越来越多，对于世间万物的本质看得也就越来越清晰了。在这里，当地人习以为常、司空见惯的事情，对初来乍到或只凭道听途说胡乱猜想的人就变得荒诞离奇不可思议了。他觉得小川原兵卫的病也许是水土不服及高山气候的反应，再加上某些心理上的暗示所致。

肖顿河又想起，小川原兵卫以前从日本发来的e-mail，曾反复提到他在梅里雪山的感受，他说不知为什么，一到6000米左右的地方就感到疲惫不堪，接着就头痛、发烧、呕吐，甚至还出现了记忆缺失现象。这对于他这样一个以登山考察为职业的人来说是很不正常的。小川说，一到梅里雪山他的脑子就不听使唤，懵懵懂懂就像坠在一片雾里。小川还提醒他说，海拔6300米不远的一处冰坡，是极危险的地方。他觉得在那里存在着某种神秘的力量，每当快要接近那个冰坡时，就好像有一种什么力量把他往下拉，不让他越过去，因为越过了那里，卡瓦格博的峰顶就近在咫尺了。

肖顿河曾到阅览室调阅了大量照片资料，还把自己在考察中拍摄的录像带反复播放，可是怎么也看不出那里有什么异常。只是由于高度的上升，加上梅里雪山主峰卡瓦格博峰尖棱形的山体形状，海拔6300米附近的坡度特别陡峭。小川原兵卫说的那个冰坡恰好位于两侧刀削一般的山脊上，这个山脊很窄，只能容一个人通过，这就使越过这个冰坡的难度加大了。而除了这个冰坡，其他路线的坡度几乎都大于70度，根本无法攀登。

大雪一连几天不停地下着，无法继续进行下一步的适应性训练，考察队决定下撤，中日友好梅里雪山考察队的探险考察又一次受阻了。

中方登山队员、藏族向导次仁旺青给肖顿河提了一个建议：在下山前，大家一起为小川原兵卫举行一个驱邪和祈祷仪式。肖顿河犹豫了一会儿还是答应了——这次考察不能没有小川原兵卫的协助。

一缕缕淡蓝色的烟雾伴随着藏香特有的芬芳，在中日友好梅里雪山考察队十五位队员的祈祷声里飘散，慢慢消融在飞雪之中。

　　他们尽了很大的努力才把小川原兵卫运送到2号营地，可是从2号营地往下，积雪越来越深，下山的路被封住了，继续下撤受阻，每个队员都为小川的生命悬着心。日方随队医生佐田应二不停地用对讲机与大本营的医生保持联系，给他们描述小川的症状，向他们征求治疗意见。好不容易等到雪停了，全体队员分成两组，一组在前面铲雪探路，一组轮流着又背又抬，用了两天的时间才把小川送到大本营。奇怪的是，一回到大本营小川的体温很快就恢复了正常，神志也完全清醒了，他并不记得发高烧的事。他坚持说自己只是睡了一觉，当天他就起来，又开始了工作。肖顿河觉得这一情况简直是不可思议。

02　多伦多实验室

丁首都沿着一条幽静的林阴道匆匆走着，穿过绿草如茵的多伦多大学校园广场，他向一座有着几个尖塔的古老建筑物走去。那是多伦多大学的实验大楼。他要到这里参加脑遗传疾病实验室主任德瑞克教授主持的一个合作项目研究。

在实验室门口，丁首都见到了等候在那里的德瑞克教授。

早上好，丁，欢迎你。蓄着浓密褐色胡须的德瑞克一见到丁首都，就大步迎了上来。

早晨好，德瑞克先生，见到您很高兴。丁首都握着德瑞克的手说。

因为来这里之前双方已经用电子邮件传送了各自的照片，所以，一见面就像熟人一样。

丁，都安排好了吗？德瑞克问。

谢谢，一切都好了。

哦，那太好了，身体怎么样？身材高大的德瑞克拍拍丁首都不太宽厚的肩膀说。丁，你知道干这一行，可要经得起连续熬夜啊。

没问题，德瑞克先生，我在国内熬夜也是常事。丁首都诚恳地说。

德瑞克眨眨蓝眼睛，一脸愉快的表情说，那好吧，我们现在就可以干起来了。你的那个研究课题申请报告我看过了，脑遗传疾病的基因变异研究涉及的课题很广，在这里也是个空白，你先要做一些前期工作，三个月内提交研究进展报告，我们要组织专家评审，评审通过才能拨付经费。现在的费用嘛，由实验室先垫付，你以后再还。好好干吧，年轻人，祝你成功。德瑞克伸出大手，又一次握住了丁首都的手。

谢谢你，德瑞克先生。我会努力的。丁首都激动地说。这意味着，他可以使用这座世界一流的实验室，独立承担一项复杂尖端的科研项目。能不能取得成果，全在于自己的努力。他要立即开始工作。

丁首都用最快的速度完成了研究项目的过程设计，编写了计算机辅助程序，列出了所需材料、设备和实验用动物活体清单并向有关的供应商订了货。在实验室里，他既是科学家，也是实验员和助手；既是计算机程序员，也是操作员；既是项目负责人，又是职员。他没日没夜地工作着。时间飞快地过去，可是研究工作进展不理想，要找出是哪些基因决定了人脑发生遗传性疾病简直比登天还难，再弄清这些基因产生了什么样的变异，使人脑患上这样和那样的遗传性疾病，这种工作难度也许……也许相当于登上火星。他想，或者比这还要难，因为登上火星是早晚的事，而要弄清基因的变异却是没有时日的，更何况究竟是不是这些基因在起作用，也还是个未知数。

夜晚，当丁首都拖着疲惫的脚步走进宿舍的时候，在实验室里的那种精细的、缜密的逻辑思维立刻就变成了一种全面的思考和检讨：今天做了些什么，有什么收获，有什么不足，哪些地方可能有偏差，如何改进，今天的工作对整个项目的进展起到了什么作用……

他感到势单力孤。他把生活简化到了最低限度，一日三餐全部变成了速食快餐，换下来的脏衣服放了几天，不知道什么时候又穿上了，没有周末，不分昼夜，每天早晨睁眼后的第一件事，就是看一下书桌上的台历。时间，对于从事生命科学实验的人来说比什么都重要。

来到多伦多就要三个月了，研究进展报告的初稿虽然已经写成，可是他还不满意，主要是因为对相关基因的划定范围还太大。要对这些基因进行逐个分析和测试并进行实验鼠的活体实验，需耗费很长的时间和巨额的经费。划定的范围越小，时间和费用也就越少，但是万一漏划，那就会前功尽弃。所以，唯一的办法是设计一个可靠的计算机模型，用计算机强大的数据处理能力来节省人工测试的时间,大大加快研究进度。可是，这需要一台超级服务器，还要编制强大的计算机软件，然而却只有一个星期的时间了。

早晨，丁首都站在淋浴器下，让冷水狠狠地从头顶冲下来，上下牙齿被冷水激得咯咯地磕碰着，脸上的肌肉也在抽动。他心里不住地说，再坚持一下，再坚持一下……他要让这冰凉的水冲掉心头的重负。

当他裹着厚厚的浴衣从浴室里出来的时候，听见门铃一直在响。谁呀？他赶快找到眼镜戴上，然后一边用毛巾擦着还在滴水的头发，一边去开门。

门吱的一声打开，丁首都惊得简直说不出话来，眼前站着的是妻子宋梅樱。她穿着墨绿色的呢子裙，外面罩着一件乳白色的羊绒大衣，脚上是一双深棕色的长筒靴。她一手拎着旅行包，地上还有一个很大的箱子。

梅樱，怎么是你啊？你……你不是说下个月才来吗？丁首都盯着她问。

没想到吧？我猜想你就会是这副大惊小怪的样子。宋梅樱得意地笑起来。

真的没想到，我都忙昏头了。丁首都又问，梅樱，你……你怎么不先来个电话……

我为什么非要先来电话啊？我就是要给你一个突然袭击，看看你在干吗。

丁首都笑了，你说我能干吗？

那谁知道啊？宋梅樱瞥了他一眼说，其实我一直想给你打电话，在北京首都机场还想给你打电话呢，后来想想还是算了。哎，你就叫我在门口愣着吗？快帮我把东西拿进去呀。宋梅樱大声地叫起来。

哦，对，快进来吧。丁首都说着，一步跨出去把那个大箱子提进门，接着又转身出去拎旅行包。梅樱，你怎么知道我住在这儿的？

你这个人真是，都信息时代了，还有什么不知道的？告诉你，我是从网上查到的，你们学校的访问学者登记表上有你的鼎鼎大名呢。宋梅樱脸上一副自豪的神情。

是啊，谁掌握了信息，谁就赢了。看来又是你赢了。来，找个地方坐下吧。这里弄得乱七八糟，现在到了最关键的时候，可偏偏碰上了最困难的事。你来得正好，快点儿帮帮我。丁首都用恳求的目光看着宋梅樱。

说吧，要我干什么？

还没等丁首都回答，宋梅樱又说，哎，我可告诉你，我这个计算机工程师可不是来给你当保姆的。看看这屋子，你连自己的生活都料理不好，还搞什么研究，能搞出名堂来吗？宋梅樱脱下大衣，把披肩发往脑后一盘，就开始收拾屋子。丁首都啊丁首都，你们男人怎么都这么不会照顾自己呢？她说。

丁首都知道宋梅樱的这张嘴就像刀子一样，说起话来从不饶人，可她却懂得心疼人，体贴人，做家务就像干工作一样，既卖力又细致，叫人挑不出毛病。

梅樱，我没办法呀。我必须在三个月内拿出研究报告，可是现在已经过了两个多月，最关键的计算机软件还没有动手编，我能不着急吗？丁首都一脸无奈地说。

什么软件？干什么用的？宋梅樱一边整理床铺，一边漫不经心地问。

自动检测基因异常的软件，这可是个大工程。丁首都说。

宋梅樱一听就笑出声来，你看你，这么点事就把你急成这样，你把所有的材料和数据交给我吧。宋梅樱好像根本没把"大工程"这三个字当回事。

那……那可要让你受累了。丁首都忽然变得拘谨起来。

随后丁首都带着宋梅樱去了实验室。

宋梅樱很仔细地观看了实验过程，又看了计算机里丁首都已收集的数据，拿了相关的资料，就回到了丁首都的宿舍，然后，从箱子里取出笔记本电脑，开始工作了。

与此同时，丁首都也在德瑞克的帮助下，从一家信息工程公司租借了一台超级服务器。

接下来的一个星期，丁首都宿舍里的灯，几乎是彻夜亮着。

星期天早晨，丁首都揉着惺忪的睡眼从床上坐起来的时候，看见在紧靠床头的书桌上放着两张光盘，还有一张纸条，上面写着——

　　首都：我去超市买东西了，早饭在厨房里，你自己吃吧。你要的脑遗传疾病基因异常自动监测系统(A)、(B)，已经编制好了，你可以放心使用。

梅樱

太好了。丁首都急忙跳下床，跑进浴室，三下两下洗漱完，戴上眼镜，穿上衣服就往实验室奔去。当超级服务器开始运行这套自动监测系统的时候，屏幕显示实验样品的自动检测结果和人工检测的结果完全一致，但速度却快了上百倍。丁首都松了一口气。

丁是我所见过的最杰出的青年科学家之一。德瑞克教授在向项目评审委员会作陈述的时候说。他的开创性的研究工作为生命科学，尤其是为脑遗传疾病科学的研究找到了崭新的手段和方法，我建议，把这一方法称为丁氏工作法……

这天晚上，丁首都不知道自己是带着一种什么样的表情走进门的，他也不知道自己进门的时候说了些什么，他只听见宋梅樱在他的耳边轻轻说了句，你为什么不抱抱我……随即他就被宋梅樱那双有无比魔力的胳膊紧紧搂住了，他的嘴唇也被另两片灼热湿润的嘴唇牢牢地吸住。他只觉得自己被一团强大而又柔软，灼热而又温馨，既让他厌恶又让他无法抗拒的力量严严实实地包裹起来。他无法喘息，无法挣扎，无法自制，只好乖乖地束手就擒……

03　高山玫瑰

　　小川原兵卫已经恢复了健康，又是一副跃跃欲试的模样。这天早晨，他和肖顿河带着十几名考察队员，每人身背20多公斤重的背包和器材，从海拔3100米的营地出发，踏着凝重得像薄雪一样的白霜，又一次向卡瓦格博峰进发。

　　这时，肖顿河掏出海拔表看看，已经到达4000米了。今天还算顺利。他建议大家在这里建立营地，整顿休息，补充体力，因为有的队员已经开始喘息，戴着防护镜的脸看起来也有些发青。于是，他们找到一处背风的地方，打上冰钻，固定绳索，很快支起一顶顶彩色帐篷，便钻进去休息。

　　气候变幻无常，一会儿狂风大作，一会儿晴空万里，卡瓦格博峰仿佛被一只神秘的大手撩拨着。暴风肆虐之后，天空湛蓝，四周的雪山显得洁白而柔美，旁边的小湖也蓝得像新鲜的颜料。

　　肖顿河和小川原兵卫来到一块空地上向四处眺望，想看看地形，却立刻被这里的景色迷住了。在他们的不远处有一片冷杉林，一株株冷杉树高高地挺立在四周白色的冰雪之中，黑森森的格外醒目。肖顿河觉得雪山总是给人很多感慨：也许人们想起雪山就会想起一片耀眼的洁白，这里的浓绿却让人感到另一种震撼，生命是多么顽强啊。即使在海拔4000米，或者比这还要高的地方也有树木在生长。在冷杉树的周边还生长着一丛丛茂密鲜艳的杜鹃花，紫红的，粉红的，还有白色的。只要看见冷杉树就能看见杜鹃花。他想，怪不得人们说，冷杉树和杜鹃花是一对朝夕相伴的情侣呢。

在朝阳一面的石缝里，伸展出一簇簇美丽的蓝色和灰褐色的小花，颜色并不夺目，可花朵看起来十分可爱。这么多年，肖顿河还是第一次发现这种花。他不由弯下腰仔细辨认，唔，这不是格桑花，也不是杜鹃花。这是什么？小川原兵卫跟过来，看了看说，顿河君，你知道吗，这就是人们常说的高山玫瑰。他采下一朵递给肖顿河，又说，这是欧洲阿尔卑斯山的高山玫瑰，一般生长在海拔4000米左右的地方，我去勃朗峰时就见过，在意大利、法国、瑞士和奥地利的山上都有这种花。那里有一种传说，年轻人向姑娘求爱时，能采到高山玫瑰就说明他的爱是忠诚的。所以，那里的人们都说高山玫瑰是爱情和幸福之花。

肖顿河不禁有些感慨，他说，嗨，小川君，你说植物多神奇啊，真不知道它们当初是怎么到这里来的。小川说，是啊，梅里雪山和勃朗峰相隔总有千山万水，物种是怎么传播的呢？仔细想想真是有意思。

唔……肖顿河说，我想啊，也许很久很久以前，阿尔卑斯山王子曾经骑着马来到这里，他佩着宝剑，带着高山玫瑰，在这里向梅里女神求爱……

顿河君，这真是美丽的神话啊。小川拍拍他的肩头说，那你也采一束送给你的女神吧。

女神……肖顿河心里忽然涌起一股热流，他想起陈晓薇，他真想把这片高山玫瑰全都采摘下来送给她。

晓薇，你要是能来梅里，能来看看这里的风光多好啊。他在心里说。

可是，想起陈晓薇并不总是愉快的。每次他要来梅里雪山，临走时陈晓薇都要和他闹别扭，所有的不快都是因为他要离开家。

那天晚上，他对她说，这次我争取尽快回来，你等我，等我回来的时候……

陈晓薇不等他说完眼圈就红了，她说，我才不等呢，你一次次回来又一次次走了，我知道你不想要这个家了。

他拥抱着她说，晓薇，别这样，你以为在梅里雪山的滋味好受吗？那儿有你想象不到的孤独，与世隔绝的恐惧，还有寒冷，甚至绝望……

陈晓薇使劲挣脱开他的怀抱，她叫着，那是你自己愿意的！

他说，你知道我在那里每天都想你，在那么艰苦的地方我也每天给你写信……

陈晓薇说，可那有什么用。

他说，我就是让你知道我爱你，爱这个家。

陈晓薇听不进这话，坚持说，你说得好听，你现在爱的不是我，你爱的是你的梅里女神，你去找她吧。

肖顿河笑了。

陈晓薇见他笑，自己却哭了，孩子似的。好啊肖顿河，我难过你就高兴，你去找她吧，你走啊……

肖顿河见她真生气了，就说，好了好了，别哭了，这么多年我还忘了告诉你一件事呢。

陈晓薇抹眼泪的手停住了，眼睛一眨也不眨地盯着他，像一个期待谜底的孩子。什么？她的眼神和语气都很警惕。

肖顿河说，你知道吗？其实他是男的。

陈晓薇问，谁？

他说，梅里雪山啊。

什么？你骗我。陈晓薇说。

来，你不信就自己看看吧。肖顿河说着，从书架上抽出一本英文版

画册 *The Mountains of China*，翻开梅里雪山的那一页，指着中间一段说，你看这儿。

陈晓薇的手指在一行行英文上划过：在藏族的传说中，卡瓦格博峰被看作雪山之神，人们曾在一个山腰上发现了一块石碑，上面的文字记载着，远在八百多年前，葛玛法王就将卡瓦格博峰奉为神山了。在著名的藏族英雄史诗《格萨尔王传》中也记载着，卡瓦格博是格萨尔王的大臣。传说中的卡瓦格博山属羊，所以每逢羊年，人们就向卡瓦格博峰朝拜，他们点起的松柏升起缕缕青烟，据说卡瓦格博太子看到青烟就会向人们走来，带给人们吉祥和幸福。人们为了留下卡瓦格博之神的脚印，就在它走过的地方铺上松柏灰，好留下它的巨大足印……

怎么样？肖顿河问。陈晓薇没再说什么，她捧着画册坐到沙发上一页页地翻看，好像也被迷住了。

……

顿河君，你在想什么？

肖顿河这才想起小川还在身边，回过神儿来，咧嘴笑笑说，想家，想老婆啊。

小川说，我已经好几年没见到陈桑了，什么时候才能再见到她啊？

肖顿河说，是啊，总说请你到我家做客，可一下山你就急着回日本。这次任务完成后，你一定要到我家来。你知道陈晓薇能做最好吃的中国料理，到时候你就自己尝尝吧。说实话，要不是为了保存体力，这儿的饭我真咽不下去。

我也是啊。小川说，我几乎天天都在想日本料理：炸虾、生鱼片、酱汤，还有樱花糕、松风点心……

肖顿河打断他，恐怕你更想那位做日本料理的人吧？他看了一眼小川，问他，哎，老伙计，你还不快和恍子结婚，老这么拖着干吗？

这时，远处传来隐约的隆隆声，在这里，大大小小的雪崩每天都在发生，每时都在发生，灾难也会随时袭来。小川看着对面山上正发生的雪崩，一股白色的雪瀑飞泻而下，一些冷杉树被裹挟着冲下山。雪崩过去后，小川才说，顿河君，其实，我每天都想过一种平静安定的生活，可是登山这个职业却总是让人动荡不定，而且不知道什么时候就会遇到危险。我总觉得自己哪天就会……每次登山我都有一种担心，不是为我自己……顿河君，你知道我不能放弃登山。他停了一下，又说，我知道恍子一直想结婚，每次我走的时候都能看出来，她好像有很多话要说，可我不想让她说出来。你知道，不结婚还留着一个期盼，结了婚就多了一份牵挂。

小川找了块石头坐下，看着远处的雪雾不再说话。肖顿河见他不说话，就钻进了帐篷。

04 北海道的雪

恍子，万一我回不来，请不要难过，毕竟我们曾经爱过。小川原兵卫每次和恍子告别都这么说。恍子就说，小川君，你会平安的，我每天都会为你祈福，请一定早点回来啊。

小川觉得恍子是个懂事的女人，她从不在分别时说伤感的话。走前，她总是默默地为他准备好一切，把每件衣服洗得干干净净，衬衣也熨得平平整整。分别时，恍子送他出门，送出很远，直到在一个路口要拐弯了，他还能看见恍子在向他挥手，那白皙柔软的小手。

等他回家时，在机场，恍子总是不顾一切地向他跑来，跑到他面前却又一脸羞涩地站住，轻轻地说，小川君，辛苦啦。在回家的路上，坐在车里，她才会在他的耳边说，真是很想念啊。

恍子就像一部百看不厌的电影里的女主角一样可爱。小川原兵卫想。恍子是他第一个真正爱上的女人。自从有了恍子，即使雪山再孤寂寒冷，他也觉得心里有一簇温暖的篝火。

恍子最早是从北海道乡下到东京来的，开始她在一个不知名的小酒吧里唱民谣。她有一副很特别的嗓子，低回又有点沙哑，所唱的歌曲都有些伤感，听她的歌就仿佛回到一个旧时代——凄凉的荒野、萧条的古道、被弃的破船、绝望的少女……后来恍子渐渐唱红了，索尼唱片公司发现了她，把她包装起来，她很快就有了人气，还在NHK电视台的红白歌会上露过面。不久她出了唱片《北海道的雪》。

恍子的歌声质朴率真，给喧闹的东京带来了田野上的清丽和纯美，正是凭着这本色的表演，她博得了这座城市对她的青睐。后来，恍子却谢绝了几家唱片公司的邀请，没有去做签约歌手。恍子说她不喜欢娱乐圈里的一些事，要是屈从它很可能一夜之间就成为万众瞩目的明星，否则再努力也是徒劳。

她宁愿在新宿附近一家叫百合花的酒馆里唱歌。

小川原兵卫是在一个欢迎酒会上认识恍子的，那个酒会是日本登山协会为欢迎攀登珠峰归来的登山队员而举办的。

太平洋大饭店的宴会厅里灯火辉煌，人们在那里可以坐着吃、站着吃、聊着吃，也可以一个人闷声不响地吃。正是在这种很随意的气氛中，小川原兵卫碰到了恍子的目光，这是一种无法言说，或者叫作心灵碰撞的感觉。世界上的很多事情都是碰巧发生的。因为是自助餐，小川原兵卫端着自己的盘子去取寿司，正巧刚取了寿司的恍子转过身来，两双眼睛就这样对视了。那是一种可以透入心灵的目光，在极快相撞的一刹那，如同揭开物质结构之谜一样，目光的对撞也打开了心灵宣泄的大门。

于是他们彻夜交谈，彼此都觉得突然之间找到了各自渴慕已久的人。在那个宴会上恍子唱了一首《北海道的雪》：

故乡啊，故乡，
别时白雪茫茫，
往昔如梦如烟，
心中无限凄凉，

舞台上的恍子美丽动人，她穿了一件淡蓝色长裙，光滑柔顺的长发披散在肩上。恍子唱歌时望着他，小川觉得那双眸子清澈得像天空。小川被恍子的歌声打动了，被她那双眼睛打动了。

从那以后，小川和恍子经常到一个酒吧约会。他要上一杯酒，坐在一个角落里，静静地看着她唱歌，直到深夜。他非常喜欢《北海道的雪》。每一次相聚他都要恍子唱这首歌。

我的歌都是为你唱的。有一天夜晚他和恍子一起离开酒吧的时候，恍子说。小川君，自从有了你，我就好像有了依靠，过去我独自在东京常会觉得孤独呢。

我也是啊。小川说。

夜空中飘着细碎的雪花，小川搂着恍子的肩头，沿着寂静的人行道走着。恍子伸手接着雪花说，还是北海道好，东京见不到那么多那么白的雪。

小川说，恍子，有一天你也能到梅里雪山看看就好了。

那我就跟你去吧。恍子甜甜地笑着说。

好啊，只怕你经受不了那里的严寒，有时气温低得连计算机都启动不了。

恍子说，那……我就在东京等你回来。

在一起的日子久了，恍子就想结婚，可每当恍子说起结婚的事，小川就把话题岔开。

两个人在一起总要结婚的。恍子说。

是啊，不过夏天我要去南美，那里的博内特峰和梅里雪山的高度差不多。你知道，我们这里是夏天的时候，那里正好是冬天。小川说。

那么，等你秋天回来，我们就……恍子还想再说下去，可是小川已经把一本地图册递到她面前。

你看，就在这儿。小川指着南美洲西海岸的一片山峰说。这也是南美洲最高的山峰之一。

恍子眼睛里含着泪笑了。她说，也许职业不同，人的想法就不一样。又说，那以后我想你的时候，我就使劲往高处看吧。她做了一个朝很高的地方瞭望的样子。

小川也笑了。

但愿这次能早点儿回家。小川想，他真想马上就见到恍子。

05 雪豹和狮子

肖顿河找出一个本子，趴在充气床垫上，给陈晓薇写信。每当涌起难以克制的思念时他就想写信，这是最好的排解思念的方法。可是信写了却不能马上寄，除非有一天哪个队员下撤，到村里找人把信捎到邮局，才能寄出去。陈晓薇收到他的信时，已经是十几天或者一个月以后了。他知道陈晓薇在想念他、牵挂他，他却怎么也不能放弃每一次冲顶的机会，因为每一次都可能成功，也可能失败，谁能准确地预测每一次机会呢？只能用时间，用等待，用一次次的攀登做代价。他不知道要等到什么时候，也可能就这样与梅里女神无限期地对峙下去。

对峙？肖顿河想，只要在这里待一天，他就要和他的情感、他的欲望对峙一天。他发疯似的写着，写了一页又一页，总也写不完，总有说不完的话，道不完的歉，直到把所有的词汇都用光了，胳膊也抬不起来了。他扔下笔，坐在那里发起愣来。真的要对峙下去吗？结果他不敢想，也不愿想，可生活是逃避不了的。这时，他忽然后悔起来，这几年他们在一起时总是吵架。

那一天，肖顿河刚收拾好行装，陈晓薇就说，告诉你吧，我已经受够了，你说走就走，你不要这个家了吗？说着她就扑上来咬他，咬他的肩膀，咬他的胳膊，还有脖子、耳朵，咬得很痛。他大叫起来，先是抓住她的手，又把她拉到胸前，她使劲儿挣扎，他就更紧地抱住她，好了你。他说，你疯了，你干什么啊！陈晓薇叫着，我就是疯了。她的头发乱蓬蓬的，满脸是泪，像一头母狮子。他知道她真发火了，就说，你咬吧咬吧，你想怎么咬就怎么咬，只要你高兴，只要你……陈晓薇却不咬了，她哭起来，忽然她又搂着他使劲吻他，让他几乎喘不过气来。于是他就猛地把她抱到床上，把脸埋在她的胸前，就像一个在沙漠里行走了几天的人，饥渴难耐，忽然发现了一眼清泉，贪婪地啜饮起来。陈晓薇抽泣夹着呻吟，他不顾她是好受还是难受，只是不顾一切地狂野动作着，狠狠地折磨她。他觉得自己也哭了，泪水滴在陈晓薇的脸上，又沾在他的脸上。她喘息着说，别离开我，别离开我，你为什么总是离开我啊……后来他们就很安静地拥抱着，觉得从未如此这般地爱过。那一会儿他真的不想再离开她了。

临睡前，陈晓薇给他读她重译的海明威的小说《乞力马扎罗的雪》："……在西边高峰不远的地方，有一具豹子的尸体，它已经被风干冻僵了。豹子到这么高、这么寒冷的地方来寻找什么……"

陈晓薇忽然回过头，看了他一会儿说，你就是豹子！

06　瓶子里的纸条

　　中学的时候，肖顿河和陈晓薇经常互相借书看，你借我的，我借你的，你还我的，我还你的。后来他们就在一起讲书里的事。陈晓薇常被他生动形象的描述迷住。后来他们有空就想在一起，在陈晓薇家里的阁楼上海阔天空地神游。小阁楼在三楼顶上，平时没人上来，里面堆了些杂物，他们把杂物清理了一下，在靠天窗的空地上铺了块旧毯子，然后倚墙而坐。陈晓薇对他说这个地方很有意思，比坐在家里舒适的椅子上好，有一种说不清的神秘感，也让她有一种莫名的激动。他们总觉得他们的话一辈子也说不完。说着话竟不觉得饿，也不觉得渴。只是想无尽无休地倾吐，只有这样心里才畅快。寒冷的天，他们穿得都不厚，陈晓薇特意穿上红毛衣，她知道这件红毛衣很漂亮，班里好几个女同学都借过。肖顿河只穿着单衣，他健康，有活力，而且只要和陈晓薇在一起，他就一点也不觉得冷。十七八岁的他觉得全身热血沸腾。陈晓薇不时闻到肖顿河身上有一种干燥的、暖烘烘的气息，她觉得亲切可爱。哦，这气息。

　　她很想靠近肖顿河，他身上仿佛有一种引力。可她又不敢。她想，我爱他吗？这是爱吗？如果这不是爱，那这是什么呢？她有时一冲动甚至想轻轻吻吻肖顿河，吻他那浓黑的眉毛、黑亮而有神的眼睛。她也想握住他的手，更确切地说，她想让肖顿河握住自己的手，然后……她不知道下面会发生什么，却又期盼着发生什么，发生的一定是激动人心的，可究竟是什么呢？

他们有时从上午聊到晚上，也不觉得疲倦，各自回到家，夜里躺在床上睡不着，总在想明天。明天会怎样呢？只盼着天亮。好不容易睡着了就睡得很沉，醒来后有说不出的快乐。陈晓薇觉得自己的心跳得很快很响，走起路来轻飘飘的。和肖顿河在一起多么幸福啊。那时候陈晓薇的父母都在乡下劳动，一连几天不回家。陈晓薇忽然希望父母暂时不要回来，让她与肖顿河天天在一起。

他们每天见面，她想，对他该说些什么呢？按照小说里的那样，说我爱你。想起每一个细节她都脸红心跳。

她常想他们之间还会发生什么呢？她每天焦虑不安，好像丢了重要的东西找不到一样，火急火燎的。

有时找不到肖顿河她就像丢了魂似的。有几次她就去找她的好朋友安群，安群是她最信赖的人，她总是把话题引到肖顿河身上，她是不由自主的。回家想想又觉得不好意思，她觉得安群一定猜到了什么，要不她怎么每次都问，你今天见到肖顿河了吗？

真的发生了什么。

那天肖顿河先伸出手握住陈晓薇的手，她几乎没有用力就靠在了他的胸前，那个动作好像是自然的，本该如此，接着肖顿河的嘴唇就想找到她的，先是轻轻地吻，然后是吮吸，不顾一切地，好像要把对方融化在自己心里，或是彼此都想把对方融化在自己心里，使两个人融为一体。他们长时间地吻，一点儿也不想松开紧紧的拥抱。我喜欢你。不知是谁先说的，后来就一边吻一边说，还互相叫着不知从哪里冒出来的最亲密的称呼，小狗小猫山鸡野兔什么的。

陈晓薇说，野兔子野兔子，我……我喜欢你……

肖顿河也说，我……我也……也是……他说得很生硬，就像在承认错误，吞吞吐吐的。

陈晓薇偷偷地笑，又说，你要对我好，我也对你好。

肖顿河就说，你对我好，我也对你好。

陈晓薇说，我们永远不分开。

他就说，我们永远在一起。

陈晓薇说，永远永远永远永远……你也说……

肖顿河就说，永远永远……

接下来他们就开始絮絮叨叨，重重复复地说得没完没了。

陈晓薇说，你不准告诉别人。

肖顿河说，当然。

陈晓薇问，你真的会保密吗？

肖顿河就郑重地保证，一定会……

天快黑了，他们不能不分开，肖顿河不能不回家了。他们说了好几次明天见，每次说完就紧紧地拥抱一次，可还是不愿分开，好像有什么把他们粘在了一起。

陈晓薇问，你会记住今天吗？你会永远记住吗？

肖顿河说，我会记住，当然会记住，今天很重要，我……不知道……不知道怎么说，反正我永远和你好……

他们笑了，彼此又说再见。肖顿河刚要出门，陈晓薇却猛地拉住他的手，他看见她的眼里盈满了泪，肖顿河觉得心里很热，身上像有火在燃烧……

陈晓薇把头靠在他胸前。坏兔子，你真会一辈子对我好吗？我是说一辈子……

肖顿河说，就……就是一辈子。

陈晓薇说，那你写下来。

肖顿河毫不犹豫地答应了。

陈晓薇从一个本子上撕下一张纸，递给肖顿河。

那你也得写。肖顿河说。我们一人写一句话吧。

陈晓薇的脸上显露出一种很调皮的神情，她说每人写一句话，然后放在一个瓶子里埋起来，将来我们再找出来看。不过现在谁也不能说写了什么，到那时候再看，怎么样？

肖顿河走到窗前，很认真地想了一会儿，趴在窗台上，在纸条上飞快地写了几个字。陈晓薇趴在桌前，把头埋得低低的，用手捂着写了一行字。好啦，我们把纸条叠起来吧。说着，她找出一个棕色的糖浆瓶，把两人的纸条折得很小，塞进瓶子里。她又找了一把小铲子，拉着肖顿河一起来到屋后的一块地里，那里种着一片向日葵。陈晓薇在地边找了个地方，肖顿河挖了一个很深的坑，把瓶子放进去埋了，又把土踩结实。

陈晓薇问肖顿河，你能记住这儿吗？

肖顿河说，当然。

陈晓薇说，好吧，十年后我们再来找。

然后他们又悄悄地热吻了一阵才分开。

07 狂风骤起

　　肖顿河是最后一个走出帐篷的。他把昨天夜里写的进山日记做了一些补充。他原想把日记本留在帐篷里，可又想，到了山上有时间还要继续写。他又解开背包把日记本放进去，还把一支在零下20℃都可以使用的防冻笔插在日记本的笔套里。走出门，他抬起头看了看天空，多蓝的天啊。一丝云也没有，太阳不知道躲在哪座山峰后面，迟迟不肯露面，只有东方天际一片朦胧的红光给壮丽的雪峰描上了一圈淡淡的红晕。

　　今天一定能看到日出。他想。

　　中日考察队的队员们沿着一条之字形的山路向上走，这是一条藏族同胞用双脚踩出来的路。每年的夏天和秋天，藏胞们要攀到海拔3600～4300米的高山草甸上，放牧牛羊，采集冬虫夏草、贝母和其他珍贵药材。要想采集到这些药材，先要有艰难的攀登，还要克服高山缺氧的困难，有时还会遇上暴风雪。在这里，六月下雪是常有的事，在海拔4300米以上，是终年积雪的雪线，而在终年见不到阳光的阴坡和山谷里，冰川永远阴森森地泛着寒光。

　　肖顿河走在队伍的后面，起先他还尽力大步地跟上队伍，渐渐地，路越来越陡，他必须尽量把身体往前倾，重心尽可能前移，才能一步步向上攀登。可是这样一来，沉重的背包和器材都压在了他的脊背上，使他迈不开脚步，甚至透不过气来。他渐渐地有些上气不接下气，汗也从额头上冒出来，嘴里呼出的热气很快凝结成白霜，挂在他浓黑的眉毛和好多天都没刮的络腮胡子上。

他喘着粗气，奋力向上攀登，然而两条腿开始发软。遇到陡坡，他就用双手支撑着地面，手脚并用地向前爬行。他已没有心思观看四周的地貌和景色了，只顾埋头向上爬，可还是被渐渐拉下了。出发时排成一长溜的队伍，现在已经稀稀拉拉。小川原兵卫也不知道走到哪儿去了。在队伍最前头的探路小组的队员已经变成了几个小黑点。

肖顿河把背包和器材搁在一块裸露的岩石上，想这样倚靠在背包上休息一会儿。可仅仅几分钟，他呼哧呼哧的喘息还没有平静，刚才汗涔涔的身上就感到发凉，汗湿的内衣像结了冰一样。不行，这里的气温是零下20℃，赶快走，否则会冻坏的。他双手用力地拽住背包带，挺起身体，迈开有些颤抖的腿，又向上爬去。

攀登，永无休止地攀登。上面的路更陡峭，更艰险，那里深深的积雪会把人整个陷进去，那里的冰坡光滑陡立，一片雪花也许会顺着它滑进看不见底的深谷……但无论多么危险，只要有可能，就要往上爬。由于前几次适应性攀登受阻，大本营决定这一次选择新的路线。这是一个新的起点，它离真正的攀登——在6300米处建立突击营地仅仅是一次新的探索。

我行吗？肖顿河问自己。经历了前几次的挫折，他第一次觉得心里没了底。他抬起头来，透过护目镜，向上搜索着。远远的前方有一片冰坡，坡度很大，坡下有几个小黑点，一定是探路小组被困在冰坡下了。小黑点正在冰坡下面移动，看样子是在寻找适合的起步点。

肖顿河鼓足了勇气，一定要攀上去。他咬咬牙，把背包和器材用力往上颠了颠，沿着队伍留下的攀登足迹，又一步步向上爬去。

前方，冰坡下的几个黑点越来越清晰了，已能看清是四个人。一个人正在其余三个人的配合下，试图踏上冰坡，可是试了几次都滑了下来。肖顿河看清了，那是中方队员徐一航，他过去体魄健壮，可来梅里雪山还不久，体重就掉了十多斤，登山的消耗太大了。肖顿河一边向上爬，一边费力地仰起脖子向上看。上面又换了一个人，是日本队员浅野盛宏，他试了几次，也都滑了下来。

怎么就不行呢？肖顿河心里着急起来，恨不得几步冲上去，穿上冰爪亲自去试一试，可背上的东西此时变得仿佛有千斤重，压得他脊梁发麻，腿也不听话，每爬一步都要喘几口气。这时候他只能顾自己了，他咬紧牙关，攒足劲儿，握紧冰钩向上爬，一步、两步、三步……终于越来越近了，稀稀拉拉的队伍也渐渐缩短了距离。

肖顿河在冰坡下仰面往上看去，不禁倒吸了一口冷气，这个冰坡的坡度有60多度，长度有100多米，冰坡的东侧是一堵很高的雪墙，西侧是一个陡坡，陡坡下面连接着一个深谷。这样险峻的环境和山势，别说攀上去，就是站在这里向四周看看，都会觉得头晕眼花，两腿发抖。

他好像看见在一块冰壁里有一只豹子，它被封在一块巨大的冰块里，就像在琥珀中嵌着，冰块晶莹透明，如同在清澈的水中。它的两眼炯炯放光，虎视眈眈的样子。它露出两颗利齿，正牢牢盯着他。

顿河，我看咱们还是下撤吧。中方副队长刘宝明走过来说。他是老资格登山家，曾经参加过海拔8000米高峰的攀登行动。

刘宝明的提议让肖顿河的头脑清醒了，他说，不能回去，可以再找别的路。

徐一航说，要不就在这里扎营吧。

不行，不行……肖顿河连忙摇摇头。

小川原兵卫也过来了，他仔细察看了四周，说，在大雪坡和冰坡边扎营，太危险了。

浅野盛宏说，小川君，不能这样等下去，不然……

队员们七嘴八舌地议论着，就是没人说攀上冰坡，到更高的海拔点去扎营。探路小组的几个人正在地形图上反复研究，可是设想了几种方案最后都否定了。唯一的办法就是越过冰坡，到4700米的地方建立营地，那里有一个坡度比较平缓，可以避开可能发生雪崩的地方。然而要越过这个冰坡，必须有一个人携带金属梯、绳索、路标和固定器材，率先爬上坡顶，为全队开路。

肖顿河的脑子里翻腾着，早晨出门的时候还想看日出，观赏风光，可一旦上山，别说看日出，看风景，只能顾自己脚下留神了。幸亏有队友在前面开路，不然还不知要摔多少跤，说不定还会从覆盖着冰雪的裂缝或悬崖上掉下去，摔个稀巴烂。看着队友们疲惫的面容和焦虑的神情，尤其是看着探路小组的几名队员一次次冒险爬上冰坡又滑下来的情景，他心里不由腾起一团火。时间在一分一秒地过去，队友们的体力消耗和身体热量的损失都很大，如果不能迅速越过冰坡，到达预定的宿营地点，今天的适应性攀登将会以失败告终，全体队员将撤回大本营。而要想有这么一个比较适宜的天气，还不知要等到什么时候，因为雪山地区的天气变化总是难以预料。

他决定去试一试。

我上。他说得很简短。

全队的人都向他转过身来，每一双眼睛好像都在审视着他，似乎都在问：你能行吗？因为这不仅是对勇气、自信的考验，更重要的是对经验、资历、技术、体力和意志的衡量，他用沉静的目光回答了他们。

顿河君，我来协助你。小川原兵卫说。

好。肖顿河开始准备。他脱下笨重的保暖性较好的登山靴，套上有锋利冰爪的冰靴。卸下身上原有的装备，换上连接起来足足有200米长的主绳，还带上钢钎、冰锥、铁锤、冰钩。他一边整理装备，一边思考着第一步的动作：先在冰坡上打出一个小台阶，让双脚能踏上去，然后用铁锤把钢钎打进冰面，以钢钎作为支撑点，一步步向上移动。

冰面很坚硬，他用铁锤把一根钢钎一寸一寸地砸进冰面，然后系上主绳，一只脚踏上去。等他在钢钎处站稳脚跟，又开始打第二根钢钎……队友们在他身后，利用他在冰面上打出的钢钎孔固定金属梯，然后再用金属梯源源不断地把钢钎送上去。起初一切都很顺利，渐渐地他感到体力不支，呼吸越来越困难，每爬上一米，就要停下来喘息几分钟，等呼吸平稳一点，再继续下一步。冰面太光滑了，他必须用巨大的力量保持身体的重心垂直向下，如果身体重心稍稍偏离，冰面上没有任何可以抓持的东西，他就会从冰面上滑下来，坠入深渊……

肖顿河抬起头看看冰坡的顶部，还遥不可及，可是现在下撤，将前功尽弃。他有些犹豫。他平时做事很少犹豫，做任何事情总是敢说敢为，干脆利落。可是在这个巨大的冰坡上，他犹豫了。因为他的成功与失败关系着全队人员的生命安全，如果不能及时登上坡顶，考察队只能下撤，即使现在就下撤，回到大本营，至少也要到深夜，途中会发生什么意外是很难预料的。

就在他犹豫的这一瞬间，他紧握钢钎的手颤抖了一下，冰锤向钢钎砸下去，砰的一声，冰锤脱手飞了出去，在冰面上弹跳了几下，消失了。在短短的几秒钟里他的脑子有点儿迟钝，不过他很快就清醒了。他把打进半截的钢钎拔出来，插进身后的背包里，又从背包里拔出冰钩，准备重新攀登。他奋力地把冰钩插进冰面，双手抓住冰钩的手柄，腾出一只脚向上跨出一步，冰爪扎进冰面，他试了试，还结实，又抬起另一只脚，跨出一步，冰爪又扎进冰面，他抢起冰钩，向更高的地方扎进去……

离冰坡的顶部越来越近，眼看胜利在望了，突然狂风骤起，卷起漫天雪雾，雪粒像沙石般劈头盖脸地打来，打得人抬不起头，睁不开眼。狂风中，小川原兵卫在声嘶力竭地高喊：大家注意，千万别动！

狂风呼啸着，像一把巨型大扫帚，不停地猛扫着山峰，要把所有裸露在表面的东西统统抛下山去。肖顿河把全身的力量都用在了脚上，把整个身体都贴在冰面上，那样子就像一只壁虎。停了一会儿，他喘喘气，稍微松弛一下绷得太紧的神经和肌肉，继续坚持着。

狂风过后，雪山明亮得耀眼，人们睁开眼睛，全都惊呆了。世界仿佛突然一下变了样，原来冰坡东侧的雪墙神奇地挪动了地方，在冰坡上方兀然地矗立起来，把前进的通道堵了个严严实实。

他妈的。肖顿河怔怔地看了很久，简直不敢相信眼前的景象。自己历尽艰辛好不容易快要攀登到冰坡的顶端，一场风暴转眼间就改变了一切。雪山啊，你总是这样变幻无穷，叫人无法捉摸。你难道是自然界的魔术师，能够呼风唤雨、改天换地吗？神话，真是神话。可这又是亲眼所见。

他恨不得像狂风一样腾空而起，在半空里对着天空，对着雪山大吼一声：嗨——霎时间山摇地动，电闪雷鸣，雪峰冰川滚滚崩塌，世界混沌一片。等云开雾散，天朗气清，他已经高高地跃上山巅，张开双臂尽情地欢呼……

这时他清楚地听见有人在高喊：全体下撤——他才如梦初醒，觉得特别懊丧。

本来他可以借助队友们在身后架设的金属梯，很顺利地撤到冰坡下面，可是如果那样金属梯就无法回收了。他坚决要把金属梯收回去，他又一步一步倒退着，把上升时打进冰面的钢钎和金属梯、主绳撤掉。这样也许比上升更加困难，更加危险，可他坚持着。

　　肖顿河终于下撤到安全地带，回头再看看那险峻的路程，他才明白，这一次中日友好攀登梅里雪山的行动结束了。

08　梅里女神

　　回国之前，小川原兵卫应邀到肖顿河的家里做客。肖顿河早就告诉过陈晓薇，小川在梅里雪山每天都盼望尝尝她做的"中国料理"。这一天下午，陈晓薇早早就回家了，她把屋里收拾得干干净净，在餐桌上铺了一块白绿相间的方格桌布，还在桌上放了一瓶淡雅的花，小小的屋子立刻充满了温馨的气息。

　　她买来了鱼、肉和一大袋蔬菜，做了一顿丰盛的晚餐。

　　傍晚，她换上一身米色的西服套裙。当她笑容可掬地出来迎接小川时，小川又一次为她的美丽惊叹了。

　　以前他在这里留学时见过陈晓薇，每一次他都被她的美丽打动。他觉得陈晓薇的美丽并没有随着年龄的增长而消失，与前几年相比又多了一种优雅的气质。

　　陈晓薇是真正的美人，她有着丰满高挑的身材，身体的所有部分都那么匀称，她的脸型也是美得让人无法挑剔无法忘记的。不仅仅是美，还有一种高傲，那是一种神情，看见那神情就让人好像闻到一种花香，梦幻般迷人。还有她那烫成大波浪的深棕色的卷发，也显露出一种气质。总之她是让女人一见就羡慕就嫉妒、让男人一见就喜爱就着迷的人。

　　小川原兵卫的目光无法从陈晓薇的脸上移开了，她柔软的卷发，标致的脸庞，合体的米色套裙……甚至她的双脚，也像当今日本杰出的雕塑家的作品一样，无可挑剔。小川在后来的信中对肖顿河说，陈晓薇是最理想的女人，就像梅里女神一样令人神往。

陈晓薇做的菜也让人着迷，不仅味道好，而且色彩也很诱人，橘红的茄汁松鱼，翠绿的青椒炒肉片，双色珊瑚菜卷，还有几个清凉的冷盘。肖顿河和小川一杯又一杯，喝光了一瓶瓶啤酒，又喝了一瓶白酒。

他们忘乎所以，海阔天空地神聊，一次次开怀大笑。陈晓薇从没见过肖顿河这么高兴这么痛快地喝酒。

他和小川原兵卫说起各自的故乡，说起在梅里雪山的许多个日日夜夜，还说起各自的初恋。小川告诉陈晓薇他一直爱着一个歌手——平野恍子。肖顿河给小川讲了他和陈晓薇初恋时的情景：他们各自写了一张纸条放在一个瓶子里，又把它埋在向日葵地里……陈晓薇坐在旁边，好几次都想阻止他，可他还是不停地说，陈晓薇只觉得脸上一阵阵发烧似的，心里却涌出一种久违了的甜蜜。

后来，小川原兵卫喝醉了，醉得不省人事。他迷迷糊糊地重复着，你们……多幸福啊……顿河君，你有这么漂亮的妻子，真让人羡慕啊……说着，他竟然激动得流出了眼泪。他无法自制地用双手紧紧握住陈晓薇的手，陈晓薇也禁不住热泪盈眶。小川由衷的赞美让她感动，可是她却无法掩饰自己内心深处的痛苦和忧郁——一个登山者的妻子，要忍受多少个孤独的日夜啊。这一切，也许都被小川那双蒙眬的眼睛看得一清二楚。事后小川说，那天他是为陈晓薇的美丽，也是为又一次攀登梅里雪山的失败喝多了，他说他渴望有一天能醉倒在梅里女神的脚下。

不久，肖顿河收到了从日本寄来的包裹，是小川原兵卫送给他和陈晓薇的礼物。给他的是一个可以使用长效电池的电动剃须刀。小川在信里说，他发现肖顿河一进山就十天半月不刮胡子、不理发，当地的僧人喇嘛甚至有意避开他，所以特意送给他这个装有长效电池的剃须刀，让他在雪山上也能修修边幅，就像在家里一样。肖顿河看到这里不禁笑了，他想起小川的样子，小川这家伙，就是在梅里也每天刮胡子。他常取笑他就像天天去赴约会。他想想自己，呵，胡子实在太长了，今天剃了，明天又长出青茬，后来他索性不剃了，总是等胡子长得像马克思了才修理修理。

小川送给陈晓薇的是一套漂亮的黑色套裙。设计者把最流行的时装和职业女装巧妙地结合在一起，上装设计很独特，大翻领，大领角是优美的树叶形，小领角是简朴的三角形。精致的毛料，银质的纽扣。直筒裙后摆开衩，长度恰及膝盖，很好地突出了东方女性的曲线美。

小川在信中说，他之所以送给陈晓薇黑色套裙，是因为他觉得梅里女神的洁白令他颤抖，使他近于疯狂，因此，他为陈晓薇选择了黑色。黑色的美更真切，更容易接近，人在短暂的一生中，多一点儿爱的幻想并没有什么不好。他还希望陈晓薇也喜欢黑色，并且像他期望的那样，穿上这套衣服更美丽、更可爱。

肖顿河看了小川的信，心里并没有多少触动，陈晓薇却激动得脸上泛起红晕。其实，陈晓薇心里也明白，远在日本的小川，即使有再多爱的联想和寄托，也纯粹是心灵上的一种表白而已。她的天生丽质和美丽的衣裙即使结合得再完美，小川也不能亲眼看见，而她多希望肖顿河能像小川原兵卫那样感受她，感受她的美丽。希望这黑白分明的反差能让他从对梅里女神的痴迷中，对洁白的痴迷中回到现实中来，回到与她相伴的感受中来，精神的，肉体的……因为最纯净的灵魂的爱，最终都是要用肉体的爱来体现的。

陈晓薇穿上黑色的裙装，在镜子跟前照了照，故意不说什么，只是在屋里走来走去。她想看看肖顿河怎样惊奇地看着她穿了新衣裙，怎样欣赏她，赞美她，然后激动地拥抱她。

肖顿河坐在计算机前，他在看一份从网上下载的世界雪山分布地图，根本没有注意陈晓薇，也没有发现身边的变化。陈晓薇故意咳嗽了几声，他没有反应。她给他倒了一杯水，放在他的面前，他也只是点点头，轻轻摸摸她的手，连头也没抬。

陈晓薇的眼泪终于忍不住了，她重又站在镜子前，呆呆地凝视着镜中的自己，白皙的脸庞，眉毛从不用修饰，眼睛也不用描画，一切都是自然的，人们总说她像一个粗眉毛大眼睛的影星，也有的说她比那个影星还要美丽，还要有气质……她想假如她不是陈晓薇，她也会觉得眼前的自己真的是个美人。还有这身黑色的裙服更显得她充满了神秘的美感。

她看见自己的眼里流露出深深的忧郁和无奈。她发现，现在无论自己有多么大的魅力，也不能把肖顿河的目光从计算机屏幕上引开了。她心里发出一个声音，梅里雪山，你这个可诅咒的白色女神，是你夺去了我的爱。顿河，你回过头来看我一眼，看我一眼吧，就像过去，就像我们初恋的时候那样。你总是喜欢盯着我的眼睛说——你是最重要的，比什么都重要。你还发誓要爱我一辈子，可是现在你为什么这样啊……

泪水扑簌簌地流下来，那么清澈，那么晶莹，带着体温，带着灵魂深处的痛苦，带着身体中火一样的欲望，滴落在黑衣裙上。

她想，其实，很多女人并不懂得男人，男人对女人有着强烈的占有欲望，可一旦他们认为女人已经成为自己的，征服的欲火就渐渐熄灭了。男人还有女人不甚了解的更旺盛的欲火，那就是对外部世界的征服——有的人对物质，有的人对权势，还有的人对精神世界……在这种欲望的燃烧中，身边即使有再美丽的女人他们也视而不见。所以女人不要指望穿一套新衣裙就能吸引男人的目光，男人已经捕获了女人的肉体和灵魂，衣服只是空空的外壳。不幸的是女人却还常常自作多情，这是多么悲哀啊……

　　陈晓薇愤愤地转身走进卧室，脱下新衣裙胡乱叠起来，塞到衣橱里，再也不穿了。她这么想着，翻出一件灰色的旧毛衣套在头上。

09　迟到的信

　　小川原兵卫走了以后，肖顿河总觉得心里空荡荡的。这一次登山考察，虽说只是为以后的正式攀登探路，但是由于实际情况比预先设想的困难更大，小川原兵卫出现了严重的高山反应，多数队员都没有到达预定的高度，所以，攀登计划未获成功。大本营在后来的总结中并不认为这是一次失败，因为攀登梅里雪山，准备三年五年甚至十年也不算长，这只能是又一次探路行动，以后这样的探路行动还将进行多次。可肖顿河总觉得，即使是探路，也应该好好总结。

　　他有太多的事情要做。刚刚从梅里雪山回来，有一大堆写得乱七八糟的文字资料和数据要整理，因为下一次登山考察就要参考这些材料。在雪山科考可不像电视上播出的那么简单，开着越野车到了一个地方，大家稀里哗啦跳下车来，卸下装备，然后架起摄像机向四面八方一摇，便大功告成，凯旋而归。电视有时会给人一种错觉，实际上无论探险还是考察，经过它的编辑制作，艰险的过程就被大大缩短了。

　　其实，在梅里雪山，每攀登一步都意味着喘息、汗水、危险……每一道冰缝，每一堵雪墙，都意味着将要付出生命的代价。在那里考察，摄像机很难扛上去，虽然有照相机，可是照片只能提供景象，不能提供精确的数据，而科考最重要的就是数据。在陡峭的冰坡上，很多文字和数据都是用铅笔潦潦草草地写在小本子上，很多线路图、地形和地物也都要在攀登途中随手画下来，有的甚至是站在悬崖绝壁上，或者是用绳梯吊在半空中绘制的。要整理这些宝贵的资料，太需要时间了。

肖顿河回家后的这段时间，几乎整天都把自己关在屋里，埋头翻看和整理过去搜集的资料，青藏高原和云贵高原的古气候、古地理，中国的冰川、中国的自然地理……有一天，他忽然想起来，以前曾经摘录过几本古地理和古气候的书，那些书曾经让他着迷，后来就找不到了，只留下了笔记。现在那些笔记本到哪儿去了呢？这一天，他在家翻腾了好几个旧箱子，可是没找到那些笔记本。他想了半天，又钻到床底下，把塞在那里的旧纸箱一只只拖出来，直到把最后一只旧纸箱拖出来，他累得腰都疼了，干脆坐到地上，打开纸箱。在这个箱子里有一个旧报纸包着的东西，他打开纸包，里面是大大小小一摞本子，他觉得眼前一亮，没顾得拍去身上的灰尘，赶忙翻开一本，正是要找的笔记。

他一本本翻着，忽然发现其中一个本子里夹着一张旧照片，拿起来看看，呵，是他们班初中毕业时的合影，他在40多个人里好不容易才找到自己，照片上的人太小了。他看着自己忍不住笑了，那时怎么傻乎乎的，站在最后一排，因为个子太高，不过样子倒是不难看，浓眉大眼的，放到今天也算是很帅气的吧。

陈晓薇呢？她在哪儿？他的指尖又在一个个年轻的脸上拂过。嗯，在这儿，陈晓薇坐在第一排，她微笑着，是照片上最美的女孩儿，现在她也依然是女人里最漂亮的。

陈晓薇的旁边是班长安群——她是那么文静秀丽，总爱穿浅色方格衬衫。她说话低头时，柔顺光滑的齐肩短发右边的一绺总是垂下来，遮住她细长的眼睛，也遮住她恬淡的微笑……

看着安群，肖顿河的心里猛地一沉，那时候谁能预测自己的未来呢？安群……

他又找丁首都，这家伙，那时安群和他那么好，可他却叛变了。呵，找到了，丁首都也在最后一排，离他不远，戴一副白框眼镜，一本正经的样子，和现在几乎没有太大的变化。不过，他们已经很久没见面了，上次见面是在一个同学聚会上，丁首都去加拿大之前。找到丁首都，就要找宋梅樱，照片上的人实在太小了，他觉得眼睛都累了……

　　他把照片放到一边，又继续翻本子，本子里还夹着一封信，信封已发黄，他有些疑惑，只见信封上写着：请交丁首都同学。顿时，肖顿河觉得脑子里一懵，拿着信的手有些发抖，这不是当年安群让他给丁首都的那封信吗！嗨，这么多年你怎么藏到这儿了？

　　那年高中刚刚开学，一天，安群告诉大家，她随父亲的部队调动，要到外地去上学了。安群临走的前一天晚上，肖顿河去给她送初中的毕业照片，还有大家送给她的纪念册。安群眼圈红红的，说了些很伤感的话，后来她把一封信递给他说，肖顿河，你帮我把这封信交给丁首都，行吗？他说，怎么不行。安群又叮嘱他，你一定要亲手交给丁首都啊。

　　第二天，肖顿河去找丁首都，在路上碰见了宋梅樱。肖顿河，你干什么去呀？宋梅樱老远就张开两臂，要他停下。肖顿河热得满头大汗，他跳下车说，我去给丁首都送一封信。

　　一个班的同学还写信干吗？宋梅樱问。

　　不是我写的，是安群给他的。安群转学走了。肖顿河说。

　　安群？肖顿河看见宋梅樱的脸一下涨红了，接着她笑了，说，肖顿河，我知道这是什么信，女生给男生写信，我早就知道他们好。

　　肖顿河觉得自己说漏了嘴，他知道丁首都和安群好，也知道宋梅樱想和丁首都好……他不再说什么，只想骑上车马上就溜。

宋梅樱忽然想起了什么，大声叫住他说，肖顿河，你不用去找丁首都了，昨天我碰见他弟弟丁小漠了，他说丁首都回老家了，下个星期才回来呢。

肖顿河愣在那里。

宋梅樱又说，哎，你们是最好的朋友，怎么会不知道呢？

唔……我忘了……肖顿河嘟哝着。那怎么办？

宋梅樱对他说，肖顿河，要不这样吧，你把安群的信给我，等丁首都回来，我给他送去，我家和他家离得近。

不行。肖顿河说，他想起临出门时安群还在嘱咐他：你一定要亲手交给丁首都啊。肖顿河对宋梅樱说，不，还是我自己交给他吧。说完就骑上自行车跑了。

其实他有点儿讨厌宋梅樱，她总是有事没事地找丁首都，惹得班里的一些家伙说丁首都的闲话。丁首都也是，对宋梅樱什么也不敢说，就怕得罪人。

肖顿河继续回想着，那天他在回家的路上被挤到了一个什么游行的队伍里。他好不容易挤出来，回到家，想把安群的信先放起来，可一掏胸前的口袋,信没有了!坏了,也许在街上挤丢了。他着急了,可又一想,不就是一封信吗，告别啊什么的。那几天他没有见到丁首都就把信的事忘了。过了些天他整理书包时，却看见了这封被折损了的信。他赶快把信夹到一个本子里，塞进了书橱，想压平整了再给丁首都，可几天以后，他竟把这封信忘得一干二净。

肖顿河拿信的手有点发抖，他想，丁首都看不看这封信已经无所谓了。算了，这事儿也别告诉他了，省得他骂自己。其实那时候他曾经有点嫉妒，嫉妒一个女孩儿给丁首都写信。可是，丁首都知道了会原谅他吗？安群会原谅他吗？无论怎样他也不能把钟表拨回去，日历更不能翻回去了……他觉得懊悔，更觉得歉疚。

他站起来，把信放在桌子上，又忍不住拿起来。安群在这封信里说了什么呢？他忽然生出一点好奇心。这是一封情书。肯定是一封情书。他想。那时候的女孩子表达爱情大多数都是用写信的方式，即使是在同一个班里，即使是同桌，也要先写信。不像现在的女孩儿，那么直截了当……

他把信小心地装进一个牛皮纸信封，放在登山包里。他想，有机会一定要把信交给丁首都，无论如何也要给他。也许自己要被丁首都骂一顿，这倒没什么，他们是最亲密的朋友啊。可是怎么对安群交代呢？

10 恋爱的日子

宋梅樱始终忘不了中学时丁首都对她的冷漠，在她的印象中，丁首都从来就没有注意过她的存在，有时开班会，她故意坐在丁首都的对面，丁首都却从不看她一眼，更不主动和她说话。而他对安群却有一种特别的关心，每次班里开会，安群发言，他都非常认真地看着她，眼睛都直了似的。宋梅樱也看着安群，从心里悄悄地把她和自己做比较。安群哪儿比她好呢？就是脸有点儿白，那是因为她身体不好，安群的眼睛就不如她的好看。还有，安群虽然是班长，可自己也是学习委员啊。那时她就下了决心——总有一天要让丁首都对她好，她甚至悄悄想过，将来要和丁首都结婚。这些都是夜晚她睡不着的时候想的。

那时，她总是烦躁不安，头脑也混混沌沌的。有一阵她觉得心里非常恨，可究竟恨谁或恨什么却又说不清。她一次次无声地问自己，你干吗非要想着丁首都呢？他究竟哪儿好啊？于是她就开始想他的不好，他不算太好看，虽然个子高却不魁梧，可她又觉得他比那些魁梧的好。她想起有一次丁首都穿了一件衣服，他好像很多天都穿那件蓝外套，很多天都没有洗过了，她多么着急啊。要是能给他洗洗这件衣服多好啊……可丁首都总是一副不想和她说话的样子。丁首都我恨你。她在心里骂他，去你的吧，滚，从我这儿滚出去，滚啊……她有时真的就骂出声来了，一边骂一边就哭了，甚至把头蒙在被子里使劲儿抽泣。

她每天都要在学校大门外等着丁首都，她只是想看他一眼，她没有机会和理由跟他说话，丁首都总是和一群男生一起出校门。她也想过，万一真能和丁首都单独见面又该说什么呢？她总是躲在大门外的树丛里，有几次被女生看见了，她们追问她在这儿干吗，她说，不干吗，早回家没有钥匙。后来她故意最后出教室，在通往大门的路上走得很慢，一到大门口她就后悔了，丁首都早就走远了。她于是又想，总有一天，总有一天他会和她好。

她记得有一天，丁首都一进教室门就大叫，嗨，你们谁吃过蛋糕啊？就是美国鬼子吃的蛋糕。乱哄哄的教室里立刻安静下来，几十双眼睛一齐看着丁首都，他一手高举着一块淡黄色、长方形的东西，他捏着的那块东西看起来松软、香甜，很诱人。丁首都又问，你们谁吃过啊？屋里没有动静。丁首都把那块蛋糕咬了一口，大口嚼着，其他男生立刻一哄而上，又夺又抢。丁首都，给我咬一口！嗨，老伙计，别都吃啦……丁首都一跳，坐在靠门边的课桌上，更狠地咬了一口。

可是奇怪，他咬一口，那块蛋糕立刻就恢复了原样。真是块神奇的蛋糕。丁首都对那些馋涎欲滴的男生说，这块蛋糕啊，永远也吃不完，什么时候想吃就吃，不想吃就放起来。他说着就把蛋糕塞进裤子口袋里。教室里乱成一团。

男生要和他抢，女生就嘻嘻哈哈地在一边看热闹。

宋梅樱多么羡慕丁首都啊，她真希望丁首都先让她咬一口。她想起了《水晶鞋》里的王子，他看中了灰姑娘，她没有美丽的衣裳，而她自己的衣服上就缀着补丁。她好像看见丁首都把那块蛋糕捧到了她面前……

安群来了，她不知什么时候站在了教室门口，她文静地微笑着，看着混乱的男生，轻轻问，你们在干什么？

丁首都有一块吃不完的蛋糕。肖顿河说。

安群点点头，拨开人群，坐到自己的位子上。她掏出课本，开始安静地看书，好像没听见周围的喧闹。

教室里不知为什么也安静了下来。

丁首都从课桌上跳下来，走到安群面前，从裤兜里掏出蛋糕递到她手上说，安群，给……教室里又哄成一片，同学们拥到安群的桌旁。

宋梅樱觉得自己就要哭出来了。

忽然男生大声叫嚷开了，哈，是海绵呀。

真的像蛋糕呢。

好啊，丁首都，你这个大蝎子。

安群，给我看看。

宋梅樱听见乱哄哄的笑闹，泪水悄悄地流了下来……

多年后，宋梅樱和丁首都谈恋爱了，这事来得很突然，甚至连丁首都本人也说不清究竟为什么。安群走了，这给了宋梅樱一个机会，她终于用耐心打动了丁首都。

大学毕业后，宋梅樱总是在丁首都最困难的时候给予帮助。丁首都分到市里的一所医院工作，她就让在医学院当院长的父亲把他调到医学院的附属医院，而且分在遗传病研究所，这正是丁首都盼望已久的。后来他想去加拿大学习，宋梅樱又默默地做了一些事，那时她已到加拿大留学，她让在那里的舅舅帮助丁首都顺利地来到多伦多大学。丁首都是个极用功的人，几年后他获得了医学博士学位。丁首都总觉得在这些事上欠了宋梅樱一笔很大的人情债。

回国工作后不久，多伦多大学又邀请丁首都做访问学者，就在那段时间，他的生活发生了变化。有一天宋梅樱给他打电话，请他来参加她的一个小小的生日聚会，她说聚会的地点就在她舅舅家，是家庭聚会。宋梅樱笑着说，你不用紧张，我知道你怕见很多生人，这儿人不多。丁首都觉得宋梅樱骨子里有一种东西，她会把你想到和没想到的事都考虑到，她是非常善解人意的。不过，这种善解人意有时又让他有些惧怕，他总觉得宋梅樱已经看到了他的内心，知道他在想什么。还有什么能比一个女人钻进你心里更可怕呢？

丁首都给宋梅樱买了一件生日礼物，那天晚上七点准时赶到了宋梅樱的舅舅家。隔着玻璃门，看见屋里亮着柔和的灯光，他站在台阶上镇静了一下，他在想进门后怎样和宋梅樱的舅舅和舅妈打招呼，跟他们说些什么，以表示自己的感激之情。想好了，他轻轻按下门铃。门开了，宋梅樱把他领进大客厅。丁首都看看四周，除了宋梅樱，再没有其他人。

宋梅樱带丁首都来到餐厅，桌上是色彩鲜艳、香味四溢的饭菜，金黄色的冰葡萄酒，还有一个漂亮的生日蛋糕，可是只摆着两个人的餐具。也许看见丁首都有些惊奇的表情，宋梅樱就说，哦，我舅舅和舅妈今天去渥太华看朋友了，明天才回来，你看家里就剩下我自己了。

丁首都紧张的心情放松了一些，他从纸袋里取出给宋梅樱的礼物，一个扎着漂亮的蝴蝶结的盒子。他说，梅樱，祝……祝你生日快乐。

宋梅樱接过礼物，她的脸兴奋得红了。谢谢，是什么？

丁首都刚要说，宋梅樱就打断了他，哎，别说，让我猜猜你买的什么。

他就笑着让她猜，他一点儿都不觉得拘谨了。

是巧克力吧？

丁首都摇摇头。

宋梅樱掂掂盒子，呵，这盒子又轻又薄，是丝巾吧？

差不多。丁首都说。

宋梅樱还是忍不住把盒子打开了，呀，是披肩啊。

一块柔软的羊绒披肩，淡绿色的底，还有浅褐色的格子，十分素雅。

丁首都支支吾吾地说，不知道你喜不喜欢，我……我不太会买这种东西。

宋梅樱展开披肩，惊喜地感叹着，多漂亮啊……你还说不会买呢，我要在圣诞节披上，让他们都看看。

丁首都有点儿不好意思地问，让谁看啊？

宋梅樱大声说，所有的人。

她让丁首都帮她披上，丁首都将大披肩折成三角形，轻轻披在宋梅樱身上，这时，她猛地紧紧拥抱了他……

宋梅樱回想起刚谈恋爱的那段日子，就有一种胜利者的狂喜，她每天每时每刻都沉浸在难耐的热望中，她期盼早晨快变成下午，下午快变成夜晚，夜晚，她多么想拥有甜蜜的夜晚啊。她一会儿没有丁首都的消息就会坐立不安。

新婚时宋梅樱曾觉得很幸福，有一次她在丁首都的怀抱里，居然在激情中狠狠咬了他一口，那一刻她想起了那些对丁首都微笑的女生，想起了那些在她面前议论丁首都的女生，想起了安群……现在他已经成为她的了。可是她很快又感到了失落，和丁首都结婚并不像她想象的那么好。

有一天晚上，他们拥抱在一起，她忽然觉得自己一点儿激情都没有了。为了不让他扫兴，她尽量装出热烈的样子，可心里却是冰冷的。最后当丁首都喘息时，她真想立刻逃跑，跑到一个不为人知的地方，再也不回来。她不知道为什么结了婚，一切就忽然平淡无奇了，她多年的追求和耐心的等待，却是一个空虚的结果。她觉得是自己骗了自己，为什么要骗自己呢？人真是个奇怪的动物，总是生出古古怪怪的思想无情地折磨自己。

11 大提琴手

命运是神秘的，如果它真的存在的话。安群在想。几年前她和丈夫带着女儿去外地时遇到了车祸，她从没想到丈夫和女儿会那么突然地离开了她，她还没有来得及再和他们说些什么，他们就走了。她自己也受了重伤，颈椎错位，身上多处骨折。她全身缠满了绷带。

在病房里的日子是和噩梦、惊悸、泪水，还有歇斯底里的发作纠缠在一起的。也许人所要经受的，绝不是音乐能够全部表现出来的。世界上有哪一首乐曲能够表达她那时的内心呢？不能，只有她自己。一首无声的乐曲注定要长久地在她的心底里延续下去。每个人都要忍受痛苦，而一个受伤的人所要忍受的痛苦却是常人无法想象的，用痛苦谱写的乐章会时时撕开自己的伤口。

安群只能用自己灵魂中仍然潜藏着的所有能量来同绝望搏斗，一个原本最美丽、最奔放、最自由的心灵和躯体，被石膏和钢架严严地禁锢着，一动也不能动。就是这样一个一动也不能动的脆弱的躯体，还时时受到隐隐传来的尖利的金属撕裂声和数不清的噩梦的轮番冲击。她一次次地感到自己被边缘参差不齐的锋利的金属片割裂开，肢体的碎片被强大的惯性抛射出去，污血凝结成暗红色的斑块……直到护士一次次地用成袋的冰块把她从高烧和呓语中解脱出来。

让她肢体僵直，身体一动也不能动的石膏终于渐渐卸去，她的伤口渐渐愈合，可是她的颈椎却损坏了，她再也无法站立起来，双手也不能灵活自如地活动了。

　　她成了世界上最孤独的人，三个人的笑声成了记忆深处的回响。床头橱上的一个小相框证明着她生命中那两个人过去的存在。

　　泪水经常无声无息地流淌，任何同情、安慰的话语，任何意志的克制都无济于事，它不停地流淌着，这是从心灵的最深处涌出的泉水，它要洗涤过去色彩斑斓的一切美好的愿望、梦幻般的爱情和对未来的憧憬。这一切都随着这心泉的流淌干涸了，消失了……当泉水干涸，色彩炫目的卵石露出了本色。

　　她试着抬起头来，可怎么也做不到。挣扎，然后又放弃，好多次都是这样。后来她就每天都静静地感受着每一分钟。她听见时钟的嘀嗒声，一分一秒过去。生命不停地行走，又不停地后退，不停地生长，又不停地衰亡。

　　她有时就辨别不出自己是谁了，我也是一个时间吗？我是一个时间，我依然在行走，走向哪里呢？走向哪里也许无关紧要，只是这个时间还存在。不知道究竟是时间主宰我，还是我主宰时间，假如不是我主宰时间，我还存在吗？

　　那个时间是蓝色的，生命的风轻轻唱着从身边掠过，风中回响着合唱，她看见女生们在排练合唱，她看见自己站在陈晓薇的身旁，陈晓薇跟不好第二声部，总是跟着第一声部跑，每次唱错都要回脸看看她，一脸歉意地微笑。陈晓薇很漂亮，她从内心羡慕陈晓薇，甚至有点儿嫉妒。陈晓薇的美丽让男生们在身后议论纷纷……

　　时间走过去了，现在只剩下了思想。只能思想了，每时每刻，思想着，时间就飘忽了。飘忽的思想是消解一切疼痛的止痛剂。安群在想，肉体的疼痛也许还能治愈，可精神的疼痛呢？

她忍耐着，疼痛、麻木、忧郁、失望……她不再像刚出车祸颈椎受伤的那段时间，每时每刻都烦躁焦急，大吵大叫，甚至当着很多人的面不停地哭泣，无法控制自己。

时间日复一日地过去，她发现那样没用，一点儿用也没有。她开始想生还是死的问题，生存下去——她这个生命的存在注定是痛苦的，而且这种深重和持续的痛苦将追随自己的一生，多么可怕啊!她不知道自己是否有足够的耐心坚持到最后，她真不知道该怎样抵抗沮丧绝望的心情，抵抗伤痛带来的无休无止的各种麻烦，她已经不能自己料理日常生活了，她伤得太重了。

在一个相当长的时间里，她的精神仿佛麻木了。她长久地凝视着天花板，长久地冥想，好像皈依了什么宗教。她在想死的问题——为什么死、怎么死、死的结果……过去她从来都没有这么执着地想到死的事，也没有如此平静地对待死亡。人们都不愿谈到死，甚至还有人避讳这个字，尽管最后谁都会走到这一步，可人们还是惧怕。她觉得自己已经不再惧怕了。

当一个人清楚地知道，自己终生都将被伤残这个无形的枷锁禁锢的时候，来自外界的所有慰藉都不会有长效作用了。这时她就必须承受着，挨过一生的时光。她知道自己永远也等不到任何希望了，她不知道这样还有什么意义，其实她有时很清楚已经没有意义了；如果说有意义，那只是局外人凭着自己的想象给她的生命添加了某种意义。

一天，丁首都来到她的床前,轻轻握起她的手。过去在她受伤之前,他们见面时从没有握过手,他们都避讳那么做。丁首都俯身看着她，看着她默默流泪，他不像别人那样劝慰她，而是什么话也不说，只是看着她，抚摸着她的手。他们沉默着。安群终于忍不住了，把头歪到一边哭了。首都，我完了。她说，太突然了，我受不了，真的受不了，告诉他们不要再给我治疗。你是医生，他们会听你的。

安群，你要学会忍耐，痛苦这个过程，谁也逃不掉。丁首都说，别说放弃生命的话，放弃了就不会有第二次了。你知道吗，我在电子显微镜下把细胞分解到最小的单位时，觉得它是那么神奇，生命总会创造奇迹的，细胞会自我修复，自我复制，总有一天医学会帮助你，现在自信心是最重要的。

她打断他的话，首都，我这样活着还有什么意义啊？对所有来看她的人，她都要问这句话。尽管她知道这个问题最终还是得由她自己来回答，可她还是一遍一遍地问。

安群，你的存在就是意义。丁首都很认真地说，生命总是在抵抗一些东西，抵抗伤痛需要非常顽强的意志，在这种抵抗的过程中人们会发现自己新的力量。安群，听我的话，别这么丧气，一切都会重新开始。

不，不会了。她不耐烦地闭上了眼睛。

丁首都却没走，他一直在她的床边静静地坐着，握着她的手，没再说一句话。

安群觉得自己的眼泪不停地流淌着。

后来，丁首都说，安群，试试看你能做什么。他给她慢慢摇起病床的靠背，她发现自己能坐一会儿了。

她看着远处，一幢幢高楼矗立起来，这都是什么时候建起来的啊。这几年自己好像与世隔绝了，躺在病床上看到的只是天花板。那些楼一幢比一幢高，样子都差不多，它们还不如孩子搭的积木房子好看，那些积木的颜色很鲜艳，搭出来的房子也就五颜六色。这些楼房的颜色多么单调啊。她觉得它们不像房子，就像一根根方的、圆的、多棱的柱子，又细又高地耸到空中。

她想起有人说，建筑是凝固的音乐，可她一点儿也看不出这些建筑物凝聚着什么音乐之美，真的一点儿也没有，倒像一根根石柱，原始的，天然的……都不是，原始的石柱有一种震撼人心的力量，天然的石柱更是变化无穷，让人永远也看不够。可是这些高楼……

她不停地问自己，你要等到什么时候？你究竟要等什么呢？躺在病床上几年过去了，什么也没有等到。

过去她从不等待，而总是满怀期待，走出中学大门的那一天，考上音乐学院的那一天，她依然期待着什么，总觉得还有更吸引她的事情在前面。安群说不清那是什么，只觉得那是美丽的一片。她期盼着接近它，可是当她真的接近它时，一切又都变得模糊不清了。

12 巴登别墅

肖五洲又一次走进了大学的校门。

这里原先是一所西方传教士修建的教会学校，后来改建成北方音乐学院。校园里清一色的灰砖小楼，它们掩映在梧桐树浓浓的绿阴之中。在这里沿着任何一条弯弯曲曲的林阴道，都可以走到一个暂时完全属于自己的地方。这里幽静得仿佛与世隔绝。

肖五洲不记得有多少个夜晚都是在这个属于自己的天地里度过的。那时他常常忘了时间的存在，只有音符、旋律、节奏在灵魂深处回响。还有那些在琴房里苦练的日日夜夜，那是很多个没有太阳，也没有月亮的日子。音乐需要的也许是超越一切世俗观念的、纯净空灵而幽深的境界，那是他理想中的艺术的境界，理想中的音乐的王国。

现在，他离开这个理想中的王国已经好几年了。

几年前，肖五洲从北方音乐学院大提琴专业毕业，分到了北方交响乐团。他记得上大学前，这个乐团曾经名声很响，经常在这里的大剧院演出，有一次还请来一位世界著名的指挥家，肖五洲看过那场演出，他被观众一阵阵热烈的掌声感动。他觉得当年报考音乐学院时内心就洋溢着这种冲动——有一天成为交响乐团的首席大提琴。

那个秋天的早晨，他怀着有朝一日问鼎世界顶尖音乐殿堂的豪情，跨进了交响乐团的大铁门。可是，迎接他的是一幅怎样的景象啊：偌大的院子里冷冷清清，几乎看不见人影，也听不见练习乐器的声音。四处看看，只有几家录像放映厅和游戏厅，陪他来的一个朋友说，这些放映厅和游戏厅原来都是团里的排练厅，现在已经承包给了一些个体经营者，晚上，有时直到凌晨这儿都很热闹。肖五洲来到演出办公室的门前，门上挂着一把生锈的锁。朋友说，这几年受流行音乐的冲击，交响乐团的演出非常不景气，乐手有的在外面走穴，有办法的出国了，还有一些待在家里，也有的去做生意……偶尔有任务时他们才来排练或演出。那天，乐团办公室里要不是还有一个管图章的人在，肖五洲觉得自己可能连报到的手续都办不成了。

他的头脑乱哄哄的，仿佛里面有一支不听指挥的乐队在演奏，一切都杂乱不堪。他紧皱眉头，说不出有多么失望，忽然很想到个什么地方疯狂地拉一段最激烈的曲子。眼前的现实，把他的梦想击得粉碎，他的心疼得快要破裂开了。他甚至后悔没有像有些同学那样参加酒吧歌舞厅的临时乐队。

还算幸运，团里给他分了一间房子，是三层宿舍楼顶层一间原先放杂物的小屋，是用筒子楼走廊头上的那点儿空间隔出来的，也就有八九平方米的样子。屋里有一扇朝西的窗子，窗子的玻璃不知道多久没擦了，上面留着雨水冲刷后的一道道污迹。窗台上也积了一层灰。肖五洲把搬来的一大堆书籍、杂志、磁带、CD盘堆在屋角，又靠墙放了一张小床，床边放了一张桌子，桌子的一边，靠着他的大提琴盒。这里成了他的家。

从绿树掩映、典雅幽静的音乐学院来到这样一个地方，肖五洲有一种难以名状的失落感。在学院，他是个学习拔尖的学生，那里浓浓的音乐氛围把他熏陶成一个浑身散发着古典音乐气息的大提琴手。可自从来到交响乐团，团里几乎就没有举行过一次像样的演出，只是逢年过节时才去什么晚会或是电视台演奏几段乐曲，或者偶尔到一家企业去参加厂庆活动。有几次，团里甚至应邀到刚开业的大商场演出——在商场的门外或是一楼大厅里演奏迎宾曲。肖五洲觉得在这里，北方交响乐团和娱乐场所的乐队没有什么两样。

好不容易盼到一次新年音乐会的演出。肖五洲把自己关在屋子里，猛练了十几天，那些天他真的很投入，也很过瘾，他想象着音乐会的盛大场面，满台的鲜花，一次一次的谢幕，暴风雨般的掌声……作为首席大提琴，他终于要有机会展现自己的才华了。

那场音乐会肖五洲一辈子也忘不掉，他简直伤透了心。他一上台心就凉了一半，三千个座位的大剧院里只有寥寥可数的几百个观众。他很快调整了自己的心态，镇静下来，与乐队配合。他以最大的热情投入演奏中。可是他怎么也没想到，乐队竟然出了那么多洋相。先是首席圆号吹破了音，台下的观众一阵哄笑，紧接着，双簧管跑调了，最要命的是，首席小提琴独奏时出现了把位不准的失误……台下的观众鼓倒掌，吹口哨，还有手机铃声也响起来……肖五洲喉咙里被一种失败感堵塞住了，他猛地咳嗽起来，忍不住地咳嗽着，他觉得那会儿要是再一用力，准能咳出血来。

夜晚，肖五洲常常一个人在街道上漫无目标地闲逛。路灯很暗，走不了多远就有一盏路灯是黑的。店铺门口的霓虹灯和灯箱广告却很明亮，很耀眼，各种各样的画面应有尽有。夜总会、歌舞厅、桑拿浴的霓虹灯闪着变幻不定的色彩，那么刺眼。不知从哪里传出唱卡拉OK的声音，唱得怪腔怪调，声嘶力竭，就像醉鬼的呓语。烤羊肉串的股股呛人的烟味从身后不远处的小巷子里冒出来，有一种既诱人又令人厌恶的感觉。有时候他加快脚步，想走过嘈杂的闹市，到一个僻静一点儿的地方。可是在灯光更加昏暗的小街上，常有穿着暴露、染着浅色头发的女人扭着屁股走上前来搭讪，他赶紧走开，只听见身后是哧哧的窃笑。

肖五洲心里乱极了，有一段时间他不再练大提琴，他觉得自己的手已经没了灵感，没了激情。那些天他感到一种从未有过的失落。他几乎每晚泡在一个酒吧里，和一伙像他一样的乐手又吃又喝又唱又吼，直到天亮。有时他觉得聚会很热闹，可是一走出五彩迷离的酒吧，走在清冷的大街上，特别是穿过黑乎乎的胡同和僻静的小街，他就会感到无限的空漠。他不知道明天是什么，后天是什么，更不知道将来是什么。

他自责、后悔、怅惘、沮丧……他就这样漫无目标地在大街上走着……

荒废的代价是沉重的。两年以后的某一天，他突然发现大提琴已经不再那么心爱了，音乐也不再那么让他入迷，他的手指变得僵硬，头脑变得麻木，血液也仿佛变得黏稠，所有过去让他激动、让他感叹的事情都不能引起他的兴趣了。当他意识到这些的时候，连他自己都惊呆了。

在他垂头丧气的那段日子，哥哥曾经约他去梅里雪山。哥哥说，站在山巅会让人觉得心胸开阔。他却说，登上雪山又怎样？在山上和在山下都一样，一个人登不登山都活着。即使我有能力登上梅里顶峰又有什么意义呢？那段时间他总在想，我究竟怎么啦？为什么会有这么多痛苦啊？我到底失去了什么？

有一天他突然发现他失去的是音乐。

他把自己关进了小小的空间里，开始拼命地读书练琴，大提琴专业招收的研究生很少，竞争将会非常激烈，没有真正扎实的知识功底和炉火纯青的演奏技巧是不会得到导师青睐的。

夜晚，交响乐团偌大的院子里，大提琴仿佛在彻夜低诉。很久以来，人们几乎听不见乐手这样近似于疯狂的练习了，现在三层楼西头的这个小隔间里传出了真正的音乐。

肖五洲练习的是勃拉姆斯的《e小调第一大提琴奏鸣曲》。这是勃拉姆斯的第一首大提琴奏鸣曲，是在维也纳和风景秀丽的乡间别墅创作的，可它的曲调却那么荒凉沉郁，仿佛是凄清的月光下的一片荒原。肖五洲总觉得这首奏鸣曲拨响了他灵魂中的一根弦，激起了他心头共鸣的颤音。他爱上了这首曲子，他入迷地练习着，仿佛他就置身在一片荒原上，一片人迹罕至、光秃秃的不毛之地，没有鲜花，没有绿阴，没有鸟鸣，只有寥廓的天空，清月寒星，呜呜的风……

炎炎盛夏之后，就是荒疏的秋天，晚风带来了阵阵凉意，小隔间由闷热濡湿变得清凉，又渐渐变得寒冷。窗外飘起了雪花，零零星星的雪粒也随着呼啸的风从关不严实的窗缝里挤进来，落在满屋的书本、杂志和CD盘上，也有一些飘落到肖五洲那张凌乱不堪的床上，还有靠在床边的，像他一样疲惫的大提琴上。

肖五洲入了迷。

人有形形色色的入迷。有痴迷，有迷恋，有钟爱，也有浑然不知所以的痴狂。肖五洲的入迷是钟爱，一种不分白天黑夜，不辨春夏秋冬的爱。不管是酷暑还是严冬，晚上他都很少离开他的小屋子，他用勃拉姆斯创作《e小调第一大提琴奏鸣曲》时住的那个乡间别墅给自己的小屋取了个名字，叫"巴登别墅"。虽然他并不知道为什么勃拉姆斯要在一个风景如画的地方，创作这样一首如同荒原般的奏鸣曲，可他却觉得，这首曲子正好抒发了他内心的感受。他已经忘了外面世界的欲望、喧嚣、躁动和层出不穷的变化。

当春雨又淅淅沥沥地敲打破旧的木窗时，肖五洲终于觉得他已经能够用娴熟自如的指法，用琴弓的徐缓和疾驰、弹跳和冲击，为听众再现勃拉姆斯创作的那个意境了。

他开始转向勃拉姆斯的《F大调第二大提琴奏鸣曲》，这是和那首《e小调第一大提琴奏鸣曲》完全不同的奏鸣曲。它是那么明朗热烈，像初夏一个阳光明媚的日子，生气勃勃，热情奔放。要不是有了在前一首奏鸣曲上的成功的喜悦和希望，他是绝对没有勇气练习这首奏鸣曲的，它和他原本灰暗沉闷的心情是多么不同啊。

他增添了信心和动力，又一次投入那种忘我的练习中，他把四面斑驳的墙壁和周围乱七八糟的一切都当成一群一本正经地板着面孔、苛刻挑剔的考官，或者是一群听觉特别灵敏、有着天生的音乐耳朵的高水平的听众。

那一天，他坐到了主考官们的面前。

考试是在一个小音乐厅里进行的，在舞台正中的一张长条桌后面，主考官们一个个表情严肃地坐在那里。在他们的对面大约五六米远的地方，放着一把椅子，那是给考生坐的。

规定曲目的演奏肖五洲已经顺利通过了，接下来是自选曲目的考试，他选择的是安群创作的《青山翠谷》。

他放好大提琴，左手的手指轻轻地放在把位上，右手握着琴弓，弓弦很轻很轻地压在琴弦上。

坐在中间的一位有了白发的考官说，请开始吧。

在这一瞬间，肖五洲觉得仿佛有一股轻轻的风，在一个遥远的秋天，从深深的山谷里静悄悄地吹来，拂过他的面颊，沁入他的心脾，把所有烦闷和焦虑都驱赶得无影无踪，那种清新的感觉渗入了他的灵魂……

当最后一个音符在寂静的山野里消失的时候，音乐厅里也出现了暂时的寂静。

肖五洲拎着大提琴走出考场，他的心很轻松，好像卸下了扛了很久的重负一样，汗水还在顺着额角流下来，可他什么不安和担心都没有了，他只想到一家咖啡馆里去，坐下来喝一杯浓浓的厄瓜多尔煮咖啡。

收到录取通知书，他一点儿也没有感到意外。他收拾起那堆乱七八糟的行李，可就在离开交响乐团那栋破旧的宿舍楼的时候，他忽然觉得有点儿依依不舍。那褪色的砖墙、破裂的木窗、灰蒙蒙的窗玻璃，忽然变得有些可爱了，要不是这间小屋，这几年会怎么度过呢？也许会奔波于一个又一个演出场所，听着台下观众凌乱的掌声，看着那些大红大紫的歌星眼馋……他忍不住轻轻地说了声，我会记着你——巴登别墅。

他又回到了一个梦幻般的地方。虽然巴登别墅的经历还常常把他拉回到现实中来，但音乐本身永远是那么如梦如幻，深深地吸引着那些热爱音乐、献身音乐的人，让他们为此付出全部的智慧和心血。肖五洲正是这样。他把自己的一切投入了研究生课程，他知道自己不是天才，不是那种从小就有杰出的音乐天赋，又一直在音乐的窑炉里陶冶的音乐奇才，他是一个完全依靠自己刻苦学习成长起来的人，他希望献身于音乐，可是音乐却不一定非钟情于他，只有勤学苦练，把音乐世界与现实世界联结起来，才能实现做一名音乐家的梦想。

13 两棵松树

一只白色的鸽子在不远处的房顶上徘徊，咕咕地叫着，它是那么孤独，如同她现在一样。

安群想起有一次，还是刚上高一的时候，陈晓薇在她耳边说，我觉得你们就像两只鸽子。她回脸看着陈晓薇，问，你们，谁呀？其实她想陈晓薇一定看见她的脸红了。陈晓薇咯咯地笑起来。安群，你自己心里明白就行了。为什么，为什么像鸽子？她问。陈晓薇说，整天咕咕咕咕，说个没完呗。她和丁首都那时不知道都在说什么。人在十几岁时总是喜欢说个没完，总有那么好的精力。现在她几乎记不清说过什么了，偶尔只想起一些句子的碎片。我的瓶子里长出来的蘑菇，就是真菌。丁首都说。有一阵他总是摆弄一些放了马粪的玻璃瓶，后来那上面就长出了蘑菇。

她想起有一个星期天，刚刚下过小雨，丁首都带她去燕山采蘑菇。松树林里的风呜呜响，她觉得就像大提琴揉弦一样。丁首都，你听见了吗？她问。什么？丁首都问，他的样子有点儿傻。她说，像不像大提琴？他听了好一会儿才说，是有点儿像。她笑了，说，最美妙的音乐不是来自乐器，而是来自大自然。他们后来坐在树下，不是两个人一棵树，而是一人一棵树，面对面地坐着，坐了很长的时间。

安群回想着，她想那天自己心里是有点儿发慌的：就他们两个到山上来了，要是同学们知道了会说什么？他们的眼睛对视了一会儿，谁也没说话，都沉默着。她先问，丁首都，你为什么不说话？丁首都只是看着她，后来就低下头。她觉得他那会儿很可爱，心里就涌起一阵说不清的东西。可她忍住了。

从那天起她更刻苦地学习，用那些很难的作业题填充自己的头脑，不让丁首都钻进去占据那里的任何空间。可是一停下来，她就会觉得丁首都从教室后排的座位上站起来，就听到了他熟悉的脚步声，在同学们吵吵嚷嚷，挪动椅子的声音中，她都能清晰地分辨出来，那是他的声音。脚步声近了，然后是呼吸的声音，她闻到了一种每个人都会有的，但每个人都不一样的气息，紧接着，是他们的目光碰在一起。她在那个目光里看见了腼腆，看见了一种纯真，那个目光是那么吸引她。

在松树下，安群第一次那么近、那么认真、那么克制不住地正面看着丁首都，她的目光像透过松林的缝隙射进来的阳光，轻轻地、无声地在丁首都的头发、额角、鼻尖和嘴唇一遍遍地拂过，那是一种比初吻还要执着和热烈的心灵的吻，她期待着从他黑色的，还透着腼腆的眸子里回映出一种同样来自心灵深处的应答，可是安群却看见了她意想不到的迷惘，尽管只是那么一闪就不见了，可却让安群在激动和甜蜜之外，还有一丝担忧。

于是，她给丁首都写了一封信。那是在高一的时候，她要随着父亲离开这里到外地去，那几年父亲的部队总是不时地调动。她不知道怎么跟丁首都说清楚自己内心深处的秘密，有一句话她已经在心底埋藏了很长的时间了，可她却不能亲自告诉他，她想假如站在他面前自己也许一句话都说不出来。她想了很久，最好的办法还是给他写一封信，把想说的话都写在信里。信写好了，她忽然又不知道怎么把信给他了。那几天她心神不安，什么事也做不下去，只想见到丁首都，期盼再一次和他到树林中去，和他坐在一棵树下——不是一人一棵树。

想起就要离开他了，她心里空空的，仿佛胸腔里没有心脏的存在。她靠在窗边，希望时间快点儿过去，飞走，飘逝，如同窗外的落叶，飘飘忽忽，轻轻盈盈，然后她会回来，因为父亲说他们的部队还要回来的。

就要走了，不能再犹豫了，她让肖顿河把信交给丁首都。她不知道为什么那封信如同石沉大海一样。她作过种种猜测，但所有猜测都是没有结果的。她渐渐地学会了平静自己，把自己的心重新放到胸腔里，用知识的城墙把灵魂深处的那个缺口牢牢封住。

安群觉得在北方音乐学院的四年是她的幸福时光。她在作曲专业里探求。她不再仅仅谛听大自然的音乐，已经学会把大自然朴素的乐音赋予自己心灵的感受，她创作了很多大提琴曲。她的大提琴独奏曲《青山翠谷》讲述了一个纯真的爱情故事，她把自己对爱情的向往融入其中。这首乐曲被很多乐团在正式的音乐会上演奏，每次安群在音乐会上听到这首曲子，她总是想起一棵树，还有另一棵树。

14 勃朗峰雪崩

天气真好。陈晓薇拉开窗帘的时候想。过了几天小雨淅沥的日子，屋子里那种昏沉沉、湿漉漉、让人厌烦的气息立刻一扫而光。陈晓薇不由把头探出窗外，天空湛蓝，飘着几片淡淡的白云，花坛里，一朵月季花吐出了浓艳的红色。

陈晓薇坐到桌前，细心地梳起头发，她的棕色的卷发像蚕丝一样，每一根都那么光滑，闪耀着滋润的光泽。每天起床后她的第一件事就是梳理头发，做上发卷，做出大波浪的发型，每一天她的头发都赢得女同事的艳羡和赞叹。在这之前，曾有一段时间，她很少这样梳理和爱惜它们，有时甚至任凭发型乱糟糟的就去上班，即使是看见女同事们奇怪和惋惜的目光她也不在乎。无所谓。她想，管他呢。肖顿河总是不在家，总是让她担忧，十天半个月连一封信都没有。夜里她总是做噩梦，出一身冷汗，第二天精神还很紧张，满脑子里都是肖顿河给她描述过的雪崩的轰鸣，她什么心绪也没有了，心情真是糟透了。

现在的每天早晨，她又坐在镜子前，像个少女一样认真地梳起头发。细密的牛角梳轻轻地从头顶梳向发梢，有时似乎会遇到一点阻力，尤其是快梳到发梢的时候，就像被什么缠住一样。她总是耐心地把它们一一分开，直到每一根发丝都那么柔顺光滑。她露出了笑容。她已经很长时间没看见自己这样舒心地微笑了，她又重现了当年的美丽，重现了少女时代的纯洁和朝气。

当她的目光从镜子前移开，看到那张凌乱的双人床，她的睫毛就垂了下去，眼角那细细的鱼尾纹也显露出来。她总有一点儿担心，觉得不定哪一个夜晚，这张双人床又剩下自己，她又要提心吊胆，又要一次次失望地等待。过去曾经有几次，肖顿河说好了要回来，她在家准备好一切，可他们登山队却又改变了主意……陈晓薇低下头，长长的卷发从肩上披散下来，盖住了她的双颊。

她再抬起头来时，目光落在了墙上的一张照片上，照片上的两个人还是那样依偎在绿阴下，两双眸子里还是那样深含着幸福的憧憬，只是镜框上已经落了一层薄薄的灰尘。她把镜框取下来，轻轻地擦拭着。

她仔细端详着，十几年前的自己，那么美丽、那么温情、那么生机勃勃，浪漫而富于幻想，那时她沉浸在爱情的甜蜜之中。可是今天，自己却不知不觉变得这么忧郁，心里充满孤独和哀怨。

再看看十几年前的肖顿河，那张脸充满着热情和朝气，眼里藏着很深的爱意，和他在一起仿佛永远都会有火一样的热烈。他奔放的热情深深感染着她。肖顿河曾经是她理想中的人，是她梦想的实现，是她对至高无上的爱的化身。可是她怎么也没有想到，肖顿河现在却变得这么固执，固执得不近人情。他总是撇下她，到荒无人烟的冰天雪地之中做毫无成功希望的事。为了这固执，他竟然舍弃了一切。

晓薇，你还没收拾好吗?

这时肖顿河在外屋叫她，陈晓薇忙把镜框重新挂到墙上。今天他们说好要一起去买东西。肖顿河回来以后这么长时间，他们几乎还没有一起出去过。白天她去外国文学研究所上班，肖顿河在地球物理研究所做各种试验，常常在那里一待就是一天。

今天陈晓薇有一种很新鲜的感觉，她穿了一身毛料花格套裙，配了一双黑色高跟鞋，再背上一只精致的黑色小皮包，样子文静而典雅。肖顿河也在她的指挥下，穿了一套休闲服，橄榄绿的长袖T恤衫，米色的裤子。他们都觉得自己好像年轻了几岁。

大街上是热烈的、跳动的、喧闹的。陈晓薇忽然说，啊，我忘了，今天是星期天。肖顿河说，他觉得这种喧闹倒给了他一种亲切的感觉，他在雪山上已经忘记了还有一个喧闹的世界，那里太静了，静得让人忘了地球的存在，忘了生命的存在。

他们悠闲地走在长长的林阴道上。陈晓薇紧紧依偎着肖顿河，他的魁梧的身材和坚实的臂膀给了她一种依赖感，有了他，生活就有了依靠，她甚至想把头也歪靠在他肩上。谈恋爱时，夜晚他们在翡翠湖边散步，她就喜欢这么靠着他。这种依偎是多么幸福啊。陈晓薇任凭风拂弄着她柔软的卷发，撩拨着她的裙摆，也任凭众多的目光投射到自己身上。

一辆辆出租车好意地轻轻驶近他们的身边，他们却无动于衷，只用自己的脚步，用自己舒畅的呼吸去体验这初夏的感觉，初绽的花朵、新萌的枝叶、晴朗的天空……

他们先到美术馆看了一个女性摄影展览，中午在麦当劳吃了一顿快餐，然后又去电影院看了一部美国电影。之后陈晓薇又缠着肖顿河陪她到一个新开的大商店去买衣服。他们一直到天黑才回家。陈晓薇觉得今天特别高兴，有一种小时候出去玩了个够的感觉。一进家门，她就累得扑到沙发上，靠在那里，新衣服也不愿试了。

多么温馨的夜晚啊。

陈晓薇坐在肖顿河的身旁，把头靠在他的肩上，很慵懒的样子，她已经很久没有这种感受了。这段时间，她从心底感到一种踏实，这个家有了家味，虽然到处都弥散着肖顿河吸烟的味道，而这种烟味却给了她一种亲切感——这个家里有男人。她不断地把鼻子抵在肖顿河的肩头,深深嗅着,她觉得这是最幸福的时刻,从来都没有今天这样的幸福感。她心里明白,过去也有过无数次感到幸福的时候,而一旦过去就会渐渐淡漠。爱,总是要不断重新体味的,每一次体味都会觉得现在比过去好。

不行。陈晓薇忽然想起提包里的书稿,还得把研究所的几篇美国文学评论的译文校对一下。她来到桌旁,把一叠书稿铺开。

这时电话铃响了。

肖顿河一脸的疑惑,看看桌上的钟表,已经十一点多了,这是谁来的电话呢?

陈晓薇赶快拿起电话,喂,请问找谁?什么?登山协会,哦,请等一下。她转身把电话递给在一旁的肖顿河,心里一阵发冷,脸上的表情黯淡了。她垂下睫毛,心想准是登山协会又有什么新计划,一定是让肖顿河重返梅里雪山。完了,幸福的时光又要消失,接着肖顿河就会收拾行装,再一次和她告别……

她听见肖顿河的声音很低沉,他在不停地询问,什么?这是什么时候发生的?在哪里?现在情况怎么样了?

好像发生了什么严重的事,陈晓薇也不由紧张起来,眼睛直直地盯着肖顿河,他还在询问。我是说一点儿希望也没有了吗?好吧,我知道了,再见……

他轻缓地放下电话。

出什么事啦?陈晓薇问。

肖顿河坐在一把椅子里,半天才抬起头说,真的出事了……

怎么啦?陈晓薇觉得自己的声音有些发紧。她想象不出会发生什么,肖顿河他们的登山考察队全体人员都回来了,那梅里雪山还会发生什么呢？此时，她从肖顿河的表情中猜出，这件事十分严重。

晓薇，小川出事了。

小川？他……怎么了？

他……他遇到雪崩，失……失去知觉了。怪不得这么长时间没有他的消息。

陈晓薇觉得自己在微微发抖，她问，在哪里？你能去看看吗？

肖顿河摇摇头说，不行，他是在法国的勃朗峰遇到雪崩的。他的喉咙像是被什么堵住了。

陈晓薇心里一阵难过。哦，小川……她觉得有一种很难表述的东西从心底涌起，她走到肖顿河身后，双手环抱住他的脖子，把脸紧紧贴在他的头发上，好一会儿他们谁都没有说话，陈晓薇能感觉到肖顿河流泪了，她的泪水也滴落在他的头发上。顿河，你不要再去了，不要再让我这样提心吊胆的……你知道我害怕什么……陈晓薇喃喃地说，就像在哄一个孩子。你说，你说你再也不去了，你说啊……

肖顿河一直没有说话，只是用粗糙的手轻轻抚摸着陈晓薇的手背。他不愿意相信小川出事的消息。他觉得去年小川来家里做客就是眼前的事，那一次他们都喝得酩酊大醉，很痛快，也就是那一次，小川说，冬天他要去法国的勃朗峰，要等第一场雪，研究勃朗峰的降雪和雪崩的情况。他在那里来过好几次电话，他说，他还要来梅里雪山，继续他们共同的考察。可后来他就没了消息。是啊，他已经很长时间没有消息了。肖顿河猜测，小川在山上通信不方便，可从没想过小川会出事。不，不是没想过，只是不愿想，然而……

他沉默着，过了一会儿才说，晓薇，你不要太担心，小川只是受了伤，现在还在医院里治疗。

还在医院里治疗？人被埋在雪里，很快就会窒息死亡，怎么还会在医院里？你不要骗我了。顿河，我真怕，你不要再去了，不要离开我好吗？我不让你再去了，我绝不让你去。她又一次紧紧地搂住了肖顿河的肩头，一双盈着泪水的眼睛一眨也不眨地看着他。

晓薇，说实话，我也不愿离开家，不愿离开你，每个登山队员都不愿离开家。可我不能不去。肖顿河压低了嗓音说，我们已经准备了这么多年，要是不去就会前功尽弃。这里面也有小川的努力，他已经付出了很多……不过，要是下次冲顶成功我就再也不去了，就永远和你在一起，哪儿也不去了，然后我们就生一个孩子，儿子或是女儿……

陈晓薇环绕肖顿河的双手慢慢松开了，她没再说什么，而是转身到另一间屋里去了。她坐在沙发上，长久地沉默着，什么也不愿说，什么也不愿想，她知道说什么都没有用，就像过去对肖顿河说过的许多话，他从不向她妥协。她知道说什么也没有用，他太顽固了，梅里雪山比她重要，为了梅里雪山他可以舍弃一切，舍弃最珍贵的爱情，甚至自己的生命……

15　狩猎者

丁首都担任基因变异课题组的负责人之后，一年来，他聘请科学家，募集资金，组织专题研讨会，虽然每天工作时间很长，但他还是感到欣慰，毕竟真正独自承担了一项重大的前沿尖端的科研项目。宋梅樱来到多伦多不久就在一家计算机公司找到了一份工作。后来他们就在靠近皮尔逊国际机场的居住区租了一幢带花园的两层楼房，在这个幽静舒适的环境里，过起了体面的生活。

他们每天都在创造新的生活，时常被成功的喜悦激励着。每当解决了研究中的一个难题，加了薪水，拿到了奖金，或是有论文发表，他们总是备上葡萄酒，炒上几个地道的中国菜，请来同事和新结识的朋友，在一片欢笑声中度过一个夜晚。

每当客人告别离去，屋子里还飘散着葡萄酒的醇香，同时夹杂着名贵的香水的芬芳，他们就有一种心醉的感觉，两个人会扔下一桌子乱七八糟的酒杯、盘子、刀叉、筷子，相拥着，亲吻着，互相用一种灼热的目光看着对方，像一对热恋中的情人挪到卧室里，来不及解开所有的衣服就紧紧地缠绕在一起，让体内好像就要沸腾的岩浆喷涌出来，让夜晚在情欲的燃烧中不知不觉地消失，直到两个人筋疲力尽，沉入梦乡。

宋梅樱感到满足，她实现了自己从中学时代起梦寐以求的愿望——让丁首都成为自己的。这是一个比任何女人都更有心计和耐心的女人，为了实现她的梦想，她以一种不寻常的耐心和坚韧等待着，等待着机会，一年，两年，五年……直至时机到来。丁首都决定出国时，宋梅樱就像闪电一样出击，然而表面上却又不动声色，她帮助丁首都来到北美，为的是让他远离心中仍在眷恋的那个人。

宋梅樱深信，在一个全新的环境中，人是要变的，甚至会变得面目全非，因为这个大陆和自己的国家有很大的差异，这里的文化使人们具有迥异的生活观、爱情观。但是她也知道，要让丁首都真正爱上自己绝不是一件容易的事，她深深懂得他的弱点，他总是去做一些力不从心的事情，他常常需要帮助，而能够给予他有力帮助的，只有她——宋梅樱。她总是选择恰当的时机，用及时的帮助使丁首都摆脱困境，无可选择地投进她的怀抱。她成功了，她实现了自己的爱情梦想。

远在北美大陆，在这座大街上很少看见行人的城市里，人们都在拼命地工作，也尽情地享受着每一天。在这里，过去的一切都会在紧张的生活节律中变得黯淡不清。只要在凌晨的某个时候走出户外，到临近高速公路的地方去，听一听汽车一辆接一辆飞驰而过的呼呼声，抬头看一看天空中每隔一分钟就有一架班机朝皮尔逊国际机场徐徐降落，也许就会懂得，为什么乡愁和思念在这里都被冲淡了，因为人们没有时间。

宋梅樱选择在这里安家，也是因为这里有最好的从事科研事业的条件和环境，这里有一流的实验室，有很多顶尖的科学家和技术人才，还有支持科研的雄厚的技术和资金，任何一个有成就的科学工作者在这里都能得到最优厚的报酬，过上富足的生活。她这也是为丁首都考虑，他的知识和才华可以在这里找到用武之地。宋梅樱清楚地记得，丁首都在刚担任课题负责人时的那种激动和亢奋渐渐平息下来时，曾不止一次地问过她，你怎么能有那么大的本事，一星期就能弄出这么大的一套软件啊？

你问这个干什么呀，说出来你也不懂。宋梅樱常用这句话来搪塞他。在她看来，丁首都不明白这些事并不妨碍他当一个科学家，为什么非要弄个一清二楚呢？世界上就是有天才。当然，这不仅仅是因为天才们都有很高的天赋，更重要的是，作为天才的他们头脑中积累了丰富的知识。

其实，在丁首都到北美之前，宋梅樱就已在注意有关基因研究方面的进展，并且搜集了大量的具有很强的自识别功能、自学习功能的智能化的数据库软件。在信息领域里工作的这几年，宋梅樱意识到，所有精密的、尖端的科学研究，最终都要处理大量的数据并且对这些数据进行精确的筛选，这样，强大的数据库软件就成为关键。所以，她把开发具有自识别功能、自学习功能的数据库软件作为主攻方向并且取得了成就。但她一直秘而不宣。因为她知道，在信息领域里，一项技术一旦公之于世，就会有成千上万的模仿者，而且毫无疑问，立刻就会被人超越，使自己的技术变得一文不值。

她的精明就在于，她很早就预想到，丁首都在研究中一定会用上这项技术，于是她十分耐心地等待着。

还是在上高中的时候，当她和丁首都、肖顿河都是同学的时候，她也曾经被肖顿河的魅力所吸引。肖顿河的帅气、谈吐，尤其是他的那种浪漫激情曾经让她怦然心动。她主动去接近肖顿河，用自己预设的话题把肖顿河引向自己，因为她看清了，肖顿河喜欢在同学面前，尤其喜欢在女同学面前谈论那些科幻小说。他知道很多探险家的名字，什么达尔文、库克船长、亚历山大·冯·洪堡……他说起那些总是津津乐道。每当他坐在课桌边，就会有一群人围在他身旁，这样肖顿河就有点忘乎所以。宋梅樱用那种全神贯注的神情听着，有时还故意提出很幼稚的问题，肖顿河眉飞色舞，而陈晓薇则被冷落在一边。毫无心机又很脆弱的陈晓薇有好几次气得偷偷在一边掉眼泪，甚至还差点疏远了肖顿河。

就在宋梅樱一步步走向成功的时候，她的判断力又一次促使她改变了自己，她割舍了肖顿河。她发现，魅力和能力之间是不能画等号的，宏大的志向并不等于伟大的成就，真正有才能、能够成就一番事业的人，一定是默默无闻、埋头苦干的人。她把目光转向了别处。在经历了几次失败的尝试之后，她把目光投在了丁首都身上，这是个诚实勤奋、不善言辞的人。尽管丁首都那时和安群有一种很亲密的关系，可她还是不动声色地行动了。很多同学为她的举动感到惊讶，肖顿河也被她的突然转变弄得糊里糊涂，可是宋梅樱坚信自己的判断是正确的，她坚韧地、执着地努力着，直到多年以后如愿以偿地和丁首都结婚。

今天晚上你早点儿回来，好吗？宋梅樱早晨把丁首都送到门口的时候，细眯眯的眼睛深情地看着他。

好吧，有什么事吗？丁首都很平静地面对着她的目光，他觉得宋梅樱今天的目光里好像比平时多了些什么。

什么事？宋梅樱嗔怪地噘着嘴。今天是我们结婚十周年的日子，你连这个都忘了。

呵……十年了吗？好吧梅樱，我一定早点回来。我准备些什么呢？丁首都的脸上露出了真诚的歉疚，又说，我去给你买一束玫瑰花吧。

你最好别告诉我你要怎么做，或是做什么。

丁首都笑了，他不由得想，女人总喜欢让男人变得曲里拐弯，期待男人像个魔术师，把一样样东西变出来，然后就发出惊喜的尖叫，露出一副欣喜若狂的样子，其实，自己去商店绝对会买到比这更好的东西，可她偏偏要把生活复杂化、戏剧化。他并不喜欢宋梅樱这样做作。本来很简单的事，她却弄得很复杂、很张扬，感情不是让人看的，她却偏要把它弄得像圣诞节的彩灯一样。

嗨，你愣什么，你什么也不要买，我都准备好了，你只要早点儿回来就行。宋梅樱用一种充满期待的口吻说。

好吧。丁首都说完，拉开车门，坐进驾驶座，开车驶上幽静的车道。在早晨温和的阳光下，路两旁的枫树很耀眼。宋梅樱站在门口的台阶上，目送着汽车远去。

丁首都迈着轻快的脚步，走在通往实验室的长长的走廊上。自从课题通过评审，经费拨下来以后，研究工作进行得十分顺利。由于与脑遗传疾病有关的研究工作都和这些疾病的临床治疗有着密切的关系，因而他的研究受到医学界的很大关注，很多大的制药公司也都看好这项研究可观的应用前景。根据这项研究成果而研制的新药将会给他们创造难以估量的利润，所以，他们慷慨解囊，从他们投资组建的、专门资助尖端和前沿科研项目的GB基金会拨出专款，给予这个项目大笔的资助。丁首都利用这些资金，又开展了很多子项目的研究，并准备召开一个国际学术讨论会，邀请国际同行加盟这项研究工作。有关的邀请已经通过电子邮件和传真发往国外。他自己也在准备一篇题为《基因检测在脑遗传疾病研究领域的前景展望》的学术报告，准备在这次学术讨论会上宣读。

他像往常一样匆匆地走进更衣室，换上白色隔离衣，戴上工作帽和手套，走进实验室，刚一进门，他的秘书朱丽叶小姐就急匆匆地迎上来。

丁教授，GB基金会刚刚发来传真，宣布停止对这个项目的资助，并要求撤回资金。你看，这是他们的传真。朱丽叶小姐一脸惊慌的表情。

这是为什么？丁首都感到很突然，急忙看完传真，转身疾步走进实验室一侧的办公室，德瑞克正在给GB基金会的总裁格林女士打电话。

哦……格林女士，我认为您这样做是毫无道理的。人类基因测序工程绝不会取代对基因变异的研究，它只会有助于更快地解开这种变异对脑遗传疾病的影响之谜。我想，GB基金会的做法是不恰当的，也是轻率的。这让我们感到非常意外，也是我们无法相信和理解的。我们希望你们再慎重地考虑……

德瑞克先生，我能不能和她谈谈？丁首都用恳求的眼光看着德瑞克。

德瑞克点点头，随后接着说，格林女士，现在我们这个研究项目的负责人丁首都先生和您谈谈，他是来自中国的年轻科学家……哦，您很高兴，这太好了。德瑞克说着把话筒递给了丁首都。

格林女士，您好，我是丁首都……是的，刚才我的秘书朱丽叶小姐已经把您的决定告诉我了，我简直不敢相信。格林女士，我想，GB基金会是国际知名的医学科学和遗传学研究项目的资助者，一向致力于遗传性疾病的研究项目，并且一直给予大力支持，这是众所周知的。GB基金会对我的研究项目也很支持，正是因为有了你们的帮助，我们的研究才取得了很大的进展。而一旦有了重大的发现，不仅对医学界来说是个好消息，对千千万万脑遗传疾病患者也是一个福音，而且，对国际制药界也意味着每年数亿美元的利润。

当然，GB基金会作为资助人，不仅会有大笔的回报，更会因为有这样的远见受到赞誉……什么，今天下午举行会谈？

丁首都回头看了看德瑞克，他轻轻地点了点头。

好吧，今天下午三点钟，我们一定准时到。好的，再见。

丁首都放下电话，他紧蹙的双眉稍稍舒展了一下，他和德瑞克简单交换了一下意见，立刻就伏在办公桌上，开始拟定会谈的提纲。

    丁首都与GB基金会的会谈是艰苦的。名义上是会谈，实际上却是一场激烈的讨价还价的谈判。GB基金会的总裁卡罗尔·格林坚持说人类基因测序工程的工作即将完成，对脑遗传疾病成因的基因变异研究就是多余的了，因为前者很快将解开一切谜团，使人类生命的奥秘昭然于世，人们完全可以利用更加完整和精确的基因图谱来进行各种研究，没有必要再进行这种分散的、重复的测试和研究，因此，再继续资助基因变异的研究项目是不必要的了，GB基金会要把资金用到更加有开发前途的地方去。

    格林女士有一头美丽的金发，她看起来的确是一个美人，可她的一对蓝眼睛却是那么冷峻，那种目光好像对谁都不会留情面似的。她说起话来语调平静，但语气中却透出坚定和自信。她总是一连几十分钟滔滔不绝地陈述她的意见。听她讲话，就像听一篇演说，从头到尾，主题贯穿始终，逻辑严密而完整。她的意见是不容置疑的，无可争辩的。

    格林女士的长篇大论终于结束了，她掠了一下耳边的金发，端起一杯咖啡，那对冷峻而美丽的蓝眼睛紧紧盯着丁首都。

    丁首都到北美的这段时间，已经在很多场合见过这样的女总裁、女董事长。她们大多有很高的学历，更有着令人钦佩的阅历，除此之外，她们几乎都有过当领导者的经验，说话、办事作风果敢，一个决定一旦作出，几乎是不可能改变的。

    丁首都列举出大量的证据来表明，人类基因测序工程的研究，只是一项初步的、基础性的工作，它只是把正常人的基因图谱列出来了，而那些因为受到各种因素的影响而产生变异的基因的情况，仍然有待于大量的专门研究来揭示。何况，究竟是哪些基因的变异造成了或者影响了脑的遗传性疾病，至今仍在艰苦地探索中。所以，GB基金会的做法是不慎重的，也是短视的。

经过长时间的激烈争论，不知道是因为丁首都的论证有理有据，让格林女士觉得无可辩驳，还是丁首都东方学者的儒雅气质让她倾倒，她终于同意暂不撤回资金，但她仍要大幅度地削减已经允诺的拨付额度，并且要定期对项目的研究进展进行核查和评审，并视评审情况再考虑是否继续资助。这就意味着研究项目不能失败，也意味着不能有失误，而失败和失误在科学研究中又怎么能够避免呢？

丁首都离开GB基金会的时候，没想到格林女士竟然亲自把他送到门口，她轻轻地握着他的手说，丁教授，希望再见到你。她的声音很轻柔，跟她在办公室的时候几乎判若两人。

丁首都费力地拉开车门，朱丽叶看出他疲惫的神态，急忙拦住了他。

丁教授，你不能开车了，我送你回家吧。

汽车行驶在灯光暗淡的马路上。马路上很静，汽车很少。一幢幢小楼的窗子里透出来的柔和灯光在车窗前闪过，那意味着温馨的家、妻子、孩子……可是丁首都的眼前却始终浮现着格林女士那张标致却冷峻得不露一丝笑容的脸，她就像一座冰雕。丁首都想。

车窗外的景色渐渐熟悉起来，总算快到家了，唉，回到家一定要好好休息一下，不然脑血管会破裂的。这时，他忽然想起今天早晨出门时宋梅樱叮嘱的话，觉得心头一热。这段时间，宋梅樱就像呵护孩子似的关心他，又像一个得力的助手，随时给他支持。他知道宋梅樱最看重和最珍视的是他的事业，她总是比他更期望获得成功。在她心里，成功是她情感的基础，也是和他共同生存的支柱。

人和人真的很不一样，人与人之间的情感就更让人说不清道不明，有时不管你是矜持、自傲，还是迁就、忍让，遗憾总是有的，有时甚至是无可挽回的。

他忘不了中学时代，忘不了安群的那对温情的眼睛，她的目光已经表达了很多东西，可他却没能更深地理解和探寻那双眼睛。他曾以为那深情的目光永远会在自己面前闪动，可是忽然有一天安群走了，连一句再见也没说就走了，他觉得安群一定不想再理他了。那段时间他变得沉默寡言，心里总像有什么东西要随时爆炸似的。

汽车开得很快，街道两边稀疏的灯光飞快地在车窗旁闪过。丁首都在想，也许人生就是这样不停地奔波，在奔波中错过了很多不应该错过的事。可是，谁能说生活中的酸甜苦辣不是在各种差错中造成的呢？

但愿梦只是一个梦，不要成为永远的梦。

暗淡的灯光下，宋梅樱正站在家门口。她一定在那里站了很长的时间了。丁首都想着，心里又有一种很热的东西漫上来。

车慢慢地停在门口的车道上，车灯熄灭了，丁首都和朱丽叶几乎同时从车里出来，当宋梅樱看见朱丽叶时，丁首都已经绕过车头，抢到宋梅樱的身边。他注意到宋梅樱穿了一套浅玫瑰色的时装，她依然在脑后盘了一个高高的发髻，看起来高贵而优雅。

梅樱……

淡淡的灯光下，宋梅樱看得出丁首都已经把所有的歉疚都写在了脸上。累了吧？没想到你这么晚回来，还带来了客人。丁首都听出宋梅樱的话音里既有心疼，也有讥讽。

梅樱，别说了，我向你道歉。丁首都转过身，对一旁的朱丽叶说，朱丽叶小姐，顺便介绍一下，这是我的夫人宋梅樱，梅樱，这是朱丽叶小姐，是她送我回来的。

您好，丁太太。朱丽叶敏捷地向宋梅樱伸出手，宋梅樱轻轻地握了一下她的手，随即又松开了，因为此刻她看清了朱丽叶，这是个金发碧眼、有着美丽容貌的年轻女人。女人特有的敏感使她立刻用一种警觉的眼光看着朱丽叶。

您好，朱丽叶小姐，谢谢您送我丈夫回来。如果您不介意的话，请到我家里坐一会儿吧。宋梅樱用很平静的口吻说。

谢谢，我非常荣幸。朱丽叶说。

宋梅樱微笑着走上台阶，为朱丽叶拉开屋门，她说，请进来吧。

客厅里灯光明亮。宋梅樱使用了她能想到的所有装饰品：绚丽的彩灯、红红的蜡烛、鲜艳的花朵，这一切把客厅装饰得喜气洋洋。一走进客厅，一股浓烈的喜气就扑面而来，几乎要把人醉倒了。朱丽叶惊奇得张开嘴愣了一会儿，才涨红了脸惊叫起来，啊，我，我简直无法相信，这么漂亮，这么……丁夫人，你的家太好了。她激动地看着宋梅樱。

丁首都没想到宋梅樱把家里布置得这么漂亮，一时间，他也愣住了。今天是我们结婚十周年的日子，朱丽叶小姐您来得正好。宋梅樱说。

哦，祝贺你们。我衷心地祝福你们。可是十分遗憾，我今天什么也没有准备，如果你们不介意的话，我建议你们请德瑞克先生一起来，为你们结婚十周年祝福。我相信他会非常高兴的。朱丽叶说完，用询问的目光看着宋梅樱。

宋梅樱看了看丁首都，她的眼睛是在说，请德瑞克先生来吧。

丁首都随即拨通了德瑞克的电话，电话里传来了德瑞克愉快而又爽朗的笑声。

不一会儿德瑞克就来了，他是抱着一大捧美丽的鲜花走进屋子的。立刻，玫瑰浓郁的芬芳在屋里弥散开了。德瑞克如同带来了一股温馨的风，屋子里的空气立刻就活跃了起来。

呵，祝福你们。我为你们感到荣幸和快乐。

当盛满红葡萄酒的精致的高脚杯举起来，轻轻地碰响的时候，宋梅樱心里涌起一种就像喝了蜜一样甜美的感觉。丁首都一天来被研究基金的事带来的烦恼和沉重，此刻也都烟消云散了。不仅有醉人的红葡萄酒，而且还有宋梅樱精心烹调的中餐加西餐的美味佳肴。轻柔的音乐响起来，德瑞克礼貌地拉起宋梅樱的手和她跳舞，丁首都也向朱丽叶伸出了手。他们在厚厚的富有弹性的地毯上迈开轻捷的舞步，这一会儿宋梅樱觉得整个身体和灵魂都在飘动……

16 约定

安群，你还是老样子。肖顿河说，他坐在安群的床边，一双眼睛还是像从前那样平静地看着她，平静得像高山草甸上的湖泊。

安群看着浓浓眉毛下的这双眼睛，它们曾经是那么明亮，她从来也没有在那里面看见过忧愁和黯淡，可是不知什么时候，这种明亮忽然变成了一种平静中的深邃，就像蓝天下幽深宁静的湖水。也许是因为那座雪山。安群想。她过去经常听肖顿河讲梅里雪山似梦似幻的景色，人在那样的地方待得久了，眼睛就会变成这样……不过，也许是因为她——她不知道肖顿河第一次站在她的床边，看着她被白色石膏包裹着的样子是什么心情，反正从那以后，这双明亮得像夏夜的星光一样的眼睛就再也不见了。

一定是因为我受了伤……安群想。

老同学，我真的还是老样子吗？也许是真的，也许你故意这么说，让我高兴。

安群，我说的是真话。肖顿河微笑着，很认真的样子。每次我来看你，都觉得你还是跟从前一样，没变，还是这么漂亮，无可挑剔……

你这家伙，什么时候学会奉承人了？安群说。

肖顿河的笑声听起来就像古寺里的钟声一样响亮。安群也忍不住笑了。这时她却真切地发现，肖顿河变了。除了他的头发和络腮胡子还像每次见面时一样，乱糟糟地连在一起，他的脸上又多了一些风雪留下的刻痕，他的嗓音也有些沙哑，皮肤更黑、更粗糙，还有额角和耳廓上又多了一些冻伤留下的瘢痕。常年在风雪中搏击，他变得像一头野生动物那么强壮，连呼吸似乎都有一种豹子般的粗犷气息。

有时晚上我在帐篷里听你作的曲子，我总觉得，你还是从前的你。

安群轻轻地摇了摇头。顿河，你知道我的手现在已经很难握笔了，写每一个字都很困难，一切都要从头开始，我已经好几年没有作曲了。

晓薇常在信里告诉我，你一直在坚持，这比什么都好。安群，每次听你的曲子我都会想起很多往事，有时就会忘记自己是在听音乐，甚至忘了自己在哪儿，就好像被一种什么东西牵着……肖顿河停了一下，继续说，不，我不知道那是什么……

安群说，这就是音乐的感觉。音乐是灵感的产物，是大自然对人最美好的恩赐。它也是人与自然幻化的艺术，是音乐家的幻想……其实这是一种情感的外化，我把自己的情感变成了音乐，就像诗人把自己的情感变成了诗行。

安群，你知道，在雪山你的音乐伴我度过了很多漫长孤独的夜晚。肖顿河说。在风雪呼啸的雪山的夜里，在不知道海拔有多高的冰雪的山坡上，音乐从激光唱机里传出来，无论是一支歌，还是一支曲子，都是人的存在，人的活力的存在。有一次，我们攀登到接近海拔6000米的地方，深夜，我的帐篷里传出了大提琴曲，旁边几个帐篷里的家伙竟然都听见了，他们都钻进了我的帐篷，大家挤在一起，一只小小的激光唱机和一盘CD成了我们共同的珍宝。在零下30℃的严寒之中，我们听到了风吹过青葱的山谷，鸟在林中的鸣叫……

安群觉得那个冰雪世界其实并不是单调、凝固、寒冷的，那里也有一种沸腾、燃烧、不顾一切的生命的最本质的力量——活力。也许，他们一年又一年地去那个地方，就是为了向最严酷的自然环境展示自己生命的这种活力，就像古希腊的建筑师用巨大的圆柱展现人的生殖力一样。不仅如此，他们在那里，在一切液态物质都会凝固的寒夜里，在飞鸟都不可能到达的高度里聆听音乐……安群已经很久没有这种血流加速的感觉了，她总是让自己在伤痛中保持平静的心态，可是现在，她却为自己血液在加速流动感到欣慰。她觉得在心的深处好像有一种东西在跳跃、在激荡。

海拔6000多米。安群无法想象那是一个什么样的高度，要是抬头仰望那么高的雪山，那会是一种什么样的感受呢？更不用说在那样一个高度聆听音乐了。肖顿河描述的雪山总是那么浪漫，那么富有诗意，让人听了忍不住心驰神往。人或许天生就有一种认识新事物的欲望，所以才会有那么多人克服千难万险，甚至不惜牺牲生命去旅行，去探险，然后带回来种种神奇的传说和美妙的故事。

安群喜欢听肖顿河讲述，喜欢看着他，看他那一脸乱糟糟的胡子，听着他用平静的语调讲述那些她听来惊心动魄的情景。你知道，这又是一次冒险，也许这是你最后一次见到我了。肖顿河有时就这么说，那语气让她想起小时候在电影里看见革命志士和亲人告别的情形。她就说，你一定会成功，也一定能回来。

肖顿河又说，他从不把这种话对陈晓薇说。他说，安群，这样的话只能跟对生死无所畏惧的人说，我想你是无所畏惧的。

顿河，你们什么时候才能登上峰顶呢？安群忽然问。

肖顿河的眼睛像闪过一道电光。他说，我想总有一天我会在卡瓦格博峰上向你招手。说这话时，他的脸上露出了孩子般的天真。安群曾经很多次看到过他脸上的这种表情，她感到惊奇的是，这种天真并没有随着他年龄的增长而消失，反而成为他性格中最鲜明的亮点。攀登雪山，也许真的就像人们说的，是一种灵魂的净化。

安群又说，顿河，你记得吧，上中学的时候你就说过，将来要去攀登珠穆朗玛峰，就像登山家埃德蒙·希拉里一样。那时候我觉得将来就是很久很久以后的事。可是将来这么快就来了，你也真的实现了当一个登山家的愿望。这一切真像在梦里。

嗨，我知道谁来了。一个清脆的声音从门口传来，肖顿河和安群同时回过头。

安娜像风一样扑进门来，看见肖顿河，她快乐地叫起来，一闻这味儿，我知道就是你，豹子的味儿。

肖顿河站起身，向安娜伸出大手。

安娜握住他的手，在这一瞬间，她感觉着一个登山者的力量和激情。

在肖顿河的眼里，安娜永远是这样清纯：她的长发很自然地披在肩上，白色衬衣别在蓝色的牛仔裤里，外面套了一件时尚的短款毛衣。一双很流行的白色高帮运动鞋，更显出她蓬勃的朝气和现代气息。

安娜搬过一把椅子，在肖顿河面前坐下，那双清澈的大眼睛盯着他，长长的睫毛眨动着。她问，嗨，你什么时候还去梅里啊？

哦，日期还没有定，因为是中日友好梅里雪山考察队，新的登山计划还要和日方协商后才能决定。肖顿河说。

这一次你可一定要带上我啊。安娜说。

安群说，安娜，别忘了你是化学系的研究生，不是体育系的。

姐姐，磨练意志和所学专业并不矛盾啊。安娜不高兴了。

肖顿河笑了，说，安娜，你去雪山真的不行。

哎，为什么不行啊？

肖顿河说，你看，在城市里你们女孩子冬天出门都要用围巾把脸捂住，春天刮点儿风也要用纱巾把整个脸都包起来，平时还要抹些五花八门的防晒霜护肤霜，可是在雪山上不是风就是雪，还有强烈的紫外线辐射，我们的队员有冻掉手指头的，也有掉了脚趾头的，你能受得了吗？

那我也要去。说吧，还有什么可怕的？安娜一副咄咄逼人的样子。

肖顿河大笑起来。

说呀，怎么不说啦？安娜不依不饶。

安娜，我早就知道你很厉害，你哪儿都能去行了吧。肖顿河说。

安娜得意了。她说，这还差不多。那你到底什么时候还去啊？

肖顿河脸上明朗的表情黯淡了，他说，日方登山队队长小川原兵卫去年冬天在登勃朗峰的时候被雪崩埋住，受了重伤，现在还在医院里。我们今年的考察计划还没有落实。肖顿河忽然问，安娜，听说你们大学以前也组织过大学生业余登山队，还攀登过天山主峰博格达峰，是吗？

是啊。安娜说，那都是前几届的学生会组织的，我们这一届也想组织一支登山队，去冲击新的高度。

我总觉得，现在我们每天生活在楼群之间，视觉太拥挤，思想也太狭窄了，我真希望有一天也像你一样，到雪山高原去。

安娜，你为什么一定要去雪山呢？安群打断了安娜的话。

姐姐，你看我一说要去登山你就阻拦，我不跟你说了。安娜说着，又回过脸对肖顿河说，顿河兄，你还记得吗，上小学的时候你一来我就让你讲北极的浮冰、麦哲伦的航行，还有喜马拉雅山的雪人，那时候我都着迷了，上课的时候常常走神儿，好几次都被老师点名批评呢。

肖顿河说，是吗，其实远离人们生活视野、需要人们付出艰辛去争取的东西，才有吸引力。

所以我一定要跟你到雪山去。安娜一下站起来，快乐地在原地转了一圈，又坐在安群的身边。

　　肖顿河忽然想起来，安群，我忘了给你带来的东西。他把放在地上的登山包拿起来。这时，安群看到了一双握过冰锤的手，粗糙得像没有打磨过的砾石，还有一道道冻伤和割伤留下的瘢痕。

　　肖顿河拉开拉链，从包里摸出几盒药材，有虫草，贝母。他说，安群，这些药对你的身体会有好处。忽然他的手碰到了什么，猛地停了一下，他摸到了一个牛皮纸信封，里面是安群给丁首都的那封信。要不要还给安群呢？噢，不，不能让安群伤心，还是留着给丁首都吧。

　　哎，你们再看看这是什么？肖顿河又拿出一个纸包，小心翼翼地打开，里面是一块白色的硬纸板。他把硬纸板递到安群的面前，安娜也凑了过去。

　　硬纸板上别着几朵蓝色的小花，虽然已经风干了，每个花瓣却完好无损，依然美丽。

　　这是什么花呀？安群问。

　　这叫高山玫瑰。肖顿河说。

　　高山玫瑰？多美的名字啊。安群又问，这是在哪儿采的？

　　在梅里雪山。肖顿河说。

　　可这不像玫瑰花。安娜说。

　　是啊，也许因为它生长在高山上，人们给了它一个好听的名字。肖顿河说，小川原兵卫告诉我，在欧洲这是一种象征爱情的花。他又说，也许真正的美丽都要付出艰辛才能发现。人们很难想象，在周围一片冰雪封固的严寒中，高山玫瑰怎样高傲地从岩缝中生长，绽放开鲜艳的花瓣。无论是白天冰雪反射的强烈阳光，还是夜晚云雾笼罩的黑暗、寒风冰雪的摧折，都不能损毁它的艳丽和孤傲，反而使它更加夺目诱人。

安群长久地凝视着这几朵小花，她的心里仿佛有了一首乐曲，几年来这是第一次，她的心里有一个旋律在回响，她真想立刻抓起五线谱稿纸，在上面填满音符。

肖顿河要走了，安娜送他出门。在一排冬青树前安娜站住了，她的眼睛紧紧盯着他说，顿河兄，我真的想去……

肖顿河停住脚步，回过头来看着她，轻轻地说，安娜，你现在还是好好读书吧，等读完研究生再做决定也不晚。登山的事，我赞成你，但不支持你……

为什么？为什么不支持我？你别总是大男子主义好不好。我从小就敬佩你的勇气，把攀登雪山看得很神圣，把你也看得很伟大。我总是想将来和你一起到雪山去。现在我应该实现这个愿望了。说吧，你为什么不支持我？

呵，安娜，我真不知道你现在变得这么厉害，好吧，等我下一次回来再商量你去梅里雪山的事，怎么样？

不行，你一定要答应我。安娜说，还记得你给我写的那些信吗？我已经不知道看过多少遍了。你把梅里雪山描绘得那么让人向往，却不支持人家去。

肖顿河笑起来，安娜，梅里雪山其实比我写的还要迷人，只是……

因为我是女的。安娜几乎叫起来。

肖顿河友爱地拍拍安娜的肩头，说，好了安娜，让我再想想。说完，赶快迈开大步走了。

安娜在他身后大声说，你有什么了不起啊，等着吧，我一定要在梅里雪山和你见面。

17　痛苦的兵马俑

深夜，对于在计算机前没日没夜工作的肖顿河来说，夜有多深无关紧要，他需要的只有一样东西——时间。

时间对他来说太宝贵了，很快就要再去梅里雪山了，他收集和整理了几个月的资料数据就要进行最后的汇总和分析处理，编辑成考察队员们可用的文字资料，要配上大量光学卫星照片和雷达卫星扫描成像照片，还要附上自己这几年实地考察所取得的第一手材料。这一次因为失去了小川原兵卫这个搭档，所有的资料工作只能由他一个人来完成。处理卫星照片需要耗费很大的精力，要对不同季节拍摄的冰川照片进行仔细测量和计算，然后汇集数据，制成各种图表。

又工作了一夜。他想起身去卫生间，冲个淋浴，活动一下，几天来他的四肢几乎都麻木了。

忽然，他看见计算机屏幕右下角闪出了一行字。

一封新邮件。

他连忙打开电子信箱，一行熟悉的文字跃入了眼帘：

顿河君：

在收到这封e-mail之前，你一定在生我的气吧？你也许会狠狠地骂我：小川这家伙，到底是怎么回事，为什么不见了？准是躲在勃朗峰的哪个幽静处，舒舒服服地躺在帐篷里睡大觉呢。是啊，我现在正躺在勃朗峰西坡的山脚下，不过不是在阴凉舒适的帐篷里，而是在一片刺眼的白色的医院里。几个月来，我每天都直挺挺地躺在一堆石膏中间，你绝对想象不出那是一种什么样的情形，更想象不出几个月被铸进这个模子里的感受。我曾经绝望了很多次，不，不是很多次，而是每时每刻。在这个模子里挨过的每一天，都像有一年、十年……有整整一辈子那么长。这是一种彻底的、无法排解的绝望。整个世界都被石膏封住了，眼前永远是一片积上了厚厚灰尘的白色。

完了，我没有了白天和黑夜，没有了春天和夏天，也没有了生和死的感觉。就像西安兵马俑博物馆里被人参观的一具陶俑，只是比他们多了一样东西，那就是我的脸上突然露出的绝望的表情。

顿河君，不要责怪我为什么这么长时间不给你音讯。我们是老朋友了，还记得那年我们一起登上慕士塔格峰顶的情景吧，我们分享了最后一点儿氧气，记得你当时说，这是我们的最后一口气。当我在勃朗峰的山谷里被雪崩埋住的时候，真不知道今天还能给你写这封 e-mail。

顿河君，我之所以还能从这个石膏模子里解脱出来，多亏了索菲，她是这个医院里的一个护士，她用阳光般的微笑融化了这个冰冷坚硬的模子，也融化了我的心。

阿尔卑斯山的夏天是美丽的，到处都郁郁葱葱，生气勃勃，可我从病房的窗子里望出去，目光最后总要停留在勃朗峰山顶的那一片白色上，因为我总是记得你说过，只要一息尚存……

阿尔卑斯山的夏天是短暂的，夏天很快就要过去，等漫山遍野又是一片全黄的时候，我不知道我会在哪儿，我能去哪儿。我曾经很自信地对别人说过，我已经把攀登作为自己的终身职业了，可是现在……

顿河君，每当我看着窗外，我比任何时候都更想念你，想念梅里雪山。

相信我，我一定还会再到中国的。

小川原兵卫

啊——小川原兵卫。

他仔细看看，真的是小川原兵卫吗？肖顿河觉得这一刻心脏仿佛停止了跳动，他不敢相信眼前的屏幕，他揉揉疲倦的眼睛，甚至想用凉水先把脑袋冲一冲。他怀疑自己是不是出现了幻觉。这几天太累，头脑也许混沌了，他问自己，我是清醒的吗？他又瞪大眼睛仔细看了看，是的，是小川原兵卫。他的手有些发颤，他把鼠标移向时间，真希望是小川刚刚发送的。他看得很真切——邮件是刚刚发送的。

他还活着。

小川，你这家伙，真是大难不死啊！要知道，勃朗峰虽然在世界著名的摩天巨峰中还排不上号，可它的地理位置和多变的气候曾经断送了多少登山家和探险家的梦想，每年都有一些冬季雪山运动爱好者和职业运动员殒命在那里的白雪之中。

他决定再仔细看看小川发来的邮件。他打开邮件的附件，是一张照片，屏幕上出现了小川原兵卫熟悉的面容。他正在微笑，还是那种率真的、诚恳的微笑，充满着智慧和信心，他永远是那种生气勃勃的神情。呃，小川原兵卫，我的老搭档！

肖顿河轻轻地吁了一口气。从事登山考察每时每刻都是在和死神打交道，探险探险，探的就是那些人迹罕至，隐伏着种种不可预测的危险的地方。当代的科学技术和仪器设备再先进，航测遥感、卫星成像、计算机仿真，也不如人的实地勘察做得真实详尽，更何况考察工作要把地理环境、地质演化和历史人文的变迁都综合起来，作为一个相互紧密关联的整体来进行分析和研究。这绝不是卫星和计算机能够做到的。

对于考察队员来说，走进前人未曾到过的深山峡谷、戈壁荒漠、冰川雪峰，就是把惊心动魄视为平常，把生存安危置之度外。这是一种人类与生俱来认识的激情。

在很多人看来，考察探险充满刺激，也许能满足某种心理上的虚荣和惊险场面的体验，可对于真正的考察队员，绝不仅仅是追求一种传奇般的经历，而是需要真正的耐心和细致，需要充分的知识准备、长期实践的经验积累和克服艰难困苦的决心。探险不是冒冒失失地去闯，去送死，而是要揭示未知的领域，为人类的知识宝库增添新的资料，使人类更详尽地认识自己的家园。

呵，不管怎么说，小川原兵卫总算还活着，肖顿河感到一阵轻松，多少天来心里的沉重和压抑消解了。只是他不明白，这么一座四千多米高的勃朗峰，西方各国的登山家和科学工作者已经对它进行了不知多少次详细的考察和测绘，怎么每年还是发生这么多意外事故呢？可见人们对大自然的认识还远远不够，对自己所做的事可能产生的后果还缺乏应有的把握，他觉得小川的这次遇险经历也许能给再一次攀登梅里雪山一个新的警示。冬季在勃朗峰发生的最频繁的灾害就是雪崩，这和梅里雪山的情形差不多，可是梅里雪山由于冰川连着冰川，密布着冰坡、冰缝和冰洞，处处暗藏着杀机，这就增加了发生意外事故的更多可能性。

肖顿河心里不由得呼唤着，小川，你快好起来吧，让我们再一次去攀登卡瓦格博峰。经历过大灾大难的人，才会有大智大勇啊。

他很快给小川打出一封短信。

小川君：

　　……

　　不知道怎么形容我这段时间的心情。那天得到你遭遇雪崩的消息，我简直气坏了，你这家伙，我们的大事还没有完成，你怎么就完了呢！我不相信这是真的。可是日本登山协会的人在电话里说，你的确失踪了，还说法国方面尽了很大的努力搜寻都没有结果……这对我是非常沉重的打击，你知道陈晓薇也一直在为你难过。那天接到电话，我没敢告诉他你失踪了，只是说你失去了知觉。你知道，我每次去雪山，都怕她不让我出门。不过，刚刚收到你的邮件，我真是喜出望外，这是一个迟到的好消息，这比什么都好。今天陈晓薇一进门我就会给她一个意外的惊喜。

　　我现在很想知道你的身体恢复得怎么样了，无论如何你都要安下心来，一定要把身体养好，我相信你的体格和意志，登山者是经得起大灾大难的。

　　小川君，我热切地盼望着再得到你的好消息。

你的老朋友　肖顿河

他用鼠标点了一下发送，一条深蓝色的横线在屏幕上划过，字面显示——邮件已发出。

18　爱的火焰

陈晓薇心里又没了底。每次肖顿河一出门，一从她的视野里消失，她的心就像搁到了悬崖上。

她忘记了一切，记错了时间，走错了方向，几乎整夜睡不着。闹市里迷人的夜景使她烦恼，小说里曲折跌宕的情节让她厌倦，五彩缤纷的电视节目让她头晕，甚至连朋友关切的问候也仿佛变成了烦扰。

陈晓薇觉得自己就像变成了一只孤雁，被困在冰天雪地之中，她不知道该怎么办，也不知道自己该去哪儿。她宁愿成天待在办公室里，因为那里还有她热爱的工作，在那里，她的美丽、热情和微笑还能得到回报。可是，一推开自己的家门，迎接她的却是一间冷冷清清的屋子，无声的墙，无声的家具，还有早晨走时叠得整整齐齐的床。肖顿河在家的时候，它总是凌乱不堪，被子没叠，枕头乱扔，床单有一只角也许会拖到地上，可是她下班回家收拾这一切时却感觉到温暖，因为这里有两个人的体温，有两个人拥有过的一切。可是现在，这里只留下薰衣草的香味，还有冷冰冰的感觉。

她惧怕冰和雪，每当天空中出现阴沉沉的、铅灰色的云，她的心就往下沉，仿佛要沉到一个深潭里去，潭底的水彻骨的冷。尽管屋里的暖气很热，可以穿着单衣，她还是忍不住全身发颤。这时她就跑进屋子，随便哪一间屋子：厨房、卧室，她冲进去，然后呼的一声拉上窗帘，关上门，打开灯。她不喜欢乳白色的日光灯、节能灯，她用的都是普通的灯泡，那种有些发黄的灯光让屋子亮得不那么耀眼，显得有一点点暖意。

她开始讨厌白色。那时上学，特别是上大学的时候，她最喜欢白色，尤其是在夏天，她常常穿一袭洁白的、只带一点儿蓝色花边的连衣裙。其实她穿什么都好看，可她还是喜欢白色。现在她却憎恨白色。她把家里所有白色的东西都换成别的颜色，只有那件白色带一点儿蓝色花边的连衣裙，被她藏在了箱子底下。

她开始喜欢各种各样的深颜色，虽然她的任何一身新衣服都会在同事中间引起惊叹，可她现在却每天都穿着一身黑衣服，也就是小川原兵卫送她的那身黑衣裙去上班。当然，她第一次穿着它走进办公室时，同事们的惊奇和赞叹是她没有料到的。他们说，陈晓薇，你真像一个大明星呢！可是时间一长，这种惊奇和赞叹就变成了疑惑，你怎么总是穿这身黑衣裙啊？她不回答，她还记得，小川原兵卫曾经用怎样的赞美的目光看着她。

她心里忽然感到一阵沉重，那双曾经赞美过自己的眼睛现在消失了，消失在不知何处的冰雪之中。有关他获救的种种说法，还有他发来的那封电子邮件，统统都是谎言，这一点她比肖顿河清楚得多，和他生活了这么多年，她听说过很多登山遇险的事，特别是雪崩的危险，她不相信小川还会获救。她曾经读过有关攀登珠峰的报道，那真是一种死亡冒险。

死亡冒险——她突然想到了这个词，心猛地一惊，她本能地伸出手去想扶住什么，却扑了空，她无力地靠在沙发上，脑子里还在回想着肖顿河刚刚从电话里告诉她的事。他已经到了集合地点。

日方登山队已经换了新的代理队长，他们将修改原先和小川原兵卫制定的计划，准备采用最先进的科学技术手段，比如海事卫星电话、全球定位系统、冰川雷达等，要对梅里雪山进行全面的综合考察。

这将意味着更长久的分离。陈晓薇已经对肖顿河所说的那些——无论烈火一般还是坚冰一般的话，都不以为然了。反正他的每一句话后面都隐藏着一个事实和企图：分离和更长久的分离，甚至是永久的分离。

她的手脚发凉，就像被冰块裹住一样，渐渐要冻结起来，变得很硬，再也不能动一动。她的一切都在变得凝固不动，像那个梅里女神，那个可诅咒的、披着洁白外衣、有一颗冰冷的心的女神。或者，她根本就没有心，只有冷酷，可他们却爱上了她，甘愿匍匐在她的脚下，对她顶礼膜拜。

肖顿河，你把火一样的欲望向着她发泄吧，你的那些话我已经听得够多的了，我已经……无所谓了……你欺骗了我。想想在大学的校园里，在那宁静的林阴道上，你对我说过多少遍，你已经把你的爱，你的一切全部都给了我，为了我们共同的家，你将会付出一切，可是，爱情的许诺原来就是无声无息的屋子，冷冰冰的空空的床铺，还有一个又一个让她辗转难眠、牵肠挂肚的静静的夜晚。

世界在陈晓薇的眼睛里变了样：白天是灰蒙蒙的，人们脸上都蒙着从西北方的沙漠刮来的尘土，变得模糊不清，眼神里都流露出暧昧，嗓音也变得有些沙哑，微笑都是装出来的，仿佛他们的心灵都有障碍，而夜晚是恐怖的，寂静得令人畏惧，一点微小的响动更会使她提心吊胆。睡觉时心却是清醒的。走路时，总觉得身边还有空着的位置，本来那里是有一个人的。

她常常陷入深深的回忆之中。热恋的日子是幸福的，世界永远是那么完美，阳光永远那么灿烂，因为心里总是荡漾着融融的暖流。下雨的日子，一把伞底下总是挤着两个人，淅沥的雨声也总是伴随着喃喃的细语，是一种自然与人的和谐的音乐。大雪纷飞的时候，在同样乌亮的黑发上会洒下同样美丽的雪花，它们在胶片上留下永恒的瞬间。

结婚以后的日子过得很快，事业和生活之间似乎从来都没有那么融洽，从来也没有带来过任何需要分心的东西。狭小简陋的居室，使本来就亲密无间的两个人更贴近了，俭朴的生活省却了富有带来的种种麻烦和烦恼，同样的事业心使争吵的时间变成了零。偶尔的一点点争执，一点点误解，最终都会变成更舒心的欢笑。

最幸福的当然还是相拥入眠的时候。世界消失了，只剩下两个紧紧结合在一起的躯体，那是一种无可比拟的、混然天成的结合，双方都想把自己彻底地融入对方，最终使两个灵魂、两股热流完全融为一体，爱的体验在心理和肉体上都达到了巅峰。

现在，这一切都失去了。

当年埋进泥土的瓶子，如果它能够出来说话，那该是一种什么样的声音啊？

陈晓薇也曾想打动和改变肖顿河，有一段时间，她对肖顿河百般体贴。当然，是他在家的时候。早晨，她会为他做好丰富的早餐，然后轻轻地叫他起床，把他要穿的衣服送到他的手上。她为他准备好洗脸的热水，挤好牙膏。为了去掉他在帐篷里熬夜时抽烟留下的烟渍，她特意为他买了高级去渍牙膏。等他洗漱完毕，又把热气腾腾的早饭送到他面前。她尝过他们在高山吃的东西，那种压缩饼干像木屑似的，那些脱水蔬菜也已不是真正的蔬菜味道了，可他们却总是吃这个，这让她从心里觉得疼痛。她愿意坐在桌边，看着他津津有味地吃饭。她还花很多钱买来了榨汁机和各种新鲜水果，给他榨出了一杯杯菠萝汁、苹果汁、鲜桃汁。

晚上下班回来，她总要从超市买回蔬菜鲜肉和鱼，为他做丰盛的晚餐。她买来了菜谱，对照着菜谱学做菜，陈晓薇想着就好像闻到一股香葱味儿。她那时还学会了做好几种西餐，她很会做炸圆葱圈——圆葱剥去老皮，横着切成圆圈，蘸一点面糊，放进热油锅里一炸，不能炸得过火，然后摆进漂亮的瓷盘中，盘子中间洒上鲜艳的番茄酱，最好是那种有点辣味的番茄酱，夹起圆葱圈趁热蘸上番茄酱。肖顿河最爱吃这种炸圆葱圈了。他还喜欢吃她做的烤鸡，陈晓薇觉得自己做的烤鸡比书上的做法更好：先把鸡块放在调料里腌渍一下，除了葱姜五香粉酱油料酒和盐，她还加进阿香婆辣酱和比书上多的糖。腌渍好了，把鸡块放在微波炉里烤，闻到香味儿时取出来，金黄的炸鸡块配上鲜绿的芫荽叶，那是一道多么漂亮的美味啊。肖顿河说他为了这只烤鸡也不愿离开家了。

她还买来红葡萄酒，肖顿河不喝葡萄酒，红葡萄酒白葡萄酒都不喝，只喝啤酒和白酒。陈晓薇买葡萄酒是自己喝的。平时她从不喝酒，过年时也只喝一点红酒凑热闹。现在她甚至不惜陪肖顿河干杯。有一次她都喝醉了，举着酒杯一个劲儿地笑，肖顿河不让她喝，她就哭，后来都不知道怎么躺在床上的，不过那天晚上她觉得很好，从来都没那么好似的。为了让肖顿河觉得在家好，晚饭后，她总是飞快地收拾好一堆碗碟，在沙发上依偎在他身边，陪着他看电视，看新闻，看体育赛事，看他喜欢的《环球》节目。

陈晓薇最喜欢肖顿河在家的夜晚，有时她陪坐在计算机屏幕前直到深夜，她依偎着他，偶尔轻轻地吻一下他的脸颊，他的脖颈，有时还轻轻摇晃着他，仿佛要把他从一个痴迷的梦中唤醒，让他回到自己温暖的爱的怀抱。

陈晓薇坚信，爱是能感化人的，即使是铁石心肠的人。虽然她明显地感到自己累了，她常常疲惫不堪。她有了黑眼圈，脸庞不再那么明丽，身体优美的曲线也在不知不觉中渐渐走形。可她没有把这些看得太重，为了与肖顿河在一起她愿意付出代价。她觉得自己正在尽最大的努力和一个从未见过面的对手搏斗，那个梅里女神！她坚持不懈地努力着，她相信自己能赢。虽然肖顿河每次从那里回来，全身都仿佛被一层厚厚的坚冰包裹着，无论她用多么炽热的爱的火焰，也难把那层冰甲完全融化。可是她从来也没有放弃过，尽管她已经做了所能想到和做到的一切。

19　志同道合者

梅里雪山考察队的队员们如同一群候鸟，不过，他们迁徙的路线与自然界真正的候鸟很不一样。在东半球，真正的候鸟都是在春季从南方飞越千山万水，到俄罗斯的西伯利亚、中国的东北、日本的北海道等地水草丰茂的地方生儿育女，秋末时再返回南方温暖的地方越冬。每当严寒的冬季来临，考察队员们就从四面八方，从温暖的地方汇集到这冰天雪地之间，安营扎寨，伏冰卧雪，又像奥林匹克运动会的赛手一样，向着更难、更险、更高的目标冲击。

自从收到小川原兵卫的那封电子邮件后，肖顿河就开始筹划一个又一个与小川原兵卫合作的方案，包括使用日方的小型卫星地面站，对梅里雪山地区的气候变化情况进行实时监测，加强与基地的通信联络，及时向新闻界传送消息等等。这不仅是为了让公众通过媒体随时了解考察工作的进展情况，更重要的是让公众更好地了解科考工作的重大意义，开阔眼界，也是为了吸引更多的人关心和热爱雪山。

当登山的季节像呼啸的北风一样直逼过来的时候，肖顿河一直没再得到小川原兵卫的任何消息，电话拨不通，他三番五次地发邮件，却没有任何回音。这家伙，又出什么事了吗？他心里嘀咕着。也许他还在医院治疗，也许正在家里紧张地做出发的准备，也许已经在赶往梅里的途中。紧张的准备工作不容肖顿河多想，他想反正到了梅里雪山，见到日方的队员，一问就知道了。

就在临出发的前一天，肖顿河又收到了小川原兵卫的电子邮件。

顿河君：

今天刚打开信箱，就收到你的这么多e-mail，我知道你每天都在牵挂我，可我却这么长时间没有给你写信，真是对不起。这段时间我的心情有些烦乱，因为身体，还有别的什么。有时候真想和你敞开心扉聊一聊，就像过去在梅里雪山的帐篷里，整夜地畅谈。

我之所以没有给你写信，是因为我内心有说不清的痛楚。不过，作为一个男人，说这种话真是汗颜。男人就是应该承受痛苦的啊。

现在我每天都去康复中心做治疗，锻炼体能，虽然已经能走路了，可医生嘱咐我还要拄着手杖。医生说，必须用手杖来减轻腰椎的压力和双腿的疼痛。不过我独自在一片林子里锻炼时，都把手杖扔掉了。我总想让身体恢复得更好一些，争取尽快到梅里雪山来，继续我们的攀登。有一次我走了很远，可是腿却不听话，我摔倒了，那一会儿腰疼得真想大叫，周围却没有一个人，我挣扎到天黑才回到家。当一个人不能自由支配自己身体的时候，真的比死还可怕。特别是对于一个登山者，这意味着他精神的毁灭。没有雪山，我还有什么呢？我现在什么也没有了，我不知道怎么把最近的一些事告诉你……

今天在网上看到我们考察队攀登梅里雪山的报道，他们说尽管我们没有成功，但还是登上了比前一次更高一些的地方。这算什么？但愿下一次再也不会有人这样来羞辱我们了，我们一定会登上顶峰。我们一定要成功。

　　无论怎么样，无论什么时候，我都会再来，就是拄着手杖我也要来。老伙计，我不能没有雪山。

你的老朋友

小川

　　肖顿河在路上走了好几天，乘坐了陆地上的各种交通工具，火车、汽车，骑马。等他终于跨过澜沧江，就只有徒步行走了。那崎岖的羊肠小道，在悬崖峭壁间蜿蜒穿行，那是千百年来不怕死的马帮踩出来的，可他不在乎，他已经练就了一副铁脚板，也练就了一副羚羊般攀岩走壁的本领。

　　肖顿河踏破脚板，历尽千辛万苦终于赶到了大本营，他顾不得喘口气，就来到日本考察队驻扎的地方，一个日本队员告诉他，小川原兵卫没有来。他有些茫然，他觉得从来没有像现在这样疲惫不堪，疲惫得连动一动嘴唇的力气都没有，他垂下眼皮，呆呆地站在原地。

　　肖顿河在那里站了好大一会儿，这时，他看到了日方的代理队长荒岛一郎，他问起小川原兵卫的情况，荒岛一郎连连鞠躬，说，啊，是这样，肖先生，小川君曾经几次说他一定要来，可不知道为什么，出发时没有见到他。别的情况我也不清楚，不过我会设法再跟他联系，实在对不起。

　　肖顿河觉得心里空落落的，失去了这么个老搭档，就像没了依托似的，他呆呆地看了荒岛一会儿，荒岛一脸的诚恳，他又看了看四周，他不相信每次登山几乎都和他形影不离的老伙计真的没有来。

　　随后几天，肖顿河尽量让自己不去想小川的事，他和登山队员们埋头于登山前的准备工作，测量各种气象参数，绘制天气变化的曲线，这是预测可能的突发性恶劣天气的方法之一。他们还在雪山脚下做了很多地质调查,研究这里的地层变动,冰川侵蚀和洪水、泥石流的发生情况,这对了解梅里雪山的地质构造十分重要。

肖顿河在紧张繁忙的工作中,把失掉小川原兵卫的烦恼消解了不少。在登山的前一天夜里,当他伏在灯下,铺开稿纸给陈晓薇写信的时候,蓦然间,小川原兵卫那双带着孩子气的眼睛又一次浮现在眼前。他想起小川在e-mail里说的话:我现在什么也没有了,我不知道怎么把最近的一些事告诉你……小川,我的老伙计,你到底怎么啦?

肖顿河在心里默默地念叨着,又继续写信,晓薇,小川原兵卫没有来,其实我知道他这次不能来。这几天我的心情糟透了,我拼命地埋头工作,常常累得气喘吁吁,这么冷的天,却总是满头大汗。我不知道为什么,也许知道,只是不愿意说出来。当一个人满怀雄心壮志,要去做一件前人没有做过的事,为了这个事业,他找到了一个志同道合者,一个真正的具有勇士般精神的人,你说他会怎样?晓薇,亲爱的,你知道吗?就会像我爱你一样痴情,忘记一切。

20 青山翠谷

那天，肖五洲离开资料室，在回宿舍的路上，他看见一些人正聚在一块贴满了五颜六色的通知的布告栏前，有几个人还在热烈地争论，就走过去看了看，一则醒目的招聘启事凸现在他的眼前，让他的眼睛倏然一亮。北方音乐学院业余爱乐乐团成立及招聘启事——

为丰富大学生及社会各界群众的业余文化生活，北方音乐学院学生会决定成立业余爱乐乐团。本乐团以弘扬严肃高雅音乐、丰富人们精神文化生活为宗旨，本着面向社会、面向新时代的原则，积极开展各种业余演出和交流活动。

本乐团为非营利性公益音乐团体，成员一律不领取报酬。演奏员乐器自备，排练和演出均为周末或其他业余时间。外出演出车费自理。凡报名参加本乐团者，一经审查合格，均为本乐团正式成员，乐团成员必须严格遵守本乐团章程及各项制度：

一、凡本乐团举行的演出和排练活动，均必须按时参加，做到严肃认真，热情投入，不得以任何理由拒绝排练和演出。一经发现有上述行为者，即劝其退出。

二、凡本乐团成员，一概不授予任何荣誉或其他称号、职称或职务，也不得以本乐团成员之名义在乐团以外为个人谋取利益。

三、本乐团热情欢迎广大爱乐者踊跃加盟，为严肃高雅音乐的发扬光大，为丰富群众的精神文化生活多作奉献。

　　四、诚聘管弦乐和打击乐演奏员，报名者经考核证明具有中级演奏员水准、有事业心和社会责任感，签署入团责任书，即可成为本乐团成员。

院学生会

　　看着布告栏的人在议论纷纷。

　　哎，这真是学生会的主意吗？

　　一、律、不、领、取、报、酬，什么？还乐、器、自、备。这样的傻瓜到哪儿去找啊？有人一边读一边自言自语。

　　做他们的白日梦去吧。没钱还那么些规矩，出什么风头啊！不看看是什么时代啦，还不领取报酬。有人在不屑地讥讽着。

　　我觉得这不见得就是出风头，真正的音乐绝不是用来挣钱的，想挣钱，就去唱流行歌曲啊。这是一个男生的不同看法。

　　公益性爱乐乐团肯定是天下第一家。太好了，咱们也去报名吧。一个身材苗条、戴一副眼镜的女生大声招呼着身旁的同学。

　　肖五洲一转身，向院学生会所在的柴科夫斯基楼飞奔而去。他直冲上三楼，敲开学生会的门，里面已经挤满了人。他要了一张报名表，填好，签名，郑重地交了上去。

　　两个星期以后，北方音乐学院大学生业余爱乐乐团正式成立。肖五洲没想到竟有50多位乐手，管弦乐和打击乐几乎全了。

　　乐团的第一次演出是在院方的大力支持下，在学院的音乐厅里举行的，一位副院长亲自担任指挥。这可真是一次别开生面的演出。台上是一个50多人的乐团，台下是寥寥百十个观众。

身兼竖琴演奏员的费霏上台报幕：大学生业余爱乐乐团首场演出现在开始——台下发出一阵稀稀落落的掌声和一阵嗡嗡的议论声。

几首乐曲演奏之后，台下静默了。随着一支支乐曲的演奏，台下越来越安静了。

费菲继续报幕：下面请听大提琴独奏《青山翠谷》，演奏者肖五洲，钢琴伴奏郭琳。各位观众朋友，这是一支表现纯美爱情的乐曲，曲作者安群是很多观众喜爱的，就毕业于这所音乐学院；她创作了很多优秀的乐曲，也是一位大提琴手，可不幸的是，几年前她因车祸全身瘫痪，再也不能站起来，再也无法走上舞台。她不能坐起来，甚至手也不能握笔了……可她的这首《青山翠谷》依然散发着无穷的艺术魅力，今天我们也把这首乐曲献给她。

台下是长久的掌声。

一支低回的大提琴曲在音乐大厅里轻轻飘荡开，就像一阵轻轻的风，在一个遥远的秋天，从绿色的山谷里静悄悄地吹来，徐徐拂过人们的面颊，沁入人们的心扉，把所有烦闷和焦虑驱赶得无影无踪，让那种清新和凉爽的感觉融遍了全身。

当钢琴在弹奏一个间奏时，肖五洲抬眼看见台下的观众都在凝神谛听着，他们是那么安静，仿佛他们的心被一根看不见的线牵着，在不知不觉中随着乐曲走进了那种梦幻般的青山翠谷，一棵树，两棵树，枝头的叶子从翠绿变成金黄，风雨过后，白雪飘落，一棵树，两棵树，它们老了……

肖五洲又低头轻轻牵起琴弓，左手的手指开始在琴弦上滑动，琴弓下流淌出的旋律像山脚下一片朦胧的雾在缓缓飘动，使乐曲平添了一种忧郁的气氛。伤感颤动的曲调在最后反复吟咏，一棵树，两棵树，它们更苍老了，可它们却还在日夜相望……大提琴又奏出了深情舒展的旋律，仿佛驱散了青山翠谷间浓重的云翳，回到了高朗清丽的天空下，让跌进了深渊的心又回到了原处。

当大提琴最后的一个音符在大厅里消失的时候，台下先是一片短暂的寂静，紧接着突然爆发出热烈的掌声，有一些观众站起身来，含着泪水在鼓掌。虽然只有百十名听众，掌声却持续了好几分钟。首演成功了。台上的人眼里也都噙着泪水，他们一齐向观众鞠躬致谢。钢琴演奏员郭琳激动地走到肖五洲面前，双手紧紧地握着他的手。肖五洲感到，这双手的颤抖所传递的不仅仅是激动，而且还是一种心灵共鸣的震颤，对这个爱情故事相同的理解使两种乐器的演奏水乳交融。

泪水从肖五洲的面颊上流下来，流到了他的嘴角，他尝到了眼泪的味道，成功和喜悦的眼泪成为他第一次演出最深刻的印象。

演出结束，当演奏员们带着兴奋和倦意离开音乐厅的时候，肖五洲在门口看见一个漂亮的女孩子向他跑过来，浅粉色T恤衫和蓝色牛仔裤显得她苗条而健美，长长的直发随意地披在肩头，白皙的脸庞焕发着青春的朝气。当女孩子站在他眼前，肖五洲愣了一下，是安娜。

五洲，你好！安娜热情地向他伸出手来。

安娜，没想到你也来了。肖五洲握着安娜的手说。

听说你们要演奏我姐姐的乐曲，我就赶来了。安娜微笑着，露出两个酒窝，扑闪的长睫毛十分动人。

其他几个乐手从肖五洲身边走过时，都冲他做着鬼脸。肖五洲有点儿局促，脸也红了。安娜，你……你觉得这个音乐会还行吗？提提意见吧。

安娜咯咯地笑了，五洲，我可不是来提意见的，你们的音乐会很棒。刚才我还想，要是你们能到我们学校举办一场音乐会就好了。真的，哪天我们学生会来请你们怎么样？

好啊，你是学生会主席，我们听你的。肖五洲说，这时他已经不觉得局促了。

那我明天就告诉同学们。安娜又说，五洲，我还有一件事要请你帮忙呢。

什么事？说吧。

我想让姐姐听听你演奏的《青山翠谷》。安娜明亮的目光黯淡下来，她说，你知道我姐姐过去也拉过大提琴，本来她应该生活得很好，可是现在，她一生都要躺在病床上了。尽管她很坚强，可我能感觉到她的痛苦，特别是精神的。这种痛苦永远也不能摆脱了，只要她活着……安娜的眼里涌出了泪水。肖五洲也沉默了。

安娜又说，音乐就像她的生命，我希望她听到自己的作品，让她知道，她曾创造了最美好的音乐，她的生命是有意义的，所以我想请你为她录制几首作品……

安娜，你放心。肖五洲非常认真地说，这样吧，我想办法做一张CD，然后给她送去。他又说，安娜，我考研究生的自选曲目就是《青山翠谷》，其实我一直很想去看看你姐姐。

她见到你一定会很高兴。安娜擦掉了脸上的泪滴说，那次我见到你哥哥了，他最近回来吗？

肖五洲说，听嫂子说，梅里雪山考察队今年的资金很紧张，他们也许要提前回来。

安娜的眼睛一亮，五洲，你哥哥回来你可要告诉我一声，我想咨询一些登山队的事。我们学校正打算组织登山队，我一直盼着去梅里雪山。人们都说那里又高又险，可是风光却非常美丽。

是啊，我看过很多梅里雪山的照片，看了那些照片真想马上飞到那里去。安娜，我去看你姐姐的时候给你带去照片。

那太好了。对了，我们学校最近建了一个网站，我可以把好看的照片贴上去。

安娜，你们网站也可以做一个登山队的主页啊。

嗨，这是个好主意。我明天就给校园网的版主说。等我去梅里，我一定再多拍一些。

你真要去梅里吗？

当然。你呢，你不想去吗？

哥哥以前曾让我和他去梅里雪山，可是我那时……怎么说呢？心情不好。肖五洲不好意思地笑了笑，他接着说，那里太危险了。我哥哥说他们登山队的摄影师许大勇就是拍照片的时候掉进了一个冰裂缝。那个冰缝有30多米深呢。

那怎么办，后来呢？安娜瞪大了眼睛。

他们费了很大的力气才把他救上来，可是他已经不行了。安娜，攀登梅里雪山是很危险的。我哥哥说，有一次他们遇到大雪崩，轰隆隆的声音响了十几分钟，雪崩过后，高大的冷杉树齐刷刷地倒了一大片，就像鬼斧神工。

攀登雪山总会有危险，不过遇到雪崩的时候，我会躲开的。安娜很认真地说。

这时候，礼堂的人来说要关大门了，他们只好握手告别。

安娜，你可以给我留下电话吗？肖五洲问。

当然。安娜在肖五洲递过来的通讯本上写下了电话号码。

21 另一个小川

在蒙蒙的晨雾中，中方队员和日方队员分别从两个驻扎地出发，向海拔4700米的1号营地行进。肖顿河还像以前一样，走在队伍靠后的位置。队员们一个个都背着沉重的背包，弓着腰，手持雪杖，奋力向上攀登，一个个高高凸起的脊背就像一座座驼峰，在一片沙丘起伏的白色沙漠上蠕动，只是这里没有动听的驼铃声，只有队员们在雪中跋涉的沉闷的踏雪声和喘息声。

在这支蜿蜒的队伍中，每个队员分担的物资和装备都有20多公斤，而且积雪很厚，还要经过危险的被积雪覆盖的冰裂缝区，所以，肖顿河特别留意队伍中的新队员，每走一段，他都要抬起头来，看看前面队伍中有没有意外的情况，还要用对讲机同前面的探路小组保持联系，请他们及时通报冰缝区的路况。

攀上一道山脊，肖顿河处在了一个比较高的位置，他向下俯视着，这时他看见日方登山队的队伍已经翻过了山脊，正在下坡。在有些散乱的队伍中，肖顿河看见了一个人的背影，无论身材，还是装束都像小川原兵卫，可是从登山的姿态看，却又不像。肖顿河看着那个身影，真想放开嗓子喊一声，嗨——小川——可是离得太远，更何况，在攀登途中一般是不能这样喊人的，因为喊话会分散队员的注意力，容易造成事故。肖顿河决定赶上去。

他拼命地往前走，雪很厚很深，每走一步想拔出腿来都很费劲。肖顿河费力地喘息着，挂着一根雪杖继续走，不一会儿就出汗了，出汗是危险的，会造成感冒，甚至冻伤。他后悔出发时带的东西太多，背包和器材太重，可是他并没有停下来，还是喘着气，保持着运动的节奏，并不时抬起头来注视一下前方的那个身影。

有一次他抬起头来，发现前方的几名队员停了下来，好像是在休息，他急忙加快脚步，想尽量靠近一些，可就在他差不多能看清那几个人的脸时，他们又都站起来，转身继续向上攀登。他刚想张嘴，可马上又止住了。不管怎么说，他已经来了，都在同一支队伍里了，反正是要见面的，只要见了面，计划的事就有着落了。他想。

在这次行动前，由于他们勘测了新的攀登路线，避开了巨大的冰坡，出发后，行进得比较顺利。傍晚，中方和日方两支登山队都在1号营地宿营。这里是一片平坦的冰坡，队员们刚到就开始搭建帐篷。肖顿河扔下冰镐，来不及放下背包，就向日本队员的帐篷跑去。小川君，小川君——他朝帐篷里高喊着，准备迎接一个热情的拥抱，也准备和小川为再次相逢一起开怀大笑。这段时间他觉得自己太压抑了。

哈——伊——

一个人应着从帐篷里钻出来。

肖顿河一愣，眼前的人并不是小川原兵卫。

呵，先生，您是找我吗？

你……肖顿河怔住了。啊，对不起，我找小川……

啊，我……我就是……

肖顿河觉得奇怪，眼前这个人分明像小川原兵卫，可他又不是小川原兵卫，他只是……只是像……可他怎么会答应呢？

眼前的人也许看出了他的疑惑，就很谦恭地说，啊，是……是这样……我不是小川原兵卫，我是小川右兵卫，是小川原兵卫的弟弟。

哦，是这样……

肖顿河张着嘴，半天说不出话来。他忘了自己还背着全部的装备，竟呆立在那里。

先生是肖顿河君吧？请进来坐吧。小川右兵卫说。

肖顿河忽然意识到，小川右兵卫说的是中文，是那种有些生硬的中国话。肖顿河想起小川原兵卫说过，他的弟弟是日本樱田电器公司的工程师，也是登山爱好者，曾在上海复旦大学学过中文。这使他们的交流不成问题。肖顿河急忙问，小川君，啊，我是说你哥哥怎么没来？他说好要来的，我一直在等他……

唔……是这样，顿河君，我哥哥确实说要来……可是……他……小川右兵卫的脸涨红了，好像找不出确切的句子表达自己的意思。肖顿河忙说，别急，小川君，你的哥哥，他为什么没来？

我哥哥他……受了伤，伤得有些……啊，怎么说呢……厉害……

小川右兵卫搓着两手说得有点儿费力。医生不让他来，所以他让我来代替他。这次我们一定好好配合，争取上山……呃，怎么说？争取上山更高一点儿。

不——肖顿河忽然觉得不对，他盯着小川右兵卫的眼睛追问，请你别瞒着我，我是说请你说实话，你哥哥到底恢复得怎么样？

小川右兵卫低下了头。啊，对不起，实在对不起，顿河君。他的声音沉闷下去。我哥哥知道这次攀登很重要，他是个很重感情的人，因为是中日友好登山，不来是很严重的，所以他对我说，我不能去啦，你一定要去替我，把我的工作做好，配合顿河君，不要让顿河君失望。所以我来了，请你多关照。

肖顿河觉得自己的头有点儿眩晕，身体也在摇晃。他摇了摇头，拖着脚步走了，一脚高一脚低，像喝醉了一样，他就这样走出了几十米，走过了自己的帐篷都不知道，直到小川右兵卫跑过来，把他拉住。

　　肖先生，不，顿河君，我哥哥好多次跟我谈起过你，他对你有很深的感情。我知道你和他有共同的理想，就像兄弟一样。我也知道，你是一个很了不起的人，很坚强，我想我哥哥是不会认错人的。他没有来，我十分抱歉。顿河君，你放心，我一定会像他那样努力……

　　肖顿河默默地看着小川右兵卫，他的眼角有些涩，心里有股很热的东西在快速地往上涌，仿佛要从喉咙里冲出来。他紧紧地咬住自己的嘴唇，脚步沉甸甸地往自己的营地走着。他想起，有一次他和小川原兵卫上山，他们的脸都快冻僵了，他们在一个地方坐下来休息，都费力地喘息着。小川说，顿河君，有件事还要拜托你，请不要忘记。什么事呀？肖顿河说，只要我能做到，尽管说吧。小川使劲儿咧开嘴，做出笑的样子说，要是我死了，我是说死在雪山上，请……肖顿河打断了他的话，别说死，这事我不帮忙。

　　小川说，我们是朋友总该互相帮忙啊。肖顿河不再说话，只是听着。小川又说，要是我死了，就请你把我埋在这里，说不定多少年后人们把我找出来，还能用冷冻精子培养出后代呢，冷冻精子，我是很健康的啊……

　　肖顿河忽然支撑不住了，猛扑到白雪覆盖的山坡上，两手深深地插进雪里……

22　生死未卜

陈晓薇拧亮台灯，橘黄色的光，温暖亲切，过去无论在哪里，一看见这种光她就觉得温馨，就像回到家里。只有家才是温暖的,可依靠的。结婚后她把家收拾得十分整洁清新，虽然没有装修，没有贵重的家具，但她用自己的灵巧把家布置得很有格调。她喜欢家，从不认为女人有了事业就得把家弄得一塌糊涂。她不喜欢报刊电视里的那种所谓女强人，她们不知为什么总有一点儿男性化，有的皮肤粗糙，说话粗声大气，手势也很强硬，还有的抽烟喝酒，不用香水……她想象不出那样的女性在家里会是什么样，有的人事业成功了，家庭却破裂了，还有的离了婚……

陈晓薇轻轻摇摇头，自己虽然不是女强人，但事业上也有一些成就。她已经翻译出版了好几部海明威的作品，有好几篇评论文章赞扬她的译文再现了海明威特有的风格，为此她还获得了一个全国性的外国文学翻译大奖。她写的一本海明威评传《孤独的英雄》，曾让学术界的男同行们对她刮目相看。

她多么希望自己生个孩子，像很多女同事一样，感受怀孕的喜悦和恐惧交织的复杂心情，感受悉心呵护子宫里的宝宝的幸福，还有分娩时泪水和微笑同时出现在脸上的幸福，更不用说以后两个人牵着孩子在树叶金黄的林阴道上漫步……尽管心中有着最美好的愿望，她和肖顿河还是决定，再拖一拖。这全在你。每当谈起要孩子的事，肖顿河最后总会说这句话。

这并不是一种推卸责任的托词,而完全是一种深思熟虑后的信任。这全在你。这是把生孩子的决定权完全赋予了她,也就是说,如果她觉得现在就应该要个孩子了,那就生一个。没有比孩子更值得珍爱的了。同事们常说,所有的努力,所有的辛劳,不都是为了孩子吗?女同事都说她再不生就晚了。陈晓薇想想,觉得很可怕,自己很快就会过中年了,真要是到了那时候,说什么都没有用了。假如肖顿河不是一个登山者,假如他只是一家公司的普通职员,或者只是一所大学的普通教师,或者跟大多数人一样,是一个在 rush time 上下班的人,说不定他们的孩子早就上学了……可肖顿河是一个把时间甚至生命都给了梅里雪山的人。不过,这就是不生孩子的理由吗?

她曾对自己说,他已经把权力完全赋予了你,那就下决心,别再犹豫了,你从来都是个办事果断,说一不二的人,可在这件事上却这么优柔寡断。有好多次她对肖顿河说,我们给孩子取个名字吧。肖顿河问,是男孩儿还是女孩儿?陈晓薇说,我想想,男孩儿,女孩儿,女孩儿,男孩儿……像你,像我,像我,像你,像我们两个,又都不像……她又说,我给你生个双胞胎吧,一个像你,一个像我,不,我还是要两个一模一样的,单卵双胎……

那一年,肖顿河走了没多久,她就开始每天早晨觉得不舒服,说不出的滋味儿,接着就觉得疲倦,总想睡觉,睡了好几天,她想自己一定是病了。她去了医院,有位白发的女医生听完症状,微笑着说,你再去妇产科检查一下吧。她记得自己在妇产科门诊的大门外徘徊了很久,她从来没到这里来过,妇产科意味着什么?

她忽然想起一部她翻译过的小说,是海明威的《永别了,武器》。那本书让她害怕,有些地方她几乎不想再翻译下去。那里面的女主人公卡萨琳难产的场面让她难过了很久，她真怕自己……

她抓住氧气面罩，说给我给我……卡萨琳费力地呼吸着。

陈晓薇想起这些细节就不禁发抖，那会儿她多么希望肖顿河就在身边啊。她鼓起勇气走进妇产科的大门，和很多女人并排坐在靠墙的长椅上。她看看她们，心里在想，卡萨琳，这里面谁将是卡萨琳啊？

那本书真可怕，一个男人写了女人的死，他的笔那么残酷，那些血淋淋的细节……她好像又听见卡萨琳的呻吟：现在我可完了，一切都垮了，氧气没有用了。亲爱的，氧气一点儿都没有用了。我只要止住疼，死也不怕了。亲爱的，请止住我的疼。

陈晓薇觉得自己的腹部疼痛难忍，她的脸上很凉，眼前的一切变得模糊不清……再睁开眼睛时，她看见自己就躺在卡萨琳的那张床上，她分不出是谁在说，是卡萨琳在说，还是她在说：我要死了，我恨死亡……

听见另外一些人在说话。你不要紧，很快就好了，怎么样，好些了吗？她睁大眼睛，发现自己躺在一张病床上，几个医生站在周围，他们都戴着口罩，其中一个说，你不要紧，只是有点儿低血糖，以后要吃早饭，再休息一会儿做检查吧。

后来，她拿到了化验单，化验单上写着——早期妊娠！她说不出那一会儿的感觉，她忽然不再害怕了，只想马上给肖顿河打个电话，她想肖顿河要是还没有登山，他就能接电话。她出了医院的大门，沿着人行道回家，路两旁树很绿，她觉得自己轻飘飘的，脖子上的绿纱巾在风中舞着。

就在那天，登山协会忽然打来电话，说梅里雪山刚刚发生了一次大雪崩，由于通信工具很落后，大本营与登山队失去了联系，目前大本营已经派出救援小组进行搜寻，但是因为那里的雪太大，搜寻工作受到很大的阻碍。登山协会的人安慰她，说他们一定会竭尽全力继续寻找，一有消息就会告诉她。陈晓薇的心立刻悬了起来，她几乎是日夜守着电话机寸步不离，就像呆了一样，不知道自己该怎么办，只觉得全身像被冰冻住了一样，思想也凝固了。黑夜降临，黎明又现，搜寻工作仍然毫无进展，连登山队员的踪迹都没有发现。

每次肖顿河走后，她就开始在思念和渴望的纠缠中度过每一天。肖顿河的来信虽然能给她心理上带来一时的安慰，可她仍然不能抗拒噩梦的缠绕，山崩、地裂、绝望的呼救声从高空坠落，常常把她从梦中惊醒，然后就开始回忆那些吵架的日子，那些离别时的眼泪。其实，她总是怕他会离开，不，不是离开，而是……

她不愿说出那个字，可心底却又清楚自己害怕什么。

过去肖顿河曾好多次跟她谈到死，开始她觉得死亡这个话题很沉重，很可怕，随着时间的飞逝，死亡的话题不再沉重了。她总觉得死是遥远的，是未来的事，有时她甚至觉得肖顿河与她说的死，只是理论上的死亡，那种死亡只是一种语言存在，和现实——他们所处的现实还有距离。她甚至相信死是虚无的，肖顿河每次都说他也许会死在雪山上，可他每次不是又回来了吗？

陈晓薇已经不相信死神了，所以她觉得肖顿河不会死，他会自救或被救的。她见过雪崩飘带，肖顿河给她看过，鲜红的雪崩飘带长长的，在雪山上很醒目。肖顿河说，发生雪崩时自己的同伴能看见，救援人员也会看见。她想起，有一次肖顿河从梅里回来很沮丧，他们不仅没有到达目的地，而且还在暴风雪中损失了一些器材，他们几个登山队的人也差点儿遭遇不测，辗转了很久才得以逃生。那天晚上，在肖顿河的怀抱里她哭了，她说，我真的每天都悬着一颗心，我真的很害怕……肖顿河紧紧拥抱着她，晓薇，我不会离开你，永远也不会。他的声音发颤地说，即使我真死了，我的灵魂也会和你在一起。你知道，对于登山考察的人来说，没有什么比从容冷静地对待死亡更重要了。既然不惧怕死亡，就不惧怕别的，生命是最宝贵的，一个人能为一个事业舍弃它，就足以证明他所要做的事多么有价值。

整整两天两夜，陈晓薇一次次在心里呼唤，顿河，你在哪里？你一定迷了路，你们都迷路了。你活着，一定还活着。她迷迷糊糊地好像看到了肖顿河，他的脸冻紫了，他的眉毛和睫毛上凝着白霜，他的嘴里哈着热气，他费力地走着……她轻轻说，顿河，再加一把劲儿，快了，就快到目的地了，顿河……她实在支撑不住了，躺倒在床上，双手捂着脸，啜泣着，顿河，你在哪儿，快告诉我，别让我着急难过，你应该知道我其实是很脆弱的，精神不堪一击，你说过你不愿看见我难过啊。

电话里传来一个更让人震惊的消息，搜索人员发现了登山队的遗留物品。哦，那是什么？她想。遗留物品，谁留下的物品？别，别说是遗留物品，是他们的装备物品……他们呢？他们真的离开我们了吗？他也离开我了吗？离开了这个世界，去了另一个世界吗？另一个，哦，还好，另一个就是还在，另一个存在……只是另一个世界离我们很远，我们很难企及……

她再也忍不住了，不顾一切地哭出声来。她的肚子很疼，她又想起了卡萨琳。她满头都是冷汗，睁开眼睛，又看见了洁白的病房，她的肚子不太疼了。

好了，一切都过去了。医生安慰她。

后来她才知道，自己再也不用害怕像卡萨琳那么痛苦了。

23　理智与情感

亲爱的安娜：

　　离开你以后我心里一直很歉疚，真怕你生我的气。其实，我多想让你到这里来看一看，体验这里的一切，而理智却告诉我，不，不能让安娜来。说实话，这么多年，我自己也不能说了解了这座雪山。安娜，这儿不仅仅是一座山，还是一个未知的存在。为了探索她，有很多人已献出了宝贵的生命，其中就有我们队里经验丰富的登山摄影家，所以，你暂时不能到这里来。还是让我的笔为你描绘这里的情景吧。

　　昨天，我又一次登上了卡瓦格博峰的主冰川，虽然我已经来过很多次，可每一次我都被她的磅礴气势所震撼。卡瓦格博峰是迷人的，可大多数时间都掩藏在白云或浓雾之中，人们很难一睹她的尊容。即使偶尔露出容颜，那美丽威严、挺拔险峻也是很短暂的一瞬间。她如同一个高傲的公主，总是仰着头，看千里长风吹拂飘飘白云。她拒绝一切求爱者，不容许任何人侵犯，她洁白的长裙也不容任何人玷污。她常常用突如其来的狂风暴雨和排山倒海般的雪崩粉碎一切入侵的企图。这里仿佛有什么咒语，无声的，也许有声，只是那阴沉的咒语就藏在风中，时隐时现，像少女缥缈的歌唱，也像一个疯女人尖厉的惨叫，神秘莫测，甚至让人感到无名的恐惧。

我向更远的地方眺望。雪峰相连，天地苍茫，有谁能想到，就在几千万年前，这里还是一片汪洋，碧波万顷呢。安娜，你觉得神奇吗？几千万年在自然的演化史上多么短暂，这浩瀚无垠的古海洋怎么变成了今天顶天立地的冰峰雪岭和大江峡谷呢？也许都是当年的滔天巨浪在顷刻间凝固而成的。在千万年冰雪风暴的洗礼中，山峰变得如同刀削斧劈一般，像一柄柄寒光闪闪的宝剑直刺云霄。

我有时想，是什么吸引着人们从世界很多地方来到这里，他们在这冰雪之中匍匐寻觅，受冻挨饿，历尽艰辛，甚至粉身碎骨也在所不惜。揭示自然之谜——人类天生有着永不枯竭的求知的欲望。这也许就是答案。

当第一群野马在草原上奔驰的时候，它们是多么自由自在啊！可那时候，青藏高原，梅里雪山，还深深地藏在海底。地壳的变动，大陆的漂移，物种的灭绝和诞生，太阳系的演化，它们之间到底是一种什么关系呢？也许，只有当你站得很高，高得可以俯瞰宇宙洪荒的时候，才会有这样离奇古怪不着边际的联想。

大自然如此慷慨地把一切美好的东西馈赠给人们，而人们在尽情享受它的时候，又为它做了些什么呢？

人们做得很少，不仅如此，有人甚至还无情地掠夺它，毁坏它……也有的人离开大自然，把自己禁锢在鳞次栉比的水泥高楼，或是遮蔽得严严实实的恒温居室里，看着电脑动画，听着电子音乐，享用着转基因食品……他们见不到阳光，也看不见星光，他们听不见风声和雨声，也不知道炎热和寒冷，目光只停留在离自己咫尺之遥的屏幕上……

安娜，当你站在这数千米高的冰川之上，俯瞰苍茫云海之中若隐若现的雪山峡谷、森林草原和遥远的地平线时，你会感到人的渺小，人的宏伟志向被自然的强大牢牢地束缚着；你的思绪还会不由自主地把过去、现在和未来连结在一起，提出种种稀奇古怪的疑问和猜测，你激动怅惘，神不守舍……也只有在这个时候，你才真正感觉到心胸敞开了，思想如同呼吸一样是自由的，无边无际的，你领略着这种自由辽阔、舒畅博大给予你的一切享受，那么灿烂绚丽，惊心动魄，让你永志不忘。

安娜，梅里雪山就是这样一个地方，一个让你神思遐想，没有任何顾忌的地方。等我再回去的时候，我会给你带更多的照片。当然，梅里雪山这样极度危险的地方是拒绝女性的，所以我希望你不要心存幻想，还是努力学习，将来成为一名化学家，你过去不是对我说过，这是你的愿望吗？

希望你不要生气，更不要在你姐姐面前说我的坏话呀。

肖顿河

24　没见过面的对手

　　宋梅樱是从网上看到GB基金会停止对脑遗传疾病基因变异研究项目资助的。

　　她已经习惯于每天早晨上班前在家里的计算机上浏览一下网上的新闻。她特别关心的是在前沿学科和在尖端科研领域中的进展情况，这不仅因为她自己就在信息领域里工作，更重要的是，这里面寄托着她的一个梦，一个深藏于心，不能告诉别人的梦。

　　她对丁首都的天赋和事业心，对他的智慧和运气，是抱着不同一般的希望的。她能够那么坚韧地、不动声色地等上几年的时间，并且最大限度地利用一切所能利用的时机和手段，最终使丁首都成为自己的丈夫，就是因为她觉得，丁首都将不仅仅是一个出色的医学科学研究者，而且说不定有一天还会成为一个世界知名的科学家。

　　在这个世界上，成就总是和赞誉、声望、优裕的生活、公众的瞩目连结在一起的。当一个科学家在实验室里工作时，他是在成长，在积蓄力量。他是默默无闻的，就像植入母体子宫里的克隆体细胞一样，微小得只能用显微镜才能看得见，而一旦发育成熟，分娩出母体的时候，就会像新星爆发一样，耀眼得让全世界都发出惊叹。她坚信丁首都将是一颗耀眼的星。他现在的工作就像正在母体里孕育的多莉羊的胚胎，从表面上看，跟平常的胚胎没有什么区别，而一旦分娩出……可惜的是，现在几乎全世界都知道那只克隆羊多莉，可是克隆出多莉的科学家的名字却很少有人问起，也很少有人知道。这是极不公平的。

她希望有一天，一旦丁首都的研究有了重大的成果，令全世界惊叹的时候，人们不仅只知道这项科学成就，而且还要知道丁首都。是的，她希望全世界都认识他，了解他，熟悉他。一定要在网上公布丁首都的大幅照片和事迹介绍，让他在全世界都可以随时收看的网上做专题演讲，而不是只上报纸和电视。比起互联网，现在的报纸和电视的速度太慢了，太落后了。报纸和电视都是即时的，不重复的，而只要上了网，人们就可以随时下载，甚至永久保存。

宋梅樱在想，怎么才能更加迅速和真实地在网上作现场直播呢？迄今为止在网上传播的图像严格来说都是不连续的，就像看皮影戏一样，叫人不耐烦，更让人担心。宋梅樱决定在这方面动脑筋了，她像一个深海探宝者，开始在大海里捞针，在浩瀚的软件世界里搜寻。当然，她只是利用现有的材料，加上自己的巧妙构思。但是事情总是让她不满意，网络的频带不够宽，CPU速度虽然一路飙升，但还是觉得太慢……宋梅樱有些灰心，不过，总会有办法的，车到山前必有路。她总是这样安慰自己。说不定当丁首都的成果出来，网络传输技术也取得了革命性的突破，到那时候，只要我有准备……

丁首都的情绪却一天比一天让她担忧。

丁首都本来就话语不多，现在他渐渐变得更沉默了，他沉默得就像总在深思一样。虽然他每天还是那么匆匆忙忙，早晨门口的马路上还是一片寂静的时候，他就已经迈着大步走出门去。随着开关车门和发动汽车的声音，紧接着是如同飞机滑上跑道一样的急速行驶的声音，他开着车迅速地消失在她的视野里。

敏锐的直觉告诉宋梅樱发生了什么事，于是她做了种种假设。与同事相处得不好吗？不，丁首都是个极能克己忍让的人，不会与人争名利。是有了婚外情,第三者吗？要真是有了这回事,她可不会放在眼里,任何一个女人在这方面都不会是她的对手。一定是研究工作遇到了难关,这正说明到了关键时刻,那可是丁首都最喜欢的,而绝不会像现在这样闷声不响……

一定是因为GB基金会。宋梅樱想起了那个严厉、苛刻,刁钻得让人恨,又精细得让人无奈的格林女士。

宋梅樱不止一次地听丁首都说起过她。她对全世界最尖端的科学研究进展都有了解,对丁首都研究工作的情况更是一清二楚,尤其是对资金的使用,她简直就像是他的会计。对每一笔大额款项的使用,她都要仔细核查,并根据她的评价标准来判断使用是否得当。为此,争吵是不可避免的。

谁叫我们用他们的钱呢？丁首都常常叹着气说。

宋梅樱说,你做的是一项开创性的研究,所以肯定会遇到挫折,再说,格林用过去的经验来核算未来的科学成就的成本,这本身就是荒谬的。宋梅樱嘴上虽然这么说,但她心里知道,GB基金会之所以投资这个项目,是因为格林女士期待着从中获得丰厚的回报。这个女人之所以百般施压,无非是想驱赶着丁首都拼命地干,早出成果早收益。可是,像脑遗传疾病这样的课题,三年五年能出成果就已经是奇迹了,即使十年八年也不算晚呀。

我想,你应该问问格林女士,她为什么不去核算一下美国宇航局探测火星的成本？他们的收益是多少？

气愤至极的时候,宋梅樱这样对丁首都说。

问什么也没用,我们用的是他们的钱。丁首都轻描淡写地说。

……

宋梅樱像是被噎住了一样，好一会儿说不出话来。用人家的钱，就得受人家的管，这似乎是天经地义的，可是要知道，这种基础性研究担负的风险是很大的，因为这种研究即使出了成果，也不能马上就把它应用于临床，还有药物开发制造等等，这些都需要一个相当长的时间来实现。

这天晚上，丁首都没去实验室，他疲惫地靠在沙发上，宋梅樱给他煮了一杯咖啡。

首都，你能不能找找别的资助渠道呢？我在网上查过了，有那么多的基金会，能不能试试别的基金会？

宋梅樱用探寻的口气问。

丁首都喝了一口咖啡，想了想说，我曾经问过几个，有的基金会有投资意向，可是他们一调查，我们的项目是GB基金会资助的，就都拒绝了。你别忘了GB基金会在北美的声誉，它是以最能承担风险而闻名的。根据几家国际科研项目评估公司的评估，我们的项目在投资优先等级表上的排名从A级降到了C级。

他们一查是C级，就都退避三舍了。

丁首都把手里的咖啡杯放下，两只手不由自主地伸到口袋里，口袋里空空的，掏了半天什么也没掏出来，他若有所失地又端起了咖啡杯。

哎，你什么时候学会吸烟了？你过去从来也没有吸过。宋梅樱想起他最近咖啡喝得特别浓，常常半夜回到家，还要冲上一杯浓得发黑的速溶咖啡，边喝边愣神。他的身上，常常散发出一股以前从未有过的烟草味。偶尔周末在家里吃一顿晚饭，宋梅樱总要给他倒上一小杯加拿大特产的冰葡萄酒，从前他总是一点儿一点儿地品味着，现在却像喝凉水一样咕咚一下灌到胃里。

宋梅樱渐渐明白了，她有了一个没有见过面的对手，就是那个GB基金会的格林女士。正是这个格林女士在向她挑战，她挑战的不仅是丁首都的科研项目，他的声誉，而且还有他们在多伦多优裕的生活，在华人社团中受人尊敬的地位。她决定用自己的智慧去应战。她相信用自己的智慧，加上丁首都的才能，挑战格林是绰绰有余的。

第一步，宋梅樱鼓动丁首都尽早召开研究课题的国际学术讨论会。

一个周末温暖的下午，宋梅樱开车去实验室，硬把丁首都从实验室里拽了回来。她在屋子后面的花园里摆好了一张小圆桌和两把白色的藤椅，和丁首都坐在枫树下，在阳光里，一边品着茶，一边聊天。当龙井茶的清香慢慢地驱走体内的燥热和心头的烦恼，给丁首都一种清新、湿润的感觉，最后让他全身都有一种舒展、轻快的感觉的时候，宋梅樱又一次从丁首都的眼睛里看见了那种感激。

我曾经很多次梦到我们坐在这样一个花园里，喝茶聊天。我没想到这样的梦会变成现实。宋梅樱有一双深藏着爱的眼睛，一双让丁首都的心融化的眼睛。

你以前从来没对我说起过这个。不过不管怎么说，理想终于实现了。只是不知道这样的日子还能有多久。丁首都刚刚放松的心情又有点儿沉郁了。

这是宋梅樱没有想到的。这段时间丁首都总是心事重重，愁眉不展的样子，她才精心布置了这样一个场景，她想在一种轻松的气氛中避开平时那种沉重得让人窒息的话题，聊聊生活琐事，可没想到话刚开头就被引进了死胡同。她有些后悔，可她还想极力挽救。她沉默了几秒钟，又说，你看这儿的枫叶多好看啊。我小时候特别喜欢枫叶，一到秋天，西郊红叶谷的枫叶全都红了，爸爸妈妈就带我去，你不知道，在那样一片金红色的海洋里，人会是一种什么样的心情。我都不知道自己变成了什么，反正是激动得什么都忘了，好像自己也变成了一片枫叶，融化在里边了。我那时候并不知道那就是幸福，现在想想，那时候整天无忧无虑的。

那时候我没有你那么幸运。我也听人家说过红叶谷的枫叶多么好看，可我没见过。后来学校组织大家去植物园，我才第一次看见枫叶，枫叶真的就像血染的一样。我偷偷地摘了几片藏在口袋里。第二天老师宣布，凡是在植物园摘了树叶的，一片叶子要交两毛钱。有同学告诉了老师……丁首都说着，目光移向了远处。

宋梅樱真不知道自己视为最美好的、最值得回忆的东西，对丁首都来说竟然是不愉快的，这时候她心里已经很不是滋味，但她还是想做出新的努力。

你回家挨打了吧……宋梅樱想尽量笑得自然一些，无奈丁首都的表情已经变得很忧伤，她只好收住笑容轻声地说，有时候为了美好的东西是要付出代价的，要是来得太容易了，反倒不那么珍惜了。

丁首都想说什么，却又止住了，过了一会儿，他喃喃地说，有时候付出的代价也太大了。

是啊，所以我们才不能轻易放弃。首都，我这么想，你还是应该先召开一次国际学术研讨会，在会上充分展示你的研究工作的进展，争取更多的国际合作。另外也可以听听别人在做什么，其间总有可以学习的东西。宋梅樱趁虚而入，又切入了正题。

丁首都很认真地看着她，却没有说话。

宋梅樱继续说，我们也可以充分利用网络方面的条件，建一个会议网站，在这个研讨会之外，再开同一专题的国际网络学术讨论会，你同时作为这个讨论会的主持人，这一定会提高你在这个领域里的知名度。当年诸葛亮出山，故意让刘备三顾茅庐，说穿了还不就是为了提高自己的身价和知名度吗？不烧几把火，不在国际上树立声望，要在学术界有所建树，这是很难的。

宋梅樱循循善诱，话越说越多。丁首都默默地听着，眯起眼睛看着远处。阳光渐渐暗淡下来，枫树的影子变得有些昏暗，茶壶里的茶已经凉了。一只灰褐色的小松鼠蹦蹦跳跳地从树丛里跑出来，蓬松的大尾巴高高地翘着，在离他们很近的草地上，两只前爪捧着一个小坚果，嘎吱嘎吱起劲地啃着。宋梅樱又说，你现在不是没有才华和能力，也不是没有技术，而是缺少知名度。如果你是李政道、杨振宁，做一个课题还会发愁没有资金吗？

丁首都一直注视远处的目光这时突然收回来，他看着宋梅樱的眼睛，他觉得很少有女人能有这样一双眼睛，既包含着深情，又闪烁着智慧的光芒。

好了，太冷了，进屋吧。宋梅樱说着，就动手收拾茶具。在茶壶茶杯轻轻磕碰的叮当声中，她听见丁首都从内心深处吁出了一口气，她知道，自己的第一步已经迈出去了。在她站起来的时候，那只小松鼠从她脚边飞快地跑了。

经过紧张而精心的准备，脑遗传疾病的基因变异研究国际学术研讨会在多伦多召开了，丁首都所作的学术报告引起了与会专家的极大兴趣。与此同时，这个专题的国际网络学术讨论会也同时举行了，一时间，会议网站上收到的各种发言、论文、专著、提纲、意见和建议，还有各种数据源源不断，宋梅樱的智能化数据库软件又一次显出了它的神通，大量有用的数据不断汇入实验室的数据库。丁首都在其中发现了一些极有价值的线索，在世界的若干地区，存在着某些脑遗传疾病的高发区。如果能获取这些高发区人群的基因数据，对他的研究课题将有不可估量的价值。可是，随后的事情又让他十分沮丧：某些地区的人群的基因数据不全，另外一些高发地区的基因数据库虽然很完备，但是想利用这些数据库的数据必须付出高额的使用费。这笔钱他付不起。

他忽然有了一个想法：他要再去找格林女士。

25　主题变奏曲

　　一天下午，肖五洲走进了音乐学院的图书馆。自从和葛蔚蓝离婚后，他已经很长时间没到这儿来了。今天他是来给安群录制音乐作品的。他答应过安娜，一定给安群制作大提琴曲《青山翠谷》。

　　他去了复制室，把乐队录制的《青山翠谷》刻到一张光盘上。当他做好CD盘，从复制室走出来的时候，他听到走廊那一头有一个声音在叫他：五洲——听声音是葛蔚蓝，他转身向她走去。

　　过去，肖五洲在这里读书的时候，每次只要到这里，葛蔚蓝就总是最后一个下班。后来肖五洲发现，葛蔚蓝好像有一种特别的能力，他来借阅资料时，她总是让他先去阅览桌旁坐下，然后很快就把他需要的书、杂志、音乐磁带或CD送到他面前。他一点儿也没注意葛蔚蓝对他的好感，就像不去注意班里的女生一样。那时他除了练琴就是读书听音乐，他觉得理解音乐作品就像理解一个人一样困难，假如不能理解就不能产生演奏的激情。他经常对一首乐曲的内涵感到困惑，不知道怎样走出重重雾霭般的谜团。

　　又是一个下午，肖五洲在这里听巴赫的一支大提琴曲，他被迷住了，忘了时间，忘了吃饭，天黑尽了他还不走。葛蔚蓝也没走，而且也没有催促他。后来她出去买来了一大包东西，放在肖五洲的眼前。五洲，你就在这儿吃吧，食堂已经关门了。她说着就坐在他的对面，把一个个纸包打开，是一大堆吃的，各种面包、烤鸡翅、熏火腿、茶鸡蛋、凤尾鱼罐头、果汁饮料……她还买了一盒餐巾纸，两块小毛巾和一块消毒肥皂。肖五洲感动了，她真细心，他想。那天晚上他第一次和一个女人共进晚餐，他们说了些什么他已经忘了，只记得葛蔚蓝那天晚上很美，眼睛很亮。从那天开始，只要他在图书馆，一过五点半，葛蔚蓝就去给他买吃的、买饮料。

肖五洲隐约感到他和葛蔚蓝之间好像要发生什么。是什么呢？他不知道自己是不是爱上了葛蔚蓝，那些天他心里总有一种说不清的感觉。晚上，他在宿舍的上铺翻来覆去睡不着，下面的人就骂他想女人了。

他说他一点儿也不想，正因为不愿想女人才这么折腾的。一天夜里，同宿舍的三个家伙一起爬起来审问他，肖五洲，快说，你爱上谁了？他说，没爱上谁。一个问他，喂，是不是声乐系的李星星啊？她可真漂亮。他摇摇头，我从来没和她说过一句话。啊，那就是钢琴专业的郭琳，我看她对你不错，一有活动就给你伴奏……他一直摇头，后来他们什么也没问出来，就无精打采地躺下了。

肖五洲觉得他对葛蔚蓝只是有一种感激，但还没到爱的程度，尽管葛蔚蓝对他很好，可那只是一种生活方面的关照，而不是爱。过去他从没有尝过爱情的滋味，他想也许这么多年自己只顾埋头大提琴，忽略了生活中应该出现的某些东西。不，他又否定了自己，不是不爱，或者不想爱，其实他想爱，只是还没有一种让他怦然心动的感觉。

他终于想明白了——他和葛蔚蓝之间只是友谊。那些天，葛蔚蓝总是约他到校园的一片树林里去见面。

她说，五洲，我有话想对你说。

他预感到她要说什么。他有些不安，不，不能让她先说，否则那将是一种无法收拾的结果。他决定告诉葛蔚蓝，今后永远和她做好朋友，以便尽快摆脱和她的关系。

有一天晚上，他约葛蔚蓝到那片树林里见面，他在电话里说，蔚蓝，我有件事想告诉你，你能来吗？

葛蔚蓝说，我一定来。他听出她的声音很快乐，就后悔没有和她说清楚谈话的内容。

葛蔚蓝按他约定的时间准时来了。

那是初夏的傍晚，树林被夕阳染得金红。葛蔚蓝出现在他的眼前时，肖五洲愣了一下，她怎么像换了一个人！葛蔚蓝显然是精心打扮了一番，柔顺的长发在脑后梳了一条蓬松的辫子，她穿了一件原白色的亚麻布裙子，领口和袖口绣着淡雅的花，肖五洲的耳边响起了《红莓花儿开》的旋律，在这样的旋律中，他觉得葛蔚蓝是这么清纯美丽。他看着她那清澈的眼睛忽然不忍心对她说绝情的话了，于是他没话找话，前言不搭后语地闲聊，自己都觉得没意思，可他怎么也说不出"我爱你"这几个字。

葛蔚蓝倚着一棵树，很沉静地听他说话，她起伏的胸脯好像在期待什么。后来，葛蔚蓝对他说，五洲，我爱你。

他只是看着她，过了一会儿才说，蔚蓝，要是我不爱你怎么办？

葛蔚蓝猛地扑进他的怀抱说，反正我爱你，要是你不爱我，那……那我就去死。

肖五洲的头脑一片混沌，月光下，他吻了葛蔚蓝……

肖五洲和葛蔚蓝在一个晴朗的日子结婚了。后来肖五洲想起来自己都觉得不可思议。为什么和葛蔚蓝结婚呢？好多次他都这样问自己。他没有感到想象中爱的甜蜜，更没有体验过那种暴风骤雨般的激情。

只是想既然葛蔚蓝爱他，自己对她也没有什么反感，那就结婚，省得一回家母亲就嘟哝，还有哥哥，他每次从梅里雪山回来也要问起这件事，怎么样，有目标了吗？知道他和葛蔚蓝的关系后，哥哥又问，现在到达几号营地啦？有希望吗？

小屋还像平常一样，每天都传出大提琴声，音调柔和，旋律优美。后来练琴的时间短了，越来越短。

没过多久，人们就开始听见两个年轻人的争吵，听见女主人的大声哭泣……肖五洲觉得那段时间很烦闷，两个人不知怎么变得爱争吵，一点小事都会成为激烈争吵的导火索。

那天，肖五洲在家靠在床头听一盘CD，葛蔚蓝回来了。五洲，今晚有经典爱情歌曲演唱会，我们去看看吧。

肖五洲摘下头上的耳机说，我不去。

去吧。葛蔚蓝说。

不。肖五洲很坚决。

葛蔚蓝问，你在听什么？她拿过耳机戴在自己头上，你开这么大声音，这是什么？

主题变奏曲《堂·吉诃德》，这是世界最优秀的乐队演奏的。肖五洲说，蔚蓝，你知道吗，这支乐队正在做环球演出呢，他们将走遍世界。

葛蔚蓝眼睛向上，认真地听了一会儿，把耳机摘下来，在他对面坐下说，五洲，我觉得你就是最优秀的，你的大提琴拉得这么好，要是加盟一个流行乐队，说不定也能走遍世界。你看那个弹钢琴的理查德·克莱德曼，他不就是那几首曲子吗？《秋日私语》《水边的阿蒂丽娜》《绿袖子》，可他也走遍了世界。要我说你应该开拓一条新的路，钱也会比现在多……

肖五洲说，音乐是一种情感，要是为了别的东西扭曲自己的情感，我做不到。说完，他重又戴上了耳机。葛蔚蓝把肖五洲头上的耳机摘下来，退后了一步，用一种漫不经心的口吻说，怪不得连我的同事都说你……

说我什么？肖五洲问。

葛蔚蓝看见肖五洲的脸红了，就故意不说。

肖五洲竟忍不住发火了，我知道他们说我什么，说我没钱没地位，说你找我不值得……其实这也正是你心里想的！

他们争吵，无休无止地争来争去，谁也无法平静地讲清一个道理，谁也没有耐心听对方说完一句话。

不久，争吵声消失了，也听不见女主人的哭泣声了。肖五洲和葛蔚蓝闪电般地离了婚。

经过这场婚姻的战争之后，肖五洲觉得他的心还是属于那个谜一样的音乐世界，就像哥哥属于那个玉洁冰清的世界一样，他们两个虽然有不同的抱负和追求，但本质上走的却是同一条道路。

肖五洲走到葛蔚蓝面前，向她伸出手。蔚蓝，你好吗？

葛蔚蓝轻轻握着肖五洲伸过来的手，脸上掠过一抹红晕，她说，挺好的，五洲，你怎么样？

我也挺好，就是有点儿忙。

他们轻松地问候着，就像几年没见面的老朋友。现在两个人的眼睛里都没有了过去的影子。肖五洲看见葛蔚蓝的微笑很甜很宁静。葛蔚蓝也觉得肖五洲的笑容很松弛很真诚。

五洲，你要找什么？我来帮你。葛蔚蓝说。

肖五洲的心在涌动着，眼里热辣辣的，还有一种藏得很深的歉疚感，他赶忙克制住自己说，蔚蓝，我想再借主题变奏曲《堂·吉诃德》，以前你帮我找过。

好吧，你等着。葛蔚蓝说着转身走向音像库，肖五洲发现，葛蔚蓝已经怀孕了。

26 莎莫尼小镇

那还是六月，高高的勃朗峰的山顶依然覆盖着白雪，午后灿烂的阳光照耀着雄浑壮丽的阿尔卑斯山麓茂密的森林，一条蜿蜒的公路在密密层层的枞树和橄树林中若隐若现，向前延伸着。一辆乳白色的雪铁龙小汽车正沿着公路向山下驶来，开车的是莎莫尼镇医院的女护士索菲，在她的旁边坐着小川原兵卫。

勃朗峰位于法国和意大利两国的交界处，海拔4807米，是横贯法国、意大利、瑞士、奥地利和德国边境的阿尔卑斯山的主峰。由于勃朗峰的高海拔、高纬度，再加上冬季气候寒冷，降雪量大，一进入冬季，勃朗峰及其周围的山峰都被厚厚的积雪覆盖着，巨大的冰川也铺天盖地般从悬崖峭壁、深沟巨谷中汹涌而下，所以，勃朗峰被称为一座名副其实的白色的山峰（法语Blanc和意大利语Bianco都是白色的意思）。

勃朗峰也因此成为登山探险和旅游滑雪的胜地，每年吸引着世界各地的近十万人来到这里登山、探险、滑雪、滑冰，经历种种在平常的生活中不可能经历的奇险境地，体验极端条件下的种种感受。

不过小川原兵卫到这里来，可不是为了来寻找刺激，他是在对比了世界上很多座高海拔山峰的气象、地理位置和地形条件等各种因素之后，才选中勃朗峰作为他考察研究的目标。他要在这里研究雪崩和冰崩的成因机理、运动变化以及它们的破坏作用。由于勃朗峰山区在冬季几乎完全覆盖着深厚的积雪，而且有将近一百平方公里的地方被巨大的冰川覆盖，是个雪崩和冰崩的多发山、频发山，也是研究雪崩和冰崩的理想之地。小川原兵卫几乎是随着阿尔卑斯山区的第一场雪来到勃朗峰下的。

小川原兵卫来到勃朗峰山脚下的莎莫尼镇，这是现代登山运动的发祥地（1786年，一个叫德·索修尔的科学家和一个叫巴尔玛的向导一起，从这个村子出发，登上了勃朗峰）。小川这样做的目的很明确，就是要从观察第一场雪的降临开始，从降雪和风暴对勃朗峰地区的地形、地貌、积雪、冰川、气温等等的影响进行跟踪观察和研究，以便获得详细和完备的材料，再结合卫星照片进行分析和研究。为此，他做了精心的准备。他在勃朗峰上支起了能在高寒山区长期驻扎的保暖、抗风、防雪压的帐篷，在若干个地点设置了冰雪自动观测站，在各个站点之间用无线网和有线网把它们联结起来，并接入了当地的卫星网站。他还选定了几条观察线路，做了大量的标记，每天至少走一条线路。

他是个喜欢单枪匹马做事、创奇迹的人，他也确实做出过很多惊人之举，在登山界很有名气，尤其是对雪崩的研究，几年如一日，积累了丰富的资料，有很出色的研究成果。

他又是一个扎扎实实、埋头苦干、不事声张的人，他总是默默地风里来，雪里去，除了他那个高高的坚实的背影和留在雪地上的那一长溜深深的脚印，他没有给人们留下过别的印象。他就这样不声不响地在勃朗峰地区的群山间奔走，像一只岩羊，不分白天黑夜地在悬崖峭壁和冰峰雪岭间自如穿行。

他用一个精巧的电子记事本，把每天的观测记录记下来，夜晚在帐篷里摇曳的烛光下，根据观测资料绘制积雪和冰川分布的草图，分析可能发生雪崩和冰崩的地段。一旦有了这样的前兆，他就带上测量仪器和拍摄器材，在可能的发生地点日夜守候。他像一匹雪地狼一样蛰伏在那里。有几次他的预测得到了证实，雪崩发生了，像耸立的山峰一样的雪墙轰然垮塌，如海啸一般，顷刻间把它所到之处的一切扫荡殆尽。阿尔卑斯山的积雪大部分在春夏两季都要融化，冬季下的雪比较疏松，由于缺少陈年的较坚硬、密实的雪作为基底，所以，发生雪崩的概率增加了。冰川的情形也大致相同，进入冬季，冰川迅速形成并大面积扩张，对山体表面的岩层和覆盖物形成很大的破坏，使它们变得疏松，这样，冰川的基底也同样脆弱。而进入春季，冰川又迅速收缩，大量冰碛物随着融雪被推到山谷的底部或者附着在缓坡褶皱地段，为以后的雪崩、冰崩和滑坡、岩崩创造了条件。

小川原兵卫的心血没有白费。几个月来他第一次来到山谷下的莎莫尼度假村，独自坐在一个小酒吧里，品尝醇香浓郁的阿尔卑斯山葡萄酒。他脸上的皮肤坚硬而粗糙，连皱皱眉头都觉得脸上紧绷绷的，要费点儿力气。由于受到强烈的紫外线的辐射，他的脸膛呈紫黑色。几个月来他一直在山上吃方便食品，对味道的感觉都要消失了。他呆呆地呷着酒，竭力想品出滋味来，可总有一种干巴巴的说不出来的味道，如同他几个月来的生活。漂亮的酒吧女郎冲他嫣然一笑，他也木然地点点头。酒吧女郎金发碧眼，身材高挑，脚步轻盈，从身边走过时，总带着一种摄人心魄的气息。

轻柔的音乐像温暖的风一样飘过来，他觉得，仿佛有一只温柔纤细的手在摩挲自己粗糙的面颊，可他还是木木地坐着，因为他的心里有一个人，那就是恍子。离开东京时，恍子正在一家酒吧里唱歌。恍子不是那种把唱歌当作职业的人，而是把唱歌当作自己喜爱的事做。她说，要是哪天我不唱歌了，我就回北海道。恍子不止一次地对他说，还是北海道好，东京见不到那么多那么白的雪。

他觉得恍子是一个真正懂得什么是爱的人，她是那么通情达理，对他所做的一切没有半点儿怨言，虽然她知道，他每次出去登山总要几个月，甚至还不知道能不能回来，但是每次他走的时候，恍子总是用那种尽量轻快的口吻，那样轻松的、甜甜的微笑来为他送行。小川君，多多保重啊，我等你回来呢。他知道恍子说这话时，心里一定沉甸甸的。

他就这样呆呆地坐了很久，杯子里的酒越来越浅了，但在杯子里他看见了温柔得像初春早晨的阳光一般的灯光，也看见了自己晃动的脸，他的紫黑色的脸膛上有一些坑坑洼洼的东西，还有一些颜色更深的瘢痕，像月光下的雪山背阴的地方。他在想，也许人在一个地方待得久了，就把那个地方映在自己的脸上了，他把那座山映在了自己的脸上。不过Blanc的意思是白色的，而他的脸却是紫黑色的。

他可能并没有意识到自己此刻的表情，要是这时去照一照镜子，他会发现自己的脸色像冰雪一样冷。

酒吧女郎端着一杯酒，走过来坐在他的对面。在莎莫尼这个地方，凡是紫黑色脸膛的人，都是迷上了雪山的人，都是孤孤单单的与大山冰雪和岩石为伴的男人，从他们那冷漠僵硬得像岩石冰雪一样的表情上就可以看出他们是这样的人。酒吧女郎那一双浅蓝色的眼睛里，透出来一种令人迷幻的光，还有那种仿佛侵入人的魂魄里的微笑，他战栗得不能克制自己。午夜的时候，他和酒吧女郎相拥着走进了宾馆的客房。这一夜，是他销魂的一夜。

他已经记不清楚自己是怎样被雪崩埋住的，更不知道他是怎么被人们从雪堆里扒出来，送到莎莫尼医院的。他昏迷了好几个小时，等他醒过来的时候，他只想起自己到了一个叫作米迪峰的地方，那是从勃朗峰下山的一条主要通道，从那里可以看到意大利的米兰。当然，更重要的，那里是一个冰川运动特别盛行的地方。他是在下到一个山坳里去测量积雪厚度时遇到雪崩、被雪埋住的，幸好由于每年这个季节是勃朗峰冰雪爱好者运动的黄金季节，附近的人很多，志愿救援人员很快就赶到了，他们把他从雪堆里扒出来，采取了急救措施，人工呼吸、胸外按摩、注射药物，又用直升机把他送到医院，这才保住了他的性命。

他的腰椎受了重伤。在病房里，他一连几个月平躺在硬板床上，不能翻身，也不能活动双腿。他每天都闹着要回日本。那天主治医生奥雷诺警告他，如果真要回去也可以，一切后果只能由他自己负责，因为现在搬动身体会造成更严重的后果——双腿永远瘫痪。奥雷诺医生是个表情严厉的瘦老头，小川不敢和他争执，只好安静下来，接受所有的检查和治疗。

可是一连几个月只能直挺挺地躺着，他越来越无法忍受，这对于一个把登山作为自己第一生命的人，是无情的，残酷的。他渴望着那种像猿猴一样在悬崖绝壁上攀缘的感觉，渴望着在冰雪中向上冲击的刺激，还有登上峰顶后无限广阔的视野带来的舒畅和胜利者的自豪。他一天天地深深陷入绝望之中。他觉得自己像被冰雪冻住了一样，像一具活的冰雪木乃伊。他万念俱灰，仅仅一次失误，一个意外的事故，一生宏伟的抱负就化为乌有。浪漫的情怀，爱情的幸福，也随之烟消云散。他拒绝和一切人联系，他对医生和护士说，告诉他们，小川原兵卫已经死了……

他开始胡闹，他不听护士的劝告，他用受伤的手抓住床沿滚动身体，腰椎疼得像断了一样，而且还出现了他意想不到的情况，他的小便失禁了，接着又出现了尿潴留，护士给他插了导尿管。他更加暴躁地大吼大叫，大骂奥雷诺医生是个老笨蛋。好在奥雷诺医生不懂日语，还是很耐心地为他诊治，并专门安排护士索菲看护他，安慰他，同他交谈。

索菲能说一口流利的英语，她的声音也很好听，柔和而甜美。索菲每天给他讲报纸上的各种消息，还教他说法语。索菲用自己温馨的微笑和无微不至的关怀为他灰蒙蒙的心灵开启了一扇明亮的窗户。

此刻，坐在他身边的索菲，年轻美丽，具有法兰西女郎特有的浪漫和热情。今天她是应小川原兵卫的要求，开车带他到出事的地点，看一看他遇险的那个山坳。

小川原兵卫经过腰椎牵引复位，恢复得很好，经过一段时间的艰苦锻炼，已能拄着手杖走路了。

可是奥雷诺医生说他必须经常卧床休息，不能再做登山一类的剧烈运动。

早上好，小川先生。每天早晨索菲轻盈地飘进病房的时候，总是用这样亲切的语调向他问好。

他通常只是动一动嘴唇，就算是回答。

您猜，今天我给您准备了什么早餐？索菲打开一个精致的餐盒，把它端到小川的面前。

看——

呃，是寿司吗？

对，您尝尝，怎么样？

三文鱼的？

是的，地道的日本料理，不是吗？

呵，是的……小川很惊奇，可他什么话也说不出来。

当索菲笨拙地用筷子把三文鱼寿司送进他的嘴里，他细细地咀嚼着。咀嚼着家乡的味道，体味的却是一个异国女人的情感，他的眼角湿润了。他无论如何也没有想到，在这异国他乡的偏僻小镇上，能品尝到这样的滋味。他用湿润的眼睛看着索菲，当两双眼睛对视的时候，传达的是彼此的心语。

一天索菲给他读报纸，她告诉他，你们国家的一位作家获得了诺贝尔文学奖，她要小川原兵卫把获奖人名字的日语读音写在她手上，并让他教她读，大——江——健——三——郎——小川一笔一画地在索菲的手上写着。

他闻到索菲身上有一种芬芳，让人迷乱。是香奈儿香水吗？他听说香奈儿有一种迷人的芬芳，他曾想给恍子买一瓶，可是恍子……索菲微笑的脸遮住了恍子伤感的表情。索菲多美啊！她那蓝灰色的眼睛、光洁的前额多么令人着迷。

小川发现自己一天见不到索菲就会不安，后来一会儿见不到索菲就烦躁，他越来越急切地想见到索菲，他不知道怎么会产生这样难挨的焦虑。有一天，索菲正在打扫病房，小川说他的枕头不舒服，索菲就俯身帮他整理，她的胸部碰到了他的鼻子，小川情不自禁猛一下拥抱了索菲，索菲一点儿也没有躲避，索菲吻了他，吻一个日本男人，这个日本男人也热切地吻了她。一切都像是自然而然的，谁也没有觉得唐突。

后来的几天，小川安静得像一只乖猫，他每天只想见到索菲。他也时时想起恍子，每次和索菲亲吻他都会想起恍子，想起恍子身体的芬芳，想起恍子温柔的呢喃，甚至有几次还隐约听见恍子哭了……每当这时他就忽然没有兴致再吻索菲。面对索菲疑问的目光，他总推说是因为伤痛。他没有把恍子的事告诉索菲，他觉得自己内心很不好受，他不断地谴责自己，可又克制不住地想和索菲在一起，这是他从未经历过的与另一个种族之间的爱。恍子在眼前好像远去了，与恍子在一起好像是别人的事。他也觉得自己不是一个好男人，对不起恍子。他想等身体恢复一些就回日本，到那时再对恍子解释。

接下来，是双双坠入爱河的日子，不知身在何处的日日夜夜，他忘记了一切。

几个月之后，一个明媚的下午，当他在索菲的搀扶下走出绿阴浓郁的医院，在灿烂的晴空下又一次看见高耸的勃朗峰的时候，他的心又一次回到了原处。他忽然觉得自己的爱情中有一种苦涩的味道，他觉得自己仿佛像一只受伤的羔羊，在接受别人的呵护和疼爱。从那一天起，他不再那样投入地去爱，不再那样沉湎于和索菲的卿卿我我之中，他一次次拄着手杖，走出医院，去仰望勃朗峰那覆盖着白雪的峰顶。他的心和他的躯体都在颤抖。他加强了体能的恢复性锻炼，每天大汗淋漓地用运动器械练习腰部和腿部的力量，从蹬踏固定的自行车开始，逐步地练习做俯卧撑，做仰卧起坐。

他们来到了米迪峰上的那个山坳，先是坐车到了山谷下面，然后从那里乘坐缆车到山上，再沿着登山者通常走的下山路线上升到那个山坳附近。小川拄着手杖，默默地注视着米迪峰上的这个山坳，雪已经消融得无影无踪，只有裸露的赭红色的岩石犬牙交错地堆积在一起，石缝里已经长出了青草。在山坳的下方，是一段比较平坦的缓坡，再下面，是一片郁郁葱葱的森林，一直延伸到山脚下，再绵延到很远的地方。只是雪崩的遗迹还在，一大片被雪崩推下山去的碎石，被碎石和雪摧毁的树木，散落在缓坡和森林交接的地方。这里如此宁静，第一次到这里的人绝对想象不出，冬天在这个山坳里会有那么深厚的积雪，几米厚，也许十几米，还会发生那样惊心动魄的雪崩，而他的登山生涯、他的理想、他的生命，差一点儿就葬送在这里。

他有些头晕，把视线转向了别处。在这里，他看见了远方城市的轮廓，朦朦胧胧，仿佛传说中的仙境。他还看见了那么深远幽蓝的天空，比以前任何时候看见的都要高、都要远，让人心生畏惧。要是能登上勃朗峰的峰顶，那会看见什么呢？一丝淡淡的香甜气味飘过，陌生又熟悉。他吸吸鼻子，寻着花香，看见就在眼前的路旁生长着一片高山玫瑰，有的开放了，有的还是花蕾。高山玫瑰，他想起在梅里雪山见到的那种花，真是很神奇，两座距离相隔千万里的雪山上开放着同一种花。

他想起肖顿河，真希望此刻他能站在梅里雪山的巅峰，希望他们能遥遥相望。已经很长时间没有和肖顿河联系了，他怎么样了？还有梅里雪山，那联结着他的梦想的地方，美丽的女神啊……

他也想起了恍子，自从遇险到现在，还没有见到她，特别是这段时间有时就几乎忘了她。

嗨，亲爱的，你怎么了？你在想什么？索菲看见他长时间地沉默着，走过来关切地问。

噢，没……没什么。小川很尴尬地掩饰着自己。

等你完全康复了，我们一起去攀登勃朗峰好吗？索菲真诚地看着他。

我还行吗？

当然。索菲很有信心地说。

谢谢你……索菲……

小川声音很轻地说，带着疑问。可是索菲的目光却是那么透明，像没有云的天空。

他们的爱注定是要带着疑问结束的，小川要回国了。他和索菲在机场紧紧拥抱在一起，索菲用法国式的浪漫亲吻和他告别。

　　回到东京，他很难平复自己对索菲的思念之情，快一个星期了，他才给恍子拨了电话。开始恍子听见他的声音又惊又喜。她说，啊，小川君你终于回来啦，真让人担心死了。小川告诉恍子自己已经回来一个星期时，恍子的嗓音忽然沙哑了，是……是这样啊……为什么不早点儿打电话呢？小川犹豫了一会儿，他约恍子出来，说有些事想当面谈。

　　小川见到了恍子。是在一家咖啡馆里，恍子一身清纯出现在他眼前，她穿了一套素雅的裙服，脸上还是羞涩的微笑。她的披肩长发显然是特意修护过的，每一根都是那么光滑而柔顺。两个人在幽暗的灯下面对面坐着。他能看出来恍子用化妆品掩饰着自己的憔悴，也用勉强的微笑掩盖着自己心里的疑问。

　　你这么长时间是怎么过的？恍子终于忍不住问。

　　我……你知道，受伤后的那段时间我太难了，我是身不由己……

　　然后呢，呵，对不起，也许我不该这么问，可我实在太担心了。

　　我在莎莫尼医院里，有……有一位女护士……就这样……小川结结巴巴地说。不知怎么的，短短的时间，他的话语里竟然就有了一些西方人的腔调。

　　她很爱你，是吗？

　　小川沉默着。

　　你们住在一起了？恍子在追问。

　　小川依然沉默着。

　　这么长时间，你什么音讯也不给我，一定爱得很深吧？

　　恍子伤心地低下头，轻轻地抽泣起来。她说自己没了依靠，也许本来就不该给他添麻烦。

恍子……小川不知道怎么办了。

你说过，你爱我，不会再爱第二个女人。

啊，对不起，实在……都是我……呃，我现在已经回来了，我是想，呃，跟你说结婚的事。

结婚？恍子的眼睛里是无限的伤感。

对，结婚。我说过，等我从勃朗峰回来就结婚。小川低着头说。

是的，你说过。可是你没说过还会有一个别的女人……恍子低得几乎听不见的声音里夹着啜泣。

他们默默地在咖啡馆里坐了很久，直到深夜。

他们分手时约好再见面。

第二天晚上，小川给恍子的住处打电话没人接；给百合花酒馆打电话，那里的人说恍子辞职了。

27　中国病人

肖五洲坐在安群的床边，看着她。安群平静地躺在床上，她的四周一片洁白，床头橱上的一小盆杜鹃花是这里唯一鲜艳的色彩，花儿正开放，花瓣很密集，聚成一团艳丽的粉红。花的旁边还有一个小小的木相框，里面镶着一张照片，是那种外人一看就明白的家庭照片，两个大人和一个可爱的小女孩儿坐在鲜绿的草地上。

安群也看着肖五洲，听他说生活中所有的经历，她的神情就像坐在和煦的阳光里感受着轻轻的风。

肖五洲忽然觉得好像在什么地方见过安群，不仅见过，而且还很熟悉，好像一同度过了儿童少年时光，还一起考上了中学，考上了音乐学院……可是后来呢？后来安群怎么了？自己又怎么了？肖五洲的思维模糊起来……记得导师曾对他说过，音乐人的头脑是音乐的，而不是现实的，过于现实的头脑是不懂音乐的。也许，热爱音乐的人都常常不知道自己身在何处，当然也就记不清自己曾经在什么地方见过朋友、同学、熟人，还有心目中的人……当他们为音乐而忘记一切的时候，就会觉得什么事情都是在音乐里发生的。肖五洲想起来，他是在音乐里见过安群的。是的，在音乐里，在大提琴独奏曲《青山翠谷》里，还有安群创作的另外几首乐曲中。当他沉浸在这些乐曲之中时，就已经见过安群了。

安群的脸色显得有些苍白，可她的眼睛很明亮，思想就像山谷里的风那样清新，她的微笑让肖五洲觉得愉快而亲切。肖五洲开始不知道应该怎么称呼她。安群想了想说，五洲，你就叫我安群，我喜欢这样。

安群觉得自己和肖五洲都是音乐人，虽然处境不同，心却是相通的——通过音乐。作曲家通过作品把自己的心交给了演奏者，而演奏者只有真正读懂了作曲家的心才能演奏好他们的作品。肖五洲给安群带来了他精心录制的大提琴独奏《青山翠谷》，这是他在一个静静的夜晚录制的。安群听了，她觉得肖五洲的演奏不仅传达了作品的真意，而且也把他自己的内心袒露无遗。他是一个纯净得像碧海蓝天一样的人。

与肖顿河相比，肖五洲属于艺术型，高大英俊，生气勃勃，却没有强硬的筋骨。一对乌亮的孩子般的眼睛，看人的时候很认真，目光里常闪着问号。他的装束也符合她的审美，他穿了一件草绿色细条绒外套，里面是黑色的棉毛衫，青春又洒脱。他乌黑的头发修剪得短短的，看起来很精神。安群觉得自己一下就喜欢上肖五洲了。五洲，你怎么没早来看我啊？她问。

哥哥和晓薇姐都对我说起过你，说过很多次，你们的从前，还有现在。我以前就想来看你，可又不敢……肖五洲说得很诚实，他觉得无论怎样，在安群面前自己还是有些拘谨。

为什么不敢呢？安群笑了。

我想……好多方面吧。肖五洲脸红了。

我是病人——中国病人，对吗？

不不……

哦，也许你觉得我是音乐学院的老师，唔……学生都有点儿怕老师。

肖五洲的头慢慢低下来，他扫了一眼安群床头的相框，看了一眼那里面幸福快乐的三个人。

呵，还有，我知道你的事，可我不知道对你说什么。

安群也沉默了，停了一会儿才说，一切都过去了。她扭头看看那个小相框说，现在我的心灵已经平静了，因为我想他们比我好，不用像我这样每天疼痛，我是说身体，还有精神……我慢慢懂得了，一个人排解自己不幸的最好方法就是悬搁。

你是说一种存在。

安群点点头，我受伤之后读了一些哲学书，很多都是你哥哥给我的。

哲学思考也许是消解痛苦的一种好方法。肖五洲说。

安群笑了，你看，我们说得太深奥了吧。她转了话题，五洲，我听安娜说，那天晚上你们的演出很成功。

安群，我想那是因为你的《青山翠谷》，它非常优美，那天所有的人都被它感动了。

哦，那是几年前的作品了，那时候我……就像你现在一样年轻，充满希望。当青春激荡的时候，生活和世界，看得见的和看不见的一切都是美好的，我对它们都充满着向往。就像你哥哥那样，雪山、高原，那些充满着危险的地方也成为理想中的圣地，所以，就有了那首曲子，我也曾在音乐会上演奏过它。

肖五洲看见安群的泪水流下来，有点儿慌乱，他连忙按下CD机的播放键，《青山翠谷》的旋律又一次在屋角的几个高清晰度的音箱中飘散出来，大提琴低回和沉思般的音韵让安群的心绪又平静了。

从那天起，肖五洲每个星期三下午都去看安群。近些天他的心里产生了一种说不清的感觉，白天晚上，无论在哪里，安群的影子总在眼前晃动，她那双细长的眼睛，那种朦胧的微笑深深吸引着他。他耳边好像总是回响着安群的声音。和安群在一起他有一种说不出的愉快，还有一种从未有过的充实感。他总想给她打一个电话，其实他没有什么理由打电话。他有时想，打通了电话说什么呢？可又觉得有很多话要说。他问自己为什么这样，却听不见自己的回答。他还是第一次面对一个只能躺在床上的病人，看见安群的那一刻，他提醒自己不要说刺痛安群的话，起初他小心翼翼，很快他就发现自己的担心是多余的，安群的自我解脱使他仿佛也得到了一种解脱。他和她交谈时竟忘了她在病床上，他已经没有了这个意识，他觉得就像见到了一个久别重逢的老朋友，可能还不仅仅是老朋友……

安群好像还曾出现在他的梦里，很多次他都努力回想过那个影子。他总想看清她，想和她说一句话，可她却离得那么遥远，总是站在一条路的尽头，他只能遥望她。他曾想假如有一天真能见到她，他会约她去一个僻静的林子里散步，他会对她说……

自从有了第一段婚姻痛楚的记忆之后，肖五洲就越发相信自己的心目中本来就有了一个人的形象，只是那时候这个形象并不清晰。他只觉得她很美，有一头飒飒的短发，对，是短发，当她回头看他时，她的头发就会轻轻飘起，又轻轻落下，落在肩头。他想起来了，她好像就穿着和安群一样的十分素雅的方格衬衫。还有她的微笑也是这么朦胧而文静……现在他看见了，这个人就在他的眼前，他看着安群，忽然觉得心里仿佛有岩浆在翻滚，过去他从没有过这样的体验。

这天肖五洲来看安群。他们在一起听CD。安群说，我们听听杜普蕾的吧。肖五洲没想到安群收藏了这么多大提琴曲，比他这个搞专业的都多。安群说她最喜欢女大提琴家杜普蕾。肖五洲听到这个名字心里忽然有一瞬间的黯然，他熟悉杜普蕾，一位大提琴演奏天才，可她的生命很短暂，只活到42岁。

过去每次听她的《埃尔加e小调大提琴协奏曲》和《德沃夏克b小调大提琴协奏曲》，他都会深深感动。那时他觉得杜普蕾的演奏之所以给人以美感，让人感动，正是因为她生命的不完美。

安群说，我很难想象杜普蕾最后只能躺在床上的日子，那该是一种怎样的煎熬啊。我真怕自己也有那一天。

肖五洲说，安群，你别那么想，也别怕那一天的到来，其实每个人都会有那一天，只是有的早，有的晚。

安群说，我不是怕死。死，我一点儿也不怕，甚至还常常期盼它早些到来。我是怕自己有一天只剩下思想，而别的什么也不行了。还有我也怕死亡跟我无休止地缠绵，让我久久闭不上眼睛，让别人看见我痛苦，我也看见别人痛苦。不要，我只要安静……我很想在一支宁静的乐曲中悄然离开。五洲，你……到那时你会帮我吗?

肖五洲俯身靠近安群，握着她的手，他很想使劲儿把喉咙里一股热辣辣的东西吞咽下去，他不愿在安群面前流下眼泪。这一会儿，他好像忽然懂得了什么是伤感，那是思想绞缠的疼痛，内心深处的忧郁，无法言说的惆怅。过去在大提琴演奏时他寻找过伤感的表达，他用缓慢轻柔，用那些技法表现伤感，现在他明白了，那是一种刻意制造的伤感，那时他自以为那就是伤感了，现在他好像忽然明白了，真正的伤感只有人的内心才能感受到，它不能被技术的外化代替。他说，安群你别说这样的话，别说……我想所有的情况都会自然发生，你放心，无论什么时候我都会在你身边，只要我知道你需要我……

安群说，五洲，还是活着好，哪怕只能躺在这里，只能喘息，只要能感觉到活着就好。

肖五洲说，人的生命会完结，可是音乐会永远存在，艺术会永远活着。

安群点点头说，五洲，你知道，我已经开始写一部大提琴独奏曲，自从见到你哥哥送给我的高山玫瑰，我一直觉得心灵的深处在激荡，它总是让我不安，我在写，虽然我现在还不知道它会是什么，但我要写出来。

安群很想把自己内心的一种感觉告诉肖五洲——一个被伤痛长久禁锢起来的人，在摆脱了这种禁锢的时候，她的思想是无边无际的，各种凌乱的念头都会出现在脑海里，但是随着心灵的平复，她的思想将会复归，回到一个起点，那将是一个崭新的起点，比过去的任何一个起点都要高，那将是一个思想向更辽阔的世界腾跃的平台。

28　心灵感应

亲爱的晓薇：

　　梅里雪山的夜这样宁静，静得好像能听见一片雪花飘落到地上的声音。傍晚的时候，落日还是那样辉煌，那灿烂华丽毫不吝啬地把大地、草甸和冰峰雪岭都染上浓重的金色，一瞬间仿佛世界完全变了，这广袤的天地里的一切仿佛都是用纯金制成。沐浴在金色的光辉里，我感到了从未有过的神圣和庄严。此时的梅里雪山更像一座直接天宇的纯金巨塔，耀眼的光芒仿佛在向人世间昭示着什么。我仰望着，忽然就像一个虔诚至极的佛教徒，向这金色的苍穹、金色的女神祷告……我陷入了一种不能用语言表达的情境之中，直到天光黯淡，寒气从四面八方袭来，我才从冥冥之中顿醒，回到现实中来。

　　这里的傍晚是极寒冷的，雾气淡淡地飘浮着，在山脚下弥漫。夜晚的雾和晨雾大不一样，晨雾总是像一条条轻薄的飘带，轻盈地悬浮在山脚下离地面不远的地方，就像仙女拖地的裙带，被风漾起，飘荡在裙裾的花边之上，而高高的山顶上那一片黛色的云，就像仙女高耸的发髻。大自然的造化有时真叫人心旷神怡。

　　夜雾却多多少少有些凝重，有时它们在山谷里游荡，像幽灵，似鬼魂，有一种摄人心魄的感觉。也许，它们是神山的卫士，是阻止入侵者趁着夜色潜入神山的屏障。因为在夜雾里，纵然有火眼金睛也是要迷路的，在这样的冰雪世界里迷路，比在塔克拉玛干沙漠里迷路还要可怕得多。

雪花悄悄地飘落。雪山的气候变幻无常，要是在春夏两季，真可以说是瞬息万变。沿澜沧江源源而来的印度洋暖湿气流带来了云雾、暴雨、风雪和冰雹，它们交替着或者同时在这里出现。有时山下是狂风骤雨，而在海拔4000米以上，却是铺天盖地的暴风雪。在这里，有时真可以领略到两重天的感觉，这是自然界里不可多得的美景。

亲爱的晓薇，你到这里来吧，到我的身边来。在这静得可以听见雪花飘落的夜里，我在想念你。多少次在睡梦中伸开双臂，我都想把你拥入我的怀抱，可每次都是空空的。每当这时候，我都会突然坐起来，呆呆地看着周围的一切，看着简陋的小屋，或者更简单的帐篷、地铺或者是睡袋，还有那些勘测用具，用得破旧了的帆布背包……我拿出你的照片——我们在校园里的那张照片，无论到什么地方都是这张照片伴随着我。你穿着那件洁白的镶了蓝色花边的连衣裙，我们一起站在那个老地方，你依偎着我。在那片淡淡的绿阴下，那珍贵的瞬间为我们真正的人生脚步开始计时。它的计时单位是百分之一秒，我们的生活中会有多少个百分之一秒呢？

我多想和你一起站在这雪山脚下，在这千百年来屹立在雪山下的古塔边拍一张照片，就像那时在校园里一样。这座古塔，不管千百年前人们建造它时是出于什么目的，是为了信仰，为了纪念，为了辟邪祛灾，还是为了别的什么，它都是古老文明的见证，一个不会说话的证人。千百年来，它一直默默地注视着这里的人们，看着他们在雪山下繁衍生息，经历种种磨难、战乱甚至我们闻所未闻的劫难，他们生存了下来。人的生命力是多么顽强啊。这一切使我懂得了，任何恶劣的自然环境，任何苦难，都是可以战胜的，只要有坚强的生的决心和意志，有敢于面对一切困苦的勇气，奋不顾身地前行，那么，奇迹就会出现。

雪山下的这个村子，现在有1000多人，从前，这里对外联系的通道还是澜沧江边那条岩羊才走得过去的小道，有很多人一去不回……但是又有更勇敢的人，赶着马帮，身背猎枪，毅然决然地翻越雪山，前往拉萨和印度……

晓薇，我是这样地盼望你来，可又知道你根本不能到这儿来。你从小就没有离开过城市，你纤弱的体质，不用说去面对这峰峦叠嶂的浩瀚雪海，就是站在澜沧江边往下看一眼，也许就会晕倒。缺乏锻炼，没有经受过在严酷环境中的考验，这是当代城市人的共同弱点。

晓薇，你也许根本无法忍受这里的黑暗，这里还没有电，我们仅有的两台发电机是在紧急情况下才使用的，因为汽油有限，运输非常困难。还记得有一个国庆节的夜晚，我们在街上漫步吗？我觉得，那晚的灯光已经不能用灯火通明和流光溢彩来形容了，那五彩迷离的灯光让人觉得如同在仙境一般。可是现在，我的面前只有一支蜡烛，小小的火苗轻轻摇曳着，帐篷的缝隙里透进的寒风夹着细细的雪粒，我的影子也在帐篷的壁上晃动。我多么感激这微弱的烛光，它使我在这样漫长的寒夜里不再孤独，能和你在这里畅谈，比我们当年在校园里的林阴道上说的还要多、还要远。

晓薇，请原谅我在这么遥远的地方对你说了这些话，可你知道，这并不是我今天才要对你说的，我们在过去的夜晚漫步时，也曾经好多次谈到过，只是直到今天它们才这样清晰地呈现在我的眼前，在这微弱的烛光下，我把心这样坦诚地放在纸上，捧在你的面前。当你拿起纸来，读这潦草的字迹时，我相信你一定能够读懂它，因为这是几千里之外，一个诚挚的纯洁的灵魂，一个热血沸腾的躯体，把他全部的爱都奉献在你的面前。

亲爱的晓薇，现在已经是午夜以后了，我面前的蜡烛也只剩下一点点了，蜡烛的消耗量很惊人，好在这里有的是蜡烛，还有香。藏香的香味很特别，我猜里面一定有很多种西藏特产的香料，加上千锤百炼的制作工艺，给人以一种神秘感。在寺院里，香烟缭绕，仿佛云气蒸腾，犹如天国一般。

好了，不知不觉我写了这么多，明天我们要上山勘测，准备建立新的高山营地。现在正是登山的最好季节，因为降水的概率在一年中是最低的，天气也比较稳定，虽然寒冷，但发生风暴和雪崩的概率也要低一些。错过了这个季节，天气将越来越变化无常，就不适合登山了。

我盼着你的来信，你的前几封信一直就放在我的上衣口袋里，在高山宿营时，它们是我唯一的精神慰藉，因为登山用的每一件东西都要严格计算重量，带书籍是不可能的，而你的信却永远装在我的心中。你的微笑，你的话语，你的温暖，你的亲切的笔迹，通过我的眼睛，传递到我的心里。人们都说人有心灵的感应，我并不相信，可是我希望有这种心灵感应，有了它，我就能在这几千里之外与你分担一切：幸福、快乐、期待、思念，还有眼泪……

好吧，等我到了高山营地再给你写信吧。

多多保重。

一千次地吻你。

你的顿河

29 独行者

　　小川原兵卫从北海道的旭川机场大门里出来，出租车司机向他招手，他就像没有看见一样，挂着手杖径直朝前走了。前方是平展展的秋的田野，远处是正沐浴在金色阳光里的模糊的城市轮廓，再远处可以看见白雪皑皑的山峰，山顶的积雪在阳光下泛着银光。他穿过湿润的田野，泥土沾在黑色的皮鞋上。

　　他毫无目的地走着，旧帆布包搭在肩上。他头发很长，胡子拉碴，已经很长时间没有修整了。

　　他深一脚浅一脚地在旷野里走着。浓黑的双眉下是那双很深很深的眼睛，深得不知道里面藏了什么。

　　他不知道自己来这干什么，也不知道自己这样漫无目标地最终会走到哪儿。他就这样一步一步走向田野的深处。北海道秋天的田野是美丽的。一片片的针叶树林之间，稀稀疏疏有一个个小村庄，小村庄里稀稀落落地有一座座小房子，都是那种用木头搭的，草盖屋顶的房子。夕阳慢慢地从西边的山后落下去，田野染上越来越浓的、又渐渐暗下去的金色。暮色中的北海道更迷人。小川原兵卫迈着散漫的、并不轻松的步子，身上洒满暗淡的夕阳的金色，随着他的脚步的起落帆布包在肩后轻轻地颠着，背包上的两个帆布搭扣的金属片一晃一晃闪着亮光，在渐渐昏暗的田野上，两片金属的闪光像夜晚的萤火虫一样，忽明忽暗。

　　他抬头看看天空，还有最后一抹晚霞在遥远的天际，仿佛羞涩的少女第一次见到自己梦中的情人躲得远远的，从远处打量着正等在暮色中的他。天幕上出现了几颗星，像几只眼睛，从那么高那么远的地方看着他这个孤零零的独行者。远处的公路上，车灯的光柱划破黑暗，像一条断断续续流动的光河，飞机也闪着灯光掠过天空，把匆匆忙忙的人们送往他们想去的目的地。人们都有自己的目的地，唯独他，小川原兵卫，这个从东京来的人，却没有明确的目的地。也许这孤零零的旷野就是他的目的地，多么大的目的地啊！人们的目的地也许都很大，比如说北方、西方、中国、欧洲，可最终的归宿却是一间房子，人们总是要蜷缩进一间暂时属于自己的房子，才算真正到了自己的目的地。只有他的目的地是这片幽暗的、缀着星星的天空下的旷野，这里没有一座房子是他最终的或者暂时的栖息地。

小川原兵卫住进旭川饭店，他坐在窗前的椅子上，望着外面的景色，眼前是一片闪烁的霓虹灯。忽然，他又弄不清楚自己为什么要来这儿，来这儿干什么。人有时就会这样，常常不知道要到哪里去，也不知道去干什么，或是很想去一个地方，可到了那里却又觉得很迷茫。此时他就是这样，长久地盯着那片闪烁的霓虹，心里空荡荡的，好像从没有这么孤独。你在这里没亲没故的，为什么还要来呢？他无声地问自己。

从法国回来以后他的心情坏透了，他知道自己永远失去了索菲，也永远失去了恍子，而这一切都是因为那座白色的雪山。见鬼去吧。他不愿再想任何关于登山的事，也不愿见到任何人。

几天前的一个夜晚，他拄着手杖在东京的大街上徘徊，后来累了，就靠着一排栏杆吸烟。

小川君。

忽然，他听见有人喊他，扭头看见一个女人从不远处小步跑过来。

小川君！她又叫着，停在他眼前。好久不见啦。她说。

他认出来，是曾经和恍子一起唱歌的麻久美子。美子和恍子曾经是好朋友，十年前，她们都是那种从外地到东京来的少女，那种被人看作乡下人的女孩子。那时她们清纯美丽，凭着天生的好嗓子，在酒吧里唱歌。

呀，你的腿怎么啦？美子发现了他的手杖就大惊小怪地叫起来。

没什么，受了点伤。他平淡地说。

小川君，听说您经常去中国啊。美子说。

小川原兵卫回应着，同时也在打量着她。他不喜欢美子，虽然第一次见到美子的时候也觉得她挺可爱，他曾经这样对恍子说过，他觉得美子有些俗气，总怕别人知道她是乡下来的，就拼命学东京人的样子，还总是不恰当地恭维人，让人听了不舒服。可那时她还是纯洁的。现在，美子脸上涂着厚厚的脂粉，眼圈也抹得很黑很大，还涂着荧光闪闪的睫毛膏，在新宿街头色彩迷离的灯光下看起来有些吓人。

美子继续说，小川君，一次我还在《读卖新闻》上看见您站在雪山上的大照片了呢！听说那座雪山有6000多米高呢，这下小川君可是有人气的人啦。

小川急于想知道恍子的事，只好先耐心地听美子啰唆，甚至接受美子的邀请，到一家灯光昏暗的茶店里去聊聊。他一边听美子喋喋不休地讲述，一边喝着苦涩的茶。他眼睛盯着茶杯问，美子，你知道恍子最近的情况吗？我是说你……你最近见过恍子吗？

恍子啊，她已经回北海道了。美子说，她不是北海道人吗？

北海道？

是啊。

他的眼前展现出一片白雪覆盖的大地，少年时父亲曾带他去过北海道，那是冬天，一连几天大雪茫茫的，银白色的北海道，遥远而寒冷。

美子又说，我也很久没见到恍子啦，只听说她回家就结婚了，像闪电似的。

结婚？小川盯着美子，紧紧追问，你是说恍子结婚了吗？

美子赶忙说，啊，不过我也不知道这事儿准不准，只是听人说的……对不起。

那现在呢？

她在雅内那个地方的一个小车站卖杂货呢。恍子也真是的，怎么就不能原谅人呢？再说……

小川原兵卫没再说什么，他不想问恍子为什么回了北海道，也不想知道恍子为什么不在繁华热闹的东京唱歌了，他什么也不想知道了。

和麻久美子出了茶座，他又在街上游荡。一对对嬉笑着搂抱在一起的男女不时从身边经过，他觉得闪烁的灯光和行人的身影搅得他的心情更加烦乱，他漫无目标地顺着大街游荡。夜越来越深了，他想再喝一杯什么，就进了一家花花绿绿的酒店。

小川觉得东京是一个让人摸不透的地方。它会突然一下就变个样子，仿佛一夜之间东京街头出现了各式各样颜色的头发，有火红、鲜绿、深蓝、赭黄……突然之间，所有的女孩子都穿上了那种几英寸厚的松糕鞋，在马路上歪歪扭扭地走着。或者在同一个早晨，所有人的腰间都别着一个小玩意儿，一种要喂、要哄、要照料的电子宠物，或者是一只玻璃盒子里放一只死去的蟋蟀、苍蝇、蚊子……霓虹灯五光十色，让人眼花缭乱，而更让人眼睛疼的，是那些蓝眼圈、黑眼圈，散发着金属光泽的红唇、紫唇、黑唇……

在东京嘈杂的马路上，他总是克制不住地想念恍子——那个清纯的恍子。他觉得自己没有勇气再去找恍子，可是不知有一种什么东西总是在他心里涌动，催促他立刻就见到恍子。

他有一种极强烈的冲动，他想如果见到恍子，说不定他会像一匹狼似地扑到她身上，狠狠地撕咬她，让她叫让她疼让她哭让她喊。

恍——子——

他曾在梦中大声喊她。

恍——子——

他喊得声嘶力竭，惊天动地，他因为大喊而醒了，他被自己的真情感动得流了泪。那天他在梦中看见恍子了，听见恍子对他说，对不起，我不该那么对你，实在对不起……她还说了什么？一连几天他都在回想，啊，恍子还说……小川君，我在百合花等你。

小川原兵卫拄着手杖，站在百合花酒馆的门前，这是一处很雅静的地方，是新宿几乎找不到的安静的小酒馆，也许正是因为闹中取静，才有一些年长的人爱到这里来。这个酒馆还有一个特点，它总是播放一些怀旧的歌曲和音乐，一进酒馆就仿佛有一股乡思和乡愁浮泛在心头，在这里喝酒的人常常伴着乡愁痛饮，有的人痛哭流涕，还有的人好像离别似的痛断肝肠。那时恍子在这里很受欢迎，人们说就是为了听听平野恍子的歌也要到百合花来，或者说，他们到百合花来完全是因为恍子在这里。

恍子从来都是清纯的，她唱歌穿的衣裳都是家常和服，上面有很素雅的花。恍子从不浓妆艳抹，而是淡施粉黛，她的睫毛不用涂什么就很长，对人说话时扑闪扑闪地十分动人。啊，还有恍子的声音，小川觉得再也找不到恍子那么纯净甜美的音质了，恍子的歌声悦耳动听，说起话来更是让男人魂不守舍。

那时每当在电话里听见恍子的声音，他都想立即把这个娇美的小人儿拥在胸前……

有时他也想起迷人的索菲，对，应该用迷人来形容索菲，她真的美得无可挑剔。可自从离开她，索菲的影子就好像忽然暗淡了，她的微笑只是偶尔在他的眼前闪过，和她在一起的日子好像已经过去了很多年。

他觉得索菲的爱，或是爱的方式就像一阵暴风骤雨，呼啸着就消失了；而恍子的爱，或是爱的方式却如同秋天的绵绵细雨，一丝丝一缕缕，无声地沁润着心田，永远散发着清新的气息。他又一次呼唤着，恍子，恍子……

他很想进酒馆，可又有些犹豫。进去干什么呢？他这样问自己。

他在离酒馆门口稍远一点的地方犹豫着，他怕热情周到的女招待看见他，她们会说一大堆客气话，让你本来不想进去也要进去。过去他从没到这里来过，他害怕那些女招待问这问那，他也知道恍子会因为他来这儿，在别人面前觉得不好意思。他们总是到别的地方去约会。恍子是个很羞涩的人，说话时有点难为情就会脸红。恍子白皙的脸庞多美啊。他还记得她前额的发际很高，那发际的正中有点向下凹，就像 M 的形状，人们都说这样的发际就像富士山，有这样发际的就是美人，每次见到恍子，他都要吻这座美丽的富士山。

啊，先生，欢迎光临。他还是被一个女招待缠上了。

您在外面这么久了，为什么不进来啊？女招待问。她一边给他鞠躬，说，先生，请您多多关照，一边给他拉开了玻璃门，轻柔的乐曲传出来，小川只好跟进去。但他说，对不起，我是来找人的。

先生，请坐吧，请问您找谁？酒馆的女老板迎上来问。

他并不坐，而是倚着一根廊柱站在那里。他说，我想找恍子……唱歌的恍子……

恍子走啦。女老板说。看得出她一脸的遗憾。

是吗？真走了啊。他像自言自语地说。

是啊，走啦。

不再回来了吗？

真希望她能回来，可恍子是个有主见的人……

怎么走了呢？他的声音很低。

女老板说，听说她为了一个男人……啊，真是的，平时怎么没见过那个男人呢？

唔……

女老板继续说，恍子回北海道啦，本来好好的，可不知为什么她忽然就变了主意，就……就回家了……

真是奇怪啊。

呃，是这样……

不过，先生，我们这里新来的五十岚能唱得和恍子一样好呢。

小川觉得平日自己总是沉稳得像岩石一样，可这会儿却像被雷电击中一样，眼前出现了一片灰雾，身体也好像失去了平衡，仿佛要从悬崖上坠落下来。他赶忙稳住自己。不，我今天还有事，改天一定来。他说着就退出门去。

东京的夜晚五彩缤纷，车水马龙，可是在他的眼前却是一片黑暗。

小川原兵卫伫立在东京湾的岸边，海风微微地拂乱他的头发，海涛轻轻地拍打着岸，灯火点点闪烁在静静的海面上，可是他却像石头一样，像海岬上的礁石一样无声地伫立着。在他的背后是灯火辉煌的东京，在他的面前是寂静的夜色中的海湾，他就像寂静的夜色中的礁石，那样黝黑，那样沉默，那样纹丝不动。

风越来越凉，世界越来越安静，静得可以听得见海涛声和自己的呼吸，他才知道，自己原来还活着。

他本来觉得自己很了不起，清高孤傲，志向宏伟，再加上挺拔的身材，英俊的相貌，他觉得自己在人群中，在那些来去匆匆的庸碌平凡的人中间，像山峰一样挺立着。可他却差一点儿为恍子彻底垮掉。

在此之前，他不知道自己有这样的弱点，自己是这么脆弱。

峣峣者易折，皎皎者易污。他忽然想起在中国留学时学过的这句名言，不正是对自己恰当的写照吗？

原来人竟然是这样。

他有点儿悔恨，悔恨在见到美子的那个晚上那种疯狂的自暴自弃的举动，在那个灯光暗淡的酒店里狂饮，还有和陪酒小姐的那种放纵，简直无耻啊。他狠狠地诅咒自己，可怜虫，窝囊废，还称什么英雄好汉。

他无法正视自己，心如乱麻，周身的血管在膨胀，头昏眼花。他不知道自己怎样来到了东京湾畔，他像一块礁石似的立在那里，让海风把自己的头脑冷却，让自己的心回到原处。

北海道的深秋，枯叶在静谧的夜里沙沙地飘落，收割过的牧草地，草茬子擦过他的鞋，沙沙地响，于是他的心里有了一种沙沙的感觉，仿佛有什么东西在摩挲着他的那颗心。直觉告诉他，这是恍子，是她细腻的纤纤小手？是她温暖的柔和的胸脯？还是她飘飘的长发？还是她清丽得像北海道秋天的夜空一样的歌声？它们都是，又都不是。它是思念和怀恋的激流在冲刷着自己的心，让它发出回声。在北海道的几个月里，他常常在孤寂的夜的遮掩下，一个人踽踽独行，想找回什么生命中的另一部分。

啊，恍子……

有一天，他乘上了开往雅内方向的火车。

30 玛尼堆

亲爱的安群：

你好！

能收到你让五洲寄来的CD我真高兴。拿着这个小小的包裹，我觉得手里沉甸甸的，就如同捧着一份厚重的情谊。这不仅因为我们有这么多年的友谊，也因为在这里，除了数据、图表和卫星照片，任何一点儿有关文化、历史、艺术的东西都是珍贵的，更不用说是你创作的音乐作品了。

那天夜深人静的时候，我一个人戴上耳机，倾听《青山翠谷》。我听得入了迷，听得倦意全消。后来我就请大家一起来听你的作品。我们几个人围着火塘，火塘里的劈柴噼噼啪啪地烧着，淡淡的青烟升上来，弥漫在帐篷里。我们听着你的音乐，就有一种似真似幻，不知身在何处的感觉。

有时我想，很多有关这里的神奇传说，也许正是因为人们对一些自然现象缺乏科学和令人信服的解释，才使它们变得扑朔迷离，恍若世外桃源，人间仙境。你想想，从古到今，有多少人为香格里拉这样的人间以外的仙境所倾倒，不远千里万里，耗费毕生的精力和财富来寻访。在久远的历史流传中，不少探险家本身的经历就充满了不可释读的神秘色彩。像俄罗斯（或者说美国）的探险家雷西里，他竟然在探险途中奇怪地失踪了。当然，很多所谓神奇的东西其实并不是不可破解的，人们只要用当代的科学知识，再加上一些生活常识，就不难破解其中的玄奥。可是固执的人们仍然在不倦地寻找，尽管目的各不相同，经历也千奇百怪，但有一点是相同的——他们都是徒劳而归。

记得吗？前些年我曾给你一本 *Lost Horizon*，我那时候也相信真有一个世外桃源，现在我却认为，高山大川的阻隔形成了这里相对封闭的环境，保护了这里丰富的自然资源，使它免遭战争和过度开发的破坏，也使这里悠久的文化传统留存下来。等你真正到了这里，你就会觉得，虽然它很遥远，但它仍然是和我们的血脉连接在一起的。你看那几个西方人在突然降临到这个人间仙境之后的不同反应，西方世界的那种商业利益至上的真实面目立刻就暴露无遗。想想吧，要是真有那么一个香格里拉，那必定又要上演一出殖民主义掠夺的丑恶闹剧。这里也不会再有宁静、安逸、和谐、纯洁和富足，而是像非洲和美洲在殖民时代所遭受的掠夺一样。

安群，你知道，在梅里雪山的静谧中，人的思想常常会走得很远很远，尤其当帐篷外透进神奇的朦胧的白光，人就仿佛身在幻觉之中。真奇怪，我曾经是那样一个坚定的现实主义者，可是自从到了这儿，我有时就在不觉中被这里的强烈的气氛感染了。过去，人们常常由于地理上的阻隔、交通和信息上的闭塞，对遥远的地方充满了神秘感，于是就产生了种种神奇的传说。可是在今天的信息社会里，世界的大部分地方已经被卫星照片清晰地记录下来。而且只要有时间，就可以从互联网上找到它们的踪迹——现实世界几乎被人们一览无遗。

世外桃源的神话已不攻自破，可为什么还有那么多人执着地，甚至要冲决一切阻隔，义无反顾地去寻找呢？我想人们真正要寻找的，是心灵的世外桃源，是心灵的圣洁之地。记得前些年有几位外国的登山家和中国的登山家一起攀登珠峰，几次努力都未获成功，可他们并不气馁，仍然一次次地来到珠峰脚下。当有人问他们为什么这样执着，一位英国登山家说，每到这里来一次，我们的心灵就受到一次净化。登上高峰，当然是对体力、意志、技术和知识的检阅，更重要的是心灵的净化。这宏伟壮丽的气势，冰清玉洁的神圣和尊严，洗涤了尘世的污浊和偏狭、私利和渺小，恢复了人纯净的心灵，精神也从中得到了升华。

雪山的夜是清冷的，在这里一切污秽浑浊的东西都没有了藏身之地，远远地遁迹他处。这里是那么超然，白雪覆盖着一切。当你置身其中，极目远眺，你所看到的，永远是晶莹剔透、纤尘不染，仿佛整个世界又都是用天然无瑕的汉白玉雕琢而成。你不能不感叹这里的圣洁——一种任何仙道、圣道都无法实现的，非人工的纯粹。有些人披着圣洁的外衣，可揭开他们的外衣，却是那么污浊、伪善和欺骗。每当我看见虔诚的教徒们不远百里千里，一步一长跪地前来朝拜，都会生出很多感慨。也许他们并不仅仅是想从这里得到福音，也并不仅仅是祈求消灾避祸，他们到这里来是表达由衷的景仰、崇敬和虔诚至极的情感，来净化自己的心灵，寻找迷惘、失落的灵魂的寄托。

这次来梅里之前我读了一篇文章，文章说凡是为人类谋利益的人都是圣人，自古以来，这样的圣人大概有五六位，作者列举了耶稣基督、释迦牟尼、穆罕默德、孔子，还说马克思也是为人类谋利益的，因此也是一位圣人。圣人这个名词在这里有着多么大的力量啊。如果你能到这儿来一次，看看藏族同胞对心目中的圣人发自内心的崇敬之情，你就不会觉得奇怪了。人们对佛的崇拜，对神的崇拜，说到底是对那些献身于人类幸福的人的崇拜和景仰，对他们的一种纪念和怀念，希望他们圣洁的品德能在今天的人们身上再现出来，使受苦受难的人得到拯救。在今天，对圣人的崇拜更多的是一种心灵的寄托和安慰。当然，这里面可能还有更深层的、更复杂的原因。在那些深奥的经典里还隐藏着什么，是我这样一个对宗教了解得很肤浅的局外人还不可能理解的。

我总是在想，要是有人能把这里的一切，把这里的遥远、神秘、纯洁、美丽、庄严，还有古老的传说和人们虔诚的信仰艺术地再现出来，那该有多么好啊。那必定是惊世骇俗的，有强烈的震撼力的。可是我没有这个能力，我天生不是个有艺术细胞的人，虽然我每次看到那些镌刻着神秘文字的玛尼堆，那些随风猎猎飘动的经幡，还有隐现在青山峡谷间的白塔，我都有一种无法言说的激动和怅惘，特别是当夕阳的光辉把这一切染成金色的时候，那是怎样的一种情景啊。梅里雪山，也许真的是一个永远的谜。我有时想，也许音乐——你的音乐能够表现这一切……

五洲能常去看你我很高兴。在他对你的关怀里也有我的心意。衷心希望你健康，也盼望听到你的新作品。

你的老同学　顿河

31　看不见的伤口

　　星期六的下午，宋梅樱坐在屋后花园棚架下面的一把摇椅里轻轻地摇晃着。她喜欢这里的宁静，更喜欢这个完全属于自己的美好时光，在这里她可以无拘无束地神思，即使想到高兴的事自己笑出声来也没人听见。丁首都几乎每周七天都在实验室里，所以每个星期六的下午，她都要一个人在这里坐一会儿，闭上眼睛想些什么。可是这会儿她的心绪却十分不安，不知为什么她总要想起一个人。这个人和她同龄，中学时同班，长得清丽秀美，有一双细长的眼睛，而且天赋很高。更重要的是，她曾经和丁首都……虽然宋梅樱不知道现在丁首都心里到底还有没有这个人，但她非常确切地知道，如果不是她的心计，现在的生活或许不会是这样。安群躺在医院的情形不知什么时候就会浮现在她的眼前，搅得她的心绪像一团乱麻。她去看过她，可每次见到安群她总觉得不自然，好像拿了什么东西没有还给她，不，其实比这还要沉重得多。她曾想，很多事，不管是好事还是坏事，都会随着时间的推移被淡忘。事实上，有些事不仅没有淡忘，反而越来越清晰。她一想起中学时对安群所做的事，就觉得似乎有一个什么东西在咬噬自己的心，那是别人看不见的伤口。可不管怎样，她得到了丁首都，而安群失去了丁首都。

　　宋梅樱想，也许安群一辈子都会恨她。

　　那时她没想到后来的生活会是这样。

一天下午放学了，那天是她做值日，她在擦窗子，看着丁首都，她竟有点儿激动，因为整个教室里就剩下他们两个人了。丁首都正趴在桌上写着什么。他在写什么？为什么不回家？宋梅樱心里有一串问号。她一边漫不经心地用抹布和旧报纸擦着玻璃，一边不时瞟一眼专心致志的丁首都，想着和他说话的理由。终于她鼓起勇气说，丁首都，你能帮我涮一下抹布吗？她站在窗台上，指了指地上的脸盆。丁首都赶快放下手里的钢笔，过来把盆里的抹布涮干净，拧干递给她。

你怎么还不走啊？她问，觉得心里有点儿慌慌的。

我还有一点儿就抄完了。丁首都说。

你总是这么用功，抄什么呢？

呵，我……我在给安群抄一份复习大纲。

什么复习大纲啊？

复习几何的。

唉，我就是学不好几何。丁首都，你抄完了我看看行吗？

行。

哎，安群呢？我看完怎么给她呀？

她回家了，你看完给她就行了。

好吧。

宋梅樱慢腾腾地擦着玻璃，没话找话地和丁首都闲聊。可丁首都问一句答一句的，对她一点儿也不热情。宋梅樱心里很别扭，眼泪好几次都差点儿涌出来，她使劲忍着，强迫自己尽量去想丁首都的不好。丁首都，你有什么了不起的？我根本就不想搭理你!你对安群好谁不知道啊，不就看她是班长吗?班长有什么了不起的，不就是学习好点吗？其实谁努力都一样。

哎，宋梅樱，再换一盆水吧，都成了泥汤啦。

丁首都一提醒，她才看见自己在用一块多脏的抹布，擦过的玻璃比没擦的还脏。她赶忙说，那好吧，你去帮我换一盆吧。不一会儿丁首都就端来一盆清水，那盆水满满的，一动就会漾出来。宋梅樱笑了，说，你弄这么多水怎么涮抹布啊？丁首都就说，我来帮你擦，你不用管了。说着就拿过她手里的抹布又涮又擦，教室的窗子一会儿就擦完了。宋梅樱倚在门框上看着，心里甜丝丝的，刚才的烦恼不翼而飞了。

她很想再和丁首都说句话，可丁首都却又回到自己的座位上，不再说话。她只好怏怏地坐在那里等着，直到丁首都把复习大纲抄完，她才借了本子，回家了。其实，她的几何学得很好，根本不用看丁首都的复习大纲。一路上她都在问自己，你这样做是为什么啊？第二天，她故意没把复习大纲给安群，她要等安群来找她,安群真的来找她了。宋梅樱,丁首都给我抄的复习大纲你看完了吗？宋梅樱说，呀，我忘记带来了，明天我给你带来吧，丁首都没说你今天就要啊。看着安群失望的样子，宋梅樱不知为什么竟有些高兴。

从那时开始，宋梅樱放学后不再跑到学校门口等着丁首都，也不再躲在树影里，她就在校园里游荡，因为她发现丁首都几乎每天放学都不马上回家，而是在教室里,趴在桌上不是看书就是写什么。有好几次了，她从窗子里看见安群也在里面，教室里不仅丁首都一个人。安群虽然坐在另一张课桌旁，可毕竟教室里只有他们两个人。她心里又腾起一种说不清的烦乱。他们一个说，一个听，有时就一起笑起来，很热闹很亲密的样子。她在想，安群在和丁首都说什么？丁首都又在对安群说什么？安群喋喋不休，丁首都滔滔不绝。他们怎么有那么多话说啊！

有一天她忍不住一阵冲动，忽然就进了教室，她看见丁首都和安群猛一愣，安群的脸好像红了。我的日记本忘在抽屉里了。她说着，径直走到自己的课桌边，坐在那里，低着头装模作样地翻弄抽屉，耳朵却在捕捉他们说话的每个句子。她听见丁首都在讲什么蝴蝶蜈蚣胭脂虫。过了一会儿，她不得不走了，她没有理由在那儿磨蹭了。回到家她不想写作业，也不想看书，只觉得心里怎么也不能安静，她趴在桌上胡思乱想，直到天黑。

这样的事重复了好几次，只要她看见安群和丁首都在一起，她就会冷不防地跑进教室，教室里就成了三个人。

有一次，放学后，忽然下起了雨，同学们大呼小叫地往校外跑，宋梅樱也想快点儿跑回家。雨越下越大，她躲在路边一个门洞里，有几个男生追逐着从她身边冲过去，她看见了肖顿河、林志平、谢卫国……咦，丁首都呢？她忽然想，她觉得心里一紧，就有一种预感，丁首都一定在教室里，安群也一定在那里！她这样想着，就冒着大雨跑回学校去，远远地，她看见教室亮着灯，跑到近处，她看见丁首都果然和安群在里边。泪水和着雨水从她脸上流下来，她躲到一边使劲儿抽泣，哭着哭着她心里有一种恨生出来，她恨丁首都，她就是恨他，可又说不清到底恨他什么。有什么了不起呀。她总是重复地想这句话，别看你今天这样对我，总有一天，我也有不理你的时候。

在焦虑不安和嫉妒心的驱使下，有一天，宋梅樱悄悄走进了班主任的办公室。几天后，班主任找丁首都和安群谈话，对他们说，以后你们放学后不要在教室里待到那么晚，你们在同学中要注意影响，特别是安群，你是班干部更要注意，不然风言风语会影响班里的工作，也会影响个人威信……从此，宋梅樱放学后再没看见丁首都猫在教室里，安群也不见了踪影。宋梅樱又有了新的焦虑，他们去哪儿了？是回家了吗？她像迷了一样四处打听他们的去处，直到有了答案才能安心。对宋梅樱来说那段时间仿佛就是不停地寻找着。

再后来又发生了什么呢？

她寻找所有可能的机会和丁首都在一起，她请丁首都帮她解代数做几何，她总是找出几道很难做的题让丁首都讲解。丁首都就非常认真地给她讲。其实，她的那几门功课比很多男生都学得好，那些题她也都会做，可她在丁首都面前就装作不懂，装着不会做，让他一遍一遍地讲解……她知道这是她唯一能和丁首都在一起的理由。有时看着丁首都认真的神情，或者解不出题的困惑的样子，她也觉得惭愧。不过，她不知道还有什么别的办法能让丁首都对她好。渐渐地，她发现她的耐心让她代替了安群。在教室里一个说，一个听的不再是丁首都和安群，而是丁首都和宋梅樱！当然，他们从没有两个人单独在一起。虽然安群还是经常出现在丁首都的旁边，可每当这时，宋梅樱总像没有看见一样，故意不跟安群说话，而埋头做题的丁首都有时却真的忽略了安群的存在。这是一个开端。宋梅樱想，她心里虽然有一点自责，但是这种自责比起她内心深处的胜利感来是微不足道的。不过她发现安群好像并没有很在意，安群也许认为，她真的需要帮助，她和丁首都之间仅仅是一种同学之间的关系。

她来加拿大留学的那一年曾给安群写了一封信。在异国她时常感到孤独，远离故土，她忽然觉得故土的每一个人都是那么亲切，并且让她想念。在这种想念中她给安群写了信,她诚恳地请安群原谅，不要恨她。那些天她每天都盼望安群的回信，哪怕只有一个字呢。

不久，安群给她来信了，还寄来了她和丈夫孩子的照片，她看出安群是幸福的，她舒了一口气。安群周到的问候更让她感动，安群在信里说，梅樱，再回国时一定到我家来啊！

可是，没想到不久安群一家就遇到了车祸。她和丁首都回国后去看过安群，看着躺在一片洁白中的安群她心里真难过。她想起安群的眼泪，那时她一动也不能动，只有眼泪静静地流淌，她忽然发现安群是看着丁首都流泪的。

后来她有时也主动让丁首都去看安群，可她这么说的时候心里却还是有一种说不出的滋味。有几次她就跟在丁首都身后赶到医院，隔着病房门上的玻璃，她看着丁首都和安群，特别是看见丁首都俯身和安群说话，她真想把他叫出来……走，一定要离开这里，离开过去。她想。

在多伦多，在这个远离过去的地方，宋梅樱觉得自己的内心并不轻松。

32　恍子的歌

　　小川原兵卫徘徊在雅内车站，留意地看着每一个卖杂货的女人——每一个像恍子的人。美子告诉他，恍子在车站附近推着售货车卖东西，卖炸野菜什么的。她听见过恍子的人说，恍子现在是一副当地人的打扮，像个农妇。还听说她的丈夫家里是做手工艺品的，世代都会做那种工艺品商店出售的小木人，那种娃娃人偶。

　　小川原兵卫踯躅在车站，看着列车一趟趟进站出站，人群从车站里匆匆流出，消失在站外的车流之中，或者人群像回巢的蜂群一样拥挤进那个窄窄的入口，随着列车的疾驰远去。

　　一定会见到恍子的。他这样默默地对自己说，这使他自己感到一丝宽慰。时间在沉闷得要憋死人的消磨中过去。他忽然想起应该问问什么人。他走进一个小报亭，里面蜷坐着一个卖报纸的老妇人，头发已经花白，腰也直不起来了，见到来人却很热情。您来啦？是从东京来的吗？听口音就是，我年轻时也在东京待过，在新桥那个地方……

　　小川弯下腰，打断老妇人的话，问她，奥巴桑，打扰了，请问您知道平野恍子吗？就是在这儿卖炸野菜的那个恍子……

　　老妇人抬起头来看了看他，慢慢说，恍子啊，她……她已经好多天没来啦。她的眼里一片浑浊，目光有些迷茫。她的声音苍老而嘶哑。她想了想又说，听说恍子已经有了身孕，好多天没见她啦。啊，她有好多天没到这儿来啦……

小川原兵卫赶忙买了张报纸,离开小报亭。他神情沮丧,失魂落魄,忽然觉得自己一下子老了许多。你这个流浪汉。他这样对自己说,流浪在北海道这个分不清城市和乡村的地方。在这里,人们都互相认识,只有你是外乡人、外来的人、局外人、一个别人家庭之外的人。恍子已经有了自己的家……丈夫,还要有孩子……

小川想起恍子曾经这样对他说过,还是北海道好,东京见不到那么多那么白的雪。

他在一个小商店门口站住了,里面的架子上摆满了各种可爱的人偶,他进去挑了一个笑眯眯的小人偶,是个女孩儿,短发,前额一排整齐的刘海儿,穿着红花绿叶的和服,她的微笑很恬静。他觉得那种表情就像最初见到的恍子。

一阵歌声传来,隐隐约约,飘飘忽忽,是站台上传来的,那歌声很熟悉:

> 故乡啊,故乡,
> 别时白雪茫茫,
> 往昔如梦如烟,
> 心中无限凄凉,
> 我的梦中人啊,
> 如今你在何方?
> 北海道的雪啊,
> 飘落在我心上。
> …………

啊，是恍子的歌——《北海道的雪》。

寂寞而荒凉，让人心里空荡荡的。

小川心里一紧，眼眶发胀似的，他赶紧拿了小人偶匆匆出了店门，身后是店主人一连串的道谢。

33　格林的心机

格林女士的办公室坐落在紧邻多伦多电视塔的一幢摩天大楼的42层，透过办公室东面宽大的落地窗可以俯瞰举世闻名的安大略湖。安大略湖辽阔无垠，平静如镜的湖面一直延伸到天边，与蓝天白云融为一体。

早上好，格林女士。

丁首都站在格林女士面前，他穿了一身藏青色西装，里面是浅蓝色的衬衣。他的脸今天也刮得很洁净，加上一副深色细边眼镜，更显出东方学者的儒雅。他接着说，格林女士，请原谅我没有得到您的允许就进来打扰，但是为了能同您谈谈，我已经等了太长的时间。

丁首都走进格林女士办公室的时候，格林女士正在浏览当天的报纸，她的目光正飞快地从一行行标题上扫过，像鹰从高空搜寻地面上的猎物一样，在厚厚的一大摞报纸中搜索有用的信息。

早晨好，丁先生。格林女士简单地问候了一句，飞快移动的目光似乎只在丁首都的脸上停留了一秒钟，然后又继续在报纸上飞速地扫来扫去。报纸在她细长而灵活的手指下一页页轻轻地翻过去，在她面前放着的两大摞报纸几乎都有一英尺高。一摞是已经被她扫描过的，另一摞还原封未动。她细长的食指和中指又一次下意识地夹起一页报纸，刚刚掀起一角，她忽然意识到了什么，又很不情愿地抽回了手。

我每天早晨九点四十分以前是不会客的，您应该知道。说完，她抬起头来，以她惯用的冷冰冰的目光直视着丁首都。

是的，我知道。不仅是我，受到GB基金会资助的所有人都知道您的这一习惯。可是今天我有特别紧要的事要同您商量，所以……丁首都说着，却发现格林女士已经低下了头，又开始一页页地扫描她面前的一大摞报纸。她那么专注地搜索着，丁首都觉得这种时候，她的耳朵也许是听不见声音的，他决心等待。

时间一分一秒地过去，格林女士面前等待她扫描的那一摞报纸越来越低，很快就要贴近桌面了，她翻动的手指突然停住，目光像鹰锁定了隐藏在草丛中的野兔，长时间地盯在一个地方，一动不动地看着，就像要把那一页报纸看穿似的。她发现了什么？出了什么事？今天早晨最重要的新闻丁首都已经在广播里听到了，并且也在网上浏览过了，没有什么特别重要的事情。她究竟怎么啦？是不是……

这时，格林女士突然抬起头来，她的目光不再冷冰冰了，在探寻中夹杂着一丝疑问，还有一闪而过的欣喜。

哦，丁先生，请坐吧。格林女士指了指她办公桌对面的一把椅子。

当丁首都向椅子走过去的时候，恰好看见格林女士偌大的办公桌的一角放着一只精致的小台钟，此时正指着九点四十分。

亲爱的丁，你来得正好，我正想告诉你，GB基金会正在进行结构重组。你知道，我们资助了太多的科研项目，太多了，每年耗费的资金太庞大了，简直是个天文数字，而我们得到的回报却微乎其微。再这样下去，是不能持久的。形势已经到了让我们不得不忍痛进行结构重组的时候了。结构重组，你知道，就是要对大部分科研项目进行资产评估，组建成有法人资格的若干个科研实体，也就是研究公司，自负盈亏。GB基金会的资助作为投资，依法获得收益。对于一定时间内不可能有收益的项目或者公司，则估价出售，由有实力的投资人收购……

格林女士的那双蓝眼睛平静地看着丁首都，仿佛她不是在做出一个对丁首都的科研课题生死攸关的决定，而是在向一个记者或者合作伙伴介绍情况。

格林女士，这会把大多数科研项目逼入绝境。丁首都的嗓音由于激动而在颤抖。您知道，您资助的这些科研项目，大多数都是生命科学中最前沿、最尖端的课题，在这一领域里集中了全世界最优秀的科学家，他们的工作对于人类的健康、人类的未来，对于生命科学本身，都具有不可估量的意义……

格林打断了丁首都的话。她说，正因为如此，我们才不能沿袭传统的方法。多年巨额的投入到头来只换来几篇论文、一份评估报告书，或者一本专著。这不是我们希望的。我们必须有全新的思维、独创的方法、史无前例的举措，迅速而有效地把科研项目转变为科研实体。GB基金会不是施舍穷人的慈善机构，它必须创造效益，效益，你懂吗？

丁首都一时无言以对。他本来想告诉她，生命科学研究作为基础性的科学工作，与饲养奶牛不是一回事，它是长期的、艰苦的、复杂的。生命科学工作的进展，需要一代又一代科学家为之耗费毕生的精力，它有赖于其他基础性科学工作的发展，为其提供理论上的支持，也有赖于人类在应用技术领域的进步，为其提供越来越先进和有力的技术手段……可是，格林女士接下来的问题使他完全打消了这个念头。

格林女士沉默了一会儿，突然问，丁先生，你今天来是不是想告诉我，你需要一大笔钱来支付某个基因库的使用费？格林女士的目光里流露出洞悉了人的内心的得意。

您已经知道了吗？丁首都绝没有想到格林女士会提出这样的问

题，他更没有想到她怎么会知道他的来意。他惊讶地瞪大眼睛盯着她，一连串的念头在他的脑海里盘旋。信息，她掌握着研究项目的进展的一切信息，她知道一个科研项目现在正需要什么，她不只是一个管理基金的专家，还是一个科研管理方面的专家！可是她却偏偏提出违背科学研究规律、阻碍科研工作顺利发展的基金使用规则，真是奇怪。这个奇怪的女人。丁首都瞥了一眼现在已经被她推到一边的那一大摞报纸，他已经明白了几分，难怪她这样埋头翻阅报纸呢，她也许就是依靠这些信息来摆布那些受到资助的人。

格林女士向上扬了扬修得非常精致的眉毛，用一个手指按了一下桌上的呼叫按钮。

杰基小姐，请送两杯咖啡来。

然后，她把脸转向丁首都。丁先生，请您到沙发上坐吧。说完，她站起身来，向沙发走过去。她高挑的身材让丁首都吃了一惊。以前丁首都也曾经同她见面，可是每次交谈都是激烈的交锋，他没有注意过她的身材，更让丁首都惊讶的是她那两条白得耀眼的腿，那么修长，那么细腻和光滑，如果它们不是在走动，简直就像洁白无瑕、完美无缺的玉雕。

丁首都在想为什么上帝会把这么美丽的两条长腿赐予这个女人，这个冷漠、固执、苛刻、缺乏人情味的女人。他忽然想起安群。他临出国前去看望过她，她的腿再也不能站立了……

杰基小姐开门的声音让他回过神来。她端进来两杯刚刚煮好的咖啡，放在格林女士和丁首都面前的茶几上，转身走了出去。

格林女士坐在沙发上，交叉起双腿，她打开一小纸杯牛奶，倒进咖啡，然后用匙子轻轻地搅拌着，忽然，她发现丁首都好像在打量她，她搅拌咖啡的手不由得颤抖了一下，掺了牛奶的咖啡溅了出来，有几滴溅到了她那条整洁笔挺的湖蓝色短裙上，留下了几个不大不小的污点。

噢，这是怎么了？你看我。格林女士那冷若冰霜的脸上瞬间闪过一丝红晕。丁先生，真对不起，我要出去一下。她放下手里的杯子，侧身站起来，用一侧的脊背掩饰着她的窘态。在丁首都的印象中，这是她第一次向别人表示歉意，尽管不那么真诚。

格林女士很快就回来了，当她出现在办公室门口的时候，丁首都看见她换了一身浅绿色的裙装，还是那么挺括，线条分明，却显得淡雅了一些，不那么凝重逼人了。裙子也换了稍稍宽松一些的，不那么紧紧裹住臀部了。更让丁首都感到困惑的是，她好像刚刚沐浴了和煦的春风一样，刚才的冷漠和威严不见了踪影，脸上露出了特别显眼的、带着几分神秘的微笑。

她迈着轻快的步子回到沙发边上，在她弯腰坐下去的时候，没有像别的女人那样把裙子往下捋平，而是把下摆向后掀起，在这一瞬间露出了她那白得刺眼、曲线匀称的大腿和臀部。

就在丁首都还来不及躲避自己的目光的时候，格林女士冲他嫣然一笑。

丁先生，请喝咖啡。说着，她把一杯咖啡递到丁首都的手上。又问，丁，你说，我的衣服漂亮吗？

啊，漂……漂亮。丁首都接过杯子的时候，有点儿结巴地说。

真的吗？噢，丁……我很高兴。格林女士大笑起来，笑得仰在了沙发背上，两条长腿都抬了起来。她又说，那你说，你喜欢我吗？

……丁首都不知道说什么了，他没想到格林女士会问他这样的话，他心里很恼火，可是却不能发作。

他低下头，觉得自己的脸一定涨得很红。

哈哈哈……格林女士突然像变了一个人一样，她两颊绯红，那双蓝眼睛变得灼热，对着丁首都放出光来，她的身体不由自主地移到了丁首都的身边。丁……她的双手向丁首都伸过来。丁首都怎么也没有想到会发生这种情况，他慌忙向后退缩，可是沙发的扶手挡住了他，他刚要站起来，格林女士的两只手已经搂住了他的脖子，金色的头发也遮住了他的脸。哦，丁……丁首都来不及躲闪，他看见两片薄薄的、红红的嘴唇接着就要压过来……

正在这时，有人敲门。

噢，见鬼。格林女士的手和嘴唇几乎同时缩了回去。丁首都飞快地站起来，闪到了一边。

杰基小姐走了进来说，格林女士，您约好的客人已经到了。

请他稍等一下。格林女士回过头若无其事地对站在一边不知所措的丁首都说，对不起，丁先生，我还有别的客人，我们下次再谈。噢，对了，下个星期六晚上七点，我在德尔塔饭店有一个小型宴会，希望你能参加。

好吧，不过，基因数据库的费用问题还请您认真考虑一下，它对于整个项目的早日完成是很关键的。

丁首都很不情愿地答应了，为了项目，他做出了这样的选择。

这个我当然要认真考虑，只要你能够光临的话。格林女士故意用很平淡的口气说。

格林女士，我可不可以带我的夫人一起去？丁首都听出了她的话音，小心地问。

我说过了，这是一个小型宴会。格林女士的脸色又恢复了常态。

那么好吧，我会去的，再见。

丁首都离开格林女士的办公室的时候，心里说不出是一种什么滋味。

34 冰雪圣女

顿河君，顿河君——

肖顿河好像听见有人在低声地叫他，他使劲睁了睁眼，眼睛像被什么东西糊住了一样，怎么也睁不开。

顿河君，顿河君——

叫他的声音响了一些，他听清了，是有人叫他，他猛地睁开眼睛，看见小川右兵卫正站在自己的旁边。

天已经亮了。

嗯，呃，怎么是你啊？

对不起，顿河君，打扰了，我是来跟你告别的。小川右兵卫说。

肖顿河这才清醒过来，他揉揉眼睛看着小川右兵卫，突然发现他像变了一个人似的，原本健壮的小伙子，现在一副弱不禁风的样子，背也好像驼了，脸上黑一块紫一块的，耳垂上还有没愈合的冻疮。小川君，你……怎么啦？怎么这副样子啊？话一说出口，肖顿河又觉得不妥，他是小川原兵卫的弟弟，是来接替他的，可是自己最近对他的关心实在太少了。

啊，是这样，这些天我给你们添了很多麻烦，我真不知道高山病这么厉害，一躺下就起不来了……真是对不起，不能和你们一起攀登了。小川右兵卫说。

肖顿河狠狠地拍了一下自己的脑袋，他早就知道小川右兵卫出现了严重的高山反应，原以为过几天他就能调整过来，可没想到……

他骨碌一下爬起来，拍拍小川右兵卫的肩膀，说，小川君，你干得不错，能坚持这么多天已经很了不起了，我们大家都很感谢你。

我走了以后，顿河君要多多保重啊。小川右兵卫说。

你一路上也要多多保重，回到日本一定好好休息。见到你哥哥就说我在等着他。肖顿河说着，把小川右兵卫送到帐篷外面。

呵，又走了一个……

他自言自语着，转身回到帐篷里，开始整理登山用的器材。今天要向海拔5300米的2号营地进发，可是登山队员却有好几个因为强烈的高山反应和受伤不得不撤回大本营治疗。他埋头整理着，脑子里却始终想念着一个人。唉，小川啊小川，你到底什么时候才能来呀？

没有小川原兵卫，肖顿河心里总像少了什么。在行进途中，他常常下意识地前后看看，却没有看到他熟悉的那个身影，现在小川右兵卫也走了。他心里忽然一热，这次小川原兵卫让弟弟来替他，这是多么厚重的情意啊，他知道只要有一点儿可能，小川原兵卫也会来的。他在弟弟身上寄予了希望，让他配合中方登山队员向更高处攀登。可是他也许忘了，右兵卫仅仅是个登山爱好者，而不是登山队员，他的体格和技术都远远不能胜任梅里雪山的登山考察。小川右兵卫已经表现得很不错了，他像哥哥一样吃苦耐劳，有一种不达目的誓不罢休的劲头。其实他一到梅里就出现了严重的高山反应，发烧、头痛、呕吐，他却隐瞒了自己的病情，跟着队伍攀登到了4000多米的高度，现在终于支持不住了。

走就走吧，总会有人爬上去。肖顿河爬上一个悬崖，回头看了看在冰坡上向上蠕动的零零星星的几个黑点，嘟哝了一句。

天黑的时候，他却与这支队伍失去了联系。

就在他们接近海拔5300米2号营地位置的时候，一场突然的狂风卷起漫天的雪雾，把他们阻隔在中途。

等风暴平息，他们发现，事先勘测好的行进路线已经变了样子，原先不太陡峭的山坡上，突然立起一道很高的雪墙。雪墙松软得像一堆棉花，一脚踩上去，就像陷进沼泽里一样拔不出来。更糟的是，上山时沿途设立的标志也不见了踪影。此时，已经是下午四点多了，要重新寻找到达2号营地的路线已经不可能了，大本营决定全体队员紧急下撤。

肖顿河是在下撤途中和队友们失散的。下撤时，他要求留在后边，因为这支队伍中有几名新队员，万一掉队，他在后面可以做收容工作，他觉得自己毕竟是一个身经百战的老队员了。同时他还可以趁着天没有全黑，从高处搜索一下，有没有新的登山和下撤的路线。

梅里雪山，这位坐落在南国的冰雪圣女，她让冰川在幽深的峡谷中蜿蜒而下，又把山峰一样的雪墙矗立在悬崖峭壁之间。她时而笼罩在浓浓的云雾之中，变幻不定，神秘莫测，时而又沐浴在蓝天艳阳之下，通体闪耀着冰雪夺目的光辉。她那灼目的光芒似乎在告诫那些虔诚的膜拜者，她的圣洁是不容侵犯的!千百年来，不，千万年来，她就一直这样沉静、孤傲地俯视着这两大高原之间的千山万壑、江川急流和匍匐在她脚下的人们，她从未注意过那些可笑又可悲的入侵者，因为当他们小心翼翼地迈开步子，要踏上这冰雪的旅程时就注定要粉身碎骨了。

死亡从来也阻止不了真正的殉道者，为了信念，他们可以失去一切。任何恐吓对他们都无济于事，任何诱惑也改变不了他们。面对死亡，他们只是想，如果倒在这里，就做一块向上攀登的台阶。

圣女和殉道者们就这样对峙着。

数百年，也许已经数千年。

一边是冷漠，仿佛一万年的岩石和冰川一样的冷漠，永恒的冷漠，冷酷残忍得让人变成冰和岩石……

另一边是热情，烈火般熊熊燃烧着，能熔化千万年冰川的激情。热烈得可以听见血液在沸腾，心脏在搏动。这是蓬勃的生命的情感，是永不泯灭的探索的决心。

殉道者们用全部的力量和生命的气息高喊：

梅里女神，我爱你。

回答是无声的，死一般的寂静，或是狂风暴雪的呼啸和地裂山崩一般的雪崩、冰崩……

梅里雪山——圣洁的死亡女神。

天上一丝星光也没有。雪峰没入了浓浓的夜雾之中，黑暗像重重帷幕把肖顿河和周围的一切隔开。寒气逼过来，像无数把锋利的冰刀，要划开他的登山服，切入他的肌肤，使他的血液凝固，呼吸停止……他想用对讲机和大本营通话，可是试了几次，对讲机却一点儿声音也没有。糟糕，和外界失去联系了。登山最怕的就是失去联系，失去联系，就如同切断了自己的生命线。肖顿河被困在雪山上，困在这个寒冷的夜里。

周围是寂静的，一种仿佛在没有人的矿井深处的寂静。他能听到寒冷中冰被冻得开裂的声音，还有积雪从雪坡上落下来的呼啦啦的声音。他还能听见自己的喘息，像一头受伤的北极熊，在荒寂黑暗的北极冰原上，喘息着，匍匐着往前爬行。要是有一点儿光也好啊。哪怕是黄豆大的一点儿呢。可是什么也没有，只有无边的黑暗。要是有一种能发光的标志就好了。他想。

他用打火机打出一点儿微弱的火光，他看见不远处有一个两米多高的雪坡，大约有十多米远。他决定去那里过夜。他记得上大学时看过一部科教片：那些在阿尔卑斯山探险的人们，遇到暴风雪，常常在山坡上堆筑一个雪洞，在雪洞里过夜。

他爬过去，用雪铲在雪坡上挖起来。雪很松软，不一会儿就掏出一个一米多深的洞。他用雪铲在洞壁上用力拍打，把雪打结实，再用雪堆了一个小洞口。他点燃了一支蜡烛，这是山下的喇嘛寺里常见的红蜡烛，也是高山营地常用的。蜡烛有擀面杖那么粗，烛芯也很粗，像一根筷子。蜡烛的火苗轻轻地摇曳着，带着一缕淡淡的烟，烟在雪洞里弥漫开了。

肖顿河忽然觉得疲惫不堪，同时又觉得饥肠辘辘。他把一切能铺的东西都铺在冰上，斜倚着洞壁，想舒展一下蜷缩的身子，可是两条腿却伸不开。他只好倚靠在冰雪洞里，从包里掏出一块硬邦邦的牛肉干。这是他唯一可以充饥的东西。他觉得牙根松软，牛肉干如同橡皮筋一样在嘴里打转，就是咽不下去。渐渐地他觉得全身发软，结实的筋骨和肌肉变得像面条一样，上眼皮也直往下落。他竭力想撑起眼皮，可是它们却不听话。

不，不能睡过去，这样是危险的。他迷迷糊糊地告诫自己。

黑暗中，肖顿河好像看见有亮光忽闪着。真有亮光，还是幻觉呢？他抬眼看见了巨大的山影，月光下的冰山神秘而美丽。他恍惚看见冰壁上有个影子，是那只豹子，它还在老地方，还在巨大的冰琥珀里，永远是一副将要一跃而起的姿势。喂，我记得你这家伙原来是睁着眼睛的，怎么闭上了？是像我一样困了吗？唔，困了……我也困了，困了就睡吧，那种马上就要睡着的滋味儿真好，没有比那更好的，重新睁开眼睛就是新的一天了。

呵，烦恼，你有烦恼吗？我和老婆吵架，你和老婆吵架吗？一定吵过，我在电视里见过，就是从那个《动物世界》里，看到你们互相撕咬，尘土飞扬，血流满地，那场面让我惊心动魄……《动物凶猛》，有一篇小说就叫这个名字。不凶猛就不是动物了，可它们都不像你现在的样子，很乖，很安静，像个标本。小时候忘了在哪里见过你，在动物园？还是马戏团？那时候我就不怕你，还吹牛说有一天要去猎豹，我他妈猎你干吗？那时候我见到的就是你吧？现在……现在……我就要睡着了，你也睡吧，明天也许是晴天，但愿天空是晴朗的。他们会找来，一定会找来的……可惜你只会趴在这儿，你这老笨蛋，你不知道晓薇会等急了吗？这次回家哪怕吵一架呢！她总爱说你走吧你走吧，走啊！其实我知道她不愿让我走，我知道，可你不知道……

肖顿河醒了，他是被冻醒的，可他并没有真正醒来，而是在一种迷离混沌之中，不知道自己的身体到什么地方去了，仅有的知觉已经无力找到它们了。他在迷迷糊糊中搜索着意识：我……我是谁……我在哪儿……我干什么了……山……雪山……雪山！仿佛一股电流击中了他，他蓦地清醒了许多，意识到自己应该做什么——睁开眼睛，不知道眼睛怎么了，为什么睁不开了？发生了什么事？他使劲儿回想着，在艰难地寻找，就像在一片沼泽地里找一条路，却深深地陷进一片泥淖。他的思维是如此迟缓，像凝固了一样。

雪山、雪洞……肖顿河的意识里断断续续地出现几个词，像夏夜河边的萤火虫一闪一闪的。他又一用力，睁开了眼睛。仿佛是从沉睡了千百年的黑暗中醒来的远古的人类，在寻找久远的梦——他呆呆地怔了很久。他努力把眼前的黑暗和记忆连接在一起，终于恢复了意识，他正栖身在一个黑暗中的雪洞里，什么也看不见，可他已经感觉到了自己的呼吸，心脏还在跳动，还有僵硬的躯体。他尽力活动自己，闭上眼睛，再睁开，闭上，再睁开……他张开嘴用力地呼吸，然后咬紧牙关，让脸上的肌肉疼痛起来。他费力地扭动脖子，脑后的头发在雪洞的壁上磨出沙啦沙啦的响声，雪粉从洞壁上落下来，一些碎屑掉进他嘴里，他伸出舌头去舔，觉得冰凉湿润。

肖顿河感到疼痛，哦，冻僵的躯体在恢复知觉，很像皮肉被生生地撕扯开，又像从骨头里，从每一个关节里，从头脑里迸发出来的疼痛。

当朝霞把那一片冰雪染成耀眼的金色的时候，肖顿河终于爬出了雪洞。

35 孤注一掷

没有一个女人能像宋梅樱这样敏锐。她从丁首都回家时停车、关车门的声音，到他走进家门时的脚步声、呼吸声中已经猜出了几分，直到看见丁首都脸上的表情，就把丁首都今天的遭遇猜了个透，但她还是不动声色，像往常一样微笑着迎上去，接过他手中的公文包，放在老地方，又帮他脱下外套，然后几乎是扶着他，把他领到沙发边坐下，又把刚刚榨好的一杯鲜橙汁放在他的面前。

快喝吧，今天买的新鲜橙子。宋梅樱轻柔地说。

虽然两个人年龄一般大，而且都过了不惑之年，宋梅樱却像照料一个孩子似的照料着丁首都。其实并不是她天生就有这种品格，相反，她出生在一个知识分子家庭，又是父母唯一的孩子，从小就被他们宠爱。在中学和大学的女同学里她并不是很漂亮的，甚至可以说根本不算漂亮，可她却是最聪明、最有天赋的一个。她表面上温顺、沉静，内心里却计谋多端，很善于在人生的战场上搏击。为了丁首都，她努力改变自己，努力做一个贤妻——挚爱关怀、体贴入微。作为信息公司的高级职员，她有很多工作可以在家里的计算机上做，为了把工作和家务都做好，她为自己排出了很少有喘息时间的日程表，每天趁丁首都在外工作时做完一切，丁首都一回家，她就把所有的时间都用在他身上。

你猜猜，晚饭我给你做了什么？宋梅樱一边摆餐具，一边用期待的目光看着丁首都，期待他做出热烈的反应。可是丁首都却像没有听见一样。其实这也是宋梅樱预料之中的，对丁首都的脾气，她已经清楚得像看见泉水底下的鹅卵石一样。

摆好餐具，宋梅樱把饭菜端了上来。喂，快来看看吧。说着，她揭开砂锅盖，一锅鲜笋炖肉散发出诱人的香味。嗯，真香啊——

要在平时，丁首都早就一步蹿到桌子边，用大勺子舀着大吃起来。可是今天，他却没有任何反应。

哎——这是怎么啦？宋梅樱放下砂锅盖，快步走到丁首都身边，俯下身子关切地问，是不舒服吗？量量体温和血压吧，要请大夫吗？

没有，不用。丁首都勉强说出了几个字。

那你是怎么啦？生气了吗？宋梅樱的嗓音低了下去。不是因为你……丁首都紧绷的脸稍微松弛了一点儿。

那你为什么要这样？从你停车的声音我就听出来了，我不问你，你就这样闷着，你是不是想让我这样一直忍下去？宋梅樱的嗓音已经有些湿润了。

我不是为你生气。

又是为了那个格林吗？对那样的女人，你用不着生气，那是她的职责。我们现在是在竞争的环境中，有很多地方还不适应，慢慢我们就会适应的。

不是这么回事。你太天真了。那个女人是个很坏的女人，她……你知道吗，她要我跟她做交易……

什么？宋梅樱简直不敢相信。这——也太欺负人了！明天我去找她。

你不能去，你一去，她就会孤注一掷，彻底毁了这个项目。她已经在用结构重组，实行公司化来威胁我，她还不知道从什么地方知道了我需要一大笔基因数据库的使用费。我猜她是用这个来要挟我，要我屈从于她，而且，这个可怕的女人，居然在办公室里放肆……

太无耻了。

宋梅樱沉默了一会儿，又说，也许这样的事在这里并不少见，见怪不怪，何况她是个单身女人。不过，她利用手中的权力来做这种事，实在是太卑鄙、太可恶了。她肯定还会找你的麻烦。

她让我下星期六晚上七点到德尔塔饭店去参加她的一个小型宴会……

什么小型宴会，分明是个圈套。

我想也是。

两个人谁也没有说话。桌上的饭菜渐渐凉了，谁也不想吃，宋梅樱几次想劝丁首都吃饭，却想不出一句安慰的话来。这个格林，这个掌握着权力的女人，就像一座山似的横在她的面前。

在宋梅樱的恋爱史上，除了安群，她不记得有谁同她争夺过丁首都。她觉得自己是个幸运者，别的女孩子、别的女人看不透在丁首都沉默寡言、近乎木讷的外表下潜藏着的那种科学家的品质，只有她独具慧眼，把丁首都深深地爱在心里，并且以超乎常人的耐心和韧性、不懈的努力和巧妙的手段使自己的愿望变为现实。

现在，她却遇到了一个敌手。难怪丁首都的科研工作会遇到这么大的困难，原来是这个女人耍的手腕儿。

她要夺走她生活中最重要的东西，而且是用这种赤裸裸的、卑劣的手段。虽然她知道丁首都绝不会屈服于这个女人，但是这一切必定要导致资助的最后中断。到了那一天，那将是他们打点行李回国的日子。没有比梦想破碎更让人心痛的了，也许这一天真的就要来了……不，绝不，必须找到对策，如果不能逾越，也要绕过这座大山，即使那样做意味着风险，意味着濒临悬崖绝壁、万丈深渊……

梅樱，我们回国吧……

沉思中的宋梅樱，听到仿佛从一个遥远的、虚无缥缈的地方飘过来一个声音，隐隐约约地，就像在梦中似的。

梅樱，我们回国吧……

她怀疑自己听错了，她觉得眼前好像有些朦胧，有些模糊不清，她睁大眼睛尽力想看清楚，可是有什么东西遮住了视线。她用手去揉眼睛，这才发现，是泪水涌出了眼眶……

首都，你刚才说什么？

我们回国吧，梅樱。丁首都又说，你没听国内来的人说，现在国内建立了一些国家级的实验室，科研条件也不错，再说，国内在基因研究方面刚刚起步，正需要有研究能力的人去做学科带头人。我想，我在国内继续进行这项研究的可能性很大……

回国？你是说我们回国吗？

是啊。

你为什么这么想？你知道吗，这是消极的态度。宋梅樱说。

对宋梅樱来说，现在回国是不可想象的。为了来到这里，为了获得这里的生活和工作条件，自己付出了多大的努力啊！现在遇到了困难和挫折，丁首都居然就要回去！这是她没有料到的，她必须阻止他。

宋梅樱把语气放缓，又说，首都，你不能这么轻易就放弃了这个课题，因为你已经付出了太多的心血。没有一个科学家会因为科学以外的原因放弃自己的研究，这是没有道理的。我认为，现在要紧的是努力去争取，而不能因为这个女人的刁难就放弃。我也可以去跟德瑞克先生谈谈，请他想想办法。国内的条件你是清楚的，根本不可能跟这里相比，你会买不到先进的设备，找不到合适的助手，技术上无法和别人交流，说不定还会遭到妒忌、猜疑、压制……这种事情我们以前碰到的还少吗？无论如何，现在回国是不适宜的。

宋梅樱滔滔不绝地说着，她已经顾不得丁首都此刻的心情，顾不得自己平时说话的那种温柔语调，她有些克制不住了。

丁首都听着听着，终于忍不住了，他打断了宋梅樱的话，说，梅樱，你说的也许是对的，可是国内现在的情况不一定就像你说的那样，对于为科研作出贡献的人，还是有自己的天地的。我觉得有些方面条件不具备，正说明它是一张白纸……

宋梅樱也忍不住提高了嗓音。哎呀，你别那么想，你不是一个一般的科学家，首都。你的科研能力在国内会受到很多限制，只有在这里，在这个实验室，你才能做世界上第一流的研究工作。你看见过哪一个真正有才华的科学家回国呢？又有多少举世公认的科研成果是国内做出来的呢？反正我没听说。所以，我认为回国不是你现在应该考虑的……再说，你也应该为我想想，为孩子想想啊。将来孩子在国内能受到像这里这么好的教育吗？你看这么多人移民到这里，不都是为了让自己，也让孩子有一个好的生活环境，受到比国内更好的教育吗？

宋梅樱的话像开了闸的洪水一样倾泻着。

好了，你别说了。我真不知道你怎么会这样，一说到回国，你就说出这么多话来，可有一点儿你要记清楚——这里是人家的土地。丁首都说着，猛一下站起来，走进一个房间，砰地关上了门。

宋梅樱呆呆地站了很久，任凭泪水往下流，她要让泪水尽情地流，不是在洗刷自己，而是在下决心，她要再拼一次。

36　高贵的孤雁

　　亲爱的晓薇，我在对你说话，用我的笔。你在听吗？给你写信能使我暂时忘却这里的孤寂，这种孤寂是常人难以想象的，忍受它也需要常人想象不到的意志。此刻，月光是清冷的，清冷得就像透过冰层洒下来的，给人一种冰透了的感觉。我现在就在这冰透了的世界里，在海拔4700多米的梅里雪山的1号营地。

　　可我的心是热的，我的血也是热的，而且是滚烫的。它涌动着，仿佛有一种激越的力量在推动着它，挤压着它，让它膨胀得变成一股力量，一股神奇的力量，从这支笔的笔尖爆发出来，汇成一股激流，源源不断、经久不息地流淌出来。这是爱的激流，是爱的冲动的激流。它是向着你的，它正要冲决这千山万水的阻隔，涌进我们的小屋，把你紧紧地裹挟进去，让这爱的灼热温暖着你，拥抱着你，亲吻着你。它是我的焦灼的目光，我的发烫的躯体，我的一切……

　　晓薇，就在前天傍晚，当夕阳就要在西方的天际隐没的时候，我站在山脚向天空瞭望。我突然发现在那高远的蓝色碧海里，有一个小小的斑点，我注视着它缓缓地在天空中移动。它会是什么呢？是飞机？还是卫星？还是别的什么？不是，不是飞机，也不是卫星，而是一只鸟，在这寒流滚滚的高天里，正在向南飞。它慢慢地飞近，我看清楚了，是一只大雁。我突然像被电流击中了一样。它那么焦急地扇动着翅膀，用它弱小的身躯里仅有的一点点力量，那仅有的一点点体温，要同这样耸入云天的寒流作最后的搏杀……这高贵的孤雁啊！它的不屈，它的执着，它的勇敢和坚毅，它只有一个信念——追赶失散的雁群，它只有一个方向——南方。它要飞越这层峦叠嶂的云贵高原，还要越过数百公里，甚至上千公里，谁知道它在途中还要遭遇多少艰险。猛烈的寒潮随时会折断它的翅膀，凶狠的鹰隼也许会突然向它发起袭击，而偷猎者的枪口不知什么时候也会对准它。

　　晓薇，你知道吗，那天我在夜色中站了很久，我已经好长时间没有为一件事这样沉思了，自然界里有很多事情，我虽然看不真切，却能感觉得到。有时候，一个小小的生命，会做出惊人之举，让我们这些自称有高度智慧、有理性思维、自称宇宙精灵的人感到自卑和渺小，就像这只孤雁，它不仅是为了迁徙而飞翔。我想，也许更是为了爱，为了它的伴侣，它的儿女，所以它要远征。也许，它会在没有实现自己目标的时候就中途陨落，可是它追求着自己的崇高和爱，这是今天很多人所不具有的，也是很多人为了某些不足道的、可鄙的原因要放弃的，可是它却要去实现。我想，生命就是人留给世界的一种记忆。它的存在总是崭新的，充满新奇感的，让一代一代的人去追随。这就是宇宙的魅力。可究竟谁是它的主宰呢？也许，总会有一天，人们登上梅里雪山的巅峰之后，会有新的了解，但是最终人们能够在它的顶峰上瞭望吗……

　　　　　　　　　　　　　　时刻想念你的顿河

37　化学系登山队员

在燕北大学的校园里，一块"山鹰登山爱好者协会"的牌子在学生会的门口挂起来，安娜是这个协会的组织者之一。

报名参加这个协会的人十分踊跃。牌子挂出去还不到一个星期，安娜的手里已经有了一大摞填好的申请表，申请者来自各个院系。她粗略地统计了一下，自然是地理系的占多数，她所在的化学系的研究生也不少，甚至还有中文系和艺术系的同学。在申请理由这一栏里，各式各样的豪言壮语，让她的眼眶发热了：

新时代的大学生绝不做鸡窝里的凤凰，而是要做搏击高原长空的雄鹰。

会当凌绝顶，一览众山小。今生如不能亲身领略高原雪山的壮丽景色，岂不枉为七尺男儿，愧对古人。

有一位中文系的女生写道：我相信，女大学生绝不是只知道花前月下、名牌香水的玩偶，我要像潘多一样，傲然屹立于世界之巅。

还有一位经济系的研究生写道：世界太污浊了，街道是污浊的，河水是污浊的，空气也是污浊的，资本更是污浊不堪，让我的眼前一片昏暗。我一定要去青藏高原，只有那里才是圣洁的。如果我死了，就把我葬在冰雪里，只有那样，我的灵魂才会安息。

……

看着这些，安娜的眼眶湿润了。她没想到，在当今大学生的胸腔里，还能迸发出这样铿锵有力的词句。

她曾经很失望，每次走进挂着"学生服务中心"牌子的大厅，她都会感到头晕。有的男生在大厅里抽烟喝酒，有的甚至酩酊大醉，还有女生也在其中。有的还在歌舞厅里纵情蹦迪，或者在令人眼花缭乱的游戏厅里玩个通宵，也有的陷进e网不能自拔，沉溺于虚拟的现实之中，整日精神恍惚，目光呆滞，别的似乎都忘记了，仿佛现实生活离他们已经非常遥远。

忽然，安娜的目光触到了熟悉的笔迹，她的眼前立刻出现了一个戴黑框眼镜的高个子男生，他就是中文系的博士研究生陆兵。那是一种既秀美，又不失奔放的笔迹。当陆兵的书法作品第一次出现在一个大学生书法展览会上时，就曾经深深地吸引过安娜的目光。人说，字如其人。陆兵也正是这样一个既有帅气，又有才气的高才生。在那个书法展览会上，他当然也立刻为安娜的美丽所倾倒，从此紧追不舍。只要校园里有安娜发起的活动，他几乎每次必到。

有一次，陆兵兴冲冲地赶来报名参加一个"夜莺歌咏比赛"，一进门，才知道参加者全都是女生，就赶快跑了。安娜想到这里不禁笑了起来。她觉得陆兵这个人虽然挺好，她也明白他心里想什么，但是又觉得陆兵并不是自己理想中的那个白马王子。理想中的人究竟是什么样的呢？安娜有时也悄悄地问自己，她也说不清楚，但有一点她很明确——陆兵不是她心中的那个人。安娜没想到和她同宿舍的冯米拉却爱上了陆兵，这让她松了一口气，可陆兵却对冯米拉没有热情。生活中总有让人想不通的事，人真是最复杂的啊!安娜想着，又看陆兵的申请表，在有关个人信息、特长和爱好的栏目下面，是陆兵的一首诗：

巍巍的喜马拉雅

你是地球的脊梁

你的高傲和美丽

迎来多少膜拜和赞誉

你的峻峭和艰险啊

又折断多少雄鹰的双翼

只要能融化你这坚冰皑雪

纵然化作一团烈焰

我也心甘情愿

安娜的眼角晶莹地一闪，一颗泪珠流下来，滴落在表格上。她急忙用手背抹去眼角的泪水，然后胡乱地把一摞表格叠了一下，塞进书包，低着头匆匆走出学生会的办公室，向宿舍走去。

山鹰登山爱好者协会很快就正式成立了，安娜怎么也没想到会员竟然有上百人，大家选安娜为协会主席。随后，经过遴选，由20人组成第一支登山集训队，安娜任领队。

接着，登山协会聘请了教练员，制定了训练计划，开办了登山讲座。队员们也开始利用课余时间在城郊的山区进行训练。训练是艰苦的，一个星期下来，徒手行军的队员都挂了彩，几乎每个人的脚底都起了泡，手上和脚上被荆棘划破。安娜在爬一个陡坡时，跪下一条腿去拉后面的队友，正跪在一丛被乱草盖住的刺棵上，刺棵透过牛仔裤，直刺进肉里有半寸深。她咬紧牙把它拔出来，流出的血洇湿了牛仔裤。

第一次训练结束，有一人宣布退出登山队，另有两人因体力不支晕倒后被劝退，还有四个人因其他原因不能参加下一次的训练，这样，20个人的队伍，经过第一次集训就垮了三分之一。虽然很快又增补了几名队员，但是，对这支队伍的前景，安娜心里没了底。

这座城市入冬后的最大特点就是，十一月上旬或中旬准有一场大雪。所以，集训队必须赶在下大雪之前，完成攀登悬崖、负重行军以及使用登山器械的攀登训练。一下大雪，训练就会非常困难并且充满危险。安娜和教练员研究后，决定修改训练计划，实行强化训练。

一段时间过去，登山集训队有一半的队员因为体能不合格被淘汰，其中也有的因为吃不了这份苦自动退出了，可那些坚持下来的队员都变了样子，每个人虽然都掉了几斤甚至十几斤体重，但体格却明显地强壮了，一个个皮肤黝黑，生气勃勃，像一队即将出征的战士，成为整个校园里目光关注的焦点。尤其是安娜，她本来就挺拔的身材又增添了几分英武之气，再加上美丽的脸庞，更成为焦点中的焦点。

这天晚上，安娜带着集训队的队员从外面回来。她一走进餐厅，原本一片嘈杂的声音就像收音机关了开关一样霎时安静了，所有的目光都向她投射过来，好像她是格里菲斯·乔伊娜，或者是露易丝。安娜微笑着迎接人们的注视，很从容地向前走去，就像在T形台上的模特一样刻意展现自己。这使很多人惊讶得目瞪口呆。有的男生甚至忘形地跟在她的身后，直到在卖饭的窗口前，把她围在一个半圆形的包围圈里。嗨，安娜，你们登山爱好者协会还需要人吗？

安娜，听说你们要去梅里雪山考察。哎，你们什么时候出发呀？能不能带着我们呀？

出发的时候，我们全系要为你们送行呢。

等你们凯旋的时候，我们要为你们庆功，要为你们干一杯。

你们化学系就是杯子多啊。

大厅里涌起一片笑的声浪。

哎，大家静一静，谢谢你们对登山协会的支持！安娜说，我们这次去，不仅要考验我们的意志、锻炼我们的品格，还要代大家看望在那里艰苦攀登的登山队员。我听那个登山队的肖顿河说过，在梅里雪山，登山队员很长时间都吃不上新鲜的蔬菜，可他们却一直在坚持。假如我们不是成立了登山协会，组织登山活动，可能就不会想到那些在雪山上的人。这次去梅里，我们要尽自己的所能，给长期在那里的登山队员一些帮助……

我们为他们捐款吧！人群中有人在高喊。我同意。

应该支持。

人群沸腾起来。

我捐十块！一个男生手里拿着两个馒头，腾出两个手指头夹着十元钱大声说。

安娜，我捐二十。一个女生紧跟着喊起来。

我的五十——

还有我——

同学们争先恐后地把钱塞到安娜的手上。

安娜一下被一股热浪包围了，她大声喊着，同学们，同学们，谢谢大家，不要捐款，我们已经得到了企业的支持，我们一定会把你们的心意带到梅里雪山，请大家放心。

当安娜从餐厅里走出来的时候，天空中飘起了雪花。她轻轻地吁了一口气，她多么感激这些同学啊。

别看一些家伙平时都做出一副什么都不在乎、什么也不关心的样子来，可是到了关键时刻，却还是热情万丈，让人觉得浑身都暖烘烘的。嗨,这才是大学生啊！安娜想，无论什么时代大学生都是最富于理想、最有激情和创造力的。

安娜朝一座崭新的教学楼走去，她要找学校网站的版主陆兵，请他刷新网页，在网上公布燕北大学登山队员的名单，还有去梅里的具体时间。她还要找化学系的老师，请他们帮助鉴定一种她和同学们研制的耐低温的荧光干粉。肖顿河曾对她说过，他们希望有一种能在黑暗中大面积发光的路标，夜间可以为迷路的队员指示方向，让他们准确地判断出安全地段和危险地段。安娜就和同学们一起研制了这种耐低温荧光干粉和喷雾器，只要白天把干粉喷洒在冰坡和冰裂缝区，到了夜里，这些地方就会发出蓝色的荧光，为队员指路。

安娜真想把今天同学们热情的表现马上告诉肖顿河，让他知道燕北大学的大学生并不是他所说的那样，只知道护肤霜和润肤露。

等着吧，肖顿河，我一定要让你大吃一惊。

想到这儿，她的脚步就像风一样轻快。

38 买者和卖者

首都，今晚你还是去吧。

星期六早晨一起床，宋梅樱就对刚刚从浴室里出来，身上还裹着浴衣的丁首都说，昨天夜里我想了很久，我觉得洪水冲下来的时候，你只有逆流而行，冲上去，要不然，就会被冲得无影无踪……

是啊，我也是这么想。丁首都一边擦着头发一边说。不管怎么样，我总得试一试。梅樱，今晚你跟我一起去吧，两个人总比一个人好。

不，我不能去，我一去，格林说不定就会翻脸。她这样的人，什么事都能干出来。首都，生活中总会遇到要你逢场作戏的时候，只是你不要自己往别人的圈套里钻，适可而止就行。多伦多的社交圈子里，不见得全是伪君子吧。

宋梅樱的理智在关键时刻总会胜过情感。

那好吧，我今天下了班就直接去那里了，你不用担心，我会给你打电话的。丁首都说。

晚上十点多，丁首都才回家。宋梅樱看见他一脸的沮丧，就明白她还是低估了格林这个女人。

她紧紧地拥抱着丁首都，小声说，是我错了，也许你真不应该去。这不怪你，我没有想到她会是这样一个疯子。也许我们太善良了。

这是一个用金钱可以买到一切的世界，她只是错把我也当成可以用金钱买到的商品了……丁首都无法掩饰自己的无奈。

那你的罪名是拒绝出售，对吗？……宋梅樱忍不住笑了，一滴泪却从腮边流了下来。

所以我也分文未得。丁首都也笑了。

首都，不用怕，我们自己想办法。宋梅樱紧紧地搂着丁首都，很有信心地说。

有时候，一个人的智慧不到用的时候是看不出来的。

宋梅樱很快就开始行动了。她还是像以前一样，把目光盯住了网络——这个最快捷的信息高速公路。

她没有使用被人们称为"黑客"的那种惯用的手段。她从自己的信箱向很多很多基因数据库网站发出了电子邮件，询问能不能免费使用他们的数据，或者，他们的数据可以在多大程度上免费使用。她一遍又一遍地向他们解释脑遗传疾病的基因变异研究将会使脑科学发生怎样的革命性的进步，使很多迄今无法治愈的脑遗传疾病得到治疗，使脑部的恶性肿瘤从致人死亡的疾病名单上删除，使早老性痴呆症成为文献上的记载……她收到了很多热情洋溢的回信，很多数据库都表示能为这项研究提供力所能及的帮助感到荣幸，他们纷纷给她发来允许登录的注册登记表。

时间一天天过去，宋梅樱收到的基因数据库的名单也一天天加长，很多珍贵的资料未付分文就获得了使用权。丁首都的研究工作又顺利进行下去，并且取得了明显的进展。

只是南亚地区一个遗传性弱智高发区的基因数据至今还是空白。丁首都有一次在吃饭的时候无意中说。

怎么会是空白呢？那里没有进行过这方面的采集和测试吗？宋梅樱惊讶地问。

当然不是。那一地区的居民有近亲结婚的习俗，造成遗传基因的变异特别复杂，很多研究机构争着到那里去进行基因采集和测试，想垄断这些数据的知识产权，将来换取高额的商业利润。我去找那个女人，也就是为了争取支付这些数据库的使用费。

他们现在已经有完整的测试数据了吗？宋梅樱问。

还不清楚。当地政府已经禁止外国研究机构进入这一地区，所以，这方面的数据是不是完整，是不是准确可靠，现在已经是个谜了。

那么当地的研究机构不会继续这方面的测试吗？宋梅樱又问。

他们有这方面的能力，只是没有经费，搞测试是很费钱的。

不会有人资助吗？像GB基金会这样机构的资助？宋梅樱觉得，只要有巨大的商业利益，肯定会有人铤而走险。

愿意出钱的人当然是有的，可当地政府不一定会接受；即使接受了，提供的数据也不一定准确可靠。

所以啊，最可靠的还是我们自己。不能再等了，必须立即动手。宋梅樱在心里对自己说。

她改进了自己研发的功能强大的搜索引擎，又一次在网上展开大搜寻；她给自己的行动取了一个很好听的名字——猎犬行动。

"猎犬"开始用它灵敏无比的嗅觉和听觉每天24小时连续不断地侦测网上的异常情况，特别是各个重点基因数据库之间的信息交换。一天，两天，三天……一个星期，两个星期，三个星期……一切正常。各个网站之间的信息交换量每天基本保持在同一水平。

第四个星期的最后一天，宋梅樱刚坐到计算机的屏幕前，"猎犬"就发出了"汪汪"的狂吠。它侦测到南亚地区的一个基因数据库与北美的一个大型数据库之间的信息交换量陡增……情况异常！

宋梅樱经过分析，发现是南亚的一个脑遗传基因变异的数据库正与北美的一个大型基因数据库就一桩大的生意进行紧张的磋商。她觉得，极有可能是北美的这个基因数据库出资收购南亚的基因数据库，想独占这些世界上独一无二的基因变异数据。

这是不光彩的交易。当宋梅樱把这个情况告诉丁首都时，他轻蔑地说。参与人类基因组计划的各国政府已经明确宣布，人类基因数据是属于全人类的共同财富，所以，基因数据不能作为商品买卖，而应该是公开的、全人类共同享有的。当然，作为某一特定的变异基因的数据拥有者，可以要求那些数据的使用者支付一定的使用费，但是绝不能把它们像商品一样出卖。因为那样做是不道德的。

怎么才能打破封锁呢？宋梅樱在冥思苦想。她像一个侦探一样，又是每天一连十几个小时坐在计算机屏幕前，两只眼睛紧紧盯着屏幕，每一个细微的变化都逃不过她的视线。有一天，一连串的E-mail地址突然出现在她的视野里：littl1@GeneVaria.DateBank.net，littl2@GeneVaria.DateBank.net，littl3@……，littl11@……，littl12@……

一个网站要这么多地址相似的e-mail邮箱干什么呢？宋梅樱费尽心思地琢磨了半天，忽然，她的脑子像电光闪了一下，她断定，这一定是为了传送大量的数据，它的数据量一定是大得惊人，用普通的传送方法不能一次完成，所以必须把它们分成很多子数据，分别传送，然后再合并。看来，它们的交易已经谈成，只等着交货了。

好吧，看我的。宋梅樱马上在网上设立了一个虚拟网站并建立了一个邮箱，地址是：litt1l1@GeneVaria.DateBank.net，然后以买方的名义向对方发出一封电子邮件。

Saler女士/先生：

我们认为以前商定的传送方法不妥，采用先进的数据压缩技术可以将整个数据库的数据一次性发给我们，故请使用附件中的数据库压缩软件，将您的数据库压缩成一个文件并作为附件回复给我们。

有关的款项已经汇入您的账户。

谨此致谢。

Buyer

宋梅樱不知怎么鬼使神差地使用了saler（卖者）和buyer（买者）的称谓，与买卖双方使用的暗语不谋而合。一个小时以后，回复的电子邮件收到了，一个完整的遗传性弱智基因变异数据库出现在她的眼前！

宋梅樱很得意，她只是简单地把littl1@⋯⋯改成了litt1l1@⋯⋯就得到了人家要用几十万，甚至几百万美元才能买到的数据。当然，她知道这是冒着风险的，她立刻把这个数据库改名、写密、保存，并且撤销了用过的邮箱和网页。

从此"猎犬"在网上消失得无影无踪了。

一个比较完整的基因变异数据库建立起来了，丁首都的研究工作取得了重大的进展，有关的论文也很快引起国际同行的重视，探寻开展国际合作的信件纷至沓来，几家跨国制药公司也相继派人考察他的研究项目，甚至连专利公司也主动找上门来，要为他申请专利提供咨询。

格林女士如坐针毡。她原来以为，丁首都要是没有GB基金会的资助，得不到相关的基因数据，研究工作就得停下来。丁很快就会来找我的，他会来求我。她曾经很自信地想。现在她却为自己的失算而后悔。凭丁首都现在的研究成果，他很轻易就能找到大的制药财团作后盾，做更尖端的研究。

丁的研究成果是遗传学上的重要事件，不亚于染色体本身的发现。有人在国际知名的遗传学杂志上这样评论丁首都的研究工作。

GB基金会失算了。格林女士坐在她的巨大的办公桌后面，脸色灰暗。她本来是要一石双鸟，没想到现在鸡飞蛋打。她失神地看着窗外，她的脸色就像大湖区的天气一样，一会儿白，一会儿灰。

不行，GB基金会不能只剩后悔，GB基金会有能力挽回损失。她在沉思。忽然，她布满阴云的脸上仿佛云开日出一般放出光来，她想出了一个新的主意。

她从办公桌的抽屉里取出很久不用的信笺，亲笔给丁首都写了一封请柬。

尊敬的丁首都先生：

欣闻您在脑遗传疾病的基因变异研究中取得了令人瞩目的成就，深为钦佩。GB基金会为能与您有过密切的合作而深感荣幸。为此，GB基金会定于星期六晚上七点在多伦多德尔塔大饭店为您举行庆祝宴会，敬请携夫人一同光临，我将不胜感激。

恭候您的光临。

GB基金会总裁

卡罗尔·格林

这个女人，又要要什么花招！丁首都轻蔑地把请柬扔在沙发上。让她去等着吧。

宋梅樱看了丁首都扔下的请柬以后，很认真地说，你不去也未必好。GB基金会毕竟是个实力很强的基金会，如果能够忘掉过去，重新合作，也有对你有利的一面，因为你了解了她，以后打交道就好对付一些了。如果你让她难堪，她要存心报复你，也有的是办法。所以，我觉得你还是去的好。

看来要甩掉她还真不容易。好吧，那就去。丁首都说。哎，梅樱，你上次给我的数据库这么完整，你是怎么得到的？丁首都忽然想起了什么。

这你就不用问了，反正人类基因数据都是公开的，你尽管放心用就是了。宋梅樱说。

真的没有问题吗？丁首都还是有些担心。

我做事你还不放心吗？宋梅樱反倒问起他来。

嗯……当然……丁首都没再说什么。

宋梅樱走过来拥抱着丁首都，把脸埋在他的肩头，她这会儿有说不出的高兴。她想做的事总是能做到，还有比这更好的吗？

39　老同学

　　陈晓薇把小提包的背带挎到肩上，在一片漫不经心的再见声中走出外国文学研究所的大门。同事们的脚步都是急匆匆的，眼睛不停地向马路两边的公共汽车和电车站扫来扫去，希望公共汽车或电车能早点儿进站。骑自行车、摩托车上下班的则早已各奔东西，消失在湍急的车流中。唯独陈晓薇不紧不慢，脚步悠闲地走着，她很快就被涌出门的人流甩在了后面。看着离她越来越远的一个个脚步匆匆的背影，她的心里有一种说不出的滋味。人们都有一个家，有一家人，买菜、做饭、洗衣服、看电视、谈天说地，东西南北，张三李四，有欢笑有苦恼，有顺心的事，有发愁的事……那是一个个真正的家。她常常羡慕那些女同事，下班前的那一会儿，总要说说下班后回家的打算。

　　陈晓薇慢吞吞地游荡着，稀里糊涂地上了公共汽车。

　　那幢暗红色的五层宿舍楼上，很多窗户里已经亮起了灯光，有几家的厨房里，抽油烟机正嗡嗡地响着。她瞥了一眼五层楼上自己家的那扇窗户，还拉着窗帘，窗帘后面是一片黑暗。她已经记不清楚从什么时候开始自家的窗户就这样每天拉着窗帘了。进楼洞的时候，她瞥了一眼墙上那个写着醒目的502的信箱，一个绿色的旧信箱。这曾经是她的一个习惯动作。前几年，只要肖顿河一出门，她就会从第二天开始，每天回家时都要从投信口的窄缝里使劲往里看。一天，两天，三天，四天……天天如此，直到有一天，一封信静静地躺在里面，她总是用几乎颤抖的手从提包里掏出钥匙，飞快地打开信箱，取出信，顾不上进家门，就在楼洞昏暗的灯光下看起来，熟悉的笔迹，火一般的语言……像一个热恋中的人写的情书，他的信也像高山大川一样，起伏跌宕。她觉得肖顿河真应该当一个作家，他太会描述梅里雪山了。她紧紧地盯着信上的字，直到一遍一遍地看得眼睛发酸，肚子也饿得咕咕响，才会从肖顿河为她描绘的神奇世界回到现实中来。

陈晓薇已经有很长时间没有去看那个信箱了，因为她很久没有收到肖顿河的信了，从梅里来的一封信有时真让人望眼欲穿。在一次次热切的期待落空以后，她终于克制住自己，再也不去看那个信箱。可是今晚她却朝它瞥了一眼，因为今天是周末，周末意味着要有两天的时间独自在家，那将是多么漫长的两天。在她灵魂深处的某个地方突然冒出来一个念头——期待发生点变化的念头。她就这样无意识地瞥了一眼信箱。哦，里面有一封信。

她高兴了一下，可又很快平静下来，她不紧不慢地从提包里找出钥匙，一个粉红色的精致的信封。她觉得有点儿奇怪，因为肖顿河用的都是那种很厚实的牛皮纸信封，她有点儿失望，这不是肖顿河的信。她把信拿出来，凑到楼道的灯光下面，她看清楚了，是来自一家公司的信件，她认识的人好像没有在这家公司工作的。莫名其妙。她心里嘀咕着把信塞进提包，像往常一样上楼。

进了门，开亮电灯，放下提包，脱去外套，换上拖鞋，陈晓薇懒懒地走进厨房，开始做那千篇一律的晚餐。她已经没有兴致为自己换换花样，因为任何花样也引不起她的兴趣，什么都一样，反正都是为了填饱肚子。

吃完晚饭，洗漱完毕，她想起提包里还有一封信，便拿了出来。她靠在沙发上，撕开信封，展开折叠得十分讲究的信纸，一页打印得工工整整的字出现在她的眼前。

陈晓薇女士：

您好！

首先，请允许我以老同学的名义向您致以亲切的问候。

您还记得20多年前，解放中学高三（2）班您的同班同学，那个外号叫黑马的谢卫国吗？也许您已经忘记了，或者印象很淡了，不过，我并不介意，因为我知道，我在大多数同学的心目中都没有留下深刻的印象，但这并不妨碍我们在20多年以后重新相识，毕竟我们在同一个班里度过了几年难忘的时光。

我们在同一天走出了解放中学的校门，离开学校后各奔东西，像一群放飞的鸟，飞散在蓝天白云之间。光阴荏苒，20多年来，虽然很少见到您，很少听到您的音讯，但是您和其他同学一样，在我的心中占据着一个位置。这些年，我走南闯北，搏击商海，总想成就一番事业，为母校争光，为同学争光。

自从担任格林菲斯（中国）股份有限公司的总经理后，我就有一个夙愿——邀请我们班的全体同学欢聚一堂，畅叙同学情谊，再现美好的青春梦想。值此校庆五十周年之际，我真诚地邀请您光临此次聚会。

如蒙出席，请于星期天早晨八点在宝云大厦东门外广场集合。聚会地点：燕北森林公园。

欢迎携配偶及子女同往。

老同学 谢卫国谨上

谢卫国，这个名字在陈晓薇的脑子里盘旋了好一会儿，他的轮廓才渐渐清晰起来。哦，是啊，是那个黑马，他的长相、功课，都不怎么起眼，她只隐约记得他的个子很高，脸有点儿黑，还有什么呢？她使劲回想着，真的印象不深了。也许那时候她的心中只有肖顿河，至于谢卫国，自己很少注意到他的存在，也没有和他说过几句话。她只记得有一次，天很晚了，她还在教室温习功课，忽然下起了大雨，雨声很大，雨点噼噼啪啪砸着窗玻璃。怎么回家呢？她急得在教室里从这个窗口看看，又跑到那个窗前站站。陈晓薇，你用我的伞吧。一个声音从教室的一角传来，她的目光在教室里扫了一下，才看见谢卫国坐在教室里远远的一角，他举起自己手里的一把红油布伞说，你用我的伞吧。她迟疑着，他就过来把伞递到她手上。快走吧，说不定一会儿雨下得更大了。他说着为她撑开伞。她接过伞，没再说什么就冲出门去……

　　老同学聚会，谢卫国、黑马、总经理……这些字眼在陈晓薇的脑子里渐渐变得模糊起来。这一夜，她睡得很香。

　　星期天的早晨，阳光灿烂，碧空如洗。陈晓薇翻出了大学时代最喜欢的几件毛衣，比在身上到镜子前照了又照。其实她并不知道自己想从镜子里看见什么，可是她却在镜子前足足站了几十分钟，最后还是决定穿上小川原兵卫送给她的黑色套裙，这样既华贵，也非同寻常，外面再穿上一件米色的风衣。她很满意这种雅致的搭配。

　　当她向宝云大厦广场款步走去的时候，远远地看见那里聚集了一群人，还有几个不大不小的孩子。看见她，那群人几乎不约而同地向她这边转过脸来，她看不清他们的表情，可她好像能猜出他们在议论什么。有人在向她招手，也有人在喊她的名字：陈晓薇——晓薇——快点儿——

这时从人群里走出来一个身材高大的人，朝她这边走了几步，又停住了,从他的举止看很有些风度,有点儿气派。这是谁呢？她加快了脚步，当她走近人群的时候，几个女士立刻就围拢过来。

啊，陈晓薇——她们欢呼着，一看就是你！有的一边叫着一边和她拥抱，陈晓薇感到了一种久违的激动和亲切感，她也以极大的热情回报她们，一个个地问，耿兰，你现在哪里，怎么不找我啊？还有你何丽丽，你还在部队吗？她摸摸一个孩子的小辫子说，哦，耿兰耿兰，这是你的女儿吧？多可爱啊！她又搂着一个小男孩儿，让我猜猜，这是谁的儿子啊？孩子们叫她阿姨，向她问好。她抬起头，看见她们的眼睛里满是惊叹，羡慕，也有疑问。

陈晓薇，你还是这么漂亮啊。耿兰说。

耿兰，你才漂亮呢。

算啦，晓薇，我们青春已逝，红褪绿衰了。

我才老了。陈晓薇说。

晓薇，你真的一点儿都没变。彭小英说。

其实心变了，你们看不见。

她们笑起来。一种只有同学间才有的无所顾忌的欢笑。

晓薇，你这几年躲到哪儿去啦？彭小英问。

我一直在外国文学研究所呀，每天上班下班。

彭小英又问，晓薇，你在那儿研究什么啊？

海明威。

什么？

一个美国作家。陈晓薇说。

耿兰抢着说，彭小英，你不知道，陈晓薇现在是研究海明威的专家了。

彭小英的脸有点儿红了，赶快说，我不行了，落伍了，整天不读书不看报。

陈晓薇关切地问她，你还在工厂吗？情况怎么样？

彭小英的眼圈红了，别提了，我们厂倒闭了，我在家待了一年啦，找过几份工作，送报，也卖牛奶杂货，每天累死了。

噢，是吗？别着急，会好起来的。陈晓薇安慰她说。

这时有人挤过来问，哎，陈晓薇，你的肖顿河呢，那家伙怎么样啊？

各种各样的问候，各式各样的问题，让她应接不暇。这时，从旁边传来一个沉稳的男中音。陈晓薇，欢迎你的光临。陈晓薇回过头去，一只手热情地伸过来，她也伸出一只手，两只手轻轻地握住，哦，刚才看见的那个身材高大、有气派的人原来就是黑马——谢卫国。

陈晓薇，这么多年不见，你一点儿也没变。谢卫国看着她说，你真的没变，还是那么……

陈晓薇的脸热了，赶忙说，谢谢你把我们大家都约来，要不我们真没有机会见面呢。

老同学嘛，20多年了，大家聚一聚，人生能有几个20年呢？我也难得为大家做点儿什么，聊表心意吧。谢卫国想了想又问，哎，陈晓薇，肖顿河怎么没有来啊？

他……他来不了，他远在天边呢。陈晓薇淡淡地说。

谢卫国转身向四周看了又看，疑惑地问，怎么，他出国了吗？

不是，是去梅里雪山了。

梅里雪山？好地方啊，是去旅游了吧？

他要是去旅游就好了。陈晓薇的脸上掠过一丝阴影，谢卫国虽然不明白陈晓薇的意思，可她表情的细微变化，他却看得很清楚。

这时候人群又一阵欢呼，林志平夫妇来了。

谢卫国和他们夫妇打过招呼，又回到陈晓薇身边，他忽然问，哎，丁首都和宋梅樱呢，他们怎么也没来啊？

陈晓薇连忙说，他们还在加拿大，丁首都来信说，他正在进行脑遗传疾病的基因缺损研究呢。

林志平这时走过来，对谢卫国说，卫国，你还不知道吧，肖顿河参加中日友好梅里雪山考察队了。

哦，是这样。几年以前我好像听说过这个考察队。陈晓薇，肖顿河在那里怎么样？谢卫国用很关切的口吻问。

陈晓薇轻轻摇摇头，没有回答。

谢卫国说，肖顿河这家伙，那时候就野心勃勃，整天盼着像加加林一样上天，去梅里雪山也就像登天了。要是成功了，那可是惊天动地的事。这样吧，陈晓薇，以后你要是有什么事，要我帮忙就尽管说。肖顿河不在家，还有我们大家。谢卫国一副十分豪爽的神情。

谢谢。陈晓薇说。

听说登山队在那里很艰苦，经常吃压缩食品，连蔬菜也很少。站在旁边的林志平说。

志平，你怎么知道的？陈晓薇惊讶地问。

林志平说，这是我在登山网站上看到的消息啊。

看来，登山还真不是一般的艰苦呢。谢卫国说。

不光是艰苦，主要是他们有些经费一直没有落实，没有找到有财力的赞助商。陈晓薇说。可是他在信里从来没有跟我说起过这些，他总是说那里怎么好、怎么美、雪山怎么雄伟壮丽……他这个人，我真不知道怎么说才好。陈晓薇说着，低下了头。

谢卫国忙说，陈晓薇，经费的事我可以考虑一下。忽然，他想起了什么，就问大家，哎，我们的班长来了吗？谁见安群了？我有好多年没见到她了。

陈晓薇、何丽丽和耿兰脸上明媚的表情一下散尽了。

陈晓薇说，安群不能来，她来不了……

怎么？她也去梅里雪山了吗？谢卫国问。

不，没有。

那为什么？

哎，安群的事你没听说吗？

没有，我一直没有她的消息，前几年我一直在美国。安群怎么了？

这不是一句话能说清的……陈晓薇说。

哦？谢卫国还想问什么，却看见等在不远处的人正急不可耐地向这边招手。

哎，车来了，快上车吧。就等你们了。

他们一齐向停车的地方走去。

聚会的地方是在依山傍水、风景如画的森林公园里，这里不时传来啾啾的鸟鸣，在绿阴稀疏的林子边，山泉还在淙淙流淌。游览的人们络绎不绝，很多都是一对一对的情侣，他们在漫步，在交谈。陈晓薇虽然也在老同学们中间，可是她大多数时间只是在听别人说话，很少自己主动跟别人谈什么。她的目光里仿佛蒙上了一层淡淡的云。这一切，都被谢卫国看在眼里。

40　破绽

多伦多市中心的德尔塔大饭店灯火辉煌。

丁首都和宋梅樱走进饭店的大厅。宋梅樱今晚穿了一件墨绿色的丝绒露肩旗袍，外面又披了一块淡绿的薄如蝉翼的纱披肩。她的头发在脑后高高地盘成发髻，露着光洁的前额，显现出一种东方女性的古典美。格林女士和杰基小姐满面笑容地迎上前来，和他们握手，互致问候。格林女士甚至还故作姿态地拥抱了宋梅樱。她赞美着，啊，宋，你今晚真是漂亮极了，就像要去参加好莱坞的颁奖仪式。谢谢，您也很漂亮。宋梅樱说。格林女士今晚身着华贵的宝石蓝晚礼服，显得尊贵而优雅，只是她的嘴唇涂得太艳了。宋梅樱想。

真是不同寻常。丁首都想。她平时的那副傲慢相怎么改得这么快呢？

餐厅里灯光柔和，巨大的枝形吊灯从空中悬挂下来，一支支洁白的烛形灯把温柔的光倾洒在人们的脸上、身上，轻音乐从餐厅远远的一角飘过来，像清风徐徐拂过人们的耳鬓。衣着整洁、笑容可掬的侍应生不停地穿梭往来，把名贵的法国香槟、葡萄酒和各式美味佳肴送到每个人的面前。丁首都和宋梅樱沉浸在轻松快乐之中。自从他们来到多伦多，还是第一次在这么豪华的饭店里享受如此丰盛的晚宴。地道的法国红葡萄酒有一种让人不知身在何处的奇妙功效。格林女士用她那迷人的微笑频频敬酒，甚至还亲自站起身来为他们两人斟酒。

我去过中国，我知道中国有敬酒的习惯。我希望奇妙的法国红葡萄酒能为我们今后的合作带来更多的快乐。格林女士说着，举起酒杯。我提议，为丁先生在研究工作中取得的杰出成就，也为丁先生和GB基金会今后更好的合作，干杯！

说完，格林女士仰起脖子，一口气喝干杯子里的酒。等她低下头来，却发现丁首都和宋梅樱杯子里的酒一动也没动，她的脸上闪过一丝不悦，但很快又恢复了笑容。

丁先生，宋女士，你们怎么不喝呢？

格林女士，请原谅，我们都只能喝一点点。宋梅樱连忙说。

丁先生，不管怎么说，我们已经是老朋友了……格林女士做出一副娇媚的样子看着丁首都。丁首都只好举起了酒杯，说，当然，我们是老朋友了。让我们忘掉过去，面向未来，干杯！

格林女士说，我赞成。过去对于我们来说已经不重要了，重要的是未来。当然未来还需要我们共同努力。不过，更重要的还是今天。丁先生，我已经拟定了一份我们之间新的合作意向书，请你看一看。格林女士说着，从杰基小姐手里接过来，递给了丁首都。

丁首都接过意向书，迅速看了一眼标题：《关于GB基金会和脑遗传疾病基因变异研究项目全面合作的意向书》。丁首都随手翻了翻，一共有十多页，其中主要的条款是GB基金会作为该研究项目的全额资助者，全权负责这个研究项目的经费管理、日常开支、成本核算、成果转让和收益，同时也负责这个项目引起的一切法律事务。

我回去好好看看，再给您回音。希望我们的合作是真诚的，互利的，也是符合同类合作惯例的，也希望它不受人为的，或者其他因素的干扰。

格林女士略微皱了皱眉头，立刻又舒展开了。当然，不附加任何条件，不受任何人的干扰，完全是双方自愿的……哈哈哈……

杰基小姐也跟着咯咯地笑起来，笑得前仰后合。

宋梅樱为格林女士的话里有话感到厌恶，但她还是尽量用平静温柔的语气说，格林女士，我先生是个专心从事科研工作的人，对一些社交场合不太习惯，希望您和杰基小姐能够谅解。

哦，不不不，丁先生在社交场合总是风度翩翩，谈吐文雅，他是受女士们欢迎的。怎么，宋女士认为这不好吗？格林女士做出一副很惊讶的神态问。

杰基小姐也故意和格林女士对视了一下，露出惊讶和疑问的表情。

我没有说过这不好……

哦，这就对了。在我们这儿，社交是非常重要的，希望宋女士也像今天一样，常来参加我们的社交活动，我们会成为朋友的。哎，我好像听说宋女士在计算机网络技术方面是一个顶尖高手，也希望今后给我们更多的帮助和支持。格林女士做出一副一本正经的样子说。

宴会散了。走出餐厅的时候，宋梅樱一直在犯嘀咕，她怎么知道我搞计算机网络技术，还说要我给她更多的帮助，难道她知道我的秘密了吗？

很多事情有时候就怕从反面去想。有时候从正面看起来天衣无缝的事情，从反面一想，才知道原来事情有这么大的破绽，她不由出了一身冷汗。

既然GB基金会没有支付南亚那个变异基因数据库的使用费，那么丁首都又是如何得到有关数据的呢？一定是通过网络！

宋梅樱回到家里，立刻为计算机更换了关键的部件，销毁了所有拷贝的文件，还更改了电话号码。

第二天，格林女士打电话约丁首都到她的办公室，签署了新的资助协议。

一个月以后，GB基金会同时收到了南亚和北美两个基因数据库发来的要求赔偿通知书。两份通知书都说，GB基金会资助的脑遗传疾病基因变异研究项目组未经同意，不适当地使用了他们基因数据库的数据。

我要为你的愚蠢举动付一大笔钱，一大笔没有任何回报的钱，丁先生。格林女士露出一副懊恼的表情说。

丁首都一直坐在沙发上沉默着。

丁，我曾经对你说过，只要你答应我，我可以为你支付一切。一笔使用费算得了什么？可是你偏偏不听。格林女士又说现在好了，你的名气很快就要大起来，大得要登到报纸的醒目位置——一个窃取别人数据的科学家，丢人现眼！

这不是我的错，格林女士。丁首都想为自己申辩。

这当然不是你的错，是你的夫人！她对你关爱有加，鼎力相助，噢，现在看看吧，她是爱你还是害你？

我很抱歉，格林女士。

不要叫我格林女士，叫我卡罗尔！你叫我卡罗尔，叫我卡罗尔……格林女士从巨大的落地窗边突然转过身来，几步来到丁首都身边，俯下身，伸出双手扳住他的肩膀，两只眼睛向他喷射出灼热的光芒。说，我爱你，亲爱的。你说呀！我要你属于我，丁！由于激动，格林女士脸上的肌肉在微微颤抖，她的鼻孔里、嘴里呼出的气息直喷到丁首都的脸上，这是一种叫男人产生无法克制强烈欲望的气息。

我不能这样，格林女士。丁首都冷静而又坚定地说。

什么，你不能这样？那你就会失去一切，你这个乡巴佬！格林女士双手猛地一推，几乎把丁首都推倒在沙发上。

您这样太过分了，格林女士。丁首都的嗓音里带着愤怒。

太过分了？你的夫人窃取别人的数据，你堂而皇之地把它们写进你的论文，然后要我付出巨额的赔偿，这难道不过分吗？你这样做才是太过分了呢！

格林女士停了一下，走回到落地窗边，看着窗外。

丁，请你想想吧。格林女士又接着说，你本来可以成为一个杰出的科学家。你的研究工作在全世界是一流的，你的实验室在全世界也是一流的。你知道，全世界有多少人在向往着这里的研究条件？成千上万！

你是个幸运者。你再想想，我对你宽宏大量，本来我可以把你推上法庭，一切后果由你自己承担。告诉你吧，GB基金会声名显赫，拥有几十亿美元的资本，它的分支机构遍布世界各地。只要你答应了我，你就什么都有了，你就拥有了一切，你懂吗？否则，你将会失去一切。在这个世界上，是金钱支配着一切，只要你答应，答应……丁，我可以为你挽回一切，我愿意……

格林女士突然又从落地窗边转回身来，走到丁首都面前，在他的身边坐下，轻声地说，丁，你说我爱你，我亲爱的卡罗尔……格林女士眼里噙着泪花，脸上露出了从未有过的温柔夹杂着绝望的表情。

不，格林女士，我不能……丁首都从牙缝里吐出了这几个字。对不起，格林女士，这……这不符合我们中国人的习惯……

什么？格林女士的蓝眼睛瞪得大大的，像是受了惊吓的孩子。中国人的习惯？

对，还有国情。丁首都紧接着说。

啊，很好。格林女士猛地从沙发上站起来，迅速转过高大的身躯，跨出两大步走到办公桌边，一只手从空中往下一摁，吱——门外的呼叫器尖叫起来。

杰基小姐飞快地推门进来，走到丁首都跟前。

丁先生，请——

丁首都走出门去的时候，他瞥见格林女士像一棵被飓风刮倒的大树一样，瘫倒在她的办公桌后面。

41　苦涩的橙汁

　　世界就像变魔术一样。白昼的繁忙、拥挤、喧闹，渐渐被夜的帷幕遮盖起来。白天首尾相接，让人生厌的车流变成了忽明忽暗、起伏波动的光流，白天行色匆匆的人们放慢了脚步，忘却了整日的烦恼、焦虑、紧张。在广场，在湖边，在街心花园散步闲聊，情侣们则成双成对地出入于影剧院、歌舞厅、酒吧、购物中心……高大的建筑物上，霓虹灯变幻出令人眼花缭乱的图案，舞厅里传出嘈杂的音乐，在五颜六色的光影下，树影也仿佛耐不住寂寞，在微风中轻轻摇摆。白天人们不去注意的东西，到了夜晚变得有几分神秘和诱人。

　　陈晓薇一直在办公室里翻译外国文学杂志上的一篇小说，等她离开办公室的时候已经是晚上八点多钟了。走出大门，她忽然不想去乘那辆每天挤惯了的电车，想自己一个人走走。反正是一个人，早点儿晚点儿回家无所谓。

　　很凉的风从宽阔的湖面上吹来。上大学的时候，晚上她常常和肖顿河一起在湖边漫步，让这里清凉又带潮湿的气息拂过两个人的耳鬓和面颊。天空里淡淡的星光，湖面上星星点点的灯火，还有微波荡漾轻轻拍打堤岸的声音，让人沉醉在这夜色里。那时，她和肖顿河常常在这里流连到很晚。

　　可今天却是她一个人。

　　她漫不经心地走着，高跟鞋一会儿踏上湖堤边高高的台阶，一会儿又不知不觉地走在花坛边用彩色鹅卵石铺成的小路上。她的目光很随意地从湖面上的一只只木船，扫到湖边紧紧依偎在一起的一对对情侣，从远处高楼上刺眼的霓虹广告扫到路边让人看了眼花的书报亭。她尽量放松自己的心情，不去想那一本本需要翻译的书，不去想肖顿河和他的梅里雪山，不去想自己那个少了一半的家，也不想晚饭吃什么，她让自己的心像一只小船，在湖面上清冷的风的吹拂下，轻轻地漫无目标地漂荡，就像小时候在大人的带领下，来到湖边，把一只纸折的小船放进水里，看着它随风飘去一样。

陈晓薇默默地在湖边站了很久，她看着湖边高楼上的霓虹灯渐渐黯淡下去，看着散步的人们渐渐离去，人影渐渐稀疏，看着依偎在湖边长椅上的情侣们渐渐进入忘我的境地。有点儿冷了，湖面上也越来越暗，当一些灯光熄灭的时候，她才依依不舍地离开湖边，迈着疲惫的步子往家里走。

回到家里，她到厨房里做了一顿对她来说很像样的晚餐：煎鸡蛋、虾皮香菜汤、腊肠末炒米饭。她吃得很香。吃完了饭，她倒了一杯鲜橙汁，坐在沙发上，一边慢慢地品味着，一边翻看着一本刚刚从湖边的书报亭里买来的时尚杂志。杂志里的一切，世界著名时装设计师刚刚推出的名牌时装，最新款的女士妆饰用品，法国的香水、钻戒、坤包、皮鞋、皮带……对她来说都是新奇的，甚至是过于奢华的。过去她总以为自己是世界上最幸福的，有了肖顿河就有了一切，爱情胜过了一切，任何时髦的、流行的、新潮的东西，都只是外表，像一件礼品华丽的包装纸一样，只有爱情、家庭，才是最真实的、最实在的。因此，她从来不把有的女人不惜一切代价要得到的东西放在眼里。她固守着自己的家，无论外面发生什么潮流的变化，只要晚上她和肖顿河都回到家里，拉上窗帘，略微有点发黄的灯光就让这个家有一种无法用语言表达的温馨和柔情。在这里，任何华美的东西都毫无用处，再华贵、再令人惊叹的时装在表达爱情的时候都是多余的、碍事的。

不过陈晓薇却没有想到，梅里女神比她有更强大的吸引力，竟能把肖顿河从自己的身边牢牢地吸引过去，使他待在自己身边的时间越来越短。更没有想到的是，当她远离那些流行的东西的时候，她同时也是在远离一种流行的思维，她在不知不觉中离现实世界越来越远了。

今天买的时尚杂志把她吸引住了，一直到慢慢地品完一杯橙汁，她仍然觉得意犹未尽。她从那只坐惯了的旧沙发上有点费力地站起身来，又到厨房里去倒了一杯，抿了一口，可是味道却不如刚才的那一杯好，有点儿苦。她想要是肖顿河在家里，她买回来的果汁他一定会先喝一杯，要是苦的话，他会嘱咐她放糖，或者，他会先把糖放进一只空杯子，然后倒上果汁，再用搅棒搅一搅，递到她面前，说，你尝尝，我给你放了糖，不过，我更喜欢带点儿苦味儿的……

可是今晚的苦味儿却不一样，因为橙汁本身是甜的，这苦是心的苦，是苦涩，陈晓薇觉得这苦味儿已经不能用糖来溶解了。

她累了，躺到床上，可又睡不着，她又起来坐到桌边，打开一本美国哥伦比亚大学刚寄来的海明威研究杂志，想继续翻译里面的一篇文章，可是握起笔又觉得一点儿心绪也没有。她忽然感到空落落的，好像丢了什么似的，她不知道怎么度过这个夜晚了。她重又躺到床上，心里有一种隐隐的期待，期待着这个夜晚出现什么，究竟期待什么呢？她按照这个思绪追下去。是想肖顿河吗？不，不是……她已经想得疲倦了，很久以来的事实证明，这只是空想。

她觉得说不清楚这种期待，这只是一种感觉，对，是对一个人的感觉，这个人是一个模糊的影子。这段时间，他总是朦朦胧胧出现在她的心里，在很深的地方，但有一点儿她是清楚的，那个影子不是肖顿河，想到这里，她不禁有些惭愧，为什么会想这样的事啊？可她控制不了自己的思绪，她做了努力，可意志却不受支配，她常常在晚上想象这个影子……

她想给安群打个电话，她已经有很长的时间没有主动给别人打电话了，肖顿河刚去梅里的时候，晚上经常有朋友打电话来问候，她也喜欢在电话里跟朋友天南地北地聊聊，和他们回忆过去，说说过去的同学朋友，她很少说到现在，很少说到每天在人们身边发生的变化，因为她了解得很少。于是，晚上的电话铃声渐渐地越来越稀疏了，慢慢地，甚至很少听到了。她没有想过朋友之间的这种冷淡究竟意味着什么，她也不知道，在一个急速变化的世界上，人们最关心的是明天会怎样。

她看了看表，已经十一点了，安群也许睡了，别打扰她了，陈晓薇想起安群苍白的脸，就想放下手里的话筒，可是在这一瞬间，她却拨了谢卫国的电话。她是不由自主地甚至是鬼使神差地拨了谢卫国的电话，她甚至不知道自己要对他说什么。电话在振铃，陈晓薇觉得心有点慌，手也有点发颤，她忽然希望对方没人接电话，或是根本就没有这个电话号码。她正犹豫着，对方拿起了电话。喂，哪位？

喂，是……是谢卫国吗？

是啊，你是……

我是陈晓薇。

哦，陈晓薇，嗨，老同学啊，怎么这么晚了还没睡呀？谢卫国在电话里很爽朗地说，听声音他毫无倦意。

你也没睡啊，我今天到湖边去走了走，回来就睡不着了。陈晓薇很诚实地说。

要小心失眠啊。我开夜车习惯了，做生意，特别是和那些美国人做生意，就得夜里做，谁叫人家都住在西半球呢。再说我是一个人睡醒了全家不困，早睡晚睡都没关系……

陈晓薇笑出声来。她说，我要像你这样豁达就好了。

这不难。以后多出来走走，大家在一起说说笑笑，就什么烦恼也没有了。谢卫国很温和地说，口气里又有几分豪爽。

哎，晓薇，这么晚了，找我有事吗？他问。

哦，没什么事，我……我打电话就是想谢谢你，让我们这么多老同学见了面。

这有什么？这是应该的嘛。其实，我从你们那儿得到的，远比我付出的多。我应该感谢老同学，更应该谢谢你。见到你们我很感动，很荣幸。说句心里话吧，我这个人原本是很自卑的呀，那天见到你们来了，特别是见到你，我就觉得自己好像都……都长高了一截。呃……好了，时间不早了，你快休息吧，以后有时间再聊。对了，你有事就尽管给我打电话，无论什么时间都行。

陈晓薇轻轻地放下电话，觉得心里有一种很热的东西在涌动，她很愉快，同时又有一种像一个孩子做错了事，害怕大人发现的惊慌。她赶快把头蒙在被子里。

她在想，肖顿河，你是这样一个不懂得女人的人，你真没意思，你现在知道什么，只有雪崩、冰镐、冰爪……

42 心底的旋律

顿河，我亲爱的老同学：

你好！

我不知道这封信飞到梅里雪山的时候，你是不是又在向上攀登，那么就让我的精神跟随着你们吧！我总觉得攀登雪山会让人产生很多想象，尤其也让我产生许多音乐的联想。被禁锢的生命往往有一种别人看不见，也无法想象的爆发力，它会让思想如同一支响箭呼啸着冲出很远，这是我在谱写一支关于雪山的乐曲时想到的。现在每一个音符对我都是有意义的，都是跳跃的，具有活力的，而且是绚丽多彩的。可在一段时间里它们却是毫无生机、灰暗沮丧的，我那时几乎听不见它们的任何声响——我曾那么熟悉的声响，多少年我每天都和它们为伴。

我受伤以后曾经想，也许我的生活中再也不会有音乐了。可在这封信里我要告诉你，我已经连续工作了好多天，直到此刻依然没有一丝倦怠，我还要不断写下去，我已经收不住自己的笔了。我不知道能不能很快写完，现在觉得也许能，可音乐的灵感有时很难捕捉，常常是转瞬即逝，再也找不回来，因此我曾经为等待灵感的飞回而彻夜不眠。

我真怀念过去，怀念那些在灯下写作的日子，还有用大提琴奏出刚刚谱出的旋律时的那种欣喜。顿河，你知道吗？在这次进入创作之前，我已经相当长的时间没有拿笔了，那段时间我觉得我自己不行了，彻底完了，我的手连握住笔的力量都没有了，我的灵感也没了，即便是握着笔也写不出一段完整的旋律，它总是断断续续的，一个受了重伤的人很难再写出流畅的乐曲。

生命是如此脆弱，却又是如此顽强，只要它存在，就不会让人放弃。

我正在做一件自己力所不能及的事，每天慢慢地，拼接着一个个音符，把它们组合成我所向往的旋律。

在这些小小的音符中我看到了真切的生命状态：一个新的希望从被禁锢的、毫无活力的躯体中挣脱出来，重新自由自在地飞升起来。把一个个音符连接起来成了我的另一种生存的手段，它给予我的欢乐是身体没有失去自由的人体验不到的。人们在健康的时候忽略的东西太多了。现在我在追忆中把一些丢失的东西找回来了，还有在健康时没有认真品味和珍惜的一切。

我永远追忆着，即使千年之后，在追忆中人是可以获得另一次生命的。别以为我那时已经死去，其实我还活着——人的精神是不死的，它是风，是雨，是雾，是雪；还是树上的嫩枝和金黄色的落叶。记忆也是有声音的，只是人们平时不太注意倾听。深夜在山林中，在广阔的平原上，在墨蓝的星空下，都有精神在漂流，在说话。空间里穿行着无数的故事和回忆，有故事和回忆就有悲泣和欢笑。也许人们在精神的流动中分辨不出我是谁，可我依然是我。我会走遍世界的每一个角落。相信有人会在偶然间听见我的述说，我不知道那一瞬间我在说什么，可我会与倾听者交融的……

顿河，我觉得一支优美的大提琴独奏曲已经在我的心底响起了，我必须再一次握住笔。

你永远的朋友　安群

43　证据

　　在多伦多警察局一间狭小的讯问室里，宋梅樱的对面坐着一男一女两个警官。男的瘦高，戴着一副眼镜，脸上略显倦意；女的体格健壮，精力充沛。

　　宋梅樱是一大早被警察带到这儿来的。她坐在一把椅子里，神情有些恍惚，一只手不停地抚摸着椅子的扶手，扶手很光滑，有些地方已经发亮。一定有很多人坐过这把椅子。宋梅樱想，而且，他们也一定像她一样很不自在地抚摸过它的扶手，只是他们中的很多人……从小到大，她还是第一次走进警察局，而且还是一个外国的警察局。人生也许什么都应该经历经历，如果从小到大到老，就是从家门到校门，从公司的门再进墓门，那多没意思，那也太平淡了。与其平平淡淡，默默无闻过一生，倒不如惹点是非，跟这世界上各种各样的人都较量较量，也好多走几道门槛，露露脸，见见世面，甚至也上上报纸，出出风头，弄个家喻户晓……唉，可眼下……宋梅樱的脑子里乱作一团，她平时的那种镇静沉着、足智多谋这一会儿全都无影无踪了，要不是她让自己竭力做出镇静的表情，内心的慌乱早就暴露无遗了。

　　宋梅樱女士，您知不知道，南亚次大陆公司和北美基因数据库公司已经联合向法院提出起诉，控告您窃取了它们的基因数据？男警官用平静的口吻问。

宋梅樱女士——

男警官提高了嗓门。我希望您同我们合作。

呵，我一定，先生。

宋梅樱像被人从睡梦中叫醒一样，迷迷蒙蒙的，警官的第一句问话她显然没有听见。

那么，现在就请您谈谈，您是怎样从南亚次大陆基因数据库公司窃取到变异基因数据库的数据的？男警官用严厉的目光看着她，女警官也是一脸严肃的表情。

我没有，警官先生。你们一定是弄错了。据我所知，所有的基因数据，都是公开的，这样的报道在所有的新闻媒体上都有，我想，我用不着做很多解释。宋梅樱很镇定地说。

宋梅樱女士，我十分怀疑您同我们合作的诚意。

不，我是真诚的。

那么，请告诉我，您用什么方法获取了南亚次大陆公司和北美基因数据库公司通信的秘密e-mail地址呢？

我不知道有没有秘密的e-mail地址，据我所知，所有的e-mail地址在网上都可以查到。宋梅樱的表情仍然很平静。

您说的是公开的e-mail地址吧？警官带着一种嘲笑的表情说。

我已经说过了，我不知道有没有秘密的e-mail地址。我认为，秘密的e-mail地址就像秘密的门牌号码一样滑稽可笑。宋梅樱说着，脸上还露出一丝微笑。

哦，是吗？请问，这封电子邮件又是怎么回事呢？女警官站起身来，把一份从计算机上拷贝下来的电子邮件的复印件递到宋梅樱的手上。

宋梅樱接过来一看，正是自己发的那封肇事的电子邮件，她的手微微颤抖了一下，但她立刻又恢复了镇定。

我的电子邮件都有我的署名，没有我的署名的电子邮件肯定与我无关。宋梅樱的语气忽然强硬起来。

两名警官都注意到了宋梅樱接过那份复印件时的表情和她那只手的颤抖，但是他们对宋梅樱突然变得强硬还是吃惊不小。

宋女士，我们有充分的证据证明你是肇事者，尽管你在事后销毁了证据，但是你不可能销毁所有的证据。男警官的目光咄咄逼人。

什么证据？宋梅樱有些失控了。

请看，这是你丢弃的你用来窃取数据的计算机主要部件。女警官手里举着宋梅樱扔掉的网卡。你们不能证明这是我的，过时的网卡人们随手就扔。

可是，您在购买这张网卡时，在发票的存根上留下了您的指纹，宋梅樱女士。男警官的脸上露出了微笑。

这，这不可能。我……我不会……我……宋梅樱突然惊恐地用双手抱住头，她浑身颤抖，语无伦次。

宋女士，我们很想知道，你的丈夫是否参与了你的活动？男警官很平静地问。

不，不不——我丈夫跟这件事没关系……宋梅樱一听这话大声喊起来，他和这事毫无关系。

真的没关系吗？男警官紧追着问。

真的，是真的，我保证。请你们一定相信我，他对网络技术了解得很少，根本做不了这种事。这件事从开始就一直是我一个人……宋梅樱说着，低下了头。

你还有什么要告诉我们的吗？男警官问。

没有了。宋梅樱轻声地说。

女警官站起身来，把她带走了。

就在法庭开庭前夕，南亚次大陆基因数据库公司和北美基因数据库公司突然同时宣布撤诉。理由是，这两家数据库公司的数据一直是安全可靠的，数据的采集、鉴别、分级、储存和管理都有一套严格的规范，从未发生过足以损害公司信誉的失窃或其他事件。这次被窃取的基因数据仅仅是微不足道的一小部分，也是级别较低的部分，而且已经以各种不同的方式公开过，所以，两家公司都认为，当初起诉属考虑不周，因此决定撤诉。宋梅樱重新获得了自由。

44　危险的夜

　　肖顿河蜷缩在睡袋里，睡袋里并不暖和，在海拔3000多米的大本营，没有热源，仅靠自身的体温是不够的。他感到冷，虽然外面有保温的帐篷，睡袋也是用专用的防寒材料制作的，但还是远远不能有效地抵御雪山的寒冷。帐篷里没有点灯，门帘拉得严严实实，里面黑洞洞的，除了队友的呼吸和打鼾的声音，再没有别的声息。

　　高山营地的夜是漫长的。下午四五点钟，太阳就渐渐地隐没在西边的山峰背后，天空由湛蓝变为暗蓝，雪峰耀眼夺目的银白色光线也暗淡下来，只有在这时，登山队员才能摘下一直戴着的护目镜，让头部和脸部绷紧的感觉稍稍放松一下，也可以用自己的双眼真切地感受一下黄昏时分雪峰的美丽。可是这样的时间很短，因为一到夜幕降临，雪山上的气温骤降，如果长时间暴露在严寒中，人的体能消耗会很大，而且还容易发生冻伤的严重后果。所以，考察队规定，在正常情况下，天一黑，全体队员就要进入帐篷御寒，没有紧急情况不能随便外出。这样，队员们就要在黑洞洞的帐篷里一直待到第二天早晨八九点钟，当太阳从东方的山峰上升起来，才能离开帐篷外出活动。

　　雪山上的夜隐伏着危险。

　　为了避开可能的雪崩和冰崩的通道，也为了避风。避开流雪和岩崩，高山营地的位置是经过多次考察和精心选择确定的——坡度要小，地面要相对平坦，冰面上裂缝要少，上坡方向没有很厚的积雪和冰层，如果有，也要比较坚硬。营地周围的坡度也不能太陡峭，以便于出入。在营地四周还标注了几条应急通道，加设保护绳，在遇到紧急情况时，队员可以迅速转移。

可是危险依然存在。雪崩有时可能会移动，从数百米甚至上千米的高度上崩落下来，把营地埋没，也可能会把营地推到坡下的深谷之中，把里面的人摔得粉碎。还有高处会突然崩落岩石、冰块。即使没有这些破坏性极大的灾害性的突变，大面积的快速流雪也会把营地完全埋没。而且在流雪发生时，人同样是没有办法及时撤离的。所有这些都会对营地的安全构成威胁。

夜是寂静的。正是在这种寂静中，一点点细微的声响，都会刺激人的耳膜，让人有一种从睡梦中惊醒的感觉。每当这种时候，肖顿河总要侧耳细听，企图辨别声音的方向，揣测可能发生的情况，甚至还会钻出睡袋，到外面去探个究竟。

危险的存在让肖顿河时时保持着警觉，不敢沉睡，也让他的神经尤其是听觉神经始终像守夜的哨兵一样，不放过一点细微的响动。如果半夜里大风突然骤起，他一定会从睡袋里钻出来，用全副装束包裹自己，到帐篷外面，在雪粒的迷雾中查看营地周围的变化：帐篷的拉绳是否松动，底边压得牢不牢，会不会被风刮起……直到自己被雪粒包裹得像一个雪人，冻得浑身打战，才钻进帐篷避风。

太苦了！每当这时，家就浮现在肖顿河的眼前。那是一栋普普通通的居民楼，五层上那小小的两居室不宽敞，陈设也很简单，可是整洁、温暖、亲切。尤其是当暖融融的灯光无声无息地倾泻在浅色的窗帘上，陈晓薇那温暖的气息从床边一步步向他移过来，那时才是真正温馨的家的感觉。可是在这儿——这是哪儿？一个冰窖。厚厚的保暖帐篷，厚厚的羽绒睡袋，把人和外面冰雪的奇寒隔开，也把自己和世界隔开，还把自己的家隔在千里万里之外。

哦，家，这时候才真正知道什么是家，什么是想家的滋味。他在想，家不仅仅是琐琐碎碎的衣食小事，不仅是妻子的唠唠叨叨，街坊邻居的闲言碎语，家还是梦，是向往，是欲望，是依恋……他轻轻哼起一支曲子，很遥远很忧伤，是俄罗斯民歌《草原》。第一次听这支歌时是安群唱的。

那是在中学的一个新年联欢晚会上，安群在手风琴的伴奏下唱了这支歌：

> 草原茫无边路途多遥远，
> 有个马车夫冻僵在路边，
> 他在临死前竭力睁开眼，
> 嘱托同路人来把信儿传。
> 我的好朋友不要记我仇，
> 请你埋葬我在这荒草原。
> …………

唱着，唱着，他觉得自己的眼角有些发涩，喉咙里也像有什么东西哽住，他想起有一次在陈晓薇家的阁楼上给她唱过这支歌，那天外面下着雪，很大的连绵不断的雪。唔，对了，是在他们相爱的那个冬天，天很冷，特别是在那个小阁楼上，没有炉火，他们紧靠在一起，不停地说，后来陈晓薇就让他唱歌给她听。他说，我给你唱《草原》吧。陈晓薇嘲笑似地看着他，好像要等着看他出丑。他很认真地唱了起来。那时候他的嗓音刚刚开始变得低沉浑厚，那首歌听起来更让人觉得伤感。听着听着，陈晓薇就把头靠在他的肩上。

> 请把这匹马交给我爸爸，
> 再说几句话安慰我妈妈，
> 把这枚戒指交给我妻子，
> 找个知心人有个新的家。
> 你再告诉她我被埋葬啦，
> 怀着她的爱长眠在地下。
> …………

那天他还没有唱完，陈晓薇就已经泣不成声了，她把脸埋在他的肩头说，你别唱了，再也别唱了，我不让你唱，也不让你死……真的，从那以后他好像再也没有唱过这支歌，可不知为什么，自从来到梅里雪山，每当想起家，这支歌就回响在耳边……

一切都过去了，美好的东西也许会随着时光的流逝而消失。肖顿河在想。或者，世界上从来也不曾有过完美的东西，完美的东西仅仅在你的梦中，在你的向往追求中，就像这云遮雾罩的雪峰，只有她才是永远完美的，因为直到今天，人们还没有到达过她的顶峰，还没有真正领略她的全部，所以她才是完美无瑕的。她让人魂牵梦萦，不惜抛弃一切，跋涉千里，来到她的身边，奋不顾身地向她的顶峰挺进……

已经有很多人为她付出了生命的代价。他们的生命消失了，不知去向何方，也许已经粉身碎骨，化为尘土，也许正隐藏在积雪坚冰之下，或许要到亿万年以后，才会被世界重新发现——古尸、冰雪木乃伊。人们在探讨他们的死因时也许会做出种种稀奇古怪的猜测。

那时的世界会是什么样子呢？还会有这座雪山吗？天知道。

肖顿河觉得自己真可笑，居然想到了亿万年以后。这雪山的年龄也只有数千万年，是随着青藏高原的隆起而诞生的。啊，多么年轻的美丽女神，吸引着多少来自世界各地的痴迷的人，可是，并不是所有的人都知道她曾经是海的女儿，经受过古地中海的神秘波涛的洗礼。

此时，肖顿河的脑海中浮现出大海，波浪轻轻地涌动着，在很远很远的海面上，只有一片破旧的白帆，那是桑地亚哥老头打鱼的舢板。这个倔强的老头，头发花白，胡子也花白了，脸上布满深深浅浅的古铜色的沟纹，满手的青筋像盘虬的蚯蚓，那是波涛、风雨几十年磨砺而成，也是一生不屈的火焰熔炼而成。那是一艘多么小的小船，那又是一片多么辽阔无边的大海，风浪随时会把船掀翻，成群的鲨鱼围攻着他的猎物，直到它只剩下一堆白花花的骨架。多漂亮的一条大鱼啊！人们惊叹。这是对胜利者由衷的赞美和褒奖，有哪一个驾驶巨轮满载而归的船长受到过这样的赞美呢？

肖顿河想，大自然永远也不会真正懂得人的心，人一旦认准了一个方向，就会百折不挠地前行，一代又一代的人会奋不顾身地前仆后继。人类前进的道路哪一条不是累累的白骨铺就？探索也许并不是终极目的，艰难的攀登也并不一定功成名就，不懈追求的本身就实现着完美。

45　擦去痕迹

深夜的多伦多大学校园里一片宁静，只有遗传实验室里依然亮着灯光，丁首都一个人呆呆地坐在他熟悉的实验台前，看着服务器自动把庞大的变异基因数据库一个接着一个清除掉。他记得他问过宋梅樱，真的没有问题吗？宋梅樱说，我做事你还不放心吗？

这里的报纸已经登出了他非法使用他人基因数据库数据的消息，作为一个科学家，他感到无地自容。

结束了。他想。一切都回到原初状态，现代人重新向古人、远古人复归，回到女娲那里，让她再造出没有变异基因和基因缺损的人类，省却了现在人的烦恼，也不用再筹措资金，不用再尔虞我诈，不要再枉费心机，不必再打官司……更不需要实验室、数据库、基金会、科学家……什么都用不着了……

时间悄悄地过去，服务器还在不知疲倦地嗡嗡响着，把丁首都和他的项目组精湛的研究变为零。

零是一个什么样的数字？他问自己。不知道。也许知道，是上小学的时候老师教的，一只手握着笔，顺着钟表走的方向画一个圆圈。原来是这样！当你雄心勃勃地从一个点出发的时候，你只是拼命地向着一个你自以为更高的目标前进，1、2、3、4、5、6……可是当你披荆斩棘，历尽艰辛，伤痕累累地站在胜利入口处的时候，你却发现，原来你回到了零。虽然在这里只有两年多的时间，可是为此所做的准备却有十年。

人生有几个十年？谁能经得起现实这样的嘲弄？

要走了！退却了，不，是溃败了，逃跑了，下撤了……就像肖顿河，一次次冲上去，然后又撤下来，再冲上去……不过他从不甘心，也不死心，只是不知道等待他的最终会是什么……还有安群，她就像一株垂死的枯树，却还要让最后一根残枝上长出新叶……这都是为了什么？人啊，不到相似的处境是找不到正确的参照系的……

服务器嗡嗡的声音不知道什么时候停止了，实验室里静得只能听见日光灯管发出的轻微的咝咝声，可是丁首都的脑海里仍然是波涛汹涌。

他的手不由自主地伸向电话机，拨通了安群的电话。

喂，安群吗？我是丁首都——

哦，是首都啊！这么长时间没有听到你的声音了，你还好吗？你为什么不说话……

安群，现在我还能说什么呢？丁首都迟疑了一会儿，还是把宋梅樱窃取南亚基因库数据的事告诉了安群。他说，我觉得，我的血液已经枯竭，我的心已经衰老了。我曾经那么珍爱自己的事业，为它投入了我的全部，为了它，我不惧怕任何困难，也能够忍受任何委屈，因为它比我的生命还要珍贵，可是，有人却对我说，你违背了科学家的职业道德。我受不了，我现在完全垮了……尽管这不是我的过错，也许我还有机会，我还可以解释，可是我的激情、我的信念和力量，就像一堆燃尽的篝火一样熄灭了……

安群说，首都，我也很难过，虽然远隔万里，可我能感受你的沉重和委屈，要是我能为你做点什么，为你分担一点什么，那该多好。听我说，人在这种时候是最需要冷静的。越是痛苦就越要冷静。我刚遇到那场灾祸的时候，觉得再也没有什么能让我重新振作了。痛苦、绝望……

我真不知道怎么形容那些日子，我觉得自己成了这个世界上最不幸的人。哦，首都，你现在远没有我当时那么严重，我失去了一切，可是你的一切还在，因为你的知识和智慧还在，你的才干并没有因为你的挫折而丧失。相反，通过这个事件，你应该变得更成熟、更富有经验，还要有信心去接受更严峻的挑战。

安群又说，首都，你不要这样绝对地想问题，不……不要这么灰心。就像肖顿河登山一样，他每次走时都是那么雄心勃勃，我总以为他就要成功了，可他却一次次地失败……我常想，卡瓦格博峰真是绝顶吗？

也许有一天人们真能站在它的顶峰。其实对人而言，精神的峰顶才是难以逾越的，精神的攀登可能是没有尽头的。你是一个站在尖端科学前沿的人，除了超越性的思维和智慧，更要有宽阔的胸怀。一切都可以重新开始。这就是生活……首都，记得吗？那时候你这样对我说过。

安群，我记得……丁首都的声音哽咽了，泪水也流了下来，这时他一点也不想克制自己了。

首都，你还对我说，要学会忍耐，痛苦是一个过程，谁也逃不掉。我想你很快就会好起来。

这是一次真正的长谈。

当丁首都放下电话的时候，他做出了回国的决定。

这一天，丁首都和宋梅樱拖着大大小小的行李，乘出租车来到了皮尔逊国际机场。

皮尔逊国际机场总是这么繁忙，人流和车流不停地涌动着。在候机大厅外面的马路上，一群刚下飞机的旅客从到港的大门里出来，正赶着上一辆开往市里的大巴士。丁首都看见其中有七八个黑头发黑眼睛的青年男女，都是一副学生的模样。他们很兴奋地看着周围的景物，好像对这里的一切都感到很新鲜。他断定他们一定是中国人。正这样想着，就看见一个小伙子的背兜上印着CHINA。哦，真是从中国来的啊！他忽然感到一阵怅惘，当初他来多伦多的时候，也曾是这样朝气蓬勃的，而且还怀着那么大的雄心壮志，可是现在……

当他们进入安检口，就要走向候机厅的时候，忽然听到身后有人在喊，多么熟悉啊。

嗨，丁——

丁——

丁首都回过头，宋梅樱也回过身来，啊，是德瑞克和朱丽叶，他们正在向这边挥手。丁首都和宋梅樱赶忙放下行李车，跑到德瑞克和朱丽叶身边，丁首都紧紧地握住德瑞克的手说，德瑞克先生，谢谢你和朱丽叶小姐来送我们。

德瑞克说，丁，我想无论怎样你都是出色的，我们还会再次合作吗？

丁首都点点头，他没有说出话来。

德瑞克拍拍丁首都的肩膀说，丁，我来送你，同时还要给你一件礼物，它对你回国后的工作会有用。说着，他从朱丽叶手里拿过一只小箱子，递给丁首都。德瑞克说，这是实验鼠BAC基因文库，这里面有你努力的结果。

德瑞克先生……谢谢你……丁首都接过小箱子，觉得眼眶发热，他紧紧地拥抱着德瑞克。谢谢……他不停地说。

另一边，朱丽叶在和宋梅樱告别。我会想念你们。她说。

Bye，dear。宋梅樱哽咽着说。

当宽体喷气客机滑向跑道的时候，宋梅樱看看身边沉默着的丁首都，泪水涌出了她的眼眶。

46 海怪的觊觎

一座巨大无比的冰山从罗斯陆沿冰上断裂开了。说它巨大无比，是因为仅仅露出水面的部分就有两公里多长，三百多米宽，数十米高。有人说，某件事还只是露出了冰山的一角，那就是说，那件事还只是露出了端倪，因为冰山在水下的部分占其总体积的十分之九以上，所以可以设想，这座冰山的体积是如何巨大了。冰山的崩裂当然不是在一瞬间完成的，而是经历过漫长的演变，主要是因为气候变暖，南极地区的海水温度升高，陆沿冰贴着海水的一面长时间遭受温暖海水的冲刷，底部的冰被融化、淘空，失去了支撑，上部庞大的冰体的重量压下来，使冰体出现裂缝。随着时间的推移，裂缝不断扩大，最终导致冰体断裂，与陆沿冰分离，形成巨大的漂浮的冰山。

丁小漠坐在凌乱不堪的编辑部办公室里，两只脚搁在面前一张很大的黑色豪华办公桌上，富有弹性的座椅后背深深地向后倾斜着。他一只手端着一杯咖啡，另一只手拿着一张刚刚冲好的照片，长时间地仔细端详着——湛蓝湛蓝的天空，有几片淡淡的白云，湛蓝湛蓝的大海上，赫然耸立着刚刚从陆沿冰崩裂下来的巨大冰山。崩裂激起的滔天巨浪刚刚平息，海面上似乎还回荡着远去的隆隆涛声和企鹅逃生时发出的惊叫……

他长时间地端详着这张照片，两条腿在办公桌上搁得都有些麻木了，眼睛和脖子也有些发酸……忽然，他从办公桌上抽下两条腿，变形的椅背猛一下把他弹到办公桌边，杯子里已经变凉的咖啡泼了出去，在一堆凌乱的报纸和杂志上留下一片奇怪的深色的图案，有几滴溅到了他另一只手上的冰山照片上，反衬着南极上空的淡淡日光的冰山体上也着上了几处咖啡色的斑点。瞬间他的脑子里有一道像电光一样的东西闪过，他飞快地把手里的杯子和照片放到一边，手忙脚乱地抓过纸和笔，疯狂地涂写起来：

蓝色和白色亲吻着

在静静的风中

相濡以沫

灼热的温室气体

驱赶着蓝色

深深地侵入白色的腹部

分娩了

一个白色的精灵

雷霆过后

重又拥吻

阵痛的喜悦

海怪觊觎着

走廊里传来脚步声，体态丰盈的女编辑从办公室门口走过。

丰盈的乳汁

毒汁射出去

洁白的圣婴污迹斑斑

……

丁小漠抬起头来，长长地呼出一口气，他扔掉手里的笔，随手抓起电话。

喂，小朱吗？照片我看过了，很好，就用它做这一期的压题照片。什么？这一期的已经发排了……不行，一定要换下来，用这一张，正好配上我的诗《圣婴的诞生》。嗯，就这样，你抓紧时间排上，今晚我请你吃饭……

丁小漠很放松地点燃一支温柔七星，深深地吸了一口，然后悠悠地吐出几个圈圈，他为自己刚才的杰作十分得意。他从来都认为自己是一个奇才，在才华和智力上远远胜过他的同学、同事、朋友。他十分欣赏也喜欢炫耀自己的诗作，尽管现在诗的名声不太好。年长一些的人说越来越读不懂，他认为是与这些人的经历有关。他们都属于传统、刻板、说教和个性压抑的时代，对于像他这样在个性意识、思想和行为上犹如天马行空一般的人——这样的人所创作的具有鲜明时代特征和永恒魅力的诗篇，当然不可能是所有的人都能读懂的。

他写了很多诗，有时自己也不懂，其实有些诗他也说不清是怎么写出来的。他觉得读懂了的诗就不是诗了。诗是一种感觉，一种思维，每首诗都是一道题，就像数学题一样，有的能解开，有的永远是个谜。

他认为人生就是一个谜。每一天人们都在解谜，每一个动作，每一句话都是在解谜，因此不要问那么多为什么，最好去做，去追求想追求的一切。

他觉得他的诗的读者应该是具有超越时代意识，又具有纯洁无瑕，犹如白纸一般心灵的青年人——特别是年轻美丽的女大学生。他知道，在女生中间，他是有一定的读者的，尤其是爱情诗。他的爱情诗能够像一支支响箭，穿透笼罩在女生爱情梦幻中的朦胧雾霭，点燃她们心中激情的火焰，把她们灼热的爱奉献给他。丁小漠不止一次直言不讳地说，他创作的动力来自爱情，即使是很短暂的，校园舞会上的小故事，也足以刺激他创作的灵感。

当然，他觉得，灵感的另一个来源是酒，酒在诗人的生活中占有极重要的地位，诗仙李白同时也是名副其实的酒仙。可是李白的诗实在是太古老了，和他如同宇宙黑洞一般深邃、无所不包的想象力和爆发力相比，古代的、近代的、现代的、中国的、外国的诗人都黯然失色了。酒催生的诗虽然有些醉意，有时连他自己在酒醒后也不知道酩酊大醉中涂抹出来的到底是些什么，也不知道究竟是意识还是本能驱使着他信手涂抹，把一些互不连贯、中英文夹杂的字和词排列在一起。

有一次，他真真切切地看见，一个读者在书店的新书架前，看着他新近出的一本诗集《nX 咏叹调》直摇头。他自己却不以为然，他觉得，欣赏他的诗需要培养一种超越性的审美理念，同时还需要一种状态，一种与他的创作状态相类似的状态，比如醉酒的状态、热吻的状态、半梦半醒的状态等等，只有在那样的状态中，才能领略和体验零散的字和词组合排列的深意。

夏天，在一次有很多青年参加的诗歌朗诵会上，他曾发表过一番演说。他说，有的诗真读不懂也没关系，诗的内涵是次要的，读诗本身就是一种文学艺术活动，只要你在读诗，你就在享受文学艺术活动带给你的快乐和启迪。他说，有很多人根本就听不懂外文歌曲，可是他们仍然花很多钱和时间去听帕瓦罗蒂、卡雷拉斯、多明戈的演唱，还给他们一阵阵最热烈的掌声，现在国内的演员很少能获得那么热烈的、长时间的、暴风雨般的掌声了，而那些男高音只好一次次地谢幕。为什么？我想道理很简单——听不懂可以看，当然，看不懂也可以听啊。

电话铃响了，打断了丁小漠的思路，他很不情愿地抓起话筒，喂，找谁啊？

小漠吗？是嫂子宋梅樱。

哦，是梅樱姐啊。丁小漠总是这么叫，他从不叫嫂子，是宋梅樱不让他叫嫂子的，她说她喜欢他叫姐姐。丁小漠问，梅樱姐，有事吗？

当然啦，你自己的事都忘啦？

我的事？我的什么事啊？

你不是让我给你找谢总吗？我已经对他说了，他一口就答应了。

丁小漠差点从椅子上跳起来。哎呀，梅樱姐，你真厉害，怪不得大家都说你是个了不得的人物呢。

宋梅樱在电话里清脆地笑起来。小漠，你让我办的事，我当然要认真了。

那就谢谢你啦，梅樱姐。

宋梅樱说，谢什么，谢卫国这回真的很给面子。

这还不是看在你的份上嘛！

你说什么时候跟他见面呢？他可是大忙人啊。

那你看着办吧，我听你的。

好吧，我约好时间再告诉你。宋梅樱忽然一转话题，哎，小漠，你自己的事应该解决了吧？

什么事啊？

你别装糊涂了，小漠，你哥哥总让我问问你，我一回家爸爸妈妈也总是为这事不高兴，他们都这么大年纪了，你别让他们操心了，听见了吗？

梅樱姐，我知道，我有我的生活，你说爸妈他们这一代人多枯燥啊，他们根本就没有精神生活，不知道什么是爱情，有时候想想我真为他们悲哀……

小漠，你不能这么说，一代人有一代人的生活，算了，你个人的事我不多管，我约好谢卫国再给你打电话吧。

丁小漠放下电话，很夸张地伸了个懒腰，两条腿重新搁到了桌子上，轻轻地摇晃着，他在想，今晚跟小朱到哪儿去吃饭呢？

47　美好时光

陈晓薇和宋梅樱正在一个叫"美好时光"的烛光咖啡馆里聊天，过去陈晓薇从不喜欢到这种地方来，她几乎没和什么人在咖啡馆里约会过。她曾对肖顿河说，在灯光昏暗的地方说什么就像是对别人暴露隐私似的，而且那种气氛容易让女人对女人、男人对男人，或女人对男人、男人对女人说出隐私。她过去从不主动约朋友出来聊天，她喜欢和肖顿河待在家里，两个人在家里很松弛，随便坐在或靠在什么地方，累了躺在床上也不要紧。而且想说话就说，不想说就不说，不用像在酒吧或咖啡馆里一样没话找话。她觉得现在有些人就是为了找话说才到这种地方来的，他们喜欢对别人倾诉，而不愿意自己思考，也不愿意独自承担精神的重负。

唉，人真是的……

陈晓薇曾经好多次感慨过，可有时自己也身不由己地这样做了。看来谁也离不开现实生活，尽管它往往低于一个人的理想，现实常常让一个人无可奈何。这样一比，她就觉得肖顿河是很超脱的，那么遥远的地方，那么高的雪山，那么洁白的世界，在那里待长了必然会和现实生活脱节，还会常常发生冲突。她想起有好多次，肖顿河跟她说话时总爱说你们如何如何，也许他把现实生活当成另一个世界了。还有他爱说在梅里怎样，比如看见这儿的空气不好，他就要说梅里的空气多么洁净；每当听弟弟五洲说单位的矛盾，他就会说在梅里最能感受人与人之间的信任……可是，陈晓薇忍不住又觉得愤怒，梅里，梅里，那里再纯净再有信任感，可那里是你的家吗？每个人都能离开现实到那个世外桃源去吗？逃离就是怯懦，就是背叛，就是自私。

今晚她不但约宋梅樱到这里来，还跟她说了很多过去没有和她说过的事，因为她觉得烦闷压抑，时时想哭出来，在家里一个人又哭不出来，没有人能懂得她心里想的和盼望的事。她觉得再不说说自己一定会憋出病来。

晓薇，你怎么不高兴啊？宋梅樱问，哎，他这次什么时候回来啊？

不知道。

晓薇，你是因为他不高兴吗？一定是……

没有。

宋梅樱笑了。那你还能为什么？咱们的同学中谁都知道你是爱情至上的啊。那时候你跟肖顿河恨不能粘在一起，整天形影不离的……

时过境迁了……现在没话说。没话说？

是啊，梅樱，你和丁首都呢？

我和他？哦，我们总有话说，好像总也说不完，有时候半夜醒了，迷迷糊糊地还要聊一会儿呢。我觉得要是两个人没话说，真不可想象。

陈晓薇的情绪低落下去，甚至一下子觉得自己变老了。

宋梅樱又问，你怎么垂头丧气的？

也许是看在老同学的份上吧，陈晓薇把自己的心里话滔滔不绝地倒了出来。她说肖顿河现在和以前不一样了，过去听说同学中有离婚的，我曾经觉得我和他不会有变化，可现在看来事情并不像我想象的，他总是把我独自抛在家里，我不想再这样下去了……梅樱，你……你说我该怎么办呢？

晓薇，别这么想，你知道，在大家看来你和肖顿河是多幸福的一对啊！

陈晓薇没说话，眼里却涌出了泪水。

宋梅樱从小提包里抽出一张纸巾递给陈晓薇，说，晓薇，肖顿河总有一天会回来，他们登山队又不是在那里安了家。

梅樱，你知道，他真像在那里安了家一样，我受不了……

那又能怎么样呢？

我想了，离婚！

离——婚？真的？

当然，坚决，过去我说过多少次，可每次……后来想想也就原谅他了，我只求他别再去梅里，可他呢？他把我放在心上吗？梅樱，你知道我这个人要求并不高，我只想安定一点儿，我的工作不能让我心里总是乱糟糟的……

那当然，女人其实最渴望平静，可是男人却总让我们不平静。

泪水滴在咖啡杯里。

晓薇，别这样……宋梅樱又掏出一张纸巾递给陈晓薇。

陈晓薇的手轻轻抖起来，更多的泪水涌出来。她说，梅樱，如果是你，你会怎么想？

我？

宋梅樱没有马上回答，她请服务员给陈晓薇换了一杯咖啡。

陈晓薇继续说，还有他回来和我说话越来越少了……她又说了一大堆肖顿河的事，有几次她也想停下来，觉得说得太多太过火了，有很多话她从没对任何人说过，她觉得自己说了这么多将来也许要后悔，一定会后悔的，宋梅樱也许会告诉别人，可她没能控制住自己的情绪，又继续说，而且越说越激烈，就像一列因为惯性向前猛冲而停不下来的火车。活该，就说就说，要让人们都知道这样一个登山者。

宋梅樱看着情绪激动的陈晓薇不知道说什么才好，她想起和丁首都的生活，虽然为了安慰陈晓薇她说自己和丁首都总有说不完的话，可事实上，她内心的疼痛又有谁知道呢？从加拿大回来后丁首都就像变了一个人，他已经很久没有和她住在一起了，有一段时间丁首都一直睡在客厅的沙发上，后来她到女儿的屋里睡，丁首都才回到卧室。宋梅樱不知道自己怎么做才能补偿丁首都因为她的原因失去的一切，而这一切外人是无法知道的。

陈晓薇还在不住地说着，她觉得自己被某种东西压抑得太久太深了，她甚至不由得有些恨肖顿河了。恨的同时，她忽然又急切地盼着他回来，她想他要是一进门，她一定要不顾一切地冲上去撕扯他，歇斯底里地大喊大叫……

48　五线谱

安群的大提琴独奏曲的创作没有什么进展。她又一次没了灵感，疼痛让她没有片刻安宁。窗外下着雨，雨点一滴一滴，清晰地落在树叶上，也好像一下一下拨动着她的每一根神经，疼痛仿佛要从断裂过的骨骼和脊椎里钻进去，钻进更深的地方，使每一根神经都像颤动的琴弦，奏响一种让人无法忍耐的不谐音。

安群已经习惯了这种疼痛，可是所有的音符都在疼痛之中分崩离析，成了脑海中没有秩序的碎片。

她一直有一个愿望——远远地摆脱所有的痛苦——肉体的和精神的。为了这种摆脱，她不断地承受、忍耐，总是期待着一种结果。现在她明白了，她也许只能在这样的期待中渐渐衰老、失落。自己也许看不见任何结果，就像今天的人们挖掘、寻找古墓一样，找到的只是一片废墟。挖出的、呈现在人们面前的所谓有价值的东西，只是一个历史的断面，只是过去的一点痕迹……

她觉得自己又一次沮丧到绝处，没有了任何希望。她使劲儿扔掉手里的铅笔，同时把胸前的五线谱纸一推，让它们哗啦一声散落在地上。她烦闷极了，记不清多少次这样烦闷了，总之是越来越严重了。每次写出的旋律不流畅，她都想把铅笔狠狠地撅断，可是手却没有那么大的力量。

她总是回想受伤前，那时每天晚上她几乎都要趴在桌前不停地写，一段段旋律仿佛清流一样婉转欢畅地向前奔去。她的那首大提琴独奏《青山翠谷》就是在那样的夜晚完成的。每一支乐曲完成后，她都用大提琴拉奏出来，她既是演奏家，又是听众，有很多次她都笑自己是孤芳自赏，可她还是陶醉了。一首满意的乐曲完成后，一连几天走路都是轻飘飘的，有一种无法形容的愉悦，那时看什么都是美好的，甚至是完美无缺的。

其实，世界上从来就没有完美的东西，特别是生命……造物主总是打破完美，只留给人们一个什么是完美的谜——一个永远的谜。

世界上本来就是有很多谜的。安群想，音乐世界里就有很多谜。说到底，人们为什么要听音乐？这是不能轻易回答的问题，就像她为什么要创作音乐作品这个问题一样。她在想，自己以前为什么要作曲，要演奏？那是因为心里总是鸣响一支乐曲，或者一段旋律，或者几个音符。她的手总是不由自主地要去拿纸和笔，要拿起琴弓。因为她心里有一种欲望，要表达她的兴奋，她的激动，她的快乐和忧伤。她没有简单地把它们说出来，而是换了一种方式，用音符、旋律和节奏来表达，它们变成了音乐，所以音乐是她在诉说，在絮叨，或者也可以叫作别的什么。很多艺术评论家喜欢用另外一些他们认为高雅的词汇，像情感的宣泄，心灵的流淌，心曲的共鸣……他们也许是对的，也许并没有那么复杂，而是很简单的，就像那些登山队员，他们就是怀着一种信念登上去，登得更高，登上巅峰，把所有的艰险都甩在身后。这也许就是他们心里想说的，他们没有用语言来表达，而是用他们冻僵的双手和双脚，用他们虚弱的喘息，加上尖利的冰镐、冰靴、系着生命的引导绳、三角旗……他们走的也许是一条通往顶峰的胜利之路，也许是一条通向死亡的黑暗之路，她无法解开自己提出的这一堆谜。

安群觉得再也没有完美的东西了，哪怕是想象，要不然为什么写出的每组和弦都这么不和谐，每一组旋律都这么沉闷呢？这会儿，她觉得自己就像被遗弃在黑暗之中，黑色的云从四面八方围拢过来，紧紧地包裹着她，她什么也看不见，也听不见，最后仿佛连呼吸也停止了，思维越来越缓慢，感觉越来越微弱。可是，又没有完全消失。只是在遥远的地方，在天边？在某个不知名的地方？在悬崖边上？还是在大海中的荒岛？她只知道一切都结束了，没有一线希望。荒岛和悬崖都不存在，因为她从未去过那种地方。天和地都没有边缘，要是有边缘，也许还可以看见新的世界，也就有新的希望，可是没有，什么都没有，一切都化为黑云，把自己与世界隔开了。

这时候她才真正知道，人的痛苦和绝望达到顶点的时候，就是这个样子,这就意味着生命的终结。用一个有宗教意味的词来说,就是涅槃,涅槃还有超脱生死的意思。可那是假的，死了就是死了，就是化为乌有。虽然物质不灭，可是已经转变成别的物质，变成灰烬或者是别的微不足道的东西。因为一次灾祸改变了一个人的命运。真奇怪，灾祸怎么会有这么大的力量，能改变一个人的命运呢？不，不是命运，命运是一个很不好的词，它多多少少有点命中注定的意思，宿命的意思，无论是什么也不会是命中注定的，而是人为的、客观的，是各种因素的集合……

人在疼痛中的时候，就做不了任何事情，除了思想。疼痛中的思想也许是怪异的，各种各样与疼痛有关的离奇古怪的念头都会冒出来。安群这样想着，她让自己的思想像沉到深深的湖底的石头一样，沉下去，在那里，没有风，没有雨，没有波涛，也没有喧嚣，那里只有一种宁静、安谧中的思想。她又一次翻开肖顿河送给她的雪山影集，雪山不是纯粹的白色，它有金色的辉煌，有绿色的舒畅，有蓝色的神秘，也有昏暗的恐怖……也许任何辉煌宏大的气势都是和令人望而生畏的险峻威严组合在一起的，这给每一个企图抵达它的顶点的人设下了重重险关。

影集最后几张是登山队员跨过冰缝、攀登冰坡的照片，这不仅是体力和意志的搏斗，这是生命与死亡的较量。她想，这也是人性与神性的较量。不是吗？那静谧得仿佛世外桃源般的高山、草甸、湖泊、森林、寺院，与这山呼海啸般的风暴和雪崩形成了多么强烈的反差。看看那像云朵一样缓缓移动的羊群，像镜子一样平静的湖面，还有那天籁般的寺院钟声，谁能想到在它们的头顶，就隐藏着会顷刻间吞没一切生命的凶残杀手呢？

看着那一个个匍匐在冰坡上的登山队员的背影，安群在问自己，他们为什么要这样？是什么力量在召唤他们？

思想是可以包容一切的。高山大海，大地天宇一般浩渺无垠；分子原子，物质结构一样细微精确。现实的冷酷严峻，往事的虚幻缠绵，未来的五光十色……一切都可以融进脑细胞微小的结构中，在那里转变成形形色色的思想、观念、冲动、灵感……于是产生了种种标新立异的发明创造，激动人心的艺术作品，悲欢离合的人间故事……音乐也可以包容一切。安群想。在五根细细的线条之间，可以写出人们的思想和想象，还有比思想和想象更复杂的情感。

她在想，什么时候能把这些思想、想象和情感再变成乐曲呢？

49　往昔岁月

傍晚，陈晓薇下班回家，刚一进门，电话铃就响了，她一惊，觉得心里什么地方猛地一揪，喉咙也堵得慌。自从那次接到登山协会的电话，知道小川原兵卫出事后，她就害怕电话铃响，有时候她独自在家，到了半夜就把电话线的插头拔了，因为半夜的铃声显得格外响。可一会儿她又插上了，她怕万一肖顿河这时来电话打不通。一会儿她又想，他一般不会半夜三更来电话，她希望能睡一个安稳觉，就又拔掉。有时不拔就用大枕头盖上，让铃声变小。她觉得自己变得有些神经质了，每次电话铃一响，就会紧张。这会儿，她扔下提包，飞快地到桌边抓起电话，喂，请问找谁？

陈晓薇吗？我是谢卫国啊。

哦……陈晓薇松了一口气，可这一刹那她的眼泪却差点涌出来，是……你呀……

晓薇，你怎么了，呼吸这么急……

陈晓薇说，哦没……没什么，我刚进门，从一楼到五楼。

哦，是这样……

哎，你怎么这时候打电话，有事吗？陈晓薇平稳了一下问。

我下午给你办公室打过电话，说你不在。

对，今天我去燕北大学中文系讲海明威的小说了。找我有事吗？

当然。晓薇，今晚我请你吃饭好吗？

吃饭？为什么？

谢卫国笑了，吃饭还用找理由吗？

你知道……我……

晓薇，我没有别的意思。谢卫国赶快说，平时我有很多应酬，不去没办法，可那都不符合我的意愿，我更愿静下心来看看书，和朋友聊聊。在现代生活中，这样的机会越来越少了……他又说，晓薇，这样吧，你休息一下，过会儿我来接你。他没等她再说什么就挂了电话。

天黑下来，城市各处的灯光都在闪烁。高层建筑物顶上的广告牌不断变换着吸引人的图案，红的绿的黄的蓝的，那么耀眼。还有路两旁一个个灯箱广告，挨得越来越紧，内容也越来越热闹，很多都是一些明星的照片，好像他们永远只会那么一种傻笑。陈晓薇一直盯着窗外，觉得自己就像是这个城市夜晚的局外人，她对这个城市的夜晚是很陌生的。这么多年偶尔一两次独自在外面走走，除此，晚上所有的时间她几乎都待在家里读书或翻译。

谢卫国开车在城里绕来绕去，最后在一个灯光很暗的地方停了车。到了。他对陈晓薇说。透过车窗，陈晓薇看见他们停在了一个像草棚似的房子前。卫国，这是什么地方？她问。饭店啊。谢卫国说着打开车门，陈晓薇出来才看见，这个饭店实在太小了，或者说它根本不像一个饭店，而像一个小农舍。其实它就是一座草房子，离草房子不远处有几个干草垛。这就是饭店吗？陈晓薇暗暗想着，抬头看见屋顶上细细的霓虹灯管闪出几个幽蓝的字——往昔岁月。她迟疑地跟着谢卫国进了门。这里没有迎宾的人，就像来到一个朋友家，很随便。屋里只有十来张小木桌，原木色，甚至没上清漆。每张桌子几乎都坐满了人，一对一对的，大部分是中年人。他们衣着朴素，说话声音低低的，窃窃私语似的，这里没有喧哗嘈杂。

晓薇，坐吧。谢卫国小声说。这里不用点菜，所有的饭菜都一样。

坐在旧木椅上，陈晓薇看看四周，墙上贴了几张很多年前的有点破旧的宣传画，有天安门、女拖拉机手、麦浪滚滚闪金光。墙上还挂着几顶草帽、一绺绺麦穗、成串的玉米红辣椒和成辫子的蒜。饭菜很快就端上来了，服务员都是清一色的六七十年代的打扮，白衬衣蓝裤子，男青年是寸头，女的是羊角辫或齐肩的刷子。他们有点笨拙地把粗瓷大碗摆放在桌上，筷子也是最粗最笨的那种。

陈晓薇眼睛一眨不眨地看着这一切，觉得既新奇又有趣。她看看谢卫国，他好像是习以为常的样子。陈晓薇不由低头看看自己的衣服，觉得自己今晚的打扮和这儿的环境是这么不协调。刚才在家里她特意挑了一件比较讲究的衣裳，一条平时舍不得穿的鹅黄色的长裙，外面罩了一件浅灰色的开胸羊绒衫，还穿了平时不穿的黑色高跟皮鞋。她把棕色头发做成优雅的大波浪，出门时还喷了古奇香水。可是谢卫国却把她带到了这样一个农舍里来吃饭。她觉得很不自在。这时她才注意到谢卫国的装扮也不是正式的，他的穿着很随意，一件淡蓝色衬衣外面是藏青色的鸡心领毛衣，配了蓝色的牛仔裤，这会儿谢卫国不像什么总经理，倒像是一个很洒脱的文人。

你应该告诉我是到这儿来。陈晓薇说。

你不喜欢这儿吗？谢卫国看着她。

不是，我只是觉得……

晓薇你不用拘谨，根本不用。

陈晓薇觉得谢卫国非常善解人意，心里就有了感激。

桌上的饭菜也是很随意的：凉拌菠菜鸡蛋皮，芥末豆芽肉丝，山鸡蛋炒韭菜，一盘蒸咸鱼，一盆清炖鸡，一个小浅筐盛满了玉米面的窝头、饼子、煮玉米，还有烤地瓜。这时，服务员又送来两碗小米稀饭，还有两小碟葱炒豆瓣酱。

吃吧。谢卫国说。

陈晓薇没有拿筷子。

怎么不吃呢？这儿没人喝酒。谢卫国说着把菜夹给陈晓薇。

卫国，你请我吃饭，就吃这个呀？陈晓薇笑着问。

谢卫国说，哎，你知道吗，这才叫吃饭。在大饭店吃饭只是做样子。你说，一个人是实实在在的好，还是逢场作戏好呢？

这样好。陈晓薇说。她忽然觉得这里很亲切，让人很放松，虽然没有音乐，没有情调，却让人觉得很踏实。她说，这会儿真像生活在过去。他们就聊起了过去，他们回忆那时的同学，回想他们的模样，还使劲想他们的外号。

黑马，我怎么不记得你那时候叫黑马呢？陈晓薇往饼子上抹着豆瓣酱，问谢卫国。

那时候你从来都不看我一眼。

不，我是说……

没关系，晓薇。谢卫国很大度地说，现在我们坐在一起不也挺好吗？我记得有一天下大雨，你借给我一把伞，红色的油布伞。陈晓薇说。是吗？谢卫国大口嚼着饼子问。

是啊，我走了，可你留在教室里。

谢卫国摇了摇头说，我倒忘了。

这个夜晚，陈晓薇觉得特别高兴。

她回到家，谢卫国又给她打来电话，晓薇，你不累吧？

不累。卫国谢谢你。

那好，你就早点休息吧。谢卫国很干脆地挂了电话。

陈晓薇躺在床上，翻开一本书，却看不下去，总是回想和谢卫国在"往昔岁月"聊的一些事。她关灯时，觉得窗外已经有点蒙蒙的光亮了。

这以后，谢卫国几乎每天都会给陈晓薇打一个电话，问候一声，或者给她的手机发一个短信息，内容几乎都是千篇一律——晓薇，你好吗？

陈晓薇的回复也是千篇一律——我很好，谢谢。

一些日子过去，陈晓薇发现自己好像有了一个新的习惯：每天都要看好多遍手机，看看有没有短信息。

过去她几乎不用手机，她不喜欢在外面，尤其是在公共场合用手机。可现在出门，她的第一件事就是看看手机带没带。

还有晚上，谢卫国的电话已经很准时了，一般在十点半。电话的内容也总是一样：晓薇，怎么样，没事吧？

陈晓薇就说，没事，你今天忙吗？

还可以。谢卫国说，那你休息吧。他总是很干脆地挂上电话。

有一天已经十一点半了，谢卫国还没来电话。陈晓薇不时地看表。她觉得不安，书也看不下去。快十二点了，她终于忍不住给谢卫国拨了电话。

那边接着就拿起了电话，是谢卫国。晓薇啊，你还没睡吗？

陈晓薇忽然觉得很委屈，眼泪就流了下来，她半天没说话。

谢卫国在那边很着急，一遍遍地问她，晓薇，你怎么了？怎么不说话，要不我来看看你吧。

哦，不用，我没事……陈晓薇说。

放下电话，她觉得心里说不出哪里疼。那天晚上，她几乎一夜都在问自己也在回答自己，你怎么了？为什么会这样？不，不应该这样。过去没有他的电话不是一样过吗？那你现在为什么会这样？你怎么不这样盼望肖顿河的电话呢？不，再也不给谢卫国打电话了，听他的口气，他根本就没等你的电话……

第二天她不想再看手机，她甚至把手机关了，可是中午一下班她还是忍不住开了机，还是那条短信息——晓薇，你好吗？

在她生日那天，谢卫国来了，他这是第一次到她家里来，他给她买来一大束红玫瑰，还有一盒精致的瑞士巧克力。他把东西放在桌上，脸上是一副不经意的表情。他只说了一句祝你生日快乐，又聊了一会儿别的，喝了一杯茶就走了。晚上躺在床上，陈晓薇不禁想起肖顿河，他好像不记得她的生日。她提醒他自己要过生日时，他就问，是吗？我给你买什么东西呢？

陈晓薇深深地叹息了一声——优点为什么不能集中在一个人身上啊？

50 传说之谜

　　淡蓝色窗帘上的光越来越亮了，安群床头的灯却一直没有熄灭，这是一个不眠之夜。她忽然觉得十分疲惫，眼睛好像要睁不开了，她的手费力地去摸台灯开关，胸前的一叠五线谱纸哗啦一声飘撒在地上，每一张纸几乎都写满了音符。她没有在意，还是关了灯，闭上了眼睛，她脸上露出了轻松舒展的微笑。这一夜，她一直在不停地写，有好几次想停下来，可是不知从哪儿来的一股力量，让她的手怎么也停不下来。自从受伤后，她的手写字很慢，很费力，手中的笔常常追不上她的思绪，为此她好多次把笔都扔了。

　　可是，这个夜晚，从她的笔尖流淌出的，好像是一股遏制不住的激流，驱使她的手飞快地写下去。虽然写得歪歪扭扭，有的地方只有她自己才能看明白，但是，她谱写的旋律却像坦荡的大河那么流畅。当她的思想回归到了一个新的起点的时候，她让自己更接近了现实，接近了一个离自己的生活更近的、可以触摸的世界，在这里她可以做想做的事情，实现自己最初的目标，远远地离开那个黑色的过去，然后，向着更高的目标努力，因为自己毕竟是从音乐的殿堂里走出来的，她的生命，她的精神的立柱是用五线谱和音符建构的。

　　安群完成了大提琴独奏《传说之谜》。这会儿她只想安静地躺着，让这支乐曲在心中荡漾开，让它的涟漪散播到很远的地方……

远古的大海，辽阔无垠，幽蓝安宁。月光下，海面微微泛着粼光。在遥远的海岸边，古老的大陆沉浸在苍茫的夜色中。大熊猫在崇山峻岭中安静地酣睡，野马在广阔的草原上风一样地奔驰。

忽然，犹如狂风骤起，火山喷发，大地震颤，宁静的大海沸腾了。

海的女儿不甘海底世界的寂寞，跃出海面，升入空中，俯瞰着月光下的世界。

大地多么美丽啊！海的女儿感叹着。我要生活在大地上，成为大地女神。

大海说，海的女儿要永远在海底的宫殿里生活，如果离开了大海，你就会变成荒原上的一座雕像，忍受严寒和狂风暴雪的蹂躏，忍受难以想象的孤独和荒凉。

海的女儿说，为了这美丽的大地，我宁愿做一座雕像……

于是，海水渐渐退去，五光十色的海底世界消失了，最深的大海隆起来，成为最高的高原，粗糙的礁石变成了巍峨的高山，美丽的珊瑚变成了森林和草原，不甘寂寞的海的女儿，真的变成了一尊冰雪的雕像，高高地耸立在千山万壑之上。

几百万年过去了，海的女儿变成了雪山女神，在孤独和寒冷中默默地等待着。

不知道从什么时候起，人们从四面八方来到了她的脚边。

雪山女神爱抚地俯瞰着他们，给予他们慷慨的恩泽。

她让山涧的小溪潺潺地流淌，清澈的雪水流进了肥沃的田野，滋润着土地、森林和牧场；她让山谷的风愉快地吟唱，让森林的倒影在湖面轻轻飘荡；她让大地鲜花烂漫，弥漫着高山玫瑰的清清幽香……

人们感谢她，尊贵的雪山女神。人们在雪山脚下建起白塔，人们说，白塔就是雪山女神的象征，愿能保佑他们年年丰收，岁岁平安。人们还用石块和兽骨垒起一座座玛尼堆，上面刻着赞美雪山女神的颂词。

人们还挂起经幡，用他们心目中神圣的彩旗，把雪山女神装扮得更加美丽。

可是，人们永远只能匍匐在她的脚边。

鸟儿不能飞临她的肩头，因为她太高、太寒冷。走兽只能徘徊在她的脚踵，因为她太陡峭、太威严。

只有浓密的云雾、呼啸的风雪终日伴随着她，就连明媚的阳光、温柔的月光也难得一睹她尊贵的容颜。只要有谁敢走近她，雪山女神就认为那是对她的挑衅，她就用惊雷般隆隆的雪崩和飓风般狂暴的风雪驱赶入侵者，直到把他们埋葬在冰雪之中。

人们畏惧她，对她敬而远之。每年，人们为她举行隆重的仪式：为她点燃香烛，吹响长号，对她顶礼膜拜。

有一天，一位年轻英俊的王子从遥远的地方来了，他骑着白马，佩着宝剑，胸前抱着一束高山玫瑰，来到了雪山脚下，因为他听说，只要他能征服这座雪山，雪山女神就会还原成美丽绝伦的公主，与他结为百年伉俪。

人们聚集在雪山脚下，劝阻王子不要去冒险。人们说，雪山是神圣的，不容侵犯，不容玷污。可是王子听不进人们的劝告，他勇敢地向山顶进发，滚滚的雪崩挡不住他，巨大的冰川在他脚下如履平地。他跃上高高的山脊，离山顶只有一步之遥。突然，乌云骤起，狂风大作，大雪倾泻而下，转眼间天昏地暗，王子不见了踪影……

虔诚的人们在诵经祈祷，等云开日出，金光万丈，雪山女神依然冰清玉洁，傲然挺立，而王子却从此杳无音信，只留下一朵朵高山玫瑰在雪原上开放……

　　安群觉得手指已经麻木，可心情却松弛了，仿佛凿通了一条精神隧道，一束束心灵的光芒在这里交汇了。

51 破碎的白帆

陈晓薇进了门，扔下手里的提包，解开外套的扣子，脱下来也随手扔了出去。

随着提包和外衣稀里哗啦落下去，这间屋子里又恢复了平静。屋子的主人已经近似于习惯了这种平静，就在她要把身子陷到旧沙发里之前，她突然想到了什么。

她真的想到了什么，因为，今天她扔出去的提包声音很特别，比平时（她平时根本不去注意那种声音，因为每天都一样）沉重得多，仿佛有一样很重的东西装在提包里，像一座山那么重。她急忙朝那只黑提包奔过去。

这只小巧精致的提包今天显得有些异样，鼓鼓囊囊的，像塞了什么沉甸甸的东西。她捡起提包，唰的一声拉开拉链，露出一本印刷精美的英文版 *Reader's Digest*（读者文摘）。这是一个同事前两天从美国带回来的，陈晓薇不知道那个同事为什么要给自己带回来这样一本杂志，在大学时 *Reader's Digest* 是她经常阅读的英文杂志之一，可是，自从结婚以后，她已经对它有些陌生了。她忽然想起那个同事递给她这本杂志时的表情，他好像有点神秘似的——真见鬼。她心里暗暗地说。

她真的见到了鬼！

翻开杂志，她第一眼就看见一幅奇怪的照片，仔细看了看，是珠穆朗玛峰和另外几幅像垃圾一样的照片的叠合。她的心提了起来，凑到灯光底下，她看明白了，那是一些由冰雪、破碎的衣服、杂七杂八的用具混杂在一起的、被暴风雪和强烈的光线反复肆虐过的尸骨！一具具形态怪异的尸骨如同一个个骇人的活鬼，呈现在陈晓薇的面前，她不知道自己的手，自己的心，自己的神经是在怎样地颤抖。

一具一具的尸骨就这样散落在悬崖绝壁之下，一百多年来，极少有人知道他们是谁，他们曾经有过怎样的雄心壮志，要向这自然的极限挑战。更没有人知道他们曾经怎样同凶恶的死神作最后的搏斗而耗尽了自己的最后一息……这些尸骨在陈晓薇的眼前晃动起来，裹着冰雪外壳的破衣烂衫仿佛在舞蹈，发出窸窸窣窣的响声。陈晓薇吓得闭上了眼睛，她感到恐怖，手里的杂志被扔了出去，啪的一声，紧接着又听到砰的清脆的碎裂声。可是窸窸窣窣的声音并没有停下来。

不知过了多长的时间，当那些晃动的舞蹈的尸骨终于从她的脑海里渐渐变暗、变模糊的时候，声音听不见了，她惊恐的心跳也渐渐和缓平静下来。她睁开了眼睛，仍然是这间屋子，一切如常，只是地上散落了一些碎玻璃，原来是扔出去的杂志击落了床头柜上的一只玻璃杯，玻璃杯掉下来摔碎了，而那本杂志却滑到了床底下，有几页皱了起来，文字和图片重叠在一起，构成了一些古怪的图案。好像有一个个幽灵从里面向外窥视。

一夜的噩梦。飘浮的幽灵的影子始终像一片云，追随着她，压抑着她，使家变得令人恐惧，使睡梦中充满惊吓，只有在拥挤的公共汽车上和忙碌的办公室里，她的心跳才稍稍和缓一些，她的呼吸才能够顺畅。

又一天晚上，她从床底下捡起那本英文版的*Reader's Digest*，唰唰地先撕去让她的灵魂颤抖的那几页文字和图片，然后读了起来。世界变化得太快了，一本不太厚的英文杂志里透露出来的全新的东西，她觉得离她很远，仿佛她是另外一个时代的人，她仍然生活在过去。她不明白自己一离开大学世界怎么就变化得这么快，也许是前几年热烈甜蜜的爱情生活让她忘记了一切，也许是单位里散漫和庸俗的工作方式消磨了她的热情，或者也可能是世界本身的变化太大，而她自己却被困在旧时代的罗网里。这些可能都是原因，也可能都不是，也许这完全是因为肖顿河的固执。

不管那是什么，她决心重新学习。她的天资还在，她的聪颖和敏捷并没有因为她荒疏自己而有丝毫的减退，只是暂时躲进了她心灵的深处潜藏起来，等她一旦觉醒，它们就会飞快地突破遮蔽的屏障，像破蛹而出的蝴蝶那样，高傲地展现自己的美丽。

忽然有一天，她想到了要了解世界。办公室里的女同事在一起闲聊时，不外乎新颖的时装，最新的法拉利香水，还有化妆品、流行发式、新式美容面具，还有怎样服用延缓更年期的激素……她感到厌倦，因为她坚信女人的美丽是天生的。男同事聚在一起的时候，除了无聊中夹杂着下流的笑话，就是他们梦想中的名牌汽车、房子，还有一会儿赢一会儿输的足球……对于这些，她从不去想，她把自己隔绝起来了。

现在，当她要了解世界的时候，America（亚美利加）这个几乎每天都要出现的名词忽然对她有了一种极强的吸引力，这不仅仅是因为她熟悉海明威、菲茨杰拉德、厄普代克的作品，还因为有更强烈的、无法克制的东西在吸引着她。她如同一个刚刚认识到自己的能力、自己真正愿望的少女，渴望获取全新的知识，把每天创造着世界最新变化和潮流的美国作为自己人生的唯一目标。她已经实实在在远离了少女时代，可现在却有着比少女更无法克制的欲望和期待——到美国去！

这个念头一跃出她思想的海面，就像一座凸出于无垠波涛上的岛屿赫然耸立。她立即付诸行动。她的才华和敏锐又一次显露出耀眼的光芒，大洋彼岸好几所大学的文学院很快来信表示欢迎并给她提供优厚的奖学金，理由是，她对海明威作品令人惊讶的破译和深刻的见解。

桑地亚哥老头和那片破帆，还有那具大鱼的骨架，不仅仅是一种解构主义的手法，也不仅仅代表一种坚忍的意志和对失败泰然处之的宽阔胸怀，它还浸透着作者的一种对人性的深切关怀——怜悯。哪一个真实的打鱼人能有桑地亚哥老头的这种运气，在那群鲨鱼的凶猛攻击中居然还驾着那片破帆和那副大骨架"光荣凯旋"呢？

人在与自然力量的对峙中是渺小的，脆弱的，这不仅是因为自然力量强大无比，而且，也是因为人的野心和贪婪。人总是想做与自己的能力不相称的事，其结果往往是失败。海明威刚健而锋利的笔触也难掩内心深藏的慈悲和软弱——一个杜撰出来的、凯旋而归、深受赞扬的桑地亚哥老头。可是，又有谁会想到这种慈悲和软弱带来的长远的影响呢？又有多少人会重蹈覆辙，从此一去不归呢？

肖顿河，陈晓薇忽然觉得他变成了一个很陌生的人。他好像已经在她的记忆中消失了，浮现在她脑海里的，只有那片破碎的白帆，还有那看似平静，但深藏着海啸和鲨鱼的大海，它们就如同那座雪山——她总是静静地矗立在那里，可她却深藏着凶险的杀机，等待着痴迷她、崇拜她的殉道者。现在你还安然无恙，只因为你还没有真正地走近她。看看 *Reader's Digest* 上的那些尸骨吧，那些攀登珠峰的英雄好汉们，那些殉道者，那些发狂的人们，他们的真正意图，也许是为了把自己的尸骨安放到这地球的最高处，让后世的人们永远仰望他们，就像现代的人仰望古代的悬棺一样。

这时手机响了一声，又是谢卫国的短信息。陈晓薇迟疑地从小提包里拿出手机。这段时间她不想看谢卫国的短信息，她不想让一种不应该出现的情感搅扰自己，她已经有了预感，如果这样发展下去她也许会陷进一张网里挣脱不出来。不，不要……尽管肖顿河这样冷落她，可她还是愿意保持一份纯洁。现在的社会纯洁的人越来越少了……

　　陈晓薇还是打开了短信息，上面写着：晓薇，星期五晚上有一个诗歌沙龙，你愿意去吗？

52　格林菲斯的捐款

老同学聚会的事渐渐在陈晓薇的脑子里淡漠了，相别20多年后重新相逢的那种激动，回忆往事激起的那种青春感，还有这些年来同学之间生活境遇的巨大差别对心灵的冲击，都像一杯泡好了忘了喝的茶一样，慢慢地冷却、变味了。生活中虽然有了细小的变化，但那是不易察觉的。比如，下班以后，她不再只是买晚饭吃的东西，方便面、火腿肠、鲜橙汁、杏脯，她还会随手翻翻报摊上的小报、杂志，如果心情好的话，她也会随手捎上一份报纸或是一本杂志。

晚上在家里，她不喜欢看电视，她觉得这几年有些节目越来越乏味，虽然各式各样的娱乐节目越来越多，仔细看看，却发现不过是些东拼西凑、改头换面的东西而已。有些电视剧实在太拖人，动不动就四五十集，还有一些矫揉造作的表演，让人厌恶。

陈晓薇像往常一样简单地吃了点东西，然后倒了一杯橙汁，坐在那张旧沙发上，双手端着杯子，很有耐心地品味着。

时间很慢地过去，杯子里的橙汁越来越浅了，她随手把下班路上买来的那厚厚的一叠报纸翻开，新闻、娱乐、金融、教育、房产、汽车……

她一页页很快地翻过，就在她失望地要把报纸扔开的时候，体育版上一行醒目的大标题出现在她的眼前：

格林菲斯（中国）股份有限公司向中日友好梅里雪山考察

队捐款一百万元

　　她怀疑自己看花了眼，飞快地把报纸拿了起来，双手捧着报纸举到眼前，没有看错！详细报道中还有谢卫国通过新闻界和登山协会向中日友好梅里雪山考察队中方队员表示慰问的话。报道还说，有关的物资采购工作已经紧张地展开，要赶在冬季到来之前把物资运抵梅里雪山。

　　陈晓薇的心里立刻就乱了，她不知道谢卫国这样慷慨的捐赠意味着什么，他想得到什么？也许是一种名誉广告，毫无疑问，他会得到双重的回报——更高的名声和更多的商业回报。可这对肖顿河他们是意味着更快地取得成功呢，还是更彻底地走向失败呢？她无法作出判断。她更无法判断的是，如果没有这一百万，肖顿河他们将如何在那里度过漫长的严酷的冬天。而有了这一百万，他们什么时候才能回来呢？

　　她忽然有点恨谢卫国，更恨肖顿河。可又觉得不应该恨谢卫国，也许他真是出于好心，出于对老同学的一种关心和支持。应该恨的还是肖顿河，为什么这么固执地要去梅里，一次又一次，他已经不想要这个家了，或者说，这个家没有他去登山重要，而她就是这个家的女主人，他已经不关心这个女主人了。他曾说过，等到攀上更高峰就回来。他说，晓薇，到那时候我再也不离开你了，我们天天在一起……可是他总是说空话。在登上海拔4600米时，他这样给她许诺过，在登上5790米时他说过，最后登上6000米回来时，他还是这么说。她觉得他已经被梅里雪山迷住了，不会再回到她的身边了……

　　十点半的时候电话铃响了，陈晓薇却不接。铃声一遍两遍很固执，最后终于不响了。

　　谢卫国给中日友好梅里雪山考察队一百万赞助的这条消息把陈晓薇

的睡意赶得无影无踪。夜深了，她还是睡不着，她拿过一本关于海明威的最新研究文集，却烦躁得连一行字也看不进去。她干脆爬起来，她想收拾一下厨房，就把煤气灶擦来擦去，忽然，煤气警报器嘀嘀响起来，她吓了一跳，半夜三更这响声特别刺耳，警报器上的红灯也一闪一闪的。她赶忙关好煤气，打开窗子通风。她觉得很想哭一场，也许哭一场心里就会痛快一些，可是她却哭不出来。

过了一会儿，她又回到床上，关上灯，把自己没入黑暗，可是闹钟嘀嗒嘀嗒的声音却特别响。她用一个枕头盖住自己的一只耳朵，把另一只耳朵深深地陷进下面的枕头里，很快就觉得脸上热乎乎的，她只好把枕头掀掉，嘀嗒嘀嗒的声音又刺痛她的耳膜。她又爬起来，把闹钟塞进衣橱里的一大堆衣服里，关好橱门，嘀嗒嘀嗒的声音听不见了，四周变得很静很静。她尽量地放松自己，尽量舒适地躺着，胳膊和腿尽可能地舒展，很随意地平放在床上，脑子里只想着呼吸、心跳、睡眠……她开始数自己的心跳，一、二、三、四、五……

大街上行人很少。上班的高峰时间一过，车辆也很少了。陈晓薇在一条林阴道上走着，漫无目标地走着，她不知道自己要去哪儿，也不知道有什么地方可去，她只是顺着马路，朝着一个方向走着。有几片枯叶从梧桐树上落下来，在她的眼前飘落到她的脚边。她抬头看看，夏天里浓密得透不过一线阳光的梧桐树叶这时候已经变得稀稀落落，使得此刻透过树叶的阳光有些晃眼。树叶也已经褪去了那曾经骄人的浓绿和湿润，有的已经焦黄干枯了，在风中瑟瑟地等待着归入地上那一片片一堆堆的枯叶中去。

陈晓薇——陈晓薇——忽然，有人在喊她，陈晓薇像被人从梦中惊醒一样，睁大眼睛茫然四顾，人们脚步匆匆，没有人注意她。

陈晓薇——喊声又起，是一个很耳熟的声音，她不知所措地四下看看，直到一辆黑色奥迪车从马路对面转过车头，驶到她的跟前停下。车门开了，陈晓薇这才看清，是宋梅樱。晓薇，你一个人在大街上溜达什么呢？你看你像丢了魂似的，叫了半天也不答应。宋梅樱故意做出有点生气的样子。

我……我没干什么。

你呀，都不知道自己在干什么。来，快上车吧，要去哪儿我送你。

陈晓薇不情愿地上了车。

好多天没见你了，怎么样，还行吗？宋梅樱把车驶上林阴道的快车道，怎么无精打采的，肖顿河快回来了吧？

快回来？看来他不会回来了……

别说气话，总会回来的。

梅樱，你知道吗？谢卫国给了他们登山队一百万赞助呢。

这事我知道。哎，你是听谁说的？

昨天的报纸，大报小报上都有。

谢卫国没告诉你吗？

陈晓薇笑了，他告诉我干吗？又不是我的钱。

可登山队的中方代理队长是你的丈夫啊。谢卫国为什么不告诉你一声呢？

算了，别说了，一百万可不是个小数，也许能让他们改善一下条件。

陈晓薇，你呀，又心软了吧？宋梅樱笑了。还是你们好啊。不过谢卫国还算可以，像老同学的样子，你说呢？

陈晓薇没再说话，只是一脸的怅惘。

宋梅樱还在说，你呀，不要太死心眼儿，世界这么大，干吗非一个劲儿往牛角尖里钻？肖顿河也真是的，别以为没有他你就不能过，要我说，你应该过得更好。

晓薇，我请你吃早餐吧。宝云大厦的西餐可是一流的。宋梅樱自顾自地说着，把车开到宝云大厦门口停住了。陈晓薇拗不过宋梅樱，只好跟她去了顶层的一个西餐厅，侍应生立刻就笑容满面地迎上来。

宋梅樱选了靠窗的一张桌子，从这里可以眺望整个城市的景色。

两份早餐端上来了。浓浓的多米尼加咖啡、果汁、鲜牛奶、煎鸡蛋、烤肠、蔬菜沙拉、哈密瓜、葡萄、番茄酱、烤面包片……在两个人的面前摆得满满的。宋梅樱很熟练地给咖啡放糖，再倒上一小杯鲜奶，用搅棒搅匀，喝了一口。嗯，味道很好，你也尝尝吧。她头也不抬地说着，又给一片面包片抹上番茄酱，再夹上一片奶酪，很优雅地咬了一口，红色的番茄酱在她的嘴边沾了一点，她用餐巾纸轻轻地擦去，又用叉子叉了一块烤肠放进嘴里。

你这么会吃啊。陈晓薇自己也不知道怎么会冒出这样一句话来，可是话一出口，后悔也来不及了。

呵，在加拿大的时候总是吃西餐，还能不会吃吗？哎，晓薇，你吃呀。宋梅樱抬起头来，看见陈晓薇一动也没动地干坐着。她问，这么好吃，你为什么不吃啊？

我……我前几天听说，肖顿河他们在……在那里已经好多天连脱水蔬菜都吃不上了。陈晓薇嗫嚅着。

陈晓薇，你这个人就是心太重，他不管你，你管他干什么！你呀，想开点儿，要学会照顾自己。宋梅樱很真诚地说。她忽然又问。哎，你现在住在哪儿啊？

还在老地方。

还住那破房子呀，我的天，怪不得你整天闷闷不乐的呢，你也该换换地方了。

是啊，房子太小了，这些天楼上有家新搬来的正在装修，每天从早到晚叮叮当当的，吵死了，我都没办法看书了。

这样吧，我给你找个地方，你先去住些天，换个环境心情就会好起来，一会儿我就带你去。

陈晓薇在宋梅樱的劝说下，跟着她来到了翡翠湖边一栋米色的小楼前。

这是一栋西式的两层小楼，在绿树掩映中露出洁白的墙，尖尖的红色的屋顶高高地矗立着，远远地就能看见，特别显眼。门廊连接着汽车道，汽车可以一直开到门口。宋梅樱没有把车直接开到门口，而是开到了门廊一侧的停车道上。她下了车，领着陈晓薇踏上门廊前低低的台阶，一股植物的清香和湿润的气息立刻就把她们包围了。来到楼前，陈晓薇看着眼前豪华的防盗门，不禁想起了自己住的那个楼洞，低矮、狭窄、阴暗，还被自行车和各式各样的杂物充塞得只剩下一条弯弯曲曲的小胡同，常常只能容一个人勉强通过。而这里却是一个完全不同的世界。

宋梅樱用一串数字开了电子密码锁，厚厚的金属门开了，陈晓薇惊奇得差点叫出声。展现在她面前的是一个偌大的客厅，她从来没见过这么大的客厅，大得可以让一个中型乐队在这里演奏。客厅里的陈设更是让她目不暇接，考究的西式家具、色彩斑斓的现代派油画、崭新的三角钢琴，还有精心栽培的热带植物……

这，这是你的房子吗？陈晓薇这一次又像刚才在宝云大厦的西餐厅里，话说出口又后悔了。怎么会问这样的傻问题呢？不是自己的房子她带你来干吗？不过，宋梅樱怎么能有这么豪华的房子呢？丁首都只是医科大学的研究员，而宋梅樱在去格林菲斯（中国）股份有限公司任职前，在加拿大时也不过是个计算机公司的工程师……

我可买不起这么好的房子，告诉你吧，这房子是谢卫国的。宋梅樱对陈晓薇的问题并不介意，她很爽快地说。他现在不住在这儿，房子空着，让我替他照管。

一听说是谢卫国的，陈晓薇心中的一连串问号立刻就全划掉了。她的眼睛在一件件从未见过的新奇摆设和装饰品上看来看去，竟忘了宋梅樱的存在。

晓薇，你愣什么呀？宋梅樱见她好半天不说话，忍不住冲她提高了嗓门。

噢，没什么。我从来也没到过这样的地方，真不知道谢卫国原来还有这样的房子，这太奢侈了。要不是亲眼所见，我连想都想不出来。陈晓薇说。

现在谁有了钱不知道享受啊，谁像你那位肖顿河，整天和一座大雪山缠缠绵绵的，那能生出钱来吗？真是愚不可及。还有你，死守着个旧观念，捧着个金饭碗过那种寒酸日子。

你别说了好不好，我都烦死了。陈晓薇被宋梅樱的一番话说得有些头晕，可是宋梅樱并没有停止她的唠叨。

晓薇，你不知道自己已经多大了是吧？时间一晃就过去了，你看看我，皱纹都出来了，再过两年，我们有天大本事也没用了。现在我们在外面做事，人家不看别的，就看你这张脸。让我说啊，趁着自己还年轻赶快闯闯。我觉得就凭你这张脸，你的身材，你的气质，一定能成就一番大事业。

陈晓薇先是半天没有说话，然后又轻轻摇了摇头。

宋梅樱又领着她上楼去看了卧室、浴室、书房，每一个房间都让陈晓薇惊得说不出话来。她们最后来到二楼宽大的阳台上，阳台中间有一张圆桌，几把藤椅，四周摆放着各种植物和花卉。宋梅樱和陈晓薇两个人面对面坐着，一边喝着冰镇的饮料，一边眺望着远处的翡翠湖和更远处的蓝灰色的燕山。

陈晓薇忽然想起了肖顿河，哦，人到底是为了什么？为什么在同一个天空下，竟然有这样截然不同的生存状态？虽然她不能充分想象肖顿河他们的生存环境，但是仅仅凭直觉她也清楚地知道，这里和那里处在世界的两个极端，也许是两个世界。她自己属于哪儿呢？她不知道，或者说暂时还判断不出来。人要正确地判断自己的生存处境，不仅需要智慧，更需要勇气。

你要是喜欢，就住在这儿好了。这里什么都有，想要什么就有什么，只要你能想到。宋梅樱眼睛看着远处，很平静地说。

我怎么能住谢卫国的房子呢？陈晓薇说。

你呀，还这么拘谨，这么死心眼儿。我们都是四十岁的人了，还有几天风光的日子？在这里住住怕什么？那次你加班帮他们公司翻译了那么重要的一份资料，谢卫国送你首饰你死活不要，人家赞助了肖顿河你还不高兴。要让我啊早就不理你了。宋梅樱又说，对了，我还忘了告诉你，我给他们格林菲斯公司编了一套计算机程序，那用了我一个月的时间呢。我看在老同学的分上没和谢卫国讲价，这已经够便宜他的了……所以他说让我住在这房子里，告诉你吧晓薇，谢卫国还有好几处别墅呢，他要是知道你住这儿准会很高兴。

真没想到，仅仅几年的时间，人和人就有了这么大的差距，咱们上学的时候谁想过现在会这样？陈晓薇轻轻叹了口气说。

你没想到的事还多得很呢。做人嘛，就是要心胸宽广，这样才能做大事情。你看谢卫国，他要像你这样缩手缩脚的能成得了大事吗？不管怎么样，你就来住一段吧，你不住，这么好的房子也是闲着。我要不是因为女儿上学离家近，早就搬到这儿来了。宋梅樱又说，你尽管住这儿，平时这里很清静，谢卫国偶尔才来看看，或是在这里开个舞会。晓薇，你搞外国文学研究不多见见世面怎么行？你来吧，把别的事先忘掉。宋梅樱在耐心地劝说。

梅樱，我……我再想想……陈晓薇憋了一会儿才说。

好吧，你想好了就给我打电话。

53 诗意之夜

　　丁小漠正在忙着接电话，他的手机铃声一下午就没断过。由他和新青年诗人协会策划并创办的新千年青春诗歌沙龙今晚就要举行成立仪式了，这个活动举行的地点就在宝云大厦的旋转观光餐厅里。

　　能够创办这个沙龙，丁小漠很感激嫂子宋梅樱，是她帮忙找到了赞助，赞助人是她和哥哥丁首都的老同学——格林菲斯（中国）股份有限公司的总经理谢卫国。开始丁小漠是请哥哥帮忙的，因为他好多次听哥哥说过，谢卫国当年上中学的时候曾被大家称为"我们的诗人"。他写的一些诗那时候还在同学当中传抄过。丁小漠对这件事非常感兴趣，就请哥哥帮助联系谢卫国。可他没想到哥哥怎么也不愿帮这个忙，他说，他不希望和谢卫国谈什么经济方面的事。丁小漠觉得哥哥简直愚蠢极了，这有什么呢？他无非是觉得面子上过不去，自己当年的同学——那时一个会写几首打油诗的家伙，今天居然有了钱，成了一个大名鼎鼎的老板。丁小漠也从哥哥的语气中听出来，他不愿找谢卫国还有一层原因，据说谢卫国上学时曾经追求过嫂子宋梅樱。这又有什么呢？一个女人被人追求不好吗？他觉得哥哥这个人真是个书呆子，都什么年月了，还在乎这个。他找嫂子宋梅樱帮忙，她一口就答应了，她还告诉他，谢卫国非常慷慨地赞助了中日友好梅里雪山考察队100万元。

　　丁小漠提前半个小时就在宝云大厦门口等着了，快七点的时候，他看看手表，谢卫国该到了。大厅里几位青年诗人已经捧着一大束鲜花在等候。今天来的人很多，有诗人，也有诗歌爱好者。他看见燕北大学诗歌协会主席陆兵也来了。看着眼前络绎不绝的人，他想，这足以说明青年们对诗歌的热爱。

一辆崭新的黑色加长型奔驰600A驶入灯火辉煌的宝云大厦的门廊，一位彬彬有礼的侍应生上前打开车门，随着车门锃亮的烤漆在灯光中很耀眼的一闪，谢卫国从车门里跨出来，在人们的簇拥下，大步走进宝云大厦华丽的金色大门。谢卫国身材高大，算是仪表堂堂，也有几分儒雅。他穿着一身意大利弗里兹灰色西装，打着一条金斑豹纹的真丝领带，脚上穿一双古里登鳄鱼皮鞋。他刚刚走进大厅，两名身材高挑、皮肤白皙、穿一身银白色旗袍的迎宾小姐和几位正在迎候的青年诗人就赶忙迎上来，献上鲜花，把他引进贵宾专用的豪华电梯，直上36层的旋转观光餐厅。

谢卫国是宝云大厦的常客，他在这里与客户洽谈大笔的生意，与外商运筹国际承包项目,谋划雄心勃勃的国际并购。在这里他如鱼得水。尽管这里费用高得惊人，有时一次消费不下数千美元，可这与成功后丰厚的利润相比，根本算不了什么。谢卫国曾对这里的董事长和总经理开玩笑说，他要把宝云大厦改名为宝运大厦，因为他每次都在这里交到好运，无论是生意还是名誉。啊，是啊，宝云大厦名声在外，也是承蒙谢总的大力扶持，我们衷心欢迎谢总多多光临关照。宝云大厦的董事长和总经理每次得知谢卫国要来，都要亲自出来迎候，如此寒暄一番。

今晚谢卫国来宝云大厦事先却未打招呼，因为这是与一帮文人和诗人聚会。自己十多年来搏击商场，事业有成，声誉在外，离开从小就爱好的文学和诗已经好多年了。他觉得自己做人倒也不是尽做样子给人看，而是实实在在的，是什么就说什么，是大老板就是大老板的派头，绝不做附庸风雅的伪君子。但是今晚的聚会确实非同一般。那天，他接到宋梅樱的电话，说要带丁小漠来找他谈赞助新千年青春诗歌沙龙的事，那一会儿不知道是什么牵动了他头脑里的一根怀旧的神经，他的心头一颤，随即生出一丝伤感。这么多年在商场上叱咤风云，什么都见过了，什么都有了。什么痴人说梦般的，幻象中的事情，只要有了钱，竟然都变成了活生生的现实。可这种日子只能往前走，绝不能回头看。他觉得自己这个人，只要有谁拨动了他的那根怀旧的神经，就算掌握了他这台发动机的开关，想叫他干什么，就能叫他干什么。不久，丁小漠让一位年轻的女诗人给他送来了请柬。

格林菲斯（中国）股份有限公司

尊敬的谢卫国先生：

　　新千年青春诗歌沙龙成立仪式将于本月20日（星期五）晚上7:00在宝云大厦36层旋转观光餐厅举行，诗界全体挚友恭候您的光临。

《冰山》杂志社

在考究的深红色封面上，正中是烫金的"请柬"两个隶书大字，在请柬的左下方，用小楷印着几句诗：

　　岁月已从鬓边褪去

　　给心灵留下一片苍白

　　我不安的灵魂啊

　　你羁旅何方？

正是因为这几行不起眼的小字，谢卫国不仅慷慨地掏出 10 万元赞助，而且还欣然答应参加这个活动。

谢卫国在人们的簇拥下走进会场，迎接他的是凌乱的掌声。他毫不介意，诗人就是这副样子，自己年轻时也是这样，常常衣衫不整，头发蓬乱……可诗兴一上来，就像换了一个人，慷慨激昂的时候，声如洪钟，悲愤难忍的时候，也是顿足捶胸，泪如雨下。在别人眼里他就像个疯子，可他心里是真痛快，仿佛看见自己的灵魂在高空里飘荡，羽化……

这时，一位漂亮的电视台女主持人快步走上台，用甜甜的朗诵般的声音说：各位朋友，今晚谢卫国先生能够光临新千年青春诗歌沙龙，我们深感荣幸。尤其是谢先生慷慨解囊，赞助 10 万元，我们文学爱好者，还有青年诗人才有机会欢聚一堂，互相交流，在此，我谨代表《冰山》文学杂志社和新千年青春诗歌沙龙的朋友们向谢先生表示衷心的感谢。我还要告诉大家，谢先生年轻时也是一位才华横溢的诗人。丁小漠总编说，最近他们收集整理了一些谢卫国先生的诗，这些诗很快就要在《冰山》上发表了。这时，她看看站在身边的丁小漠，问，丁总编，是这样吗？

啊，是啊。丁小漠很谦恭地说，我们《冰山》文学杂志社还准备和蓝湖文学出版社联系，编辑出版一本谢先生的诗歌选集，我们期待着它早日与读者见面。

女主持人接着说，下面我们欢迎谢卫国先生讲话，之后大家如果有什么问题还可以请教，这个机会对我们来说很难得，谢先生前几天曾表示很愿意和大家交流。谢先生，请——

谢卫国在一阵掌声中讲话了，他说，我高中毕业以后，没考上大学，还成天在外面闯祸，父母一气之下，把我送回了老家。在乡下那段时间，我的确写过很多诗，也抄过很多诗。记得在村里的时候，有一个爱好诗歌的小伙子每天晚上和我一起写诗，你一句，我一句。有一次他写了两句诗给我，我还清清楚楚地记得他是这样写的：十六七八，锦绣年华。当时我在下面加了两句：天天地瓜，两腿泥巴……

哈哈哈……

几句开场白，让其中几个习惯于面无表情的 e 时代新新诗人吃惊不小，有一个打起精神，扶扶眼镜，开始仔细看着这位穿着举止和谈吐反差极大的中年大亨兼诗人。

谢卫国接着说，那时候我不记得写了多少诗，那些诗——每一首都热乎乎的，听了想流泪。有时候我们没了粮食，或是粮食不够，一天只吃一顿饭，饿得不行，我正在成长啊，半夜都饿醒过，我醒了就背诗，默默地背，只有一个人的心里能听见，黑暗中的诗。我想忘掉饥饿，我什么都背过，只要是会的，普希金的、莱蒙托夫的、席勒的、海涅的、马雅可夫斯基的、高尔基的、郭小川的……什么穿裤子的云暴风雨中的海燕还有团泊洼……那时常想，什么时候有钱就好了，买些粮食，吃饱，还要炖一大盆肉……吃饱了，就写诗，当诗人……当中国的……后来 20 多年过去了，我真的有钱了，不过我现在没再写过诗，太忙，我不知道我的诗都到哪儿去了，也曾试着写过，可是没有什么像样的东西。总之一句话，没钱的时候盼望有钱之后能写诗，有了钱之后却又没时间写诗了，有时候觉得还是从前没钱会写诗的日子好……我有时也想，丰富的物质生活后面是什么？为什么生活越安逸，人就越空虚？精神的天空究竟有多么辽阔？心灵的河流究竟奔腾到哪一天才能停息？呵，今天看见你们一张张年轻的面孔，我很感慨，年轻就是希望啊，我希望在座的各位都能写出好诗来。

年轻的诗人们热烈地鼓掌了，一个女诗人跑上台，很激动地拥抱了谢卫国一下，在他的脸颊上留下了一个很热的吻。

台下一片掌声和欢呼声。

谢卫国的脸红了。

女主持人又上台了，她说，大家可能还不知道，谢先生不但大力支持我们的活动，他还是中日友好梅里雪山考察队的中方赞助人。对于社会有益的事，他是这样慷慨大度，让我们向谢先生表示敬意。

一阵更加热烈的掌声。

这时一个装扮很前卫的青年诗人撩了一下很长的彩发，拿起话筒说，请问谢卫国先生，您不但赞助了我们这个活动，您还赞助了中日友好梅里雪山考察队，您为什么要做这些事呢？

谢卫国说，支持体育事业是理所应当的，这件事不足挂齿……他沉吟了一下又说，我做这事心里并没有想得太多，就觉得应该这么做。攀登高峰是一件了不起的壮举，更何况攀登梅里雪山呢。据说这座山至今还没有人登上去过，而且很多人都知道，去梅里雪山是有生命危险的，有些人不是已经永远留在那里了吗？我想，敢于去攀登雪山就不简单，男人嘛，就是要有敢为人先的精神。

台下又是一阵热烈的掌声。

谢卫国又说，我没想到的是，在这支登山队里还有我的老同学肖顿河，我感到很骄傲。肖顿河是我的中学同学，那时候我们两个都是班里的捣蛋包，经常打架，我打破过他的鼻子，他扭伤过我的胳膊。一转眼那都是20多年前的事了……前些天，我见到肖顿河的夫人陈晓薇，她说肖顿河他们的生活很苦，日方有自动加热罐头，我们却没有，日方有最先进的通信设备，我们却配不上，我想我还是有民族自尊心的。

他停了一下，又说，我那位老同学可是真不容易，十年如一日，为了攀登那座雪山，自己的家，自己的生命都不顾了，可我不能不顾老同学啊。虽然这么多年我们没有见过面，可是一听说他们在那里一连几个月只能吃压缩食品，我心里就……但愿这一百万能给他们一些帮助……

人群中发出一片惊叹。一百万啊，一百万干什么不好，扔到那冰天雪地里去有什么用？太阳一照，还不化成水了吗!有人在下面嘀咕。

钱多了，不买名誉买什么？

哎，谢总的夫人是干什么的？一位女诗人问身旁的人。

不知道，肯定是个大美人吧!

他有夫人吗？旁边有人问。

听说他离婚好几年了。

是吗？

真的啊？

人群中发出一阵唏嘘。

这时，台下更多的人举起手来，会场好像成了记者招待会。丁小漠想阻止，谢卫国却摆摆手，请大家随便提问。

请问谢先生，您认为您能算一个诗人吗？有人问。

谢卫国笑了，他说，我算不上什么诗人，只是写过一点穷诗。古人说，李杜文章在，光焰万丈长，我跟大诗人是没法比的，可我毕竟比当代的青年诗人早写了二十几年诗嘛。所以，今天出席这个诗会，也是权把今朝比当年吧。

又一个问题，谢先生，我想请问您在事业上是怎么成功的？

谢卫国脸上露出一丝不屑的微笑，这也许只有他自己才能感觉到，这就像中学生的提问。他说，那时候，我在农村熬了两年，后来又考上了大学，改革开放了，我也下海啦，开始我也沉了几回底，呛了几口水，后来就浮上来了，不过我从没觉得自己已经成功了……

谢先生有如此谦逊的美德，更让我肃然起敬。丁小漠扶扶眼镜插进来说。各位朋友，自由的诗和灵感的境界，与自由的人性境界构成了灵魂诗意地栖居的所在。在这里，无论灵感还是人性，都贵在自由。诗人在诗的意境里挥洒自如，是自由的；商人在经商的天地里纵横驰骋，也是自由的。而谢先生在这两个空间里都往来自如，我很羡慕。人生最可怕的，最不应发生的，就是把自己禁锢在一个预设的目标或者叫作樊笼里，我深为那些把自己锁定在婚姻、家庭、事业、理想和教义等等所谓人生目标上的人们惋惜，有的人甚至冥顽不化，作茧自缚，甚至为此作出无谓的牺牲，制造新的人间悲剧，真是可悲又可怜，也令人痛惜。诗意的人生，诗性的人生，应当是自由的。自由的飞翔，多么令人神往！让body和soul都无拘无束，才是我们这个新千年青春诗歌沙龙的真意。愿它的成立给朋友们一片自由的天地，在这里，永远是明媚的春天……

成立仪式结束了。

我们跳舞吧！不知谁喊了一声。

那位留着彩发的新新诗人大声叫起来，让诗的灵魂飞翔吧！

舒缓轻柔的音乐声响起，谢卫国轻轻拉起女主持人的手，和她一起步入舞池。旋转餐厅里灯光渐暗，旋转激光射灯亮了，把一个个五颜六色的光斑投射到人们的身上、脸上，投射到巨大的落地窗玻璃上。一对对舞伴翩翩起舞。远处的高楼上，闪烁的霓虹灯光透过落地窗映入舞池，与旋转的激光交映在一起，组成一幅幅旋转流动的、有些异样的画面。

丁小漠没有找舞伴，他不想跳舞。他独自倚在落地窗的窗框上，透过眼镜的镜片看着这座城市的夜景。林立的高楼，闪耀的霓虹灯，映在窗玻璃上的憧憧舞影和令人眼花的闪光，这个诗意的夜多么美啊。

54　生命的对映

　　从音乐学院一个被梧桐树的枝杈遮掩的琴房里，传出了一支乐曲，它像神话般空灵，又有着现实的贴切，它有着爱的热烈和激扬，又流淌着世外桃源一般的宁静和悠远……每一个从旁边走过的人都被它吸引，情不自禁地驻足聆听。

　　肖五洲在练习安群的作品《传说之谜》。为了演奏好这个作品，他几乎像金属回炉一样，从头开始。他觉得在音乐学院的大学生爱乐乐团受到了很多教益。虽然乐团的演出是业余的，无报酬的，也够不上什么级别，但是乐团对演出水准的要求却是严厉的，甚至是苛刻的。

　　一位音乐系的导师曾对他说过，只有当你演奏的节律与自然和生命的节律绝对一致的时候，你的演奏才具有永恒的魅力。

　　肖五洲在琴房里送走了缤纷的落叶，《传说之谜》已经变成了从他的琴弦和琴弓上流出的心曲。一天傍晚，他在练习《传说之谜》，当他的琴声随着夜幕的垂落渐渐消失，他从乐曲中回到现实的时候，他惊讶地发现，琴房外面站着很多人，他们都被他的琴声迷住了。

　　其实，第一个听众应该是安群啊! 他这么想着，就急匆匆地收起大提琴。正要出门，却又忐忑不安起来。有几次他在安群的床边演奏过一些片段，他觉得自己对作品的处理已经比较完整了，可安群并不满意。她有最敏锐的听觉，她一次次打断他的演奏，不让他放过对任何一个细节的处理。特别是乐曲中融合的藏乐富有神话般魅力的片段，安群要他唤起内心对梅里雪山的向往，将激情燃烧起来……

　　肖五洲在安群的床边摆好大提琴，低头沉默了一会儿，才缓缓牵起琴弓。连绵的旋律，起伏的思绪，后来，他仿佛听见大海说，海的女儿要永远在海底的宫殿里生活，如果离开了大海，就会变成荒原上的一座雕像，忍受严寒和狂风暴雪的蹂躏，忍受难以想象的孤独和荒凉。他又听见海的女儿说，为了这美丽的大地，我宁愿做一座雕像……

　　肖五洲在不知不觉中结束了最后一个音符，他抬起头，眼前好像还有一片海的蓝色的迷离。他没有看清安群，也没有听见她的声音。安群……他放下琴弓，静静地等待了一会儿，然后轻轻地叫了一声。

　　五洲，太好了，真的，我没想到。安群细长的眼睛看着他，露出宁静的微笑。她又说，音乐所需要的不仅是激越的情感，更需要一种灵魂的感悟，你的演奏已经把曲作者的思想传达出来了，可是还不够，有些地方还可以再细致一点。

　　肖五洲在回宿舍的路上，一直想着安群的话。他觉得，作曲家和演奏者所做的，就像是一种思想的接力，准确地表达才能使作品更完美。他再一次拿起琴弓，寻找一种融合了天然和人工的共同的乐音。太难了，他不禁发出感叹。音乐所包容的，有时恰恰不是自己头脑里所具有的，所以才会觉得这么难。接下来又是反复枯燥的练习。有时候他都有些灰心了，他不止一次地问，梅里雪山，你在冰雪之下究竟隐藏着什么啊？

　　这时有人喊他接电话，是安娜。

　　五洲，我已经给你打过十几次电话了，你去哪儿啦？为什么不接电话？安娜追问着。

　　安娜，我哪儿也没去，总是在琴房，那里没有电话。

五洲，你不是答应过来我们学校演出吗？下星期我们学生会要举行一个联欢会，请你们一定参加，行吗？安娜问。

肖五洲说，安娜，这件事早就在我们的日程上了，我原想演奏《传说之谜》，可现在觉得还不够理想。

好了，五洲，你不要谦虚了。安娜说，我姐姐说你的演奏已经感动了她。我想音乐家应该走出象牙塔，面对大众啊。作品究竟怎么样，观众自有公论。你一定要来。

那……这样吧。肖五洲说，我这就去找团长。哎，安娜，什么时间呢？

下个星期三晚上七点怎么样？

好吧。

星期三的晚上，肖五洲度过了一个让他难以忘怀的夜晚。联欢会上，大学生们火一样热烈的气氛与礼堂外面的严寒仿佛是两个截然不同的季节，他和乐团的演奏是在鸦雀无声的屏息谛听和雷鸣般的掌声中交替进行的，他忽然觉得自己找到了苦苦寻找的东西，那就是神话与现实的接合，古老的传说和年轻生命之间的一种对映……

55　地图和指南针

陈晓薇在别墅高大的落地窗前向外眺望。这里离市区很远，邻近新的城市开发区。门前是宽阔的湖滨大道，后面不远处是一片起伏的青山。从山脚到山坡，树林中是一片片的楼房，有成群的公寓楼，也有一座座两三层的复式小楼。湖光山色，白墙红瓦，在一片片绿色映衬下显出特别的情调。这里是城市的高档住宅区。陈晓薇从没见过这么漂亮、这么宽敞的房子。夜晚，一盏盏欧式路灯和草坪灯与远处翡翠湖的粼粼波光一起映出了一片安宁。屋里的灯光明亮而柔和，水晶吊灯、各种壁灯、自动调光的落地灯，还有装饰橱里的射灯，她觉得自己就像进入了过去看过的编造痕迹很重的电视剧——那种电视剧里的男女主人公不知怎么的都很有钱，都是董事长总经理什么的，他们好像都住这种豪宅。

晚上十点半，电话铃响了。

陈晓薇心里一惊，接不接呢？又一想，一定是谢卫国。

喂，谁呀？她犹豫了片刻还是拿起话筒。

晓薇啊，我是卫国。

哦……你怎么知道我在这儿呢？陈晓薇忽然紧张了一下，尽管她已经猜到是谢卫国，可听见他的声音还是有些尴尬。她庆幸自己这会儿没有和谢卫国面对面，不然他会看见她脸红，会看见她的窘态。

她说，我今天刚……我还没来得及告诉你。

谢卫国笑起来，你就在这里住着吧，在这里看看书还是比较安静的。

不……我只是……

晓薇，你不用说别的，我们是老同学还用客气吗？

我……陈晓薇一时不知道再说什么，电话静默了几秒钟。陈晓薇忽然说，我看了报纸。

报纸？什么报纸？谢卫国问，

我是说，我看到你赞助登山队的事。

噢，我只是尽微薄之力，这没什么。时间不早了，你休息吧，晓薇。好吧，再见。

放下电话，陈晓薇躺在床上，宽大舒适的床，柔软的薄被，就像睡在天鹅绒里。枕头也是极柔软的，蓬蓬松松。这张床几乎要把她陷在松软之中，再用松软把她埋起来。她忽然想起家里的床，她很想那张普通的双人床，虽然它没有这张床舒服，可她从没有觉得这么不踏实。这样想着，她心里就生出一种难以言状的感觉，眼里也不觉流出了泪水。她有点内疚，或者说有点惭愧，为什么要住到这里？这里不是自己的家，这房子和自己有什么关系呢？她不停地问自己。

肖顿河，她又开始恨他，她觉得最近她因为一种压抑，做了一些愚蠢或是不应该的事。为什么总和谢卫国通电话，能说和他是一种纯粹的老同学关系吗？她猛地坐起来，又趴在枕头上，她想理清自己纷乱的心绪，她觉得那里已经缠绕成一团乱麻了。不，我没做什么，谢卫国也没有……一切都如同朋友一般……顿河，我什么也没做，只是心里……忽然她忍不住哭出来，一下一下地抽泣着，她好像很久没这么畅快地哭了。

这天夜里她做了一个梦，这个梦她再也不愿想起来了。她一次次想忘掉，可是越想忘却的东西就越忘不掉。她觉得很恶心，甚至想马上就回到那个五层楼的家里去。她心里很清楚，那里才是家。那个梦像鬼魂一样跟随着她，她感到烦闷，很想出去透透气。还是梦……她梦见自己和另一个男人躺在一张床上，她清楚他是谁，只是不愿确认，只是觉得厌恶。

早晨，她昏沉沉地醒来。屋子里极安静，窗外有只翠鸟叫了几声。她起来梳洗完毕，觉得心里从未这样空荡荡的，屋子太大了，她不知道做什么好。

她不想吃早饭，就坐在落地窗前的沙发上，她不知道自己现在该干什么，她第一次有这样的想法，过去一度她总觉得时间不够用，上班下班总是急匆匆地赶公共汽车，有时还要下车去超市买吃的用的，回到家里做饭洗衣服，晚上等一切收拾好了，还要挤时间看书译书，常常上床睡觉时已是凌晨了。那时候真累，精神总是很疲惫，她曾对肖顿河说，将来什么时候不忙了，我就每天睡觉，一直睡到不想睡。肖顿河说，那好吧，我把你带到梅里雪山去冬眠，我们什么时候冲顶成功再带你回来。

可现在她怎么也睡不着，有时整夜睡不着，好像是一只在茫茫大海上随波逐流、任意飘摇的船，不知道要漂向哪里，不知道要漂流多久，也不知道岸在何方，一切都是虚无缥缈的。她觉得心里从没有这样空漠，这样没着没落，仿佛世界上只剩下她一个人，她惶恐烦乱，不知怎么办，就像小时候在路上找不到家一样无助。

她蜷缩在沙发上，很希望现在有人来，独自一个人多么可怕，人本来就是社会的啊。肖顿河也一定会感到孤独，过去他曾对她说过，在梅里雪山，在任何人迹罕至的地方，人都会感到孤独，战胜孤独是需要勇气的。

她重重叹了口气，站起来，发现睡衣上破了一个洞，她非常喜欢这件白色的纱质睡衣，这还是结婚时买的，式样朴素简洁，虽然旧了，可依然洗得洁白，领口袖口和下摆的花边也都完整。她想找针线把洞补上。她拉开卧室里五斗橱的抽屉，每个抽屉都空空的，拉开壁橱，壁橱也是空空的，在这里找一根针很难。她想起自己有一个木线板，上面插了好几根针，大大小小，粗的细的都有。她很想立刻回家，那个家曾是温暖亲切的。她在那里度过了很难忘的日子，很难忘……哦，在那里她爱了，也恨了。没找到针线，她觉得无聊，就坐在沙发上发愣。她打开电视机，是一段MTV——跳跃的令人眼花缭乱的色块，嘶哑狂放的吼叫，露着肚脐的少女放荡地扭动着腰肢。换一个频道，一个无头无尾的电视剧，男女主人公在争吵，不知道是他被骗了还是她被骗了。又换一个频道，一对男女在豪华住宅里偷情，他们互相问，你幸福吗？接着是一阵暴风雨般的吻……

她在想，住在这里——那些永远住在这种房子里的人真是幸福的吗？这就是幸福吗？比这更幸福的又是什么呢？

她想起他们恋爱时，她曾经好多次问肖顿河，你说我们幸福吗？

人真是奇怪，假如梦想如愿以偿，反而会感到空前的失落。什么是幸福呢？她回想结婚后的生活，想起肖顿河的一次次告别，也想起那天他临走时的吵架。她本来不想吵架的，她想再一次忍耐，可是却没忍住，她说你除了登山就是登山，你爬那么高干什么？你能得到什么啊？

肖顿河说，我能看到更高更远的地方，更辽阔的天，我觉得离宇宙更近了，那里才真是雄伟壮丽，风光如画……

不等他说完，她就叫起来，风光如画有什么用？你一次一次地去，原来是为了看风景！

肖顿河就说，晓薇，你不懂我们的考察多重要。

我不懂，我根本就不想懂……

不，你应该懂，你是研究海明威的，你说，那个打鱼的老头最后只拖着一副大骨架回来有什么用？

那是一种精神。陈晓薇说。

那你就应该理解登山。肖顿河说。

那谁理解我啊？你根本就不理解我，除了地图和指南针，你还知道什么？

电视里那对偷情的男女还在吻，彼此很陶醉的样子。陈晓薇不由得想，他们真的幸福吗？几年之后这些人还会如此这般地缠绵吗？其实，世间所有的东西都会随风而逝……

56　众水仙

　　在《冰山》杂志编辑部里，丁小漠有宽敞的办公室。正像他对诗的要求一样，编辑部的一切也都是高标准的。这是一套在宝云大厦26层布满阳光的办公室。透过通阳台的巨大落地窗，可以俯瞰燕北大学绿树浓郁的校园。丁小漠的办公桌大得可以当作一张床，能够360度旋转的座椅有高高的靠背。

　　在办公室的一角，紫红色的玫瑰花发出沁人的芬芳。墙上，挂着十九世纪画家布格罗的油画《众水仙》。

　　油画的对面是一张很大的半圆形沙发，沙发前还有一只圆形的茶几，这样，他坐在任何一个角度，都可以一边品着咖啡，一边细细地欣赏油画中的一个个裸体美女。引人注目的是，在办公室里还有一个小小的酒吧，酒柜里是琳琅满目的名酒，吧台前放着两只高脚凳，他可以和另一个人一起品酒神聊。当他有了些醉意的时候，他就写诗，或者，当他兴致很高，特别是当办公室里的窗帘拉上的时候，他也可以和他的一个仰慕者亲昵。

　　他深信弗洛伊德说的话是对的，创造的动力归根到底来自性。

　　自从新千年青春诗歌沙龙成立以来，丁小漠经常和一些青年诗人在这里聚会。他们朗诵诗歌，评论诗歌。他们有时互相吹捧有时又互相诋毁。他们也许在一个下午只评论一首诗，当然也有用好几个聚会的时间来讨论一句诗。聚会时，他们常常要听音乐，他们喜欢摇滚，同时又喜欢古典音乐。丁小漠喜欢这里的氛围和格调,觉得这里是生活的真实地带。

这段时间,丁小漠的办公室里非常热闹。沙龙成立以后,很多报纸杂志、电台电视台都挤上门来采访,丁小漠的照片和他的诗频频见诸报端,他还被几所大学的中文系邀请去开当代诗歌的讲座。随着曝光率的增加,报刊上也出现了抨击他和其他青年诗人的文章,说他们这一伙是垮掉的一代,是中国的金斯伯格之流。

丁小漠说,现在是这块土地开花的季节了。

此时,丁小漠的眼前坐着《七彩虹》杂志的一位女记者。

呃,我是个诗人。丁小漠说,诗人的思维、涵养、性格、观念都是诗性的,也就是说,像诗一样。诗是自由的。现在人们对自由的认识多么肤浅,真叫人悲哀,也可以说,让我愤怒,我甚至忍无可忍。

丁小漠的脸色变得有些苍白,脸部的肌肉也微微地有些颤抖。他也许真的愤怒了。人们会这样想。

丁小漠继续说,因为有人说,愤怒出诗人。似乎诗人都是些愤世嫉俗,不食人间烟火的人,他们清高孤傲,洞悉一切尘世的喧嚣和迷乱背后的种种丑行,因而把自己锁进陋室,面对孤灯和清空,字斟句酌,浅唱低吟,柔肠百结,有时兴致所至,或癫狂无度,或掩面而泣……

女记者不住地点头。

丁小漠说这话时,心里的另一个他却在想——自己可不是这样的人。这个他,一天的大部分时间都消磨在他的豪华办公室里,这里有他需要的一切。豪华的浴室里有超过他身体一倍大的冲浪浴缸,他可以一连几个小时把自己泡在一大堆泡沫之中,在温暖的波浪的冲击下,翻一本《巨匠油画中的女性》。

世界是由两种人组成的——男人和女人，诗人需要了解女人。没有女人，就没有诗。很多诗人写不出好的诗来，是因为他们不了解，或者不甚了解女人。拜伦、普希金的诗都是为女人而写的，女人带给诗人的想象超过了世界上的一切真实事物……

丁小漠继续侃侃而谈。每当有女记者来采访他，他总要一连几个小时这样神侃。诗很深奥。他说。诗是没有边际的，比Atlantic Ocean还要大，你知道吗？我是说，比大西洋还要大，也就是说，像印度洋那么大。但诗有时候又很狭小，旧式的诗人写露珠、写花草，当代的诗人写原子、写质子，啊，小得不能再小了，是微观的。诗有时是真诚的，坦率的，像拍CT一样，把人的内心一览无遗。真是诗的本性，我就是很真的，特别对女性，我真的是很真的。有人说我很天真，很率真，很较真，我知道，他们指的是我在爱的方面。我憎恶虚伪，憎恶矫揉造作，你看，就像我现在握着你的手一样，感觉着你光滑的肌肤、你的温柔，你的每一个细小的变化，都这样被我真切地感受着，仿佛我已经拥有了你，正把我诗性的爱融入你的……

女记者显得局促不安了，她把手从丁小漠的手里抽回去，故意摆弄放在一边的微型采访机。

丁小漠知道，每当这种时候，他离成功就只有咫尺之遥了。当然，他并不是不加选择的，他曾经说过，对女人，就像他对诗里的字和词的选择一样，他是很挑剔的。很多时候他如愿以偿，得到了暂时的满足和快感，可是事后却像被一团雾罩住，不知道自己身在何处一样空虚，或者像落进一个千米深井那样的孤独和惊恐。有一次，他写道：

一只苍蝇

溜进了

摩天大楼的西餐厅

鸡尾酒，鱼子酱，比萨饼

尽享美味和丰腴

躲进了华丽的裙裾

孤零零地瞥一眼

垃圾堆上的一群

脑满肠肥

嗡嗡嘤嘤

……

　　他总也不明白这是为什么。他想，奇才的孤独和苦闷是凡人不能想象的。凡人只知道恋爱结婚，生儿育女，就像垃圾堆上的那一群。真奇怪，他们为什么就那么容易满足呢？我是永远不会满足的。想到这儿，他感到自己的心有点发凉，血液也仿佛要凝固了，脑子里一片白茫茫的。他慢慢地瘫倒在半圆形的沙发上。过了好大一会儿，他才伸出一只手去够茶几上的一小杯威士忌。酒精起了作用，他渐渐地感觉到了自己的心跳。看在上帝的份上，我还没有被自己的念头吓死。

　　这时，女记者被他的神态吓得不知所措，她不明白丁小漠到底是怎么了，看来采访是进行不下去了，她赶紧溜走了。

　　死亡和爱情是诗的永恒主题。等他的喘息稍稍平息一点儿，他想。可这是为什么呢？他绞尽脑汁地苦想。有人说，婚姻是爱情的坟墓。这也许是对的——爱情肯定是不能用婚姻来延续的。爱情和婚姻是矛盾的，冲突的，是两柄交锋的剑，要杀个你死我活的。所以，为了爱情，就不能结婚。同居是一种妥协的，也是怯懦的解决办法，却是可怜和可悲的。因此，独身是一种可行的选择。为了爱情而独身，这听起来好像是一种悖谬，其实倒是真理。啊，这是真理，为了爱情而独身，多么绝妙的主意。这是划时代的爱情观，新人类的爱情观。他为自己想到了这一点而激动，他的手不由自主地伸向了电脑的键盘，他要立刻通过因特网向全世界发布这一惊人的发现——为爱情而独身！

屏幕慢慢地亮起来。运行速度太慢了。他的手因为激动而颤抖，鼠标也不太听使唤。他把过于灵活的鼠标箭头对准《冰山》——网络版的主页，他的食指摁下去，鼠标滑了一下，击中了旁边的《新闻热点》。等屏幕下方的蓝色指示杠好不容易走到终点，屏幕倏然打开，一张美丽的脸庞凸现在屏幕的正中央——燕北大学将要去梅里雪山的一位女研究生正在向着世界微笑。

丁小漠怔住了。他的两只眼睛像定住了一样牢牢地盯住了屏幕。哦，我的女神。世界上竟然还有这样美丽的女人。安娜，这不是安娜吗！丁小漠不禁叫了起来。他凑到屏幕跟前，真是安娜。丁小漠呆坐在屏幕前，一行行文字从他眼前流过，他第一次知道燕北大学还有个山鹰登山爱好者协会……不过这一切对他来说都不重要，重要的是他知道了安娜是其中的一员。

他觉得自己已经有很久没见到安娜了。最后一次是什么时间呢？两年前？不，快三年了。那时安娜还没读研究生。那一天……他闻到了一股湿土味儿，天正下着雨，对，正下着小雨，沥沥拉拉的。他拎着一个纸箱跟在哥哥的身边。哥哥去看安群，要他同去。箱子里是哥哥送给安群的礼物，是从加拿大带回来的一些 CD 和画册。他多多少少知道一点哥哥和安娜的姐姐以前有过什么，可究竟是什么他不知道，也从没问过哥哥，那是别人的事，最好不问。再说一牵扯到爱情的往事都是痛苦的，一个人最好不要随便去触痛别人的伤疤。可他能感觉到哥哥和宋梅樱的距离，也说不清那是一种什么感觉。一路上他乱七八糟地胡想。

到了安群家，他见到了安娜——少年时他们曾经见过，那时他对安娜几乎没有什么印象，只是隐约知道她是哥哥的同学安群的妹妹。他们没有说过话，那时他不爱说话，更不和女孩子说话，人们都说他腼腆得像个女孩儿。后来，唔，后来不知为什么他愿意说话了。先是和男生们一起夸夸其谈，在那样的氛围里，他有了一种欣悦感。再后来……在校园迷人的月光下，他和女生依偎在一起，他发现自己在女孩子面前变得特别能说，他那些脱口而出的句子，连他自己也常常感到惊异和震撼，有些简直就是诗的语言。在一些青年诗人的朗诵会上，他也征服了不少人，很多女生都说崇拜他，可是她们和他约会一次之后，就找种种借口不再和他见面了。丁小漠想过，觉得也许他谈的问题对她们来说有些难以理解，的确，诗歌的问题是很复杂的。

丁小漠很久才从呆想中回过神来，他这才想起采访他的女记者，可是那把椅子已经空了，他觉得心里也空落落的。他赶紧把山鹰登山爱好者协会将要攀登梅里雪山的新闻下载下来，然后把安娜的照片打印了几张，分别贴在办公桌对面、沙发对面的墙上，甚至还贴在浴缸对面的墙上。

这一夜，丁小漠失眠了。

57 囚徒

　　晚上十点了，丁首都还没有回来。宋梅樱催促着还在写作业的女儿绵绵去睡觉，她去洗手间盯着女儿洗脸刷牙洗脚，又让她上床关了灯，自己才回到客厅，坐在沙发上，打开了电视机。晚间新闻里正在播放中国信息产业迅猛发展的报道，看到一个公司开放式办公室里那一台台不停闪烁的计算机，她就觉得心烦意乱，她一下抓起遥控器换了一个频道。这是一个电视剧频道，正在播映外国经典名片《飘》，郝斯佳那对绿色的猫眼正火辣辣地盯着世界上所有的男人。她又换了一个频道，这里正播放国产电视连续剧《哈佛少女》，片中的中国女孩儿双手飞快地在计算机键盘上跳跃着。她一连换了好几个频道，可是越看越烦，她的食指一下伸向了遥控器上的红色按钮，用力摁下去，屏幕上出现了一行红字"AC OFF"，紧接着轻轻地咔嗒一声，关机了。她把身体向后仰去，靠在沙发上，轻轻地叹了一口气，希望自己能安静一会儿。

　　回国后，宋梅樱没少碰壁。她先后到几家信息公司应聘，可人家一调阅她的资料，都婉言谢绝了。后来有一家公司让她去上班，可没过几天又把她解聘了。她百思不得其解，按她的才能、资历和技术，在国内的业界也是屈指可数的，可不知为什么却总是碰壁。她不得不故伎重演，从一家雇佣过她的公司的档案里调出了她的材料，她这才发现他们掌握着她在多伦多的所有资料。她气得差点儿砸了家里的计算机。她发誓从此改弦易辙，再也不碰一下计算机。

她脱下了考究的职业女装，换上了宽松的休闲服，一本正经地做起家庭主妇，一心一意地侍奉丈夫，抚育女儿，两耳不闻窗外事。可是，外面世界的流光溢彩和变幻躁动始终没有停止过对她的诱惑。有一天，谢卫国给她打来电话，邀请她到他的格林菲斯公司里任职。于是，她重新穿起职业女装，定期去美发厅做头发，每天都精心地修饰自己。她从镜子里看到自己还没有老，甚至还有一种年轻女职员所没有的成熟美。

　　但是她拒绝做和计算机有关的工作，谢卫国就让她负责管理公司的资产，其中还有他的几处房产。很高的收入，很自由的上班时间，一点也不耽误她照顾丈夫和女儿，而且，格林菲斯（中国）股份有限公司的高级职员，这个闪光的头衔让她在给别人递上名片的时候，脸上总有几分抑制不住的骄傲和得意。宋梅樱从来都不是一个能真正把自己的心放回到心窝里的人，她内心深处的躁动也许远远超出了这个世界对她的诱惑，她决心以自己的成就来弥补她和丁首都所失去的一切。她第一枪就瞄准了资本市场。她迅速出击，很快就赢了。公司的资产迅速增长，这为她赢来了声誉，以及与这样的声誉相匹配的东西——高档住宅、汽车、乘飞机商务旅行，每年还有时间不短的带薪假期……

　　她渐渐不满足了。她觉得，自己这张相貌平平的脸在社交场合总不沾光，那些年轻的女人只凭一张漂亮的脸蛋和一副高挑的身材就那么耀眼夺目，自己即使有骄人的业绩和非凡的才智也常被冷落在一边。她时时感到无名的困惑和烦恼。要有更大的发展，没有社交界的骄人业绩同样不行。那个可憎的格林女士，她记得她，她只记得她的一句话——社交在我们这里是非常重要的。在这里也是。她想。

　　这时，电话铃响了。

　　喂，哪位？宋梅樱轻柔地问。

梅樱吗？是我啊。电话那头传来了陈晓薇的声音。

噢，晓薇啊，怎么样，过得好吗？刚刚我还在想你……

梅樱，我……

晓薇，有什么事吗？干吗吞吞吐吐的？

梅樱，我想和你说一声，我要回家了……陈晓薇支支吾吾地说。

回家？宋梅樱感到莫名其妙。

我……

晓薇，你怎么啦？

我不想在这儿住了，我要回自己家里去。陈晓薇总算说清楚了。

唉，晓薇呀，你这个人，怎么就有福不会享呢？你才住了这么两天，又要回去干吗？你不是说家里很乱吗？人啊，就怕在一棵树上吊死。我原来也跟你一样，脑子不开窍，认准一条路非要走到头，结果怎么样，现在我明白了，一条路走下去，总有碰壁的时候。当初我和丁首都在加拿大，要是放弃那个课题，干什么不行啊！那件事对我来说，教训实在是太沉重了。

不为别的，我就是在这儿住不惯……

好日子你过不惯，穷日子你就过得惯吗？晓薇，你不是街上摆地摊的女人，你是个知识分子。唉，这个肖顿河，怎么把你弄成这样了。我跟你说实话吧，要是我换了你呀，我早就……

你说什么？陈晓薇追问着。

宋梅樱慌忙说，哦，没什么，我是说……她忽然听见有人来到身后，回头一看，是丁首都回来了。

你回来啦，你先去洗脸吧，我正跟晓薇说话呢。宋梅樱连忙招呼丁首都，语气也轻柔了许多。她继续说，晓薇啊，人到了一个新的环境里，要学会改变自己，要慢慢适应……我正要告诉你，我已经建议格林菲斯公司让你担任一个重要的职务，一个是总经理助理，一个是经理部主任，我觉得你挺合适。

我？陈晓薇停了一下，说，梅樱，我从来也没想过这样的事。

哎，晓薇，格林菲斯公司的待遇你是知道的，像这样高级职务的月薪都在万元左右。

不不，我不是这个意思，梅樱，我是说，我已经……决定去美国了。

什么？我怎么没听你说过呢？

我已经准备很久了。

晓薇，你去是读书还是工作？

读文学博士。

啊，是这样，哪所学校？

哥伦比亚大学。

嗯，这倒是件好事，不过要是没有奖学金，费用可是个大问题……

学校为我提供了奖学金。

噢，那太好了。不过，晓薇啊，我劝你还是再好好想想，在国外可不是想象的那么容易。唉，很多事情，真是一言难尽啊！

好吧，那我再想想，再见。

再见。宋梅樱挂上了电话。

陈晓薇怎么啦？丁首都关切地问。

没什么，她换了一个新的环境，有些不太适应。我给你热饭去。宋梅樱说着，就往厨房里走。

绵绵睡了吗？

睡了，十点钟睡的。

丁首都坐在沙发上，打开电视机，收看中央电视台英语频道的新闻节目。

回国后，丁首都回到了医科大学。原来的遗传病研究室已经改成了遗传病研究中心，他担任了主任。

根据这里实验室的条件，他把在多伦多研究的课题做了一些修改，对这里的实验设备也做了改进，并且成立了课题组。每天他把大部分的时间都用在实验室里，那里的灯常常亮到天明。一切都重新开始了。

可是，他毕竟受了伤，作为一名科学家的尊严受到了损害，而且，他的科学精神的支柱也受到了强烈的撞击，仿佛一个登山的人在攀登一个绝壁时，绳子突然断了……有一段时间，他觉得自己不再雄心勃勃，他虽然仍在努力工作，可那只是在尽一个科学工作者的职责，而不是像过去那样，不再有那种无法遏制的、能够冲决重重障碍的热情。可是，当他专心于实验室里细密精致的研究时，他就忘了一切。他会忘记自己在回国的飞机上一连十几个小时的沉默，会忘记宋梅樱从多伦多警察局回来时自己的冷漠和无奈，也会忘记自己亲手点击服务器的清除键，把多年的心血化为零……因为实验室是他的生命所在，他在实验室里取得的每一点进展都是他生命的动力和源泉。

这时，宋梅樱热好了饭，把饭菜摆上了餐桌，又从冰箱里拿出一杯自己用榨汁机榨的猕猴桃汁，放在了桌上。

饭好了，你过来吃吧。

丁首都的眼前摆了几个盘子，红烧排骨、西红柿炒鸡蛋、肉丝芹菜，还有一碗香菇蛋花汤。他端起一小碗米饭，刚想吃，忽然想起了什么，就对坐在旁边的宋梅樱说，哎，梅樱，肖顿河不在家，陈晓薇那里有什么困难，你要多帮帮她。

哎呀，还是丁首都会关心人啊，对陈晓薇这样的大美人当然要关心啦。宋梅樱瞥一眼丁首都，刚想开玩笑，又收起笑容问，你最近没见陈晓薇吧？

没有。丁首都摇摇头说。

哎，你知道吗，陈晓薇想离婚呢。宋梅樱说。

什么？丁首都放下手里的筷子，眼睛盯着宋梅樱，又重复问了一句，陈晓薇想离婚？

是啊，肖顿河常年在梅里雪山，陈晓薇一年到头自己在家都快憋成外星人了。谁受得了啊。她早就说过要跟肖顿河离婚。

那你可要劝劝晓薇，毕竟这么多年了……

宋梅樱打断了丁首都的话。陈晓薇也真是的，一天到晚像个囚徒，把自己关在书本里，这个世界上的事什么都不知道。她现在脑子变得一点也不开窍，让她住在翡翠湖那套房子里，没住几天，她又要回家，你知道她的房子多小啊，真不知道她怎么想的……

丁首都听后，陷入了沉思。是啊，囚徒，自己在实验室里的时候，又何尝不像个囚徒呢！只不过自己的周围是数不清的数据和仪器，而囚禁陈晓薇的是文字和作品。她现在是研究海明威的专家，在国际上也有了点名气。哪一个真正有成就的人不是像囚徒一样地生活呢。可是，自己呢？他不愿再想下去，他沉默着，看着桌上的饭菜发愣。

首都，你怎么啦？饭都凉了，我再去给你热热吧！宋梅樱小心翼翼地走过来问。

噢，不用了。丁首都的沉默被打断了，他用尽量平静的语气说，你呀，看来对陈晓薇是关心得过头了。每个人都有自己的生活选择，遇到什么事，人家会做出判断。要是用我们的经验去影响别人，到头来结果不见得好。

你再吃点儿吧，香菇汤挺好的，是东北的野生香菇，你要多加些营养。宋梅樱知道不能再说下去了，就转移了话题。

可营养过剩了也不是什么好事。我觉得，一个人生活上还是平淡一点儿好，不要把什么都要求得太高。只要精神感到愉快就行，要不就是住在洋房别墅里也没什么意思。难道我们的教训还不深刻吗？丁首都的语气已经有些不耐烦了。

好了好了，别说了，我都明白了，其实我真是为晓薇好。这样吧，明天我就给她打电话，她愿回家就回家呗。宋梅樱说。

58　梧桐树上的洞

肖顿河和陈晓薇在一条僻静的马路上无言地走着，他们走得很慢，就像散步，可脚步却不像散步那么轻松，两个人的脸上像罩了一层淡淡的云。他们要去找少年时代住过的那条街，那座蓝屋顶的房子，还有那个种着向日葵的院子。

我们在那里埋过一个瓶子，你还记得吧？陈晓薇问肖顿河。

瓶子？

陈晓薇说，我们写了两张纸条放在了一个瓶子里……

肖顿河说，呵，对，就埋在种向日葵的地里了，那天晚上，是晚上。我对小川说过。

那时候……陈晓薇想说什么，可声音噎住了，肖顿河听出她哭了，这会儿他不知道说什么好，他也觉出有一种说不清的伤感。那已是多年前的事了吗？可分明就像在眼前——陈晓薇用清纯的眼睛看着他，两条柔软的辫子垂在胸前。你会一辈子对我好吗？一辈子……她问。

一辈子……就是一辈子……肖顿河听见自己说。他想着，不由轻轻地拉起陈晓薇的手。开始他只是牵着她的手指尖，陈晓薇的手很凉，肖顿河不觉把她的手紧紧握起来。陈晓薇用一只手抓着米色的风衣，身体和肖顿河靠得近了一些。就像当年，走向那条两个人曾经走过好多次的马路。

陈晓薇的眼泪止不住地往外涌，那时她曾因为幸福而流泪。唉，那些热恋中的日子，那些美好的感觉……那时晚上在学校开完会，她和肖顿河就悄悄地流连在梧桐树的树阴下。他们忘情地倾吐着对未来的向往，还在没人时飞快地接吻，他们不想分开，一会儿也不想分开，每次不得不分开时陈晓薇都缠缠绵绵，有时甚至还哭起来。她问他，顿河，你说，我们什么时候才能不再分开？肖顿河总像发抖似的说，唔……我们长大的时候，得长大了……他一激动，就是冬天也要出汗，前额湿漉漉的。

我们什么时候才能长大呢？陈晓薇说，她觉得时间过得太慢。她一次次地问，你……你说你长大和谁最好啊，我是说最好，好得不能再好。当然……我当然和你最好啊，还能和谁呢？陈晓薇就又一次拥抱他，亲吻他。那真是梦境般的年代。那时候，两颗心就像以同一个节律跳动，所思所想也都像交汇在一起的两股溪流，没有源头之分。

他们一边走，一边寻找着，那应该是一条熟悉的路啊。

可是现在，这儿的一切都变了。

那是一条平平常常的马路，柏油的路面，水泥方砖铺的人行道，人行道上种着高大的梧桐树，沿街的梧桐树下是高高低低的房子和围墙。那时这个城市的楼房还不多，在那条路上倒是有几座，其中一个小院里的平房是他的家，还有一座小楼是陈晓薇的家，那是一座蓝色屋顶的楼。

那条路现在在哪儿呢？

肖顿河想起路旁浓浓的树荫，晚上路灯昏暗的光透过密密的树叶，轻轻地摇晃着，他常看见一对对男女躲在树阴里说悄悄话，就像躲在草丛里的小虫子，唧唧咕咕的。当冷冷的风把枯黄的树叶呼啦啦地刮到墙角的时候，马路上又冷清起来。依偎在一起说悄悄话的男女就像院子里的蟋蟀，不知躲到哪儿去了。后来他上学了，他就天天走那条路到学校去。梧桐树的叶子绿了又黄了，晚上在梧桐树的阴影里说悄悄话的男的女的换了一对又一对，他不再注意他们，而是被书里那些神奇的文字所吸引，文字把他带到了更遥远、更广阔的世界里去。

有一次陈晓薇带他到她家去玩，到那座蓝色屋顶的小阁楼上看鸽子。她带他去她家的小院子，那里面有好多种树，开花的和不开花的，结果子的和不结果子的，还有一丛丛的草，藤蔓爬得到处都是的喇叭花，更多的还是向日葵。那一棵棵向日葵总是挺拔地站立着，它们长大的时候，却好像越来越羞涩地低下头。他对陈晓薇说，向日葵永远是最乐观的，圆圆的脸盘永远在灿烂地笑着。

他就是在这个院子里，在那些灿烂地笑着的向日葵旁边，一次次和陈晓薇那清澈得像十月的晴空一样的眼睛对视的。然后他们就无数次地一起走过那条马路，走进院子，坐在那些向日葵旁边，像草丛里的那些小虫子一样唧唧咕咕地说着。他们总是那么不知疲倦地说啊，说啊，就像清澈的山泉，汇合成淙淙的小溪，在永不停息地流淌。

向日葵，向日葵……那些年复一年在这个小院子里茁壮生长的向日葵，见证过他们从少年时代开始的爱恋，可这样的爱情还需要见证吗？

过去那条长长的马路已经没有了踪影，那柏油的路面，水泥砖的人行道，高大的密密的梧桐树，还有那些高高低低的沿街的围墙和房子，连同那个种着很多向日葵的小院子，都已经随着过去的岁月一起消失了。有人说，过去的一切就像一幕不再放映第二遍的电影，当放映灯熄灭，银幕上的一切也随即消失在黑暗之中，而留在人们记忆里的，仅仅是一些杂乱的、模糊的、无法证实的幻象。

在肖顿河和陈晓薇的面前是一个巨大的广场，在彩色大理石铺就的广场中央，高高地耸立着一个由几个巨大的圆柱体和多棱柱体组成的气势宏伟的不锈钢雕塑。在雕塑的四周，音乐喷泉把一簇簇变幻不定的水柱喷向天空，水柱忽高忽低地起伏着，就像一片涌动的波浪。雕塑巨大的凝固不动的静态和喷泉起伏不停的动态组成了广场的现代主题。一群女孩子正在音乐喷泉边打闹，哗——高高的水幕突然垂落下来，把她们的衣服打湿了，她们惊叫起来，随即发出咯咯的笑声……

肖顿河凝视着，一动也不动，他在想，时代的变化改变了人的生存空间，就像这片广场更开阔、更宏大了，可人们的视野却变得更小、更狭隘了，这是与时代的变化背道而驰的。这组雕塑和喷泉的组合是独具匠心的，时代把过去人们深藏在内心的渴望和追求外化了，也更抽象了，缺少了它们曾经有过的甜蜜和温馨，正因为这样，它的设计者才企图赋予它永恒的意义，并且用这样华丽的音乐喷泉来衬托它，美化它，使人们对它有一种既敬畏又赞美的复杂感情……

你在想什么？怎么不说话？陈晓薇问。

肖顿河从凝视中回过神来，说，走吧。

离开广场，天色变得灰蒙蒙的，不一会儿就下起了冰冷的小雨。他们又继续找，路找到了，它已经是一条新拓宽的路。路两旁有几座大厦，已经建起的和正在建着的，楼层都很高，一座兴建中的高楼足有三十多层。

在离这些大厦的不远处，还有一些被推倒了的旧房子，是一片杂乱的废墟，几辆推土机轰轰隆隆地把一斗一斗的土铲起来，又倒进一辆辆大卡车里。肖顿河眯着眼看了一会儿，自言自语地说，人们在废墟上建起大厦，又把它推倒，重新添砖加瓦，让它更高地耸立起来，不知道什么时候再推倒……它究竟是结实了，牢固了，还是不堪一击呢……

这时陈晓薇的手机响了，又是短信息的声音。她没有看，而是赶忙关了机，拉着肖顿河走了。

他们在一座座楼房边转来转去。

那个院子呢？陈晓薇不停地问，你记得吗？那里种了一片向日葵。

记得，你家的屋顶是蓝色的。肖顿河说。

我们那时候常在阁楼上……

那个阁楼多小啊。

雨还在下着，他们被淋湿了，陈晓薇的卷发一绺一绺的，不停地滴下水珠。

他们发现了一棵巨大的梧桐树，这是一棵他们十分熟悉的树，树上有个小洞。那时陈晓薇的妈妈晚上不准她出门，她就趁着倒垃圾的时候，把一张小纸条塞到树洞里，在肖顿河看来每一张纸条都像一簇火苗……就是这棵树。

他们淋着雨，看着四周，一脸的茫然。

蓝色屋顶的房子没有了，一座巨大的建筑正在这里拔地而起。

哦。那片金色的向日葵，还有装着往事的瓶子……

陈晓薇很失望，她在一个楼门洞里站住了，把头靠在墙上，脸色苍白。

她问，那天你在纸条上写了什么？

肖顿河在她的对面，也仰头靠在墙上。唔……我那天写了什么？

你想不起来了吗？

你呢？

陈晓薇闭上眼睛，慢慢摇摇头，我也想不起来了。

他们久久地沉默着。

还是陈晓薇先说话了，她轻轻问，顿河，以后你还会想起我吗？

当然……晓薇我……我不希望你这么说，为什么这么说，我知道是我不好……

陈晓薇又问，声音更轻了，你说，你会记得我什么？

你的好。

什么好？

你对我所有的好……

泪水和雨水混在一起，从陈晓薇的脸上流了下来。

59　孤岛

　　在翡翠湖畔的一家小酒馆里，肖顿河和丁首都面对面地坐着。隔着玻璃能看见夜晚雨中的街景，红红绿绿的霓虹灯迷离地闪烁着，也把迷离的光洒在积了水的路面上。寒冷的冬天的小雨，就是在这样的雨中，也有一对对情侣挤在一把伞下，沿着人行道往来穿行。他们走得并不匆忙，很悠闲的样子，好像去哪儿都行。

　　肖顿河面前放着一大一小两个杯子，一大杯啤酒，还有一个小一点儿的高脚杯里是满满的白酒。丁首都的面前也放了两个杯子，大杯里是鲜橙汁，小杯里是啤酒。桌上摆满了盘子，很实在的大盘子。菜都是肖顿河点的，尽是大鱼大肉，醋熘肝尖、爆炒腰花、糖醋里脊、清蒸带鱼……一盘油汪汪的红烧肘子已经快让肖顿河消灭光了，他的嘴唇油光光的，一副很过瘾的样子。丁首都忍不住笑起来。

　　笑什么？肖顿河一边继续大嚼着。你不知道我在那里吃什么，只能在梦里过瘾。来，喝。他又举起杯子。他很卖力地喝着大杯子里的啤酒，间或也喝一口小杯里的白酒。不一会儿两只杯子里的酒就浅下去一大半。

　　丁首都看着肖顿河认真实在的劲头，也只好陪着一小口一小口地抿着，时间不长，他的脸和脖子就热起来，镜片后面的眼睛也变得朦胧起来。他对肖顿河说，嗨，你慢点儿行吗？我撑不住了。肖顿河举起杯子说，哎，你也得锻炼锻炼嘛。丁首都举起杯子又放下，说，不行不行，我比不了你，我再多一点儿就回不了家了，宋梅樱还不知道要怎么说我呢。

你这个人啊，这样吧，我送你，宋梅樱那儿我解释。肖顿河说着，看着丁首都干了一杯白酒。

他们两个就这么一杯一杯地干了。

丁首都从来不记得自己这样喝过酒，即使在加拿大遇到那件让他一辈子也忘不了的事情之后，他也不曾这样一杯一杯地喝酒。其实，再好的酒他也喝不出味道，他平时几乎不喝酒，也没有时间。回国后，他已经用每天在实验室的工作重新证明了自己，证明了自己作为一个科学工作者的品格和道德，他是正直、诚实和谨慎的。他创立的丁氏工作法是可靠的。

今天他应肖顿河之约到这儿来，多半是为了肖顿河。丁首都觉得没有几个男人像肖顿河这么有韧性。

有一次他对陈晓薇说，肖顿河做事就如江水东流一样不回头，这样的人注定是要受苦受难的。

肖顿河的两只眼睛固执地凝视着窗外，雨水正从玻璃上一行行地流下来，像眼泪。从这样的窗子里，看见的只有一片雾蒙蒙的光。他想从那里看见什么？丁首都想，他的头脑里已经有些混沌了。

这时肖顿河转过脸，今天他的脸上很光洁，不像以前乱蓬蓬的头发连着乱糟糟的胡须。丁首都觉得这是一张生动的脸，它就像被冰川反复摩擦过的岩石，粗糙而坚毅。他回想着，这张脸上的一双眼睛曾经多么明亮，多么清澈，可是现在却变得有些幽暗，这不是岁月的侵蚀，而是忧伤的洇染，肖顿河说陈晓薇要离开他了……

这雨真好啊。肖顿河说，首都，你知道在雪山，很少看到雨，六月里也常常是狂风暴雪……他说着，眼睛好像电光照在冰坡上，很明亮地闪了一下。登山可真是让人不可思议，在那里就只知道往上爬呀爬呀，有时候，爬着爬着，突然一下，前面的人就不见了，等你找到他，把他从冰裂缝里弄上来，他已经死啦……可我们还是爬呀爬呀，爬不上去，下来了，抬头看看上面，再往上爬……

丁首都说，其实做什么都是如此，我在实验室不也是一样吗？整天埋头在实验台上，身边是一大堆仪器，还有计算机、样品、数据……在那里我常常觉得自己就像被困在一个孤岛上，一连几个小时、几天、几个月、几年，没完没了地做下去，可是做着做着，却失败了，等到振作起来，喘喘气，又重新开始……却不知道又有什么样的失败在等着你。

肖顿河粗糙的大手握着大啤酒杯的把手，就像握着一把冰镐似的。他不时地端起杯子，很畅快地咕咚咕咚地喝着，大口嚼着在丁首都看来十分油腻的鱼肉。肖顿河说，我在雪山一到了晚上就想找酒喝，可是没有，有时带瓶酒都是留着有什么特别的用场才喝。

丁首都以前回国的时候，也同肖顿河在这里喝过酒，他觉得那时候的肖顿河仿佛是从冰川峡谷里吹来的一股劲风，能把人心头不管多么厚重的阴云都吹得不见了踪影。他总是侃侃而谈，豪情万丈，他给大家描述雪山的美丽和他的那些冒险经历，总让听的人忘记了自己的存在。可是今天，他却像换了一个人……丁首都也看着窗外，城市以它特有的力量，依靠强大的灯光——绚丽的霓虹灯和马路上川流不息的车灯不停地撕扯着雨幕，让这沉沉的雨夜黑得不那么逼人，不那么沉重得叫人透不过气来。可他心里还是有种说不清的惆怅，就像这断不了的雨丝一样，沉甸甸，也湿漉漉的。

肖顿河说，我总觉得这里的夜太短了，你不知道雪山的夜有多长。帐篷里的夜晚寒冷、孤单，除了自己的体温，没有一丝暖气，就像生活在另外一个星球上。在那里我懂得了什么叫回忆。你知道吗，越回忆那些遥远的事儿就越有意思，回忆是幸福的。你还记得我们刚上初中那时候吗，班里的女生一个个都那么漂亮，陈晓薇、宋梅樱、安群……肖顿河说着，两只眼睛盯着丁首都。那时候我们那么天真，那么纯粹……

丁首都觉得脸上开始发烫，头也有些晕晕乎乎的。是啊，从中学到大学，到工作，二十多年过去了，尽管生活的轨迹各不相同，可是每个人都感受到了来自各方面的引力和惯性的巨大作用，让这条轨迹变得有些曲曲弯弯，可它却始终是向前的。人永远不会是孤立的个体，人处处受到自然法则和生物学规律的制约，更被人内心最奥秘的情感和思想所左右。有时候回忆并不像肖顿河所说是幸福的，唉……丁首都觉得有一只无形的手拨动了自己心中最隐秘的那根弦。中学时代是各种情感萌发的旺盛时期，这个时期在心灵深处埋下的种子，即使在近期找不到萌发的机会，几年、十几年甚至几十年以后，只要得到雨露的滋润，也会冲破岁月的尘封，向世界展露它的不朽的生命力。

窗外的灯光渐渐稀少了。丁首都看见肖顿河那粗壮的，好像永远都是强有力的脖颈也在弯曲，他的头渐渐低下去了。在丁首都的印象里，他从没有这样过，即使喝醉了，他也会旁若无人地高声谈笑，出了洋相也显得若无其事，从不这样沉默地低下头。丁首都想，仅仅从生理学的角度讲，男人也需要情感的宣泄，可是他却沉默着。丁首都开始为肖顿河担心，这个外表像山一样的人，竟然也有经不起的时候。可是，这种担心也许又是多余的，因为他是这样地迷恋他的雪山，也许到了那里，他就会忘掉一切，像换了一个人……

绵绵今年多大了？肖顿河忽然抬起头来，用沙哑的、好像刚刚从睡梦中醒来一样的嗓音问，他的眼神好像蒙上了一层薄雾，模糊不清。

十岁了。丁首都说。他想起十年前，宋梅樱生孩子的时候，肖顿河和陈晓薇到医院去看望，陈晓薇看到襁褓中的绵绵亲了又亲，看了又看，就是舍不得放下。肖顿河笑她，陈晓薇不顾病房里有很多人，就搂着肖顿河的胳膊，撒娇地说，我们也要一个……肖顿河笑起来，好，我们也要一个。就在那年的冬天，他参加了中日友好梅里雪山考察队……十年，给人带来的不仅是眉宇间的风霜、额角的皱纹，还有旺盛勃发的爱和热情的渐渐黯淡、冷却……也许这样倒是自然的，真切的，是爱情演变的真实轨迹，而不像自己和宋梅樱，因为有绵绵，使本来并不理想的生活看上去充满了期待……真实的也许永远是冷酷的，而虚假的看上去却始终情深意长，令人羡慕。

啊，十岁了，我去梅里也十……十年了……肖顿河的头又低了下去。

丁首都觉得，他是能够理解肖顿河的，十年了，他始终没有越过那个界限，可他为此付出的却是如此之多……

自己呢？丁首都问自己。人能够看清楚别人的处境，却往往不愿意正视自己的处境，更不愿意追索自己的历史轨迹。十年，这十年里究竟发生了什么？丁首都在有些迷蒙的醉意中搜索着记忆，这里是一片凌乱的拼接起来的碎片，就像在一本旧影集里插得乱七八糟的老照片，颠倒了时序，记错了地点，记不清哪一张在前，哪一张在后……

可还是有很多印象那么强烈而鲜亮地凸现在记忆中，其中最铭心刻骨的是安群因车祸住进医院。他从安群的病床边回到自己的办公室的时候，耳边忽然听到了安群的呼唤，丁首都……那是从教室里前排的座位传来的声音，那时候，无论教室里的声音多么嘈杂，丁首都总能听见安群的呼唤。从走进初中教室的第一天起，这个声音就开始在他的耳边响起。可是到了高中，有一天他的耳边再也没有这个声音了……是因为宋梅樱，也许，更因为他自己，可安群并不知道……

有时候，永远失去了的东西会长久地留在记忆中，而每天都见到的在记忆中却一点儿也找不到。那时他陷入了孤独。他总是情不自禁地走到安群曾坐过的座位前，默默地站一会儿，悄悄地抚摸一下那张课桌。就在那张课桌边，有时候他和安群会不知不觉地坐在一条长凳上，两双手拿着同一本书，翻看着，出声朗读着……

　　在酒精的作用下回忆的往事，永远只是一些不连贯的片段。

　　我很快就……回去了。肖顿河仍然低着头，嘴里含含糊糊地嘟哝着。

　　回去？那里已经成了他的归宿，他要回去的，不是他的家……丁首都端起酒杯，把一种很苦很涩的味道狠狠地咽进喉咙，吞进肚子里，他不想让那股很热的东西从眼里流出来，可它终于还是流出来了，像春天冰川上溶下的水珠一样沿着悬崖滚落下来，那样悄无声息地一闪一闪地滴落下来……肖顿河抬头看着他，他大概听见了冰水滴落的声音，因为他的耳朵能听见最细微的声音。陈晓薇说过，他能听见夜里雪花飘落。

　　这时肖顿河又一次举起大酒杯，首都，再干一杯吧，下一次可能要到明年春天才能再见。

　　丁首都很响地和他碰杯。好，祝你一切顺利。说着把白酒干了。

　　肖顿河忽然想起什么，呵，对了，我还有一样东西要给你……说着，他弯腰拽过放在地上的登山包，这是他从不离身的登山包，走到哪儿都带着。他熟练地拉开几层拉链，从里面摸出一个牛皮纸信封，郑重其事地递给丁首都。

　　是什么？丁首都问。

　　你……你回去自己看吧。肖顿河说。

60 过去的呼唤

　　离开两年之后，小川原兵卫又一次来到了梅里雪山。此时，他正站在卡瓦格博峰千米大冰壁东侧的一道窄窄的山脊上向远处眺望。雪峰一座连着一座，一直绵亘到遥远的地方，看不到边际。这里是一片没有生命的气息、没有温情的抚摸、没有心语的对话的地方，连那镶嵌在雪山之间的片片草甸、湖泊和村庄也看不见了。他第一次感到了一种过去从未注意过的洁白给他带来的恐惧。过去他在洁白的世界里奔走惯了，在一片茫茫的白色之中，就像一头觅食的猛兽一样奔走，毫不顾忌周围色彩的单调和贫乏，他认为那本来就是顺理成章的。你是研究雪崩的么，他想。可是现在，他感到了孤独和冷漠带给他的恐惧。

　　他想起了恍子，想起她的美丽和温柔，她那清丽的歌声中总带点儿伤感，还有她的黑眼睛，清纯中总有那么一点点……他不知道那是什么，过去他真的不知道，现在他知道了，那是一种期待，一种长久期待之后的疲惫的渴望……他从法国回来，恍子就离开了他，不，也许应该说，是他先离开了恍子。在法国，在勃朗峰，可怕的雪崩，索菲的那种暴风骤雨般的激情，雅内车站恍子的歌声……那一切是怎么发生的，为什么会发生那些事？呵，他的头脑一下塞满了支离破碎的印象……

　　他忽然很想家，东京的家，一个单身汉的家，可它曾是温暖的，充满吸引力的。那时候，每当恍子知道他要回东京都要去帮他收拾家，他一进家门总是被一种说不出的清香迷醉，那一瞬间总觉得像是在梦里。

恍子把家收拾得一尘不染，给他沏好乌龙茶，还给他烧好洗澡水，做好饭菜。等他疲惫不堪地躺在榻榻米上，又会闻到床单被子清新的味道，还有刚被太阳晒过的暖融融的气息。恍子……恍子……他听见自己心的深处在呼唤，可那已是过去的呼唤了……

人生就是这样，很多东西在匆忙的奔波中消失在不知什么地方，可是当你静下心来，那些支离破碎的东西却莫名其妙地重新拼接起来，在脑海里组成了一幅幅色彩杂乱的图像，扰得人心烦意乱，不得安宁。

从北海道回到东京以后，小川继续在康复中心进行锻炼，他像一个运动员一样，让时间在健身器单调的节奏中渐渐消失，也让疼痛的感觉在汗水的浸渍中变得模糊。有一天，他终于扔掉了拐杖，又像健康人一样在东京的大街上奔走了。他比以前更加急匆匆地来回奔波，东京拥挤的街道，层出不穷的广告，花样翻新的节目，似乎都没有在他的头脑中留下什么印象。他从来不知道什么是等待，他总是在努力着，用一切可能去争取时间。当又一个登山的季节就要开始的时候，他早早地打点好行装，然后天天到登山协会去帮忙募集资金，托运装备，招募志愿者，每天不知疲倦地忙碌着，很冷的天，额头上却总是汗津津的。直到有一天他和日本登山队的队员们又一起出发来到梅里，与肖顿河他们会合。

远离了东京，东京却像抹不去的影子每天浮在他的脑海里，繁华的闹市，别出心裁的时尚，灯红酒绿的夜生活……以前他在梅里，从未想到过东京，可这一次……这一次是为什么呢？是因为恍子，或者，是因为失去了恍子。恍子在的时候，东京藏在他内心的深处，那是一个隐秘的、暖融融的，只有他自己知道的地方。没有了恍子的东京却像一个黯淡的、冰冷的影子，也像罩在卡瓦格博峰顶上的云雾，总也散不去，让人想看却看不清。

来此之前，他每天早晨都要看《读卖新闻》。此时这个世界又发生了什么？他想起了几年前东京地铁曾经发生过的沙林毒气事件，不知为什么他忽然想到了这件事。在现代社会里，人性的弱点更容易像恶性肿瘤一样疯狂地生长，物质的充裕和精神的不完整，还有莫名的恐惧……在这里能读到的文字很少，书本太沉，带不了多少，只能最大限度地把自己的思想带来。在寂寥中，仅有的几本书已经读了好多遍，几乎能背下来了。报纸也一样，翻来覆去地读熟每一个字，即使破损了，也要拼起来。有时包着一个仪器的报纸已经破了，也要拼起来看看，哪怕是往日觉得不耐烦的一张娱乐版，尽管是一些无聊的明星影星的轶事或是绯闻也要看，看完后还要收起来，他们要把垃圾尽量带下山，梅里雪山应该永远是纯净的。

小川原兵卫漫无边际地想着，眼睛透过墨蓝的护目镜凝视着远方。他的脚下是刀削一般的山脊，身后是耸立的千米冰壁，在墨蓝的护目镜里，世界是一片幽蓝，蓝得像无垠的大海，雪峰像大海上层层叠叠的波涛那样滚滚而来。他仿佛置身于一座瀚海中的孤岛，兀立在这一片墨蓝之上。他被波涛包围着，云雾在他的身边弥漫，他忽然忘记了自己置身何处，忘记了自己是谁，到这儿来究竟是为了什么……他觉得，置身在这样的一个世界里有一种特殊的意义，之所以特殊，是因为这一次攀登不同于以前的任何一次攀登活动，甚至不同于在勃朗峰的那一次经历。那些活动和经历更多的是一些科学活动，或者说，那是一些出于职业和爱好而进行的活动，要是换了别的人，只要有那样的职业经验或者纯粹出于兴趣和爱好，也可以去做。可是在这儿，在卡瓦格博峰，情形却完全不同。

他来到这儿，绝不仅仅是出于职业的需要或者兴趣和爱好，也绝不仅仅是为了登上山巅。他一次一次地来到这儿，攀登、宿营、再攀登、再宿营，然后，又因为某种不可克服的障碍，下撤了，回国了。然后，当又一个冬季来临，雪山重新被大雪封裹的时候，他又像很多人一样，从四面八方来到这里，来到她的脚下，重新开始攀登、宿营，再登上新的高度、再宿营……这里面必定有某种特殊的意义，必定有，不过，他不知道那是什么。

小川不禁又回想起自己在勃朗峰的情景。说实话，那天他被雪崩埋住的一刹那，他觉得自己这下是完了，彻底完了。梅里雪山，还有老伙计肖顿河，这下注定是要永别了。他在里边拼命挣扎，可是越挣扎，吸入肺里的雪粉越多。他不知道后来发生了什么，什么也不知道了，直到救援人员在雪面上发现了他的雪崩飘带，才把他从几米深的积雪下面扒出来……这次大难让他体验了一次死的经历，在人生探险的记录表上又多了一条：曾经到地狱探险一次，地点——法意交界处的勃朗峰南坡3900米处。在医院里直挺挺地躺着，双腿一动也不能动的时候，还有在东京和北海道像鬼魂一样游荡的那些日子，他怎么也没想到自己有一天还会回到梅里雪山，并且重新担任日方队长，向卡瓦格博峰再一次冲击。

强劲的风吹拂着，吹散了笼罩着卡瓦格博峰顶的迷雾，让她露出了难得一见的尊容。她果真是那么美丽，那么诱人，在那令人畏惧的万丈绝壁之上，高高地挺立着利剑一样的峰顶。风吹起了覆盖着山峰的积雪，雪扬起来，向西飘散，越飘越远。一时间，从山腰到山顶，飘飞的雪在空中展开了一幅巨大无比的雪幕，在狂风中猎猎飘动。这多么像雪山女神高傲地昂首迎风，让银白的长发在凛冽的风中舒畅地飘舞。

小川原兵卫好像有生以来第一次看见这样壮丽的场景，过去，对很多壮观的自然场景，他都只是看一眼而已，从来也没有放在心上。可是到了梅里雪山，他这个习惯于处理数据、线条和图形的头脑不得不去思索很多越看越让他着迷、越思考越让他困惑的景象。

他忽然感到脚下的山体在微微颤动，还有呜呜的闷响，他猛地一惊，这是大雪崩的前兆。他的眼睛紧张地搜索着，啊，天哪，就在大冰壁的西侧！由于狂风吹起了积雪，破坏了积雪层的稳定，几十米高的雪墙正在轰隆隆地崩塌，巨大的雪块从空中坠落下来，击碎了下部的雪墙，陡峭的山坡上，雪墙层层崩溃，形成了滚滚的雪浪，铺天盖地一般冲向山谷和山脚。雪浪所到之处，雪雾升腾，世界变得一片混沌……

雪崩之后，除了风继续吹拂着残雪飘向空中，雪山又恢复了原有的安详和宁静，小川原兵卫又一次感到了大自然力量的震撼，感到了人的力量的渺小。他奇怪自己长期从事雪崩研究，观察、记录过很多次的雪崩，甚至还在雪崩中遇险，怎么从来也没有这样的感受呢？他甚至感到迷惑，自己到这儿来究竟是为什么？是为这大海波涛一般的冰峰雪岭？为这惊天动地的雪崩？为这些不着边际的神思遐想？还是为让自己从内心到躯体都在震颤的自然伟力呢？

61 告别

陈晓薇来到安群的床前，她脱去米色风衣，坐在安群的身旁，然后轻轻地握住那只苍白无力的手。安群，你怎么样？看起来好多了。

我现在每天都坚持锻炼，首都说，只要坚持下去，说不定有一天我还能拉大提琴呢。不过在这之前我可没这么想过。安群说。

陈晓薇笑了，安群，丁首都的话你应该相信，他毕竟是医学专家，而且那么有成就。

安群点点头，又说，晓薇，你今天真漂亮啊！

陈晓薇今天又穿上了小川原兵卫送给她的那身黑色套装。安群觉得陈晓薇就是一个美人。可是她今天的脸色却有些苍白，她微笑着，眼里却藏着深深的忧郁。这时，陈晓薇把带来的水果拿出来，轻轻剥开一个橘子，安群，你要多吃些水果才好。

安群接过橘子说，晓薇，你知道，我每次吃水果，都要想起肖顿河他们，他们在那里永远也吃不上新鲜的东西。哎，你说，谢卫国的资助会帮他们改善一下生活条件吗？

陈晓薇轻轻地说，也许吧。

最近肖顿河他们怎么样了？不是说准备再一次冲顶吗？要是这次成功了，他很快就会回来。到时候我们大家给他开个party吧。

……

安群没有听见陈晓薇说话，却看见两行泪水从她的脸上流下来。晓薇，你看，什么事都会有结尾的，就像一首乐曲，再长也会有尾声。要是肖顿河这次成功了，他们的努力就没有白费。我们都应该为他们高兴。你看你，说高兴的事儿，掉眼泪干吗？安群抽出一张面巾纸，很费力地伸手递给陈晓薇。陈晓薇赶忙接过来反而更难过了，她轻轻地抽泣着，安群握起她的一只手。好了，晓薇，别这样，他很快就会回来的。

安群，我不等他了……陈晓薇说。

晓薇，你……你要干吗？

我……

晓薇，你别让我担心。

不是，安群，我……我要走了……

安群听了，心往下一沉，她问，你是说去美国吗？你的手续办好了吗？

都办好了。

什么时候走？

下星期一。

肖顿河知道吗？

前些天他回来时我告诉过他，可他不知道我这么快就会走，那里不通电话，不过我要给他留封信。

你怎么走得这么急啊？

安群，我也想等他，可来不及了，学校要开课，我还要参加大学的一个重要的学术讨论会，所以必须在下周三之前赶到。

晓薇，肖顿河回来怎么办呢？

陈晓薇轻轻摇摇头说，这么多年，为了他，我已经放弃了很多次出国学习的机会，这一次我不会再放弃了。我觉得他已经不爱我了，所以我还是自觉地离开他……陈晓薇说着，又抽泣开了。真的，安群，我已经想好了和他离婚……

安群觉得心里更沉重了，她停了一会儿说，晓薇，我们是这么多年的朋友了，我能理解你，也理解肖顿河。肖顿河一直爱着你，只是因为梅里雪山那么遥远，而他又是那么执着。这些年，你们两个在咱们同学中是最值得赞美的，也是很多人羡慕的。

安群，你知道，这么多年他一次次离开我，总是让我提心吊胆，可我还是支持他的攀登，因为这是他的事业。可他为什么非要选择登山考察呢？现在我明白了，每个人都有自己的追求，谁也改变不了谁，就像我必须做我的研究。我想通了这些，心里也就平静了，我也不再苛求他。不过，我不想再这么整天担惊受怕了。我也有自己的事业，过去也许我的视野太狭窄了，眼里只有肖顿河，其实，世界是很大的。

晓薇，我的心情和你一样。安群轻轻地叹了口气说，那时我和我爱人结婚以后，从没想到有一天他会离开我，可他却那么突然地离开了我……我不知道自己是怎么度过那些日子的，一个爱你的人离开了，而且是永远离开了……我受不了，因为我没有任何希望了，他不是出了远门，而是再也回不来了……我所有的期待都是空的。我现在还常常想，假如他不离开我，哪怕就跟我现在一样，也这样每天躺在病床上……如果真是这样，我就要求和他住在一间病房里，让我能看见他，他也能看见我，只要互相能看见也好啊……

陈晓薇说，可是我连肖顿河的人影都看不见……我已经想明白了，我不能只是为肖顿河活着，为爱情活着，我出国不是为了逃避什么，而是去迎接一种新的挑战，实现一种新的生活理想。当然，总有一天我还会回来。安群，无论怎么样，肖顿河回来后，你一定和他谈谈。

晓薇，你放心，我一定会跟他好好谈谈，我相信肖顿河会理解你，他也会等着你。这么多年他在那里，在冰天雪地都过来了。不过，也很难说，很多男人在外面是顶天立地的英雄，什么样的困难都压不垮，可是，他们却往往经不起情感的波折，他们在这方面是很脆弱的，甚至还不如我们……

陈晓薇点点头，又说，安群，肖顿河最信任你，你的话他会听的。还有丁首都和宋梅樱，毕竟我们从中学起就……

好吧，肖顿河一回来我就给他打电话。安群看着陈晓薇，眼里涌出了泪花。晓薇，我会想你，不管你到了哪儿，都是我的好朋友。希望你到了那儿一切都顺利，时间会很快过去，我们都等你回来。

陈晓薇哭出了声，她俯身拥抱着安群说，我也希望你的身体能够更好一些，安群，坚持你的音乐创作，你一定会成功的。

哦，晓薇，我有一件东西要送给你。安群说着，伸手从床头柜的抽屉里拿出一盒CD，她说，这是我写的大提琴独奏《传说之谜》，还有另外几支大提琴曲，是阳光音乐工作室制作的，担任大提琴独奏的是五洲。原来我想等肖顿河回来，在欢迎他的party上给大家播放呢……

陈晓薇走了。

安群被一种说不出来的感觉笼罩着，她的心像一只倾覆的船似的往很深的冰水里沉下去。她没想到陈晓薇这么快就走了。她曾经那么羡慕陈晓薇，甚至还暗暗地嫉妒过陈晓薇。那时候，陈晓薇热恋着肖顿河，一天见不到他，就像热锅上的蚂蚁，好多次陈晓薇找不到肖顿河，就跑来找她。陈晓薇明明喜欢肖顿河，可又不直说，她嘀嘀咕咕地说了半天，话题还是扯到肖顿河的身上，可她却故意说一些肖顿河的不是。后来安群知道陈晓薇是引着自己对肖顿河作出一些评价，就笑着戳穿她，每次陈晓薇都是红着脸跑了。

安群觉得，那时陈晓薇对肖顿河的爱，就像一杯太满的水，轻轻碰一下就会漾出来。

晚上，安娜回来了。安群告诉她，陈晓薇就要走了。

这么快就……就走了吗？安娜问。

因为学校要开课了。安群说。

安娜说，姐姐，我也很想出国去留学，我们很多同学都有这个想法，也有的还没毕业就走了。不过，要是我的他在雪山，出国时，我一定要等他回来，还要和好朋友一起聚会，可是……

安群温婉地笑笑说，所有的事情都没有这么简单，晓薇有我们想象不到的苦恼，不然她绝不会想到离婚，安娜，这你还不懂……

不等安群说完，安娜就说，姐姐，你总是替晓薇姐说话。肖顿河在梅里雪山那么艰苦，甚至还有生命危险，他需要支持，我想，爱情是对他最大的支持。可晓薇姐只想着自己……

安娜，晓薇这么多年也给了他很大的支持，她在事业上也有自己的追求，我们应该理解她。

哎呀，姐姐，你不知道，这段时间谢卫国常和她在一起。安娜愤愤地又说，现在这种社会，什么人都有。

安群说，这不是她去美国的原因。晓薇是纯洁的，我相信她。

姐姐，我不是这个意思。你过去总是说，晓薇姐和肖顿河是你们同学中最好的一对，他们的爱情是完美的，可为什么……

这件事现在我也说不清了。不过晓薇这一走，对肖顿河肯定是有影响的。你知道，肖顿河的性格中有很脆弱的一面，他从事的又是那么危险的工作……

那怎么办呢？姐姐。安娜急得打断了安群的话。

我现在只担心肖顿河知道了会受不了。安群说。

这时安娜的眼睛忽然一亮，姐姐，我有办法，等我们大学的登山队去梅里雪山的时候，见到肖顿河，我就对他说，我爱你。

安群惊得一下瞪大了眼睛。安娜，你怎么能这样？这可不是开玩笑的事。

安娜掠了一下披肩发，坐到安群的床边，说，姐姐，你别这么大惊小怪的，我是认真的。我为什么不能爱肖顿河呢？

安群说，安娜，你知道吗，你这样做……你这是第三者……

这回是安娜瞪大了眼睛。什么？第三者？我不是第三者，他们反正要分开了。

安娜，你不准这样说……

好吧，姐姐，我现在不说了，等我毕业了，我就和他结婚。安娜一本正经地说。

安群看着安娜因为激动而涨红的脸，轻轻摇了摇头，她觉得无可奈何，安娜从来都是说到做到的人，她真怕再这样说下去刺激了安娜，让她做出绝事来，就转了话题。哎，安娜，你们学校那个叫陆兵的和你怎么样？他最近打了好几次电话来找你。

姐姐，你可别胡猜啊，我和陆兵只是同学，没有别的。安娜连忙打断安群的话。

只怕这是你单方面的想法吧。安群看着安娜笑了。我觉得他是在追求你，他说话的时候我能感觉出来，只不过你在摆架子，好像有点儿瞧不起他。

姐姐，你不知道，我们班的冯米拉早就爱上他了，差点儿为他消得人憔悴，可陆兵却躲着她，让人家冯米拉整天难过得要命。

我觉得他对你很好。安群说。

可我不想和他好，这是最关键的。他打电话找我是想参加我们的登山队，本来我们不想吸收他参加，你看他那个书呆子样吧，文文弱弱的，说不定走不到梅里就得倒下。

后来呢？安群很有兴趣地问。

后来，他恨不能一天找我一百次，左说右说，我都快烦死了，就答应他了。

安娜咯咯地笑起来，她笑得甜甜的，两个酒窝深深的。

安娜多么可爱啊。安群想。

62 加热的糖和蜂蜜

　　肖顿河在梅里雪山又连续工作了好几个星期。虽然他每天牵挂着陈晓薇，可是由于通讯的困难，他与陈晓薇之间的联系，随着时间的推移却越来越少。他感到不安，常常在工作中走神，也常常在工作之余一个人独自在宿营地外面望着远方沉思，或者像一头离群走失的牦牛，在山野高坡上漫无目标地徘徊。他真想飞越高山大川，像归巢的燕子一样，回到五层楼上那间温暖的屋子里去，然后用自己厚实的双臂和絮絮叨叨的检讨，抚慰陷在孤独和渴望中的陈晓薇。

　　登山考察队已经意识到，气象条件是登山成功的最关键因素，因此决定派人在梅里雪山地区坚持长时间气象观测，以便找到气候变化与冰川、积雪变化的关系。要做到这些，积累连续的观测资料就成为基础。正在考察队被缺乏资金困扰的时候，他们意外地收到了格林菲斯（中国）股份有限公司的一百万元捐助款，于是考察队很快采购了急需的仪器设备和生活物资，并且马上开始做气象观测的准备。

　　那几天肖顿河算是松了一口气，在这之前，他一直在为资金没有着落着急，他们也找过一些企业，想争取赞助，可一听说是登山，那些董事长和总经理马上就摇头，他们说，攀登雪山？太冷清了，不会有广告效益。不，还是足球热闹。想不到老同学谢卫国在这个时候伸出手支援，解了他们的燃眉之急。

　　肖顿河要求担任第一批观测员。这就意味着他要在雪山上驻扎更长的时间，在不同地点和不同的海拔高度上建立起观测网，还要每天记录各个观测点的天气变化、冰川和积雪运动变化的各种数据。虽然他们一开始就采用了高起点、高水准的自动观测仪器，但仪器的记录永远也不能替代肉眼的直观记录。于是他就奔波在各个观测点之间，任凭风狂雨骤，飞雪弥漫，他在生与死的极限之间穿行着，几乎忘掉了一切。稍有空闲他就会想家。每当他提起笔来，要给陈晓薇写信的时候，他越来越感到文字的枯涩、贫乏、呆滞，他越来越觉得任何语言都无法表达他胸中激荡的感情，心中无边的思念和痛苦，还有周身仿佛火山一样喷发出来的欲望。

可是这段时间，肖顿河心里常常有一种说不清的预感，他觉得陈晓薇正在疏离他。那不是一种久别之后的陌生感，那种陌生感在他火一样的热情之中会很快化解得无影无踪。那也不是一种赌气式的疏离，那样的疏离常常伴随着争吵，甚至是雷霆般的战斗，但是争吵过后，一切又会烟消云散。不，都不是。那是一种深思熟虑的、彻底决绝式的疏离，是一个成熟的头脑和一颗经过锻造的坚强的心做出的决断。在雪山的时间一天天过去，肖顿河的心也一天天沉重，就像一个倒挂在高高的悬崖绝壁上的巨大冰斗，正在风雪中一天天变得越来越大，终于到了支撑不住自身重量的时候了。他提笔的手在颤抖，他的心在颤抖，他的整个魁伟的身体也在颤抖——他病倒了，这个极少生病的人像一头受伤的牦牛，摔倒在冰天雪地之间……

帐篷外的世界是一片银白，气温已经降到零下20℃，连飞鸟也绝了踪迹，仿佛整个世界都被冻住了。

在帐篷里，肖顿河烧得迷迷糊糊，还不时说着呓语。所有能用的药品都用上了，可还是不见效果。次仁旺青用当地特产的草药为他退热，也无济于事。他的情况时好时坏，有时高烧突然袭来，持续几天不退，考察队想送他下山到县医院或者内地的医院去治疗，可是道路完全被冰雪封住，连牦牛也走不出去，别说一个重症病人了。

肖顿河觉得自己忽热忽冷，每个关节都疼，每块肌肉也疼，他看见自己像一头受伤的牦牛在雪地里翻滚着，殷红的血滴进洁白的冰雪之中，雪地洇成了一片红色。

只有肖顿河知道自己得了什么病。

躺在冰冷的帐篷里，他唯一想到的是家，家成了他内心深处的一个创伤，就像一根芒刺深深地扎了进去，如果有什么人想用词语去抚慰那个地方，就会碰到那根芒刺，就会使他的心更剧烈地疼痛起来。

他为那个灵魂的安居之所感到愧疚。他甚至时时在内省，自从脑海中闪过要参加登山考察队，到连续几年参加实地登山考察活动，一直到最近这一次，他离开家已经太久了。

他想到和陈晓薇的相识、相恋，想到婚后的生活，那仿佛只有两个人的世界，那灵魂和肉体交融在一起的炽爱……他还想到了他离开家以来的一切：那种疏远、冷淡和渴望、期待交织在一起的复杂难言的情感，想到了陈晓薇这几年所忍受的各种压抑。

泪珠在肖顿河的眼眶里滚动，可是并没有流出来，在冰峰雪岭上摸爬滚打的这几年，使他练就了铁打的筋骨，也铸造了他铁石般的心，还有那种能够直面山崩地裂——粉身碎骨的意志和品格。肖顿河想起第一次到梅里雪山，陈晓薇在信里一百个不放心，她说，等再见面时，一定紧紧拥抱他，不让他再离开。她在信里说，亲爱的，你快点儿回来，再不回来我就死了，你就见不到我了。你快回来，我要你回来！肖顿河接到她的信总是马上回信，或是设法打电话。他说晓薇你千万等我，你别死，你知道我怕什么就偏说什么。你记住,我爱你,我回去咱们就永远在一起,再也不分开了。有时陈晓薇听了他的话,撒娇的泪水还没干就又咯咯地笑了,嘴里却还说,我就死,明天就死。肖顿河常常被陈晓薇弄得急出一头汗。他觉得世上没有任何一个女人像陈晓薇这么可爱,不过,他有时也曾被她追问得无可奈何。

他又想起和陈晓薇结婚的那天。

他们请了一些同学到家里来吃了一顿饭,那些人简直要闹翻了天。

那天晚上客人都走了,陈晓薇很快把屋子打扫干净,还把窗子打开,让新鲜的空气吹进来。肖顿河在一旁想帮忙,可不知为什么觉得自己在陈晓薇面前碍手碍脚。他刚要去涮拖把,陈晓薇就说,我来,我来。他要关窗子,陈晓薇又说,我来,我来。他心里忽然觉得不太自然,有一会儿他甚至不好意思看陈晓薇。这是怎么啦?他问自己,你不是一直渴望结婚这一天的到来吗?陈晓薇也是,完全不像平时在一起那样对他撒娇,那时她总是一遍遍地问他,你说你说,咱们结婚那天晚上你会怎么样?比如客人都走了,或是咱们从外面参加婚礼回来。他就说,那……那我就一下把你抱起来,像电影里的男人,抱着你转几圈。

陈晓薇问,然后呢?然后嘛……肖顿河每次说着就真的抱起她,说,然后我就把你扔到床上。接着他们就打闹起来。肖顿河不记得陈晓薇追问他多少次了,每次追问他都会觉得有一种幸福感。从第一次亲吻这种幸福感就一直伴随着他。

你说你说,和你想象的一样吗?陈晓薇耳语般地问,声音像喝醉了,朦朦胧胧的,很迷人。

比我想象的还要好。肖顿河说。

好多少啊?

十倍，不，一百倍。

才一百倍吗？

一千倍。

不。

一万倍。

还不。

一亿倍。

还不还不。

亿兆怎么样？

陈晓薇对他说，造物主应该把我们造成一个人，那样就不会有痛苦，也不怕分离了。男人和女人为什么要是两个呢？既然这么爱就该合二为一啊。她说她只想和他融为一体，像加热的糖和蜂蜜不分彼此，像雨后的彩虹很快融化在澄澈的碧空中。

可是，家永远是由两个人，或者更多的人组成的。那就意味着要分离，要把两个人的心都牵扯得这么疼痛，这么焦灼，不让它们有一天的安宁。肖顿河想。

63 变与不变

陈晓薇把一切都准备好了。两个大旅行箱里装满了衣服、书籍，还有她所能想到的生活必需品。狭小的屋子里一下子多了两个大旅行箱，显得有些拥挤。

临走的前一天晚上，朋友们都来了，好多年来一直安安静静的屋子里一下子充满了欢声笑语。

陈晓薇给大家做了一桌丰盛的饭菜。自从小川原兵卫到家里来过以后，她还没有这样款待过朋友。肖顿河不在家，她就没有了心情，今天，她依然做了她拿手的红彤彤的茄汁松鱼、翠绿的青椒炒肉片、双色珊瑚菜卷……

宋梅樱来得很早，她一直帮着陈晓薇包饺子，招呼客人。

屋子里挤了十几个人，丁首都、林志平、耿兰、何丽丽……

陈晓薇一下打开了五六瓶红葡萄酒，她举起一杯说，今晚我们大家尽情喝吧，不管我们是欢笑过还是忧伤过，让所有的一切都过去吧。

何丽丽笑她，陈晓薇，你怎么还没喝酒就开始朗诵呢？

丁首都也举起了酒杯，他说，晓薇，来，我们祝福你，也祝愿你在事业上取得成绩。

耿兰说，晓薇，我们等你的好消息。

哎，还有我，陈晓薇。林志平说，下个月我要去美国开一个经贸和投资协作会议，到时候我去看你。

晓薇，我祝你永远这么年轻美丽。宋梅樱无论在什么场合，好像只会说这一句话。

大家一次次举杯，回忆着过去在一起的日子……可是没有人提起肖顿河。大家好像心照不宣，也像在有意回避着。

夜深了，大家才离去。当屋里只剩下陈晓薇一个人的时候，她看着这间屋子，想起这个家里曾经拥有过的一切，突然又有一种要哭一场的感觉，可她忍住了。都过去了。她心里默默地想。她很想再给肖顿河写一封信，于是她坐到桌前，拉开抽屉，取出一叠信纸，她开了好几个头，可就是写不下去，她索性关了台灯，就在台灯最后一闪的时候，无边的思绪像潮水一样涌了上来。她重新拧开灯，伏在桌上飞快地写下去。

顿河：

　　……

请原谅我就这样走了，做出这样的决定是很困难的，也是很痛苦的，可我却必须这样做，因为要开学了。现在的我正在告别昨天和过去。对于我，昨天和过去已经模糊了，那是另外一种生活，另外一种思维方式下的过去。它曾经是热烈的，甚至像火一样，充满着梦幻般的激情。那是一种很实际的生活，也不乏浪漫和理想。可我那时并不知道，这仅仅是一种貌似真实的东西，它其实是脆弱的，是经不起诱惑和变化的。我没有想到，两个血与肉已经完全融为一体的灵魂，后来竟会分裂成两半，就像你脚下的那条大峡谷……

我痛苦过，失望过，忍受过，坚持过，也想努力挽回我们的过去。可是，书桌上的两样再平常不过的东西终于告诉我，它们已经随着走过的时针和撕掉的日历一起消失了。即使是沸腾的血液，火一样燃烧的心也改变不了一个最简单的事实——时间总在过去。

你让我读过有关梅里雪山的一切，我曾经为三江并流的磅礴气势，奇峰耸峙的壮丽景象惊叹过；也曾经为你最初的那种男子汉的英雄气概而骄傲和自豪过。可是我无论如何也没有想到，你会沉迷于那种毫无成功希望的鲁莽行动中，直到用冰雪把你的头脑和血液都冷却到0℃以下，使我的所有努力，我为这些努力所付出的一切都像三江的急流一去不回……

这么多年，我总是为你担心，我也多少次地抱怨过。后来我曾想在紧张的工作中把自己忘掉，让自己的思念冷却到冰点以下。你知道，在一个甚嚣尘上，自我和个性都极度张扬的时代里，做到这点是很难的。我尽力拒绝各种诱惑。就这样，一年一年又重新开始了。我已经很久没有去看日历了，仿佛它不存在，我也不需要它。没有了它，我也就逃脱了，就像裹进了一片冰雪之中，凝固不动了。而在这个每天都发生着急剧变化的城市里，各种思想、时尚、主义，都在剧烈地碰撞和摩擦，它像一座高温的熔炉，生锈的锁链熔化了，迸射着炫目的火花……

我不想对你做详细的解释，一种力量怎样驱赶着我走出死一般的冷漠和隔绝，那是一种新生的、雷电一般的力量，使我被禁锢起来的全部能量像尼亚加拉大瀑布一样奔腾而下，势不可挡。我无法用准确的语言告诉你，我在受到新的希望的火焰燎灼时，我的激动与不安，我的心和我的思维都在跳跃……

世界和时代这样无情地改变了我们，从根本上说，这是世界和时代本身的变革所需要的，既然这样，那就顺其自然吧。只是当我很久以来第一次意识到时间的存在时，它的消失实在是太急促了，一分一秒，对于我来说都是如此宝贵，无法分心去做任何不会产生实际价值的事情。我又一次忽略了周围的存在，但这一次，是有了全新意义的忽略。于是，一种全新的东西更新了我，我变成了另外一个人。过去的一切都模糊了，淡忘了，因为作为思维载体的语言已经被另一种语言代替了。只是在离开这个屋子的时候，我一定会记得关好门窗，把钥匙放在老地方。至于这个屋子里曾经有过的一切，对你对我都不重要了。不过，我十分希望不久的将来，这个屋子里能够有一位新的女主人，重新给它带来温馨和欢笑，还有婴儿哇哇的哭闹……

记住吧，世界和时代会改变人，却永远也不会改变那座雪山。

晓薇

陈晓薇抬头看了看桌上那只老式的闹钟，它已经嘀嗒嘀嗒，十分固执地走了十多年。她把那几页信纸叠好，装进一个信封，在信封上写了"肖顿河先生收　陈晓薇"，然后小心地把信封压在闹钟底下。她把有些麻木的右手在桌上平放了一会儿，然后扶着桌边站起来，走到窗边，唰地一下拉开窗帘，这是一个晴朗的日子。她推开窗子，清冽的风扑到她的脸上，一种从未有过的，仿佛卸下千斤重担一样的轻松和释放的感觉，像这清风一样拥抱了她的全身，她从内心深处长长地呼出一口气。

她轻轻地关上窗子，拉好窗帘，拧灭了台灯，挎上那只用了多年的小提包，提起两只沉重的大箱子，走出门，然后她放下一只箱子，回身带上门。她的目光里突然闪过一瞬间的凝滞，随后，她重又提起那只箱子，下楼了。

陈晓薇走了。

波音767宽体客机轰鸣着起飞了，飞往太平洋彼岸。

64　分裂

　　安娜回学校了。她似乎像往常一样,走得像一阵风。可是安群觉得,这阵风里裹挟着她猜不透的东西。但这绝不是安娜的性格,因为她是一个心里存不住半点儿心事的人。

　　夜深了,安群还看着笔记本电脑的屏幕。屏幕上是一座雪山,峻峭的山峰好像被一柄巨大无比的利斧从峰顶到山腰劈掉了一大半,剩下的那一小半却还巍然耸立着,像一座宏伟的纪念碑,挺着一个插入云霄的峰尖。整座山峰完全被冰雪包裹着,在幽暗的天幕上,闪着逼人的寒光——这就是梅里雪山。在她的周围,连绵耸立着十几座大大小小的雪山,像拱卫着这位雪山女神的一群卫士。安群怔怔地看着屏幕,表情有些木然。她已经想了很久,她不知道这个梅里女神到底有什么样的吸引力,能让这么多人为她牺牲青春、爱情,甚至生命。

　　肖顿河曾经是她羡慕的人,可对他参加考察队,安群开始并不十分理解。他在地球物理研究所有多少实验要做,有多少深奥的理论值得去探索啊。还有爱情、婚姻和家庭,都是最值得珍惜、最需要关怀的,维护它们需要一个男子汉付出智慧和精力。其实,这比攀登一座雪山也许还要难。

　　安群忽然像触电一样猛地一惊,安娜的大学已经组织了登山队,她是一定要去梅里雪山了,安娜会不会……她不敢想下去。登山运动的危险性她早就听肖顿河说过多少回,尤其是在有大片深厚积雪的雪山地区，只要一个登山队员不小心弄塌一小片雪，就会引发连锁反应，造成排山倒海般的大雪崩，雪崩所经之处一切都荡然无存。在攀登海拔 8000米以上的高峰时，很多职业登山家都不知葬身何处，何况一群根本没有登山经验，只凭一股热情去冒险的大学生呢！虽然有几所名牌大学每年都组织大学生登山活动，而且成功率都比较高，也没有发生大的事故，可是谁能保证不会发生意外呢？安群的手不知不觉地伸向了电话，可她的手一触到话机，目光立刻扫过屏幕一角的时间显示：01：32。算了，别去吵醒她了。安群的手在话机上面停留了一会儿，终于还是收了回来。没想到，这时电话铃却响了，安群拿起话机，是安娜。

喂，姐姐，你还没睡吗？

没有，我一直在上网，刚才还想给你打电话呢。你也没睡啊？

睡不着，我有事想告诉你。

有什么事，非要这么晚了才说？

姐姐，其实我想了很久，一直没有对你说，我觉得肖顿河是个了不起的人，几年前我就想跟他去梅里雪山。我想，他去登山，绝不仅仅是为了登上那座雪山，而更多的是对人类精神处境的一种关怀。

安娜，你说什么？

我说这是关心人类的精神处境。

登山和这有什么联系吗？

当然有。你看，现在我们的身边，一些人只知道千方百计地赚钱、享受，有人甚至不择手段，损人利己。艰苦的工作，没有报酬，但有利于社会的工作很少有人愿意去做。从整体来说，人类的精神在颓化、萎靡，可是，肖顿河他们是在向这一精神的颓势宣战，他们是在用自己的攀登振奋人的精神……

安娜，我知道你想说什么了，人应该有很高的精神追求，但并不一定非要通过极端的行动去实现，在生活中有很多事可以做，为什么非要去攀登那么危险的梅里雪山呢？

姐姐，你也像晓薇姐那么想吗？

不，我和晓薇不一样。

可我觉得，你们在本质上是一样的。当然，我并不认为这有什么不对或者不好，晓薇姐那样做，我是理解的。她是一个非常有个性的人，她的个性不应该受到压抑，她也应该实现自己的追求，只是这对肖顿河的打击太大了。你不是说他非常珍视爱情吗？他知道这件事会崩溃的……

所以，我想告诉你，我决定去看肖顿河……

安娜，不行，你不能这样做，你要知道，肖顿河和晓薇在一起生活了十多年，虽然晓薇走了，可肖顿河的感情绝不可能转变……

姐姐，我不是这个意思。我只是想，他现在需要安慰，需要同情。我们不应该让他受到伤害和冷落。当然，我不是用自己的爱去取代别人的爱，这对他或许会是另一种伤害。他现在需要的是对他事业的支持和鼓励。这么多年，他得到的支持和鼓励太少了，他需要爱。

安娜，这不是你应该做的事情，这样的支持和鼓励，我，还有我的朋友们都能去做，而且我们会做得更好。比如说，我们现在还不能把晓薇走的事告诉肖顿河，因为这会刺伤他的心。我相信，我们会想出更好的办法，我想，除了去登山考察，别的事情我们都可以去做。

姐姐，说到底，我就是要告诉你，我要去梅里雪山了。我们学校的山鹰梅里雪山登山队要对肖顿河他们的工作进行宣传，还要提供道义上的支持，并且还要把我们的登山考察活动在网上报道，让更多的人了解登山的意义。姐姐，你说这个主意怎么样？

这个主意倒是不错，不过，我还是不赞成你去梅里雪山，因为危险性太大了。安娜，你和世世代代生活在那里的人们不一样，他们的文化本身就是在恶劣的自然环境中孕育出来的，而你从小就没有离开过城市，缺少这方面的锻炼，第一次参加活动就要到这么远、这么危险的地方去，风险太大了，再说你也缺少这方面的知识。

哎呀，姐姐，有关梅里雪山的资料我已经保存了好几张光盘了，比你的那点儿东西多多了。我想，这些资料对肖顿河也一定有用。姐姐，你千万别担心，我们是有组织的集体行动，危险总会有的，比方说，一个人走在大街上也许还会被汽车撞上呢，所以……安娜忽然想起这是最不该说的话，她后悔死了，可是已经不能挽回了，她沉默了一会儿又说，姐姐，真对不起，我……

安群也停了一下，然后接着说，安娜，你知道，肖顿河说过，登山不适合女性……

怎么不适合？不是有过女性登山了吗？中国外国都有女性登山者，潘多不是吗？还有的女性去了南极，而且有的还去了好几次呢……

当然，飞向太空的也有女性。

对，比如美国的女教师麦考利夫……

可我是说，你也许没有必要去。安娜，肖顿河每次回来，见到他的样子我都觉得……那儿的辐射太厉害了，你的皮肤会留下瘢痕……

留下瘢痕又怎么样？

将来就没有人爱了。

安娜在电话的那头笑了。姐姐，你和爸爸妈妈爱我就行了。

安娜，爸爸妈妈也会为你担心的。

好了姐姐，时间不早了，你快点儿睡觉吧，再见。

安群还想说什么，那边已经咔嗒一声挂上了电话。

接下来的几天，安群说不清楚自己为什么总是心神不安。人们说女人天生是敏感的。这话并不全对，因为对安娜来说好像没有什么敏感可言，她总是像风一样来，又像风一样去。安群却相反，她对周围发生的每一件事都是那么细心，不过，肖顿河和陈晓薇会有这样的结果却是她没有料到的。她同情陈晓薇，因为没有人比她更能体验在孤独中度过的每一个时刻，尤其是对于敏感的女人。当陈晓薇终于用自己的决绝来粉碎孤独的时候，她需要多么大的勇气啊！

他们两个人的分开，就像两块已经熔铸成一体，成为合金的金属，要重新经过高温的熔炼，析出、还原为两块金属，尽管已经是面目全非的两块。这是一个多么让人心碎的过程。他们不是假情假意、草率结合的那种人，也不是随随便便说分手就分手的，他们是……

安群不愿意再循着这个思路想下去，陈晓薇已经说得再清楚不过了，那种灵魂和肉体已经融为一体的婚姻，最终还是分裂了，分裂到了最后一个原子……安群想起不知道是谁说过，对爱情不要做过分理性的思考，因为情感从来就不是理性的，情感从来就是冲动的，混沌的，甚至是无法用语言来准确地表达的，因此，情感的结局，尤其是爱情的结局是不可预料的。能够预知未来的爱情是虚假的，是做样子给别人看，叫人无法忍受的。那充其量也不过是男女关系的一种表现形式，而不是真正的爱情。

现在很多被人们推崇为爱情的东西，其实从来就不是爱情，而是一种契约，它远不是完美的，甚至是不完整的。在这块土地上还缺少超越一切世俗传统的爱情。像传说中的两个西方青年在珠穆朗玛峰上的那种爱情，那种将旷世永存的爱情悲剧……本来他们是可以逃脱的，他们可以死里逃生。在海拔八千多米的时候，他们还有求生的机会，还有体力，还有氧气，至少其中的一个是可以逃脱的，可是，他们都选择了死亡，他们的手握在一起，身体依偎在一起，用最后的微弱的气息说着，I love you, dear……这是一种用共同的死表达的爱的永恒……

安群感到自己的心在战栗，一个无论怎样冷峻、铁石心肠的思考者，想到这里都会战栗的。

她本来完全可以自由自在、轻轻松松地做些什么，读读书，到网上的聊天室，跟一个不知什么模样、什么习性、什么性别的网虫胡侃闲聊一番，也可以漫不经心地打开某个网页，让天南地北的奇闻轶事给自己换换脑筋，说不定看到哪儿就会忍不住笑出声来。可是，此时安群却一点儿也没有这样的心情，她觉得有什么东西在她的灵魂深处撞击着，她能够理解珠峰上的那两个青年为爱而死，可她还是想说服安娜不要去雪山冒险。

65　《冰山》杂志

　　已经过了十一点，女研究生宿舍里的灯依然亮着，安娜和几个女生还在网上浏览，页面上是一幅梅里雪山的照片，洁净的湖蓝色的天空，白色的雪山巍峨耸立，直入云端。

　　看，最后我们就要到达这里，这就是5800米的3号营地，就是这儿。安娜说着，将鼠标移到一处陡峭的山脊上。

　　这不就快到峰顶了吗？

　　是啊。可就没人能到达这儿。安娜的鼠标指向峰顶。

　　怪不得呢，它看起来就像一把剑，太陡了。庄丽红说，安娜，你们一定要小心啊。

　　放心吧，丽红。安娜说。

　　她又继续打开一幅幅照片。《晨曦中的卡瓦格博峰》《雪山杜鹃》《神圣的冰峰》……

　　嗨，这些照片多美啊！

　　陆兵这家伙还真行，他们的网站这么快就把照片贴上去了。李莲莲说。

　　安娜，你是从哪儿弄到这些照片的啊？庄丽红问。

　　从我姐姐那儿要来的，我姐姐说，这是肖顿河他们登山队的摄影师许大勇拍的，可是后来他拍照片时掉到大冰缝里了……

　　李莲莲问，救上来了吗？

安娜点点头。救上来了，已经晚了……

宿舍里出现了片刻的沉默。

过了一会儿，她们又继续浏览。

安娜，看，你的文章！冯米拉忽然叫起来。

四个人的脑袋凑在一起，她们几乎用一个语速念出来：《遥望梅里》，作者——燕北大学化学系——安娜。

哎，安娜快念念。李莲莲忙不迭地说。

安娜扭头说，丽红，你是中文系的，你来读吧。

于是，庄丽红就轻轻地朗读起来：

……

树叶开始飘零的时候，我的心弥散起一缕淡淡的怅惘，总像被一根无形的线牵着，思绪也总是缥缥缈缈，却说不清是被什么牵引着。有时脚步匆匆，却走到一个并不想去的地方。在湖边晨读的时候，手里拿着书本，眼睛却呆呆地看着远方。我怎么了？我在期盼什么？多少次我问自己，也问天空问大地。

那一天我见到了一位登山者，我忽然明白了——我一直在向往一个遥远的遥远——他，还有和他紧紧连在一起的神秘雪山。雪山壮丽秀美，洁白神圣，令人无限向往，而他的勇敢坚毅更让我的血液发烫……

此前我从不知道，在这片洁净无瑕之中，竟然蕴藏着如此巨大的引力，一种仿佛地心引力一般的力量，能够吸引那么多人去冲击，去攀登，即使葬身在冰雪之下也在所不惜。

……

有人说，卡瓦格博峰太高太陡，不可能攀登。我要说，她的高峻和陡峭可以考验我们的胆略，因为我们不是栖居在灌木丛中的麻雀，而是搏击长空的山鹰；有人说，卡瓦格博峰的寒冷会冻裂岩石，狂风暴雪会摧毁一切。我要说，风雪和寒冷可以锻炼我们的体格，让我们的意志更加坚定，我们不做蜷缩在火炉边偷懒的懦夫，而是冰雪中高歌欢笑的勇士；有人说，卡瓦格博峰上埋葬着登山队员的尸骨，那是对每一个试图藐视她的人最严厉的警告。我要说，他们已经为我们的攀登进行了勇敢的探索，他们留下的一根根红色的雪崩飘带，将会成为我们前行的路标。

我们要登上新的高度，领略屹立于千米冰川之上的磅礴气势。

有人说，梅里雪山拒绝女性，我要说，在世人看来难以涉及的领域，在珠峰、在南极，已经有过很多女性的身影，在那里，更可以展现女性的风采和美丽。

我们去梅里不是好奇，不是炫耀。向往永远是鼓舞着人去超越、去创造的原动力。

梅里女神，请等着我，山鹰正在展翅向你飞来。

太棒了，安娜，你应该把它投给文学杂志。庄丽红刚刚读完，冯米拉就叫起来。

李莲莲说，我觉得这就是一篇登山宣言。

对，安娜写出了一种气势，现在有些文章多俗啊，我都懒得看了，特别是一些男人的文章简直是无病呻吟……冯米拉说。

哎，你们看，网友留言。李莲莲又有了新发现。

打开打开。

嗬，这么多！

安娜，你看，有237条呢。

她们抢着念，一人一条地念：

会飞的猫：亲爱的安娜，当你站在山顶时，请替我亲吻梅里女神。

纳波科夫：美丽的，永远是高不可攀；同样，只有高不可攀，才是真正美丽的。

蓝色墨水：我愿和你们一起飞到香格里拉。

孤独寂寞的野骆驼：安娜，愿你们平安归来。不要让那圣洁美丽的倩影迷倒啊。

蒙哥马利集团军：再高的山峰也只能踩在英雄们的脚下。

绿色大袋鼠：请注意环保，人与自然和谐共处应当成为全人类的共识。

一阵毛毛雨：安娜，你的散文让我着迷，这将是一个无眠的夜晚。我爱你。

……

几个女生咯咯地笑起来。

冯米拉说，安娜，快把你的稿子给杂志吧。

给什么杂志好呢？安娜问。

哎，《冰山》，就给它吧。李莲莲建议说。

庄丽红想了想说，那个杂志的总编是个什么诗人，有一次还到咱们学校举办过诗歌讲座呢。李莲莲说，那家伙叫丁小漠，最近报纸上常有他的诗。

丁小漠？安娜露出惊奇的样子。

怎么啦？冯米拉问。

安娜说，我认识他。

哦？冯米拉好像很感兴趣，又问，安娜，你怎么认识他的？

李莲莲也凑过来问，你跟他怎么样？

安娜用再平常不过的语气说，没怎么样，他是我姐姐同学的弟弟。

女生们失望地发出一声叹息。

第二天，安娜来到《冰山》杂志社，找到丁小漠的办公室，轻轻敲了敲门，门虚掩着。

谁呀？请进。丁小漠说。当他看见进来的是安娜，他的脸猛一下涨红了——冬天里的丁小漠仿佛看见了明媚的春光。这是他很久都没有过的感觉，这几年他好像没觉得有什么事能让他激动。安……安娜，快请进，请进。他有点儿语无伦次，一边应酬，一边手忙脚乱地把桌子收拾了一下。太乱了，一切都是混乱不堪的。

小漠，我写了一篇散文，想让你看看。安娜说。

呃，太好了。

可我写得不好。

丁小漠连忙说，不用看我就知道你一定能写得很好。安娜，说实话，看文章先看人，人好，文章自然就好。你的文章，当然就不用说了。哎，你看，说了半天我都忘了请你坐下，来吧，请坐下。丁小漠给安娜拉过一把椅子，让安娜坐下，自己坐在了安娜的对面，忽然他想起对面墙上贴的那张安娜的照片，幸好粘得不牢掉了。他看着安娜，心里在想，她比照片更漂亮啊。

安娜又说，你看看能用吗？要是不能……

当然能用。丁小漠接过稿子匆匆扫了一眼，《遥望梅里》，嗯，好，很好。他说完，就冲门外大声喊，小朱，小朱……

一个女编辑快步进来了。

丁小漠说，小朱，请你处理一篇稿子，下期用。

女编辑接过来说，丁总编，这太急了吧？下期的稿子都发排了。

我说下期就下期。丁小漠不耐烦地说。

好吧。女编辑走了。

小漠，我给你们添麻烦了吧？安娜一脸不安的样子。

没有没有。丁小漠赶忙说，安娜，你这是雪里送炭，我们这一期杂志就缺一篇好散文呢。我前些天从网上看见消息，说你要去梅里雪山，是真的吗？

是啊，我这篇文章就是写的那座山。

那可是一座神山呀。丁小漠走到离安娜很近的地方，眼睛一眨不眨地看着她。

有人说那里就是神秘的香格里拉。安娜说。

越神秘越好，越神秘就越有吸引力。梅里雪山给人一种向往，向往会让人产生灵感。不光山是这样，人也是这样……

小漠，我们明天考试，我先走了，再见。安娜打断了他，转身走了。

丁小漠怔怔地看着那扇在安娜身后关上的门，他慢慢地倒在那把大椅子里，对着那扇门看了很久。

丁小漠给安娜写了很多诗，他几乎每天都要用电子邮件给安娜发送几首。只要他敲击电脑的键盘，敲出 anna2000@sina.com，看着他的诗从信箱发出去，他才会平静下来。

66　飘散的尘埃

　　肖顿河的高烧终于退下去了。他忍着胃里翻江倒海般的折腾，拼命地吃饭喝水，尽快补充体力。次仁旺青给他煮了热气腾腾的酥油茶，他咕咚咕咚地像喝凉水似的，一口气灌下去好几茶缸。他用力地伸展胳膊，活动身体，直到累得上气不接下气，他又忍着头重脚轻、身体不由自主地要向一侧倒下去的眩晕感，双手扶着帐篷的支架慢慢挪动着。好几次都扑倒在地上，摔得很疼。过去他很少生病，有点儿感冒发烧的，用不了几片药，抗一抗就过去了。参加考察队的这些年，爬冰卧雪，长时期在极度寒冷、极度缺氧的高海拔地区进行大运动量的攀登，他总是精力旺盛，不知疲倦，像一头健壮凶猛的雪山牦牛。

　　他重新爬起来，一步一步地挪动着，体验着一种特殊的滋味，一种心有余而力不足的滋味。这不是在光滑得像镜子一样的峭壁上攀缘，而是一个暂时失去了方向感和平衡感的人在找回丢失的感觉，是一个暂时丧失了体力的人在找回蓬勃的力量，他费力地喘息着，像第一次蹒跚学步的婴儿，扶着帐篷的支架，走出这个禁锢他生命的帐篷。他的整个生命，他的一切都属于这个冰雪的世界啊。

　　他又一次证实了自己，在这场决斗中，他赢了。当他终于像往常一样奔波于各个观测点之间时，他的眼睛又放出光来，脸上又现出了那种专注和自信的神情。夜晚，除了整理数据和资料，他不再像从前那样不停地写啊，写啊，他只是静静地坐着，看着灯火出神，像一尊石像一样，长久地沉默着。他的眼睛凹陷了，好像深藏着忧伤。因为生病而变得像刀削一样的脸庞棱角可怕地凸显出来。幸亏还有那些浓密杂乱的胡须，遮掩了他大部分虚弱的表情和更加虚弱的内心。

他是一个最懂得什么叫思念的人，而此时的他，已经无法用思念这个词来形容他的心了。忧伤也许更确切一些，可是仍然远远不足以表达他的心情。那是一种要让整个身心都枯竭的、使灵魂都要干涸得碎裂的渴望，渴望得到哪怕陈晓薇一声问候、一个微笑，哪怕一星半点儿有关她的消息……可是，什么也没有，只有无边的冰雪封裹的寒冷，还有同样无边的白色包围之中的严酷，世界陷入了让人彻底绝望的单调之中，眼睛里只剩下白茫茫的一片冰雪，感觉不到一丝一毫的颜色和温暖的希望，人的内心也仿佛被这冰雪封冻一样凝结成坚硬的一团，苍白无色，等待死亡……

肖顿河想起这次和陈晓薇告别的时候，她虽然刚和他吵架，眼睛还红红的，可她还是像过去一样问他，你带药了吗？我是说息斯敏，万一那里的住处或水有过敏物质……他说，带了，什么都带了，还是按你原来列出的那张需带物品表带的东西，我从电脑里调出来的。陈晓薇说，不，不行，上面的内容你改过了吗？你应该把抗生素换换，不能长期吃一种，不然会有抗药性。等一等，我去找阿莫仙、青霉素类的，对革兰氏阳性阴性菌感染都可以抵抗，万一你的扁桃体发炎，还有支气管感染，或是碰伤了哪儿也能用。

陈晓薇从卧室里抱来一只药箱，放在茶几上翻找，一边找一边嘱咐他各种药怎么服用。她垂在肩头的柔软鬈曲的头发飘散出奇异的芬芳，肖顿河觉得在哪儿闻到过：山野里的纯净、冰山雪川的清爽……肖顿河忽然从心里涌起一股从未有过的依恋。他紧紧拥抱着她说，晓薇，你是我见过的最好的女人，你是最会关心男人的女人，你是最细致的女人……

可是有一次，他说的话伤了她。

肖顿河的脑海翻腾着，他好像听见自己在对陈晓薇大喊大叫：真没见过你这样的人，你为什么一天到晚非要说个不停啊。你总是这么琐琐碎碎，一件事给你解释十遍还不算完，我干什么了？我又没干什么坏事，更没有骗你瞒你……你知道吗？你这样做很没意思，真的，很没意思。

陈晓薇哭了，倚着门框，低着头，抽抽搭搭，一缕长长的卷发垂下来，遮着她流泪的脸。她一边抽泣一边说，我说怎么啦？你嫌我说得多，那时候在学校你怎么不嫌我说得多，怎么不嫌我琐碎啊？我相信没有哪个女人能忍受你这样的男人，和你在一起你连句话都不说，就知道电脑，知道梅里……现在我相信了，人家说要是两个人没话说就完了。

肖顿河也忍不住把声音提高了，晓薇，你这样说有道理吗？你也有你的工作，你翻译书的时候我嫌你不说话了吗？我知道你需要安静，有时我也需要，只是你这么琐碎……

陈晓薇说，你……你嫌我琐碎……那你离开我啊。我还是自觉点儿，别让你烦，我离开你行了吧。有什么了不起啊……

肖顿河说，你这个人怎么说话拐弯啊？谁要离开你啊……算了，和你越说越说不清。

陈晓薇叫着，那就别说，一辈子也别说，说也没人听了，我走了你就轻松了。

陈晓薇真走了，她回母亲家去了，结婚后她还是第一次因为闹别扭离开家。

走时她在桌上留了一张纸，写得满满的。

顿河，这一次我真的下了决心，我再也不会回来了，相信你我心里都会珍藏着过去——那是最美的东西。我们现在的分离并不意味着过去美好的一切全都消失了，也许它还会随着我们的衰老越来越珍贵，那过去的一切将是我永远怀念的。我那时总问你，为什么我们在一起这么好，你说我们是世界上最好的，谁也不如我们好。仅仅几年就都平淡了。其实我有时也自责，是我不对吗？你是我最心爱的人，你是我生命里最重要的，过去现在将来……我们怎么会如此冷漠了呢？脑的冷却功能如此强大，它让我们记忆中最甜蜜的，最激动的一切变成了一幅幅静止的冻结的画面，它们不再生动，让人战栗，让人不顾一切。

　　它甚至让人怀疑——那是我所经历过的吗？爱情变得如同白纸上的字，时而清晰，时而模糊，是一些毫无情感的字，那些最热烈的形容词不知何时逃遁了。我的心冷漠了，我不想再关心你的一切，你爱去哪儿就去哪儿，爱什么时候回来就什么时候回来，你就是永远不回来也不关我的事。自然消失的东西就像空中缓缓飘散的尘埃，无声无息。从你去梅里开始，我就觉得我们完了，现在终于走到了尽头……

不，晓薇，你别走，我就要回来了……肖顿河忽然很想大声喊出来，他紧紧咬着嘴唇，泪水一下子涌了出来。

67　致安娜

星期六下午，安娜接到丁小漠的电话，约她去吃晚饭。

安娜愣了一下，说，小漠谢谢你，这几天我们登山协会有很多事，我……

哦，安娜，每个人都有很多事，重要的是会分配时间啊。

小漠，我真不能去，下次吧。

安娜，你不要再推辞了，今晚我要给你一个惊喜。丁小漠用他惯常浑厚的声音说。

给我惊喜，小漠，什么惊喜呀？安娜奇怪了。

好了，安娜，现在什么也别问，等我们见面你就知道了。

好吧，我们去哪儿？

蒙迪罗大饭店。晚上六点半，我在门口等你。

晚上，安娜来到蒙迪罗大饭店时，丁小漠已经等在门口了，他穿了一身藏青色西装，闪烁的霓虹灯把他的身上映得一会儿红，一会儿蓝，样子怪怪的。安娜笑了，觉得他过于正式了。安娜打扮得很随意，穿了一件花格套头毛衣，依然是蓝色的牛仔裤，清纯又充满朝气。在丁小漠的眼里，安娜是这迷离色彩中的女神。他们走进了一个双人包间。

安娜，这儿比较安静。你喜欢吗？丁小漠请安娜在方桌前坐下。

这是一个西式小餐厅，包间里的装饰素雅考究，淡蓝色的墙壁，乳白色的吊灯，桌上的餐具是银质的，还有精致的法国水晶高脚杯。不知从屋角的哪个地方传来了轻轻的音乐，优雅而温馨。

丁小漠帮安娜点了尼斯沙拉、法式鱼卷、白酒法国田螺、法式火焰薄饼，他自己点了一个巴黎卷心菜，又要了两杯法国波尔多葡萄酒。

安娜，我们先干一杯吧。丁小漠说。

哦，谢谢。我不会喝酒。安娜说。

不过今天你不会喝酒也要喝一点儿。丁小漠又说，你应该喝。

为什么？安娜只是用手捏着酒杯，并没有举起来。

我说过，今天我要送你一件礼物，你应该为这件礼物干一杯。

好吧，我只能喝一点儿。安娜就抿了一点儿。

丁小漠这才从他的黑色提包里拿出一本《冰山》杂志递给安娜。

啊，这么漂亮啊！安娜一看封面，忍不住叫起来。太漂亮了。怎么是我呀？她的脸都涨红了。封面上是她的一幅彩色照片，是校园网上用的。阳光下，一件粉红色的T恤衫，把她的脸衬得白皙而文雅。她微笑着，露出一对酒窝，笑得很甜。一阵轻风正掠起她的头发，照片捕捉了这一瞬间。

丁小漠很得意的样子。安娜，我知道你会喜欢的，你再看看里面吧。

安娜翻开扉页，扫了一眼，又翻开一页，哦，《遥望梅里》。小漠，这么快呀。

丁小漠更得意了。呃，是这样，我请他们把原先的头条换下来了。

这多不好啊。再说，我过去没有发表过东西，我只是……安娜一脸的兴奋变成了愧疚。

文章很好，我只给你改了几个字。

小漠，谢谢你。

安娜，这有什么？来，这下你该干一杯了吧？丁小漠举起酒杯。

安娜端起酒杯喝了一口。

有时间你再接着写吧，安娜。丁小漠说。

噢，我可能没有时间了。安娜说。我们走之前要做很多准备工作呢。你要去哪儿？

梅里雪山啊。

安娜，你真要去吗？丁小漠脸上露出了惊讶的神色。我还以为你……

当然是真的，我们山鹰登山队早就组织好了，大家正在抓紧时间训练、锻炼体格。我们还筹集资金，采购登山用品，可忙了。

不过，我听说那里太危险了，一些职业登山队到那儿都退下来了，还有的人一去就没回来。安娜，这可不是一般的旅行啊。

这我们都很清楚，我们山鹰登山队就是去经受锻炼的，比如，考验意志、体验极端条件下的生存环境，还有，我们想打破我们大学的登山纪录。

安娜，总之那里是危险的，恐怕不像你们想象的那么简单。我看过攀登雪山的电影，那是很可怕的，有风暴，有雪崩，还有冰崩……不小心滑下来，就会摔得粉身碎骨。

我们已经下了决心，现在就等出发的时间了。哎，小漠，我到了那儿，有了亲身的体验，散文会写得更好。

那好吧，到时候我们给你发连载的文章。

我回来的时候就给你。

来，我们干杯，就算我预祝你成功，也祝你们登山队成功吧。

那我就代表登山队所有的人谢谢你。

他们把杯子里的酒喝干了。丁小漠又要了两杯，他两只手握着高脚杯，忽然局促起来。呃，安娜……

嗯？

这些天我写给你的诗都收到了吗？丁小漠扶扶眼镜，问，一副很诚恳的样子。

收到了。安娜说。

怎么样，你喜欢吗？

小漠，其实你的诗写得挺好的，可是……安娜说着，头低下去。

丁小漠看见安娜脸红了，他迟疑了一下，把声音放低了又说，安娜，有些话我早就想对你说，你知道，我这个人很直率，很率真，我，我想有话直说，好吗？

安娜抬起头，疑惑地看着他。

来，安娜，我们再喝一点儿吧。

不不，我真的不行。

丁小漠自己喝了一口，接着说，安娜，你知道，我寻找了很多年，或者说等待了很多年，自从我上次见到你，我就觉得，我……我一直在等待你的出现。

安娜紧张了，一下站了起来。小漠，你别说这些。

安娜，你坐下。丁小漠拉住了安娜的胳膊。安娜，我爱你。

小漠，我……我已经有了自己爱的人。

丁小漠的脸上露出了古怪的表情。你爱的人？他惊讶地问。能让我知道吗？

我想这跟你没关系。

安娜，我知道，很多人都爱你。

什么很多人？你真是莫名其妙。安娜生气了。

哎，你别急，我的意思是说，一定有很多人对你说过"我爱你"，但我是最真诚的一个。丁小漠说着，又喝了一口酒，他的脸已经红了。

安娜惊奇地看着他。小漠，我说了，我已经有了自己爱的人，你听清了吗？

当然，我当然听清了。我知道那个陆兵也爱上你了，对吗？我认识他，他在《冰山》上发过几首诗，有一首是——啊，对了，是《致安娜》。可那关我什么事呢？我不在乎你爱谁，或者谁爱你，他爱他的，我爱我的。

小漠你在说什么呀？我……陆兵和我……你开什么玩笑啊。安娜的脸涨红了，又要站起来，丁小漠又一次拉住她的胳膊。

安娜，你别走，我是认真的。无论谁爱你我都不在乎，因为人们爱的内容和思想不同，每个人都有自己的角度……所以，在爱情的世界里我想我们是可以和平共处的。

什么和平共处？谁和谁和平共处？安娜愤怒了，忍不住大声说，小漠，你真滑稽。爱情是能和别人分享的吗？这……你应该知道。

丁小漠脸上露出非常惊讶的表情。哎呀，安娜，你现在还这样看待爱情吗？

你要知道爱……爱是两个人的事。安娜说。

这倒让我觉得滑稽了。丁小漠说。你知道吗，安娜。你是我见过的女孩子中最美丽的，现在没有一个美丽的女人会谈论爱情，只有你。女人的美丽就是至高无上的。丁小漠把一只手高高地举起来，做出一副很高的样子。其实美丽的女人拥有很多别人不知道的东西。你知道吗？有些人就是生活在三人世界里，比如萨特、西蒙波娃和她的女友，还有马雅可夫斯基、莉丽和奥西普……安娜，我也可以接受三个人的世界。

丁小漠，你真荒唐。安娜的嘴唇都颤抖了，她猛地一下挣脱丁小漠的手，却把桌上的高脚杯碰翻了，红色的葡萄酒立刻在雪白的桌布上洇开，像一幅古怪的抽象画。

不是我荒唐，是生活荒唐。丁小漠继续说，你知道，很多人，甚至大多数的人，可以说，人都在伪装自己。现在有多少人说真话？那些道貌岸然的家伙在大庭广众之下说的都是谎话，那些人才是荒唐的。就说谢卫国吧，那是个地地道道的伪君子。他装模作样地给登山队赞助，还给我们赞助，其实呢？呸，这里面全都是金钱交易，他那是为了抬高自己的身价，跻身社会名流之列罢了。还有，安娜，你在学校不知道外面的世界，其实谢卫国还打过陈晓薇的主意呢。我嫂子说，陈晓薇走了以后，这段时间谢卫国整天垂头丧气的，所以，我从来都说，有钱的人都是虚伪的……这是真理。

丁小漠停了一下，又做出那种诚恳的表情，把手放在安娜的手背上说，安娜，现在只有我是真诚的，我说的都是真话。我想什么就说什么，我不想遮掩自己，我从不遮掩自己。一个人的生命长度就是这些。他用两只手比画着，说，何必呢？我只知道现在我还活着，将来我就死了——我们都死了……安娜，真的，我愿意和你们和平共处……

安娜使劲地把手抽回来。丁小漠，我真没想到你是这样一个人，你太过分了。

安娜，不是我过分，世界上没有完美的人。你看，过去我们认为那些了不起的人物都是完美的，甚至还以为他们对爱是多么忠贞不渝，以为……可现在很多传记把他们的老底都兜出来了，怎么样？原来他们和你我都一样……

谁和你一样？安娜猛地站起来，一转身跑出门去。

丁小漠愣了一下，抓起桌上的杂志，喊了一声，安娜，你的杂志——

68　高度 4700 米

　　狂风刮了整整一夜，把整个雪山的外貌进行了彻底的改造。风像一把巨大的雪铲，把所有的雪都堆到了背风的地方，山谷被雪填平了，悬崖下面堆起了几米、几十米高的雪墙。风所到之处，岩石像被刮刀刮过一样裸露出来，有的犬牙交错，狰狞可怕，有的光亮圆滑，像抛光过的卵石。早晨的时候，风势渐渐减弱，却又飘起了零零星星的雪花。

　　有经验的考察队员都知道，在这种天气里登山是最危险的，因为经过狂风改造的积雪态势是最不稳定的，在有些海拔高度上极易发生大规模的雪崩。还有，由于大量积雪被风扫进了山谷和相对凹陷的地方，万一失足滑进去，那就再也没有可能出来了。再说，被风刮过的岩石上还留着一层眼睛不易察觉的薄冰，再加上下了一点儿小雪，会变得像溜冰场一样光滑，即使是最防滑的登山靴踩上去，要是没有极好的身体素质和平衡能力，摔倒是不可避免的，而万一顺着山势滑下去，很有可能粉身碎骨。

　　太阳白惨惨地照耀着，冰雪映着惨白的光，那种仿佛要把人的呼吸和脉搏都冻结住的寒气直逼过来，肖顿河的上下牙齿不住地咯咯磕打着，手脚像被冰裹着一样伸展不开。他把自己从头到脚全部包裹起来，眼睛也罩在黑色防护镜里，只露出两只鼻孔，然后他背上了沉重的登山袋，里面装满了全套登山器具：雪铲、冰镐、冰靴、绳索、瓦斯炉、食品、羽绒睡袋，还有一顶帐篷。

这样的天气是不允许独自上山的，可是在连续十多天的大雪之后，山上的冰雪变化现在一无所知。高海拔地区的自动气象记录仪是否在正常工作也不清楚。雪停了，太阳好歹露出了阴沉沉的脸。这么多天憋在帐篷里，登山队员憋得都要发疯了。

肖顿河在做准备的时候，其余的四个人好像还没有从连续十多天死去一般的神情中缓过劲儿来，只是一个个张着嘴，愣愣地看着他打背包，穿防滑靴，裹绑腿，戴护目镜，好像不知道他要去干什么。一直到肖顿河背上登山袋，走到门口，转过身来说，对讲机不要关，两小时联络一次。他们才如梦初醒，小川原兵卫结结巴巴地问，顿河君，你，你要去哪儿？

我到4号观测点去，看看那里的冰情，要是顺利，明天一定回来。肖顿河说完，大步走出门去，帐篷顶上的雪哗啦啦落下一大片，把他从头到脚罩成个雪人。他摇摇头，抖掉帽子和肩膀上的雪，踏着厚厚的积雪往上山的方向走去，雪地上留下一长串很深的脚印。

哎——帐篷里的四个人这时候才真正醒悟过来，等他们都挤到门口，向外张望时，肖顿河已经变成了茫茫雪原上的一个红点。

积雪越来越深，没过了膝盖，肖顿河艰难地行进着，像挣扎在一片冰雪的沼泽里，随时都会被深不见底的陷阱吞没。他试探着一步一步向上走，路已经没有了，沟沟壑壑都变得平展展的，可就在这一片平展展的雪毯下面，也许是坚硬锋利的岩石，也许是裂缝、峭壁或者深谷。他根据平时登山的经验和周围山势的走向，不停地判断着，边走边用雪杖探路。可是这样的速度太慢了，体力消耗也太大，刚刚大病了一场，身体还没有完全康复，这样的大消耗量的攀登是难以持久的，而且也实在太危险了。在海拔4700多米的高度上积雪很厚，因为更高海拔的山势特别陡峭，雪不容易积聚，在降雪过程中就不断地沉降到缓坡上。在山谷的两侧，由于山谷上升气流的顶托作用，极易形成底部疏松的积雪层，一不小心触动它，积雪就会铺天盖地崩落下来，天地就会在一瞬间变成另一个样子。

肖顿河有些后悔，也许自己不应该上山来，在天气良好的情况下登山都危险，现在就更危险了。一连十多天的大雪，在当地的气象史上也是罕见的，这正是一个观测的极难得的机会。这场大雪对冰川的运动有至关重要的影响，而正是这几条冰川决定着登山的成功与失败。像卡瓦格博峰这样山势呈纪念碑式的雪山，想沿着由岩石构成的坡面往上攀登，那是做梦，因为根本就没有立足之地。唯一的攀登路线就是冰川，因为冰川形成在山谷里，它的变化比较缓慢，不容易发生大规模的崩塌和急速的运动。沿着冰川往上攀登，只要能顺利地绕开大冰斗和大裂缝，就可以到达海拔很高的稳定地段，避开雪崩带，在那里建立起突击营地，向顶峰冲击。所以，错过了这一次观测机会，就等于又失去了一年的时间。

肖顿河咬了咬牙，又向上运动，他像一头北极熊一样，吼叫着向上搏击。

喂，你到了哪里？对讲机里第一次传来地面的声音。

我正在向上运动，现在……肖顿河看了看胸前的海拔表，高度4000……一阵狂风刮来，灌进了他的喉咙，噎得他一时说不出话来。地面的声音又响了，你撤回来吧，再不撤，我们就无法接应了……

肖顿河犹豫了，要说4700米这个高度，他已经到过不知道多少次了，因为每次观测记录都要到达这个高度，而且，常常要一个人在这个高度过夜。因此，这段路线他已经很熟悉了。由于他每次走过这一段都做了详细的笔录，甚至还拍摄过录像，并且对照卫星照片做过计算机模拟攀登，他对各种可能的意外情况有充分的准备。但是这一次却不同，深厚的积雪已经使这里的起伏变化都消失了，连那些平时熟记的最突出的标志物，那些平时在夜间都能准确辨认的地形和地物都变了样，有的甚至不见了踪影。再继续上行的希望是十分渺茫的。

肖顿河感到一阵茫然，他怔怔地愣在那里，像一棵孤零零站立在冰雪里的枯树。他感到自己在冷却，自己的头脑在冷却，血液在冷却，身体也在冷却，两条腿已经冻得僵直，就像两根冰冷的铁柱插在深得没膝的雪里……他感到了恐惧。在这之前，他没有害怕过什么。可现在他心力交瘁，四肢冰凉、僵硬。死亡，他想到了死亡，他来到梅里雪山以后很少想到死亡这个词，他第一次感觉到死神正在逼近。死神阴森逼人的冷气已经贴着他的后背，正要穿过他的躯体，直入他的心脏。

不——

他声嘶力竭地发出一声狂吼。吼声像惊涛一样在苍茫的冰峰雪岭之间扩散，震得悬崖绝壁上的雪轻轻飘落。他从深深的雪里拔出两条像铁柱一样的腿，踉踉跄跄不择方向地向上奔去。他的雪铲在左右挥动，扬起的雪在身边飞舞，他正用全部的力量向他的目标冲击。他的躯体已经不再冷却，而是热血沸腾，他像一股刚刚出炉的钢水一样不可阻挡，他用飞溅的雪花和滚烫的呼哧呼哧的喘息，回击了死神的致命的威胁。他就这样喘息着，搏击着，当他就要耗尽体力，瘫倒在雪地上时，他的手触到了他最熟悉的东西——观测点的红色标杆。

到了——我到了——他狂喜地喊叫着。

喂，喂，你到了哪里？对讲机里传来地面焦急的呼叫。

我到了——到了——泪水噎住了他的喉咙，那是咸涩的，也是狂喜的泪水。他疯狂地用双手扒着雪，用他仅有的那点儿热量，那里有他早已做好的一个坚实的冰洞，他每次在这个观测点过夜，就住在这个冰洞里。在那里有安全，还有梦。他一点一点地扒开半米多深的雪，掏开洞口，钻了进去。他一下就瘫倒了。他四仰八叉地躺在那里，沉重的登山袋还背在他的身后。泪水从他的眼角向外流淌，顺着他那乱糟糟的连鬓胡须滚进他的脖子里和嘴里，他品尝着自己，品尝着生命，也品尝着这威风凛凛、不可一世的自然之神的失望和悲哀。

就在他的身体真的要冷却之前，他完全恢复了理智，他笨拙而费力地解开登山袋，从里面摸出了用来充饥的牛肉、香肠、压缩饼干，然后点燃了瓦斯炉。可爱的蓝色的火苗从那些小孔里喷出来，在铝盒的底部汇聚成一朵美丽的蓝色的火花，这是生命的火焰，给这个黑暗中的小小的世界带来了光明，带来了温暖，洞壁上那些凹凸不平的冰面闪出奇异的光彩。

肖顿河有滋有味地嚼着热得流油的香肠，他把压缩饼干掰成小块，在化开的雪水里泡成糊糊，稀里呼噜地喝下去。他饿极了，狼吞虎咽地一下子吃了好几根香肠，吃完了，他抹抹黏乎乎的嘴，黏乎乎的大胡子，嘿嘿地自得其乐地笑了。在黑暗中，他把自己蜷进睡袋，要美滋滋地做个梦。在这个小小的冰洞里，在这个海拔4700多米高的冰洞里，他的心似乎真正有了归宿，似乎这里才是他自己的真正的家。啊，谁叫我们老祖宗就是住在山洞里的呢？比比他们，他有理由感到满足。

69　新的结果

丁首都的眼睛从电子显微镜的目镜前移开了，他转过脸看了一眼窗外，想眺望一下远处的绿色，让疲劳的眼睛休息片刻，可他看到的已是夜色中的万家灯火。他抬头看看墙上的挂钟，已经十一点多了。再观察一次，嗯，必须再观察一次。他在想，也许今夜会看到新的结果。

已经多少个夜晚了，他几乎每天都这么期盼，可还是毫无进展。他重新去看电子显微镜，却什么也看不清了，视野里只有模糊的一片灰云。

又是一天过去了。他使劲眨眨酸涩的眼睛，站起身来，走到窗前，推开窗户，凉风扑到他的脸上。他眺望着夜色中的城市，宽阔的马路上，车灯组成了流动的光河，光的组合多么奇妙啊，它给城市的夜带来生命的活力。丁首都不禁感慨着，世界上有各种各样的组合，男女的组合，带来了婚姻、生育，让人类社会生生不息；抗原和抗体的组合，构成了免疫学的基本要素；还有基因的组合……突然，流动的光河中断了，城市中心出现了一片宽阔的黑暗区域，像一个巨大的黑色陷阱……

一个念头像闪电一样掠过他的脑海：是不是基因断裂引起了脑部灰质分布的异常呢？因为已经有研究表明，灰质分布情况很大程度上取决于遗传，而且，它还与人的智商密切相关……

他激动地做了一个从未做过的，把双臂高举过头的动作。他想马上打一个电话，把这个奇妙的想法告诉宋梅樱。他抓起电话，飞快地拨了号码，他听见耳机里在振铃，却忽然感到心里有一种冰凉的东西迅速划过，要把这个想法告诉宋梅樱吗？她总是期盼他有进展，总是……他连忙又把电话的拨叉按下去。

他迟疑了一会儿，他很想给安群拨一个电话。那天晚上，他拿着肖顿河给他的信回到了实验室，那是安群在高中时给他的信，他坐在他的工作台前，一个人静静地读了一遍又一遍。

　　首都，我们家明天就要走了，没能见到你，只好写信了。有很多话想对你说，可我一直觉得时间还长，可这一次却没有时间了，谁知道我什么时候还能回来呢？我想问你，你想过将来吗？想过我们那时会怎样吗？我是说十年之后，那时候我们见了面会说什么呢？我现在还想不出自己会做什么，但我希望你能成为科学家。十年之后你还会想起我吗？我还会想起你，二十年之后我也会想起你。你呢？你会想起我的什么呢？……

人们总是说往事如烟，可是丁首都此刻却觉得，过去的一切又清晰地回映到了眼前：平静的翡翠湖滨、松涛轻轻的树林、两个人在铺满松针的山坡上踩出的沙沙声……自从安群走了以后，他再也没有去过那片松林。

他不知道安群当年给他写过这样一封信，也没想到这封信这么多年以后才收到，不然，生活也许就会是另外一个样子……他忽然感到有一种说不出的滋味，假如那天在松树林里，他不是那么拘谨，不，不是拘谨，是怯懦……面对安群的眼睛，多么需要勇气啊。

他了解安群的性格，她不会让他重提过去，可他却不能这样心安理得，他要做些什么来弥补，他要常常把自己心里的想法告诉安群，也要把自己工作中的每份收获与她分享。他相信，只有安群最理解他……他拨通了安群的电话。

安群，是我。

首都，这么晚了，你还没休息吗？你在哪儿？

呃，我还在实验室。

还在忙吗？

是啊，总有做不完的实验，我刚刚有了一个新的灵感，就是有一种脑遗传疾病可能是由于基因断裂造成的。他说了自己的推论。

这听起来很有意思，首都，这是新的进展吗？

我觉得这是一个新的着眼点，我要用现有的BAC基因文库继续做试验，进行论证。

不管结果怎么样，你是在努力探索。上中学的时候，我对你就有一种预感，你会成为一个出色的生物学家，时间证明我没有看错。

我不是什么出色的人，但我确实爱我的工作，就像你爱音乐、肖顿河爱登山一样。还有安娜，她真的要去梅里雪山吗？

你也知道了？

小漠给了我一本刚出的《冰山》杂志，封面上就是安娜。

她很快就要去了，我劝阻不了她，我想，阻拦是不对的，就像我们年轻的时候一样……

丁首都放下电话，又拨通了大洋彼岸多伦多大学那个实验室的电话，他要把刚才的想法告诉德瑞克先生。

70　一往情深

肖顿河迷迷糊糊地感觉到有一个温暖的躯体就在自己的身边，那个躯体散发着一种强烈的、不可阻挡的力量，要把他从混沌的冰冷的世界拉回到清醒的意识中来。他挣扎着想睁开眼睛，可是试了几次，眼皮就像被胶水粘住了一样睁不开。虽然他的呼吸和脉搏慢慢地恢复正常，可头脑还没有完全清醒，他只是强烈地感到另一个躯体散发出一种无法遏制的诱惑力。

有人在用温暖的湿毛巾擦拭他的脸和被黏住的眼皮，他的眼睛微微地睁开了一点点，一个模糊的但却是美丽的脸庞浮现在他雾蒙蒙的视线里，他的心不由自主地突突跳了几下，脸上的肌肉也在痉挛，露出一副古怪可怕的表情。幸亏他这一脸长长的络腮胡须，遮住了这副表情，不然即使是最熟悉的人看见也会吓跑。

他渐渐地看清楚了，这是一张女性的脸庞，多美啊。这种美丽是无法用言辞表达清楚的，是让所有的女人都嫉妒和羡慕、让所有的男人都无法抗拒的，可这不是他所熟悉的，也不是他倾注了全部的思念和情感的那种美丽。这是他不熟悉的，甚至还有点陌生。他从来都把陈晓薇看作是所有的女人中最美丽的一个，所以，他已经不再用是不是美丽来衡量别的女人，别的女人的容貌对他来说已经不重要了，他更多关注的是她们的品行和才华。

自从参加考察队以后，他判断女人的标准变成了她们能够在哪些方面对他提供可能的帮助，无论这种帮助是道义上的，还是技术上的。凡是对他提供了帮助的女人，或是仅仅对他说过一两句关切或者鼓励的话，他都铭记在心，甚至一个关心的表示惊讶的目光，都会使他感到激动。他不知道眼前的这个人是谁，她为什么要到这儿来，她是怎么到这儿来的。他怀疑是自己看错了，他的意识也确实还没有恢复到可以清晰地判断周围的一切，包括他自己怎么会在这儿，他曾经去了哪儿，他发生过什么事，更不用说辨认人了。

他仍然处在混混沌沌的状态，他只是本能地感受到一种无法克制的巨大的引力，一种非清醒意识的冲动，他被一种已经很久没有得到过、接触过、闻到过的女人的体味摄住了，这是一种亲切、温柔的女人味，即使是在这个并不暖和的帐篷里，隔着厚厚的防寒衣，他仍然强烈地感受到了。他像感受梅里雪山强烈的紫外线一样感受到了。他的体内隐隐地涌动着一股力量，在奔涌，在燃烧，甚至即将喷发出来……

他终于清醒了，在昏睡了十几个小时以后，他睁开了眼睛。他想起自己是单枪匹马闯到4700多米的观测点，完成观测任务后，在返回途中遇险的。当时他从一个陡坡上下来，不知怎么就掉进了一个大雪坑。幸好，他的对讲机开着，地面的人听到了他的呼救，他们以最快的速度进行了救援，费了很大的力气才把他从那个雪坑里拉上来，他几乎冻僵了……

就在这一天，燕北大学山鹰梅里雪山登山队11名队员经过几天的艰难跋涉，来到了登山队的宿营地。安娜一见处在危急中的肖顿河，惊恐得瞪大了眼睛呆在那里，心里有说不出的难过。她对同学们说，一定要想办法把他救过来。医疗系的研究生冯米拉、护理专业的李莲莲她们把所有的本领都用上了，输氧、补液、保暖、心脏按压，还为他擦洗、热敷……

安娜一直守候在肖顿河的身边,她说什么也不让别人替换她值班。她不停地给肖顿河喂水,用热毛巾给他擦脸,还不时轻轻地呼唤他。一天一夜过去了,她困得几乎撑不住了。这时,她看见肖顿河睁开了眼睛。呵,他醒了。安娜轻轻地惊呼了一声,赶紧叫醒在一旁充气床上打瞌睡的冯米拉。米拉,你快看,他醒了。

冯米拉来到肖顿河的床前,一条腿跪下,伸出一只手数了数他的脉搏。这时其他几个人也都挤过来,围在肖顿河身旁。

冯米拉数完脉搏,对安娜点点头,向上弯起嘴角。

安娜舒了一口气说,嗨,米拉,你们还真行。

肖顿河发现这是一些陌生人在说话,他们是谁?他睁大眼睛,看见一张张年轻疲惫的脸。其中有一个他认出来了。安……安娜,怎么是你?你怎么到这儿来了?肖顿河吃力地问,这一会儿他无法相信自己的眼睛。

安娜骄傲地笑了,她说,我们大学的山鹰登山队都来了。你还记得吗?我说过,总有一天我会在梅里雪山和你见面。

肖顿河有点费力地咧开嘴,笑笑说,安娜,你……你赢了……不过你们能来太好了,我们这里就热闹了。

安娜又说,我姐姐给你带来了她的大提琴独奏《传说之谜》,她让我见到你马上就给你,可是你却把我们吓了一跳。呵,对了,你看,这些同学都是我们燕北大学山鹰登山队的,这是陆兵,这是冯米拉、李莲莲、方玲……这些都是……

呃,大家好。肖顿河伸出手挨个和一双双年轻的手相握着。他说,我没能去接你们,也没能照顾你们,反而叫你们……他握着冯米拉的手说,你看,我现在好多了,谢谢你们……

安娜说,好了,你不用说客气话了,米拉她们就算进行了一次医疗实习吧。

这次在雪坑里冻伤后，肖顿河的身体显得有点虚弱了，冯米拉说，他的心脏已经受损，应该绝对卧床休息，长期休息。肖顿河只答应这次登山结束后，回家再休息。这天晚上他刚刚要睡着，听着狂风骤起，他的心又提了起来，自从大学生来到之后，他总是有些提心吊胆，这里毕竟太危险了，时时刻刻都会发生危险。安娜他们刚来就要求承担观测记录气象的任务。他和小川原兵卫反复劝说他们也不听。安娜、陆兵他们还把记录本和仪器都抢过去了。十天过去了，大学生们工作很出色，大部分同学都已经到过4700米观测点。尽管病倒了几个，还有几个冻伤了手脚，有的女生甚至冻伤了面部，但大家热情还是很高，都说来了以后经受了锻炼，体验了极端条件下的生活和工作，是人生难得的机会。

现在，肖顿河最大的心愿就是让大学生们尽快平安地返回学校，可他们却怎么也不听他的劝告，他觉得唯一的办法就是先说服安娜。他把安娜叫到自己的帐篷里。他和她坐在充气床边，他看着安娜，发现她的脸庞消瘦了很多，这些天她长时间在高海拔地区活动，受到了很强的紫外线辐射，皮肤变得粗糙了，眼眶周围还出现了淡淡的黑晕。经受了持续不断的强风雪的侵袭，她的脸颊又多了几块紫红色的冻疮。

安娜的神情有些疲惫，可与肖顿河在一起，她的眼睛总是那么清澈，像春天里雪山的泉水，无论多么深，都可以一眼看到底。她现在就在用这样一双眼睛看着肖顿河。自从肖顿河的病好了以后，她就开始注意他的表情。她不敢问他是否知道陈晓薇已经走了，她想假如他还不知道，她把这件事告诉他，他会怎样。在家里她曾想，见到肖顿河的时候，她会向他表白自己的爱。我爱你，她曾决定这样说。可是真的到了肖顿河面前，她却什么也说不出来了，只觉得自己是这样怯懦，她真有点怕肖顿河。在雪山上他的表情像岩石一样，不像她过去见到的样子，那时候他在姐姐的病房里，脸上总是温和的微笑。

她还是想找机会对他说。是的，她爱他。也许这种爱有点突然，对她突然，对肖顿河可能更突然。也许他从来都没有这么想过。可她决心一定要这样做。她设想过会遭到他的拒绝，即使这样也要说。安娜觉得自己从没有这么坚决地要做一件事，可是……有好几次，她和肖顿河单独在一起时，她都很想对他说，我爱你。这就是机会啊，机会不就在眼前吗？唉，自己怎么就说不出来呢？心里想的和表面做的是这么不一致，她甚至很懊恼。有一次她想把话题扯到陈晓薇身上，她心里怪她为什么这么无情，可肖顿河说起陈晓薇，却是那么一往情深。在帐篷微弱的灯光里，他讲了很多他和陈晓薇的往事，那时他们在小阁楼上读书，在那片金色的向日葵地里说话，还有他们的大学时代……安娜看着肖顿河，心里很悲哀，她真想对他说，你的陈晓薇已经……已经走了……可她不敢。不过，安娜觉得，自己真的爱上肖顿河了。

71　万年的冰川

这个夜晚，安娜终于说出了这句话。

安娜，你说什么？肖顿河惊奇地瞪大眼睛，看了她好一会儿。安娜，你……

我说我爱你。你听清楚了吗？我临来的时候就想好了，我一定要对你说，不管你愿不愿意听。我也想过，你会拒绝我。可我不说出来就会憋死。

安娜也看着肖顿河，她的目光很执着很烫人。

不过……安娜，你这是……

肖顿河觉得这会儿自己就像掉在一个迷阵里，他很想快点找到出口逃出去。

我再说一遍，我——爱——你——安娜的眼睛紧紧盯着他。

安娜，这是为什么？肖顿河笑起来。你怎么啦？

我没怎么。我在说心里话。

可这是从哪儿说起呢？

就从现在说起。

我不明白。

可我明白，我真的爱你。

安娜，你这次来是做什么的？就是为了跟我说这句话吗？

也有这个原因。你说，你爱不爱我？

肖顿河摇了摇头。安娜，你可不能拿这种事开玩笑，你知道我不能那么做，你也知道我和晓薇……

安娜的脸涨红了，正是因为知道晓薇姐，我……我才这么说。

安娜，你知道，我从来没有做过对不起晓薇的事。

可是……安娜想说什么，又止住了。

肖顿河脸上露出一种苦涩。安娜，说真的，晓薇是个很好的人。

我知道……安娜的眼泪就要涌出来了。

肖顿河好像忽然醒悟过来，他问安娜，你来的时候，见到晓薇了吗？

没有。安娜轻轻地说，她去看过我姐姐。她犹豫了一下又说，有……
有件事，我很想对你说，可我姐姐不让我告诉你……

什么事？肖顿河猛地皱起浓眉，神情一下紧张了。安娜，无论发生
什么你都要告诉我。

安娜赶忙说，不，不是发生了什么，是……这样，我很想告诉你，你
早晚都会知道的，姐姐和丁首都他们却想瞒着你，我知道他们是为你着
想，可事实是瞒不住的。

安娜，你别啰唆，快说到底出什么事了？肖顿河有些着急了。

那……我说了，你不会怎么样吧？

肖顿河又好气又好笑。我会怎么样呢？安娜，快告诉我吧。

是这样，晓……晓薇姐已经走了，去美国了。

已经走了？肖顿河慢慢低下头，脸上什么表情都没有了。他长久地
沉默着。

你怎么啦？安娜问他。见他不说话，她就摇他的胳膊。哎，你怎
么啦？你没事儿吧？要知道这样我就不告诉你了。你别不说话呀。她走
了，还有我呢。安娜着急地抓起肖顿河的两只手。你真的别难过，好吗？
也许……她很快就回来……你……

肖顿河深深地叹了一口气。我知道迟早会有这一天。他说。

安娜不再说话了。

有时候沉默比语言更有表达力。

两双眼睛默默地对视着，一句话也没有，甚至连一个字也没有说出来，只是两双眼睛对视着。一双是清澈得像春天冰山上的雪水一样的眼睛，无论什么人也用不着从里面猜测什么，那里面也许清澈得仿佛一无所有，也许就像水能溶解万物，包容着一切。另一双是温暖得像春天里的暖融融的阳光一样的眼睛，能够融化千年的冰川和积雪，让灰暗阴沉的天空重见灿烂霞光。

他们的两双手还紧紧地握在一起，两双不会说话的手正传递着千言万语。那种认为只有有声的语言才能表达心灵的说法实在是太狭隘、太武断了。两双握在一起的手，一双是细腻光滑的，那么温暖柔软，十个指头那么有弹性，每一个手指的极细微的滑动、摩挲，都传达着一种无法用文字表达的心声。如果握着这样一双手，就会觉得，是在拥抱着、抚摸着有着这双手的那个躯体，正感受着那个躯体所迸发的旺盛的活力、强烈的欲望和不可遏制的冲动……

而另一双手是粗糙的、硬邦邦的，似乎还有些冷。如果握着这样一双手，而不知道眼前的人是谁，就会以为这是一双石匠的手，或者樵夫的手，至少也是长期从事野外作业的手，比如说，一个地质队员的手。它们的坚硬和粗糙是艰苦生活的最好证明。但是，这样的一双手在表达内心方面却丝毫不逊色，因为它们代表着风霜、磨难、忍耐铸就的自信和坚定，还有一个中年人的自持和对年轻人的关爱。不具有这样的成熟的品格，任何一个男人在这样的情景中都会失去控制。

火塘里的火在噼噼啪啪地燃烧，炭火把淡淡的烟一缕缕地送到帐篷顶上。在那里结了一层灰网，还有一条条凝结的烟灰从顶上垂下来，在袅袅上升的烟气中轻轻飘动。有几缕落下来，落到了安娜的头发上。肖顿河轻轻地抽出一只手，为安娜拂去烟灰。

我早就想来了，你知道吗？安娜盯着他，又开始说话。

肖顿河摇摇头。

刚上中学的时候，有一次我问姐姐你去哪儿了，她说你到梅里雪山来了。我问你为什么总是到这儿来，她说，因为你也像一座山。从那时候我就想来梅里雪山了，可是一直等到现在，我那时不知道你会在雪山待这么久。安娜说。

我原来也以为，我不会在这里待很长时间，没想到，一晃就是这么多年……我离开家的时间太长了……肖顿河长长地呼出一口气，好像是在叹息。

两个人又都沉默了。

两双手却握得更紧了。不仅仅是握在一起，而且是在互相摩挲，还在不知不觉中变换着抚摸的方式，可是，两个人都明显地感觉到，这种抚摸不是语言的交流，不是心灵的对映，而是在掩饰什么，在逃避什么，因为两个人的脸都离开了对方，眼睛都在无目标地看着别处。两个人的心里都有了各自所要想的，因而都暂时离开了对方，回到了自己的存在。

也许当一个人在决定要让自己有某种归属的时候，总要经历一番彻底的、透心般的反思，仿佛要把自己放进冶炼炉里熔炼一番，把自己熔铸成一个新人，把过去的自我完全抛弃，让自己原本自视纯洁美丽的肉体心甘情愿地去忍受苦刑，忍受煎熬。

安娜也许知道自己正在做什么，知道自己正在向一条什么样的路上走去，她的前面是什么。而在作出这种抉择和决断之前，她的心灵何尝不经受高温的熔铸呢？论她的天资，她的美丽，她的知识和学历，在这个世界里与她同龄的人可望而不可即的一切，她也许都可以很容易地争取到。她有很多追求者，他们大多条件优越，自视很高，并且也真的卓有成就，可是他们在安娜的心目中只是同学、朋友……不知为什么，安娜好像从来也没有想过要在他们中间作出选择。在这件事情上，安娜好像是个局外人，她很少去注意周围的人们投来的各种目光，不管是赞美还是羡慕，她都像一个在球场上奋力拼抢，专注于比赛的运动员，对球场外的欢呼与喝彩充耳不闻。

其实，她什么都明白，她希望成为一个能够独立思考的人，也希望爱一个值得用灵魂和血肉去爱的人。正因为这样，在她作出选择的时候，所有的人，包括姐姐，他们都为她的选择感到吃惊，感到不解。那段时间她的心绪乱极了，姐姐一再不让她来梅里，甚至一夜夜地解释不让她来绝不是因为嫉妒，姐姐与肖顿河只是同学，是好朋友。姐姐甚至还承认中学时代曾对他有过好感，可那是往事。

那天晚上姐姐对她说，安娜，无论如何你也不要去，我是说太危险了。可她说，我就是要去，我一定要去，谁也改变不了我……她又说，波兰女登山家卢切薇兹的腿受了伤，拄着拐杖还去攀登乔戈里峰呢……她看见姐姐的泪水流下来。姐姐说，安娜，你知道卢切薇兹后来在8000米高的雪山失踪了……她忽然也流泪了，她紧紧拥抱了姐姐，她说，别为我担心，那里有肖顿河呢。姐姐却说，安娜，这才是我最担心的啊……

火塘里的火渐渐黯淡下来，四周很静，能听见雪山上的冰柱被冻得开裂的声音，仿佛整个世界都睡着了。

我不走了，我要和你在一起，直到你离开这里。安娜轻声说。她的眼睛一眨不眨地盯着肖顿河的眼睛，期待他作出回答。

肖顿河却又沉默了，一种长时间的沉默。安娜没想到他会用沉默来回应她的决心和请求。一股酸涩的东西慢慢地从心里涌上来，一直涌到眼眶里，有什么很湿润的东西在她的眼眶里打转。她忍着不让它们掉出来，要是她不忍着，它们会像山泉一样倾泻而下……

肖顿河只是更紧地握着她的手。这是一双美丽娇柔、倾诉着内心深处最隐秘愿望的手，任何一个男人握着这样一双手，即使不能解读其中的隐秘，也会倍感激动和荣幸。肖顿河觉得自己能够解读它们所倾诉的一切，他和陈晓薇初恋时就曾经感受过这种爱的倾诉。有一次陈晓薇对他说，顿河，其实我是个特别早熟的人。那是在他们结婚以后。她说，你知道，我从第一次见到你就爱上你了……第一次见到我？什么时候啊？肖顿河问，他有些陶醉，在他的记忆中，大概是在初中开学的时候。陈晓薇挣脱他热烈的怀抱，噘起嘴说，我知道你会想不起来，我知道你就忘了……她又问，你真忘了吗？那天下雪，你在院子里堆雪人，我踩着一块石头，从墙上的缺口看你，你堆的雪人又高又大，像个大狗熊……她说着忍不住笑起来。他也笑了，故意问，是那天吗？那天你是不是围着红围巾？陈晓薇高兴起来，是红围巾……是红的……好啊你……陈晓薇又一次扑进他的怀抱。他说，晓薇，我怎么能忘了呢？我也是那天就爱上你了，晓薇我爱你，我……紧接着是疯狂接吻的声音，撕扯衣服的声音，然后又是身体摩擦得很响的、让人听了会克制不住的噪音……

铭心刻骨的爱，万年的冰川一般根深蒂固的爱，可是即使那样的爱也会动摇，岁月会磨蚀那深深的刻痕，消融磐石般坚固的根基……这是肖顿河怎么也没料到的。他的心在过去徘徊。陈晓薇是为他而生的，他始终就这么想，他从来都不去想陈晓薇有一天会不辞而别，离他而去……

现在安娜在身边。肖顿河默想着，她是为我而来的，来到这飞鸟和野兽都绝了踪迹的地方，在一个几块石头堆成的火塘边，对一个男人倾诉着爱。这是一种忘我的，彻底献身的爱，只要他说一声，我爱你。她立刻就会像一股热流融进他的怀抱，融进他的躯体，让他沉浸在幸福之中，忘记世界的存在……

我渴望着，像干裂的土地渴望雨水似的渴望着，在这个冰天雪地，阒无人迹的地方。晓薇，你在哪儿？安娜，你为什么要来？你们这是怎么啦？为什么不换一换？安娜，晓薇，你们为什么……

一个男人只能爱一个女人。如果出现了两个女人，你就必须舍弃一个。现在，你舍弃谁？

肖顿河无法回答这个问题。

男人在沉默的时候，心里往往都有雷霆在轰鸣。

起风了。起初是悄悄的，轻轻地把雪粒吹过门帘，沙沙的。慢慢地风越来越大，呜呜地响，像冬天的西北风吹过杨树林，带着哨音。后来忽然变成了狂风，火塘里的残火忽地一下熄灭了，变成一缕烟在帐篷里飘荡。

黑暗中安娜站起来，你睡吧，我走了。她轻轻地说，不管你怎么想，我还是要说，我爱你。

不，安娜……肖顿河突然站起来，把安娜拥在胸前，用发颤的声音说，安娜，别再说这样的话，我现在需要平静的心态，就像运动员要参加比赛一样，我需要平静。你知道我们为了冲顶做了多大的努力，这次我……我希望成功。

安娜在肖顿河的胸前抽泣着哭了。她说，我知道，其实我从小就爱上你了，我要和你在一起……

肖顿河推开安娜，使劲儿抓着她的肩头，安娜，听我说，你会有心爱的人，现在我需要的是你的鼓励，你懂吗？

72　预感

亲爱的安群：

　　你好！

　　安娜来了，她终于还是来了。她带来了你的问候，还有你送给我的CD。我是迫不及待地听完的，我一时无法形容我那一刻的激动之情，我被你的音乐深深打动了，它所包含的，已经远远超出了我的想象和我这么多年在这里的所见所闻。你的大提琴独奏《传说之谜》就像一个美丽的神话。它跨越了远古和现代，越过了千山万水，把不同的民族、宗教和文化融为一体，成就了一部杰出的音乐作品。我的灵魂和肉体都已经被你的音乐融化了，融入了远古的神话境界，又在理想的梦境里升华了。我没有想到你会有这样非凡的想象力，你病弱的身躯里隐藏着多么大的力量，你的心胸该有多么博大，多么宽广。很少有人能用音乐来表现这样一个主题，也许它本来应该用油画来表现，而音乐却让它那么神秘，那么有魅力，让它的意境那么遥远，那么辽阔。你知道，我们这里的藏族登山队员次仁旺青听了《传说之谜》也被打动了，他听得那么入神，旺青说，你的乐曲写的就像他家门口的事，就像他们老祖辈留下的传说。

　　听着你的音乐，我的身心都受到了强烈的震荡，我第一次真切地感到，我需要重新认识自己，重新审视自己做的一切。当我的心终于平静下来，却感到深深的自责，因为我常常把你当成一个健康的人，而不是一个只能躺在床上，只能用思想生活的人，你是痛苦的，可你却创作出这么美丽、这么动人的音乐作品。

我突然觉得自己这么多年几乎都荒废了，我做了什么？事业、成就和家庭，我都是两手空空，是个赤贫者。

安娜把晓薇走的事告诉我了，我知道，你不愿让我分心。是的，在这个关键的时候我不能分心，而是要全心全意做好所有的准备工作，以确保登顶的成功。晓薇的走我早就预感到了，我非常理解她的心情和处境，我曾想这次考察回来再做努力，把更多的爱给晓薇，可是她已经不需要了，不需要一个登山者的爱了。为此我很惭愧，很内疚……

算了，也许我不该对你说这些，我毕竟是个男人。

我们就要向顶峰攀登了，希望能有胜利的消息和你分享。

衷心祝愿你健康，快乐！

你的老同学
顿河

73　雪崩烟雾

在海拔4700米的1号营地的帐篷外，肖顿河和小川原兵卫在做冰雪观测，这是他们为登顶做的最后一次观测。在钻进帐篷的一瞬间，肖顿河回头看了一眼天空，云很低，雾也大起来，能见度明显降低了，好像要下大雪了。肖顿河说，小川君，你下去吧，还有一些观测我们来做吧，我和刘宝明、徐一航、李剑在这儿。

不不，那可不行，绝对不行。小川说，我和羽田君留下就够了。说实话，有些事情我们也许谁也代替不了谁。

你们一定要下去。肖顿河说，我好像听见有呜呜的声音，说不定是雪崩的先兆。

我早晨也看见了雪崩烟雾，大概会有大雪崩发生。

我们都在危险之中。

所以你们要先下去，顿河君。

要不我们都走吧，我们要保存实力，说不定再坚持几天我们就能登顶了。来，给你，系上雪崩飘带，我们一起下去。

不要再说了，顿河君。小川说，你知道这次对我来说最重要的事就是研究雪崩的形成和崩塌的原因，还有我想看看干雪崩和湿雪崩的区别。我也想进一步了解雪崩发生的层位问题、表层雪崩和整层雪崩的区别，这些问题从理论上也许能讲清楚，但对具体的雪崩很难分清。我们还有那么多应该弄懂的东西，干燥雪崩、雪板雪崩、湿润雪崩……顿河君，我必须等到一次。

可你守在这里实在太危险了。

没有冒着危险的观察，就产生不了比较，这点你我都明白。

那我和你们一起留下。

不，那不行，顿河君，你有陈晓薇呢。小川说，你要负责两个生命，而我只负责一个人，一个，你懂吗？

小川君，现在我也只能负责一个人了。为什么这么说，你是两个啊。

哦，是这样，我想……我应该告诉你……

什么？告诉什么？

嗯……陈晓薇走了。

走了？陈桑她去哪里了？

美国。

美国，怎么到美国去了？

这件事有点儿复杂……

是你的原因吗？噢，对不起，我……也许我不该这么问。

当然。

女人不希望男人离开，可男人有时却必须离开……我现在明白了，可那时候不太明白。

你是说恍子吗？

是啊。

女人都一样，她们不希望我们离开。

顿河君，这么说，你离婚啦？

肖顿河摇摇头，好像嘴里吃了很苦的东西。

小川又说，别难过，陈桑还会回到你身边，而恍子已经是别人的啦……

算了，小川君，该吃饭了。他们钻进帐篷。

肖顿河从帐篷的一角拿出吃的，摆到地桌上，又从背包里掏出一瓶白酒。他说，看，这是我的好朋友丁首都叫安娜捎给我的，真正的茅台。来，我们喝一杯再说。

小川从自己的包里拿出两盒自热牛肉罐头打开，盘腿坐在一块毛毡上，他举起斟了白酒的缸子说，顿河君，为我们回到女人身边干杯！

也为女人回到我们身边！肖顿河说。

可恍子……顿河君，我知道她再也回不来了。说着，小川的表情黯淡下来。

肖顿河使劲儿拍拍小川的肩头说，老伙计，别这么垂头丧气的，她还会在梦里回来。

梦……梦里……小川嘟哝着。

他们很快就把酒瓶倒干了。

小川忽然扯开嗓子唱起来，唱得声嘶力竭，泪水直在脸上流淌。

　　　故乡啊，故乡，

　　　别时白雪茫茫，

　　　我的梦中人啊，

　　　如今你在何方？

　　　…………

74　热流

　　肖顿河担任了中日友好梅里雪山考察队的中方队长。考察队长的职务虽然不起眼，可是所担当的责任却是巨大的。他的一言一行都关系到整个队伍的团队精神、队员们的士气和必胜的决心。他的一个正确决策可能使全队顺利登上峰顶，而一个小小的失误，则可能使十多年的努力再次付诸东流，甚至使十几个生龙活虎的登山队员葬身在冰雪之下。

　　在经过长期的精心准备和连续几年的适应性攀登训练之后，中日联合攀登梅里雪山的行动正在展开。各路人马云集山下，大批物资和装备也源源不断地运到大本营，运输抢险和后援的队伍都准备好了。

　　登山队即将开始正式向卡瓦格博峰冲击。

　　肖顿河觉得像一副千钧重担压到他的肩上，面对一大堆繁重的组织、筹备、决策工作，他有时会显得手忙脚乱。燕北大学山鹰登山队大学生们帮他解决了不少难题。虽然他们缺乏经验，却有一股青春的热情。尤其是安娜，她的微笑和她的美丽使人折服。对于这些和险峻高山打惯了交道的登山家，任何威严都不会让他们低头，而安娜美丽的笑容却把他们的傲慢和倔强一扫而光，还让他们登山前的紧张心情松弛了许多。安娜在这里不过十几天，肖顿河皱得像一团疙瘩似的眉头就舒展开了，眼睛也放出光来，那张紧绷着的脸上偶尔也能看到一丝笑容了。

　　那天，安娜坐在他帐篷里的火塘边，与他彻夜交谈时，他多多少少还把她当成个黄毛丫头，可这几天，他却从心里感觉到，安娜不是一般的女孩子，她这一次来梅里是做了充分准备的，登山队没有想到的很多事，她和同学们不仅想到了，还做到了。比如，她带来了燕北大学化学系研制的一种荧光干粉喷雾器，在容易迷失方向的地段喷涂后，夜晚荧光粉就能发出美丽的蓝光，为登山的人指示方向。

肖顿河和日方队长小川原兵卫决定，只允许燕北大学山鹰登山队进入5300米的2号营地，然后就让他们结束这一次登山活动，返回学校，而中日友好梅里雪山考察队则继续攀登并准备冲击主峰。

这个夜晚，银色的月光透过淡淡的云，洒在冰封雪裹的雪山上，映着一个宁静得没有一丝声息的世界。肖顿河给大学生登山队开完会，走出帐篷，把火塘里热烘烘的烟味、有点呛人的烟草味，还有别的说不清楚的乱七八糟的气味统统留在了身后。在清冷的月光下，他大口大口地呼吸着纯净得像山泉、寒冷得透入心脾的空气。他已经习惯了这种清冽得透心的感觉，它会使无论怎样发热的头脑都冷静下来，把心沉下来思考。在冲顶之前，这是非常必要的。

登山的全过程已经像计算机模拟图一样在他的头脑里预演过很多遍了，突击队，后援队，都已经按梯次部署完毕，首批后援队已经提前两天出发，将物资送到预定营地。如果天气好或者比较好，在考察队进入5800米的3号营地后，预备队就出发并进入1号营地。

至于燕北大学的同学们……肖顿河不知怎么就打了个冷战。他从来没有在寒夜里打过这样的冷战，因为他早已习惯在一个要把整个世界冻成一块冰的寒冷中沉思，他绝不会因为身体感到冷而打冷战的。这是他的心，他的灵魂在打战。此刻，他没有时间去想为什么，他只是本能地感觉到，应该让安娜和她的同学们尽快下撤返校。登山毕竟是人与自然的生死较量。接下来……接下来应该是，应该是登山队向海拔6300米的4号营地进发，然后预备队，后援队……

肖顿河的心里突然乱了，本来清晰得像晴空一样的计划轮廓完全乱了套，变得像一团乱麻，叫他理不清头绪。后援队，预备队，登山队……预备队，后援队，登山队……他妈的，怎么搞的？见鬼！我这是怎么啦？我——他从防寒服的口袋里拽出一只手，狠狠地拍拍自己的脑门，啪——啪——，在这静静的夜里，声音格外响亮和古怪。

嗨——

一个清脆的声音在身后响起。

肖顿河迟钝地转回身，看见安娜正在飞快地朝自己走来，已经到了离自己只有一步之遥的地方了。呃，安……安娜。肖顿河不知怎么连嗓音也有些迟钝了。

安娜又走近了一步，月光下，两个人的影子已经重叠成了一个。

安娜轻轻问他，这么冷，你在这儿干什么？

哦，我是在想，明天就要出发了，这是对我们十年工作的一次总检验，谁知道我们这些年的工作究竟有没有成果呢？我心里就像没有底了……肖顿河第一次在安娜面前，也是在一个队员面前表现出这样的心情。

安娜想了想说，我觉得，你们这次一定会成功。我看过你编制的雪山地区历年气象资料图，根据最近的卫星照片，综合分析起来，我认为最近三至五天的天气不会有太大的变化。所以我想，预防的重点主要是积雪区的变化，尤其是在5000米以上的地段，一定要严密观测。我已经和同学们研究过了，这项任务由我们来承担。夜间我来替你观测，你可以放心睡觉，一有情况，我马上就报警，安娜说。她的语气表现出来的自信让肖顿河吃了一惊。他怔怔地看了她一会儿，仿佛站在他面前的不是第一次参加登山活动的女大学生安娜，而是老资格的登山家潘多。

肖顿河想说什么，却没有说出来，他在想，自己以为制定得完整周密、万无一失的计划里怎么就没有夜间观测这一项呢？攀登雪山，最大的危险当然是风暴和雪崩，以目前的技术条件，风暴是可以预报的，可雪崩却是无法预报的。夜间观测，是啊，这是个好主意，可是夜间怎么观测呢？别说风暴，一场六、七级的大风，就足以改变积雪区的积雪分布，埋下雪崩的隐患……

他对安娜说，嗯，夜间观测是个好主意，不过让你们观测可不行。他又说，安娜，我们考察队里有经验非常丰富的队员，就说小川原兵卫吧，他对雪崩的研究很深入，在这方面主要由他来拿意见。十年来，我们对营地的位置进行过长期的观测，至少近三年来这些地方还没有发生过大雪崩，所以是比较可靠的。安娜，你尽可以放心。肖顿河说。

什么？我尽可以放心？安娜说，我是来请求任务的，不是让你安慰我的。我们山鹰队在这次登山行动中不想做旁观者，我们要和你们一起冲顶，请你相信我们的决心和能力，我们一定能……

肖顿河笑了。什么？冲顶？你们也要冲顶？安娜，你是开玩笑吧？

谁开玩笑啦？这种时候谁还能开玩笑啊？

肖顿河说，安娜，你知道，你在这里，在这个位置呼吸已经觉得困难了，要是再高一点，你就会喘不过气来的，别说冲顶了，躺在那儿你都会受不了。过去，我们有些队员身体那么棒，可一到海拔5800米的3号营地，就头疼、呕吐，甚至神志不清。曾经有队员因为脑水肿而死亡。高山反应可不是人的意志主宰得了的。

安娜固执地说，反正你是不相信我们。

我什么时候不相信你们了？可我要对整个行动负责，对全体队员的生命安全负责。当然，我一直很重视你的意见，我们登山队对同学们所做的一切评价都很高，尤其是对你，大家都觉得你很了不起，不过……

安娜有点激动地说，不过什么？我们到这儿来，不是来接受表扬和夸奖的，我们是来做登山考察的，我们也是来锻炼自己的……

安娜，你们已经做得足够了。肖顿河打断她的话，接着说，我们考察队的队员都会记住你们，有雪山作证。且不说你们来这里做了这么多事，你们的到来就已经感动了我们大家，我从心里很钦佩你们的勇气，可是……

可是什么？你为什么总是这样拐弯抹角，你是不是想说，你们到这儿来已经够了，该回去了？

面对安娜咄咄逼人的攻势，肖顿河真有点儿招架不住了。他连忙说，不不，安娜，我不是这个意思。我只是想告诉你，梅里雪山不是一座一般的雪山，这次攀登行动也不是一次一般的登山活动，我坦白地告诉你，到目前为止，我心里还是没有底，我真不知道怎么对你说……肖顿河的嗓音越来越低落，根据安娜对他的心理判断，那就只差发出一声叹息了。

那，请你告诉我，你到底要我们做什么？从安娜的目光里，可以看出她在强忍着内心的颤抖。

安娜，你应该懂得我的心情，我……我不得不为你们作出登山以外的选择，因为我们大家都爱你们……

还没等肖顿河把话说完，安娜已经猛扑到他身上，张开双臂紧紧抱住了他。我爱你……安娜激动的泪水涌出眼眶，泪水立刻冻成两条冰柱，挂在她的脸颊上。

肖顿河也紧紧抱住了她。虽然都裹着厚厚的防寒衣，但两个人都感到了对方火焰般的灼热的身体。安娜用她发烫的脸颊和湿润的双唇疯狂地感受着肖顿河浓密的胡须，厚厚的嘴唇，坚挺的鼻梁，宽阔的额头和坚强的脖颈。她的呼吸变得越来越急促，她的体内一股不可遏制的热流在猛烈地向上冲击，要像山洪，像雪崩一样地爆发出来……地上，积雪在他们的踩踏中融化了，结成冰，又融化了……

肖顿河坚守的防线几乎要崩溃了，要不是在冰天雪地之中，他压抑和蕴蓄了这么多年的能量就会毫无阻挡地喷发出来。他已经完全无法克制自己，只能任凭自己在这种疯狂的拥吻中宣泄。人在这种时候，脑子里是什么也不会想的，如果他想了什么，那么这一切就是虚伪的，是在演戏，就不再是高尚的，美丽的，纯洁的，就不再是人性的必然，而是丑陋的，虚伪的，是贪婪……

大团的云涌上来，把月亮推进黑暗，风呼啸着掠过山谷，卷起雪雾，两个人仍然紧紧地拥抱着，直到严寒把他们逼进帐篷里。

75　萨尔茨堡的明信片

中国北方青年乐团即将赴欧洲访问演出了。

临行前的一个下午，肖五洲去看安群，他先来到花店，精心挑选了四十朵红玫瑰。当他把一大捧玫瑰花送到安群的眼前时，她的眼睛一亮。五洲……你怎么买这么多花？你这是干什么？肖五洲坐在安群的床边。安群，原来我想等到你的生日，到那天送给你，可是我就要走了，所以今天……

多漂亮的玫瑰花呀，五洲，谢谢你。这么说我又坚持了一年，时间总是过得这么快，越来越快……你说呢？

有时候我觉得，时间对我们也是很慷慨的，它带走了很多，也给予了我们很多。肖五洲说。

安群看着玫瑰花，眼神仿佛游离到很远的地方，她说，以前我过生日的时候，他也给我买过玫瑰花，还陪我去听音乐会。他不是搞音乐的，可每次都要一直陪着我……安群的眼圈红了。

肖五洲低下头。

沉默了一会儿，安群岔开了话题，五洲，你到那里一定要多拍些照片，让我也看看你们举办音乐会的地方。

我一定给你带回来。这次我们要去很多地方，维也纳、萨尔茨堡、柏林……肖五洲又说，安群，我还忘了告诉你，这次乐团去欧洲访问演出，你的《传说之谜》是保留曲目，英语、法语和德语的节目单已经印好了。我现在就是想怎么把它表现好，充分体现你的创作意图，体现作品的美感，当然，我会尽力把握好演奏技巧，让欧洲人也认识认识中国人创作的大提琴独奏曲。

五洲，我相信你会成功。要是我能听见多好啊。

安群，我想无论走到哪里，我都会觉得你就在我身边，你会听见我的演奏，一定会，因为音乐能让人心心相通。

安群说，五洲，每次听你的录音我也是这样想，你就在我身边，我好多次都感受到了。音乐的确能使人心心相通。我常想是谁创造了音乐呢？它把无数人带进了美的天堂。五洲，我能想象这个音乐会的盛况，人们一定会被你的演奏打动，可我不知道还能不能等到你回来，这段时间，我的肺感染了，总是发烧……

安群，你为什么说这些，你不要总是这样想……肖五洲语声发颤了，他忽然把安群的手贴在自己的面颊上。安群，我相信你会好起来，等我回来你一定会好起来。

安群说，五洲，几年来，我天天这样忍受，真的是累了……所以我觉得，只有我不存在了，我才会彻底解放。过去我以为总有一天我还会好起来，可是我现在知道了，那是不可能的了。不不，我现在什么都不知道，什么都说不清楚，说什么也没有用。我只是想人为什么会这样？为什么？说着，她哭了起来。

肖五洲感到手足无措，他找来毛巾为安群擦去泪水，又说，安群，人在痛苦的时候需要一种超然的态度……

安群忍住眼泪，平静了一会儿，说，五洲，其实我一直这样做，你知道我一直努力让自己超越什么，我经常想象另一个我，那个我是健康的，什么都能感觉到。我也一次次让自己忘记伤痛，忘记了自己是在病床上，让自己在幻觉中存在。可我又很清楚，我是在骗自己。我只能躺在这里。一个人不能总是用幻觉来欺骗自己啊，我真希望早点儿结束这一切，我再也坚持不住了，其实人在疾病伤痛面前力量是很渺小的……

安群，你别说这些，你不是已经坚持了这么多年吗？而且你还创作出这么好的大提琴曲，你在痛苦中还给人们美的感受，你应该高兴……肖五洲的泪水滴在安群的手上，他用那双含泪的眼睛深情地注视着安群。他多么希望安群能够接受自己的情感，理解他的心意，几年来，他苦苦追寻，终于在茫茫人海中找到了这颗音乐的心灵。安群，我还有很多话想对你说，所以你要好起来。

五洲，我知道你想说什么，我感觉到了……

我……安群，过去也许我太怯懦，我……我早就想对你说了。

不不。安群连忙摇摇头。五洲，你千万不要说，我们之间存在着不可逾越的障碍。五洲，你什么也别说，永远也别，这样我们会很自然……

可我一定要说出来，总有一天我会说出来。要知道，只有说出来了，我的心才能平静，不管你是否接受，我都要这样做。安群，等着我，你一定等着我……

不，我的病已经让我痛苦不堪，所以不要再让我承受任何别的负担了。再说，这不可能，这怎么可能呢？她回过脸，看着床头橱上的小镜框，那里面有一片青青的绿草地，还有阳光下灿烂的微笑。

肖五洲的声音低下去，安群，我知道你忘不了过去……

安群看着天花板，停了一会儿又说，五洲，我并不是一个不能走出过去的生活的人，过去生活中所发生的不会重复，失掉的就再也找不回来了，即使找回来也已经不是原来的了。假如有人认为自己能够重新找回情感，那只是自欺欺人。情感不是物质的，它是精神，它会飘散，飘散在很广阔的天地里，再也不会聚拢。

肖五洲说，安群，那就让生活重新开始。相信我，一切都会有新的开始。

五洲，你给了我这么多美好的东西，现在我只能说，我一定要坚持……

在伟大的音乐家莫扎特的故乡萨尔茨堡，中国北方青年乐团就要举行访问欧洲的首场演出了。这个山水相依、古堡林立的山城，有着悠久的历史和享誉世界的绮丽风光。冬天的一场大雪为它披上了一件白色的外衣，把它浓郁的古典色彩暂时遮掩起来。可是，白雪并没有遮盖住萨尔茨堡浓厚得像醇酒一样的音乐气息。在这里，萨尔察赫河像巨大的五线谱，从城中蜿蜒而过，河谷两岸起伏的阿尔卑斯山和山峰上耸立的古堡如同五线谱上的乐符。肖五洲陶醉了。他像沙漠中一头饥渴难耐的骆驼，来到了水草丰茂的绿洲，贪婪地吮吸着这里的一切。他流连在莫扎特的纪念馆里，凝视着这位音乐大师的每一页手稿，一个个连贯的音符在他的胸腔里跳荡，他徜徉在萨尔察赫河谷中，眺望着阿尔卑斯山上皑皑的积雪，还有远远近近的巍峨的古代建筑，想象着那森严幽静的教堂和修道院的晨钟晚祷怎样激发了一位少年潜藏的音乐天赋，为世界留下了如此珍贵的音乐宝藏。

静静的夜晚，肖五洲还站在旅馆的阳台上凝望着远方。星空璀璨，辉映着萨尔察赫河两岸绵延不绝的灯火，阿尔卑斯山黑黢黢的，在夜色中显得那样幽暗，而山峰上一座座巨大的古代教堂和要塞，黑森森的高墙和耸立的尖塔更加深邃莫测，从山峰间和河谷里吹来的风，仿佛就是从遥远的古代世界传来的梦境般的音乐，如同在神话中一样迷离和虚幻……

第二天晚上，莫扎特纪念馆的音乐厅里，观众座无虚席，每一支乐曲演奏完都是一阵阵热烈的掌声，接着又是静默，静静地等待，连一声咳嗽都没有。当乐团演奏完难度很大的勃拉姆斯的第二交响乐，端庄美丽的女报幕员出来了——

亲爱的朋友们，下面，请大家欣赏大提琴独奏《传说之谜》……这是二十世纪的谜，谁又能说它不是新世纪的谜呢？让我们猜猜它在哪里？

……

肖五洲沉浸在乐曲的意境之中，他已经忘了自己在哪里，忘了自己是谁……

多么缥缈的远古的大海啊，轻轻地飘来了一个声音，那样混沌迷离，若隐若现，起初听不清是什么，似乎有些哀婉，好像是在哭泣，也好像是在呻吟，也许是在诉说……那是什么？人们在屏气凝神地谛听。渐渐地，人们听见，那个声音仿佛是从大海深处传来，带着古老大海的深沉和奥秘。哦，人们终于听清了，那是海的女儿在大海深处的宫殿里吟唱，那么哀怨，那么忧伤……她为什么？为什么？这大海的精灵，辽阔无边的水世界的主神，她为什么要这样？月光下，大海向天空，向大地映射着粼粼的波光，那是海的女儿在轻抒心曲；狂风暴雨之中，大海巨浪滔天，天昏地暗，那是海的女儿在肆无忌惮地发泄心中的怒火……这大海的主宰，她厌倦了展示自己统治大海的神威，她要变成俯视大地和生灵的，遗世独立的雪山女神。大海咆哮着，翻滚着，石破天惊，沧桑巨变……

肖五洲完全融入了音乐，他激荡的思绪，他涌流的血液，他整个精神和肉体的存在，都已经化成了旋律和音符，在琴弦上跳跃、奔驰、流淌……当雪山女神用滚滚雷霆般的愤怒回答了人们对她的挑战，苍茫的天宇下又复归宁静的时候，洁白的雪原上开满了高山玫瑰，那样光彩夺目，那样娇艳迷人……

音乐厅里再一次爆发出经久不息的掌声，指挥与肖五洲谢幕，全体乐手起立谢幕，紫红色的大幕关闭了，又一次次拉开，肖五洲看见一些人含着激动的泪水，他听见有人在喊：

Wonderful!

……

不知不觉中，泪水已经从肖五洲的脸颊上流下来。

亲爱的安群：

非常想念你。

我到了这里——莫扎特的故乡萨尔茨堡，才真正懂得了你的音乐。我们演出的盛况是空前的，昨晚当我演奏完《传说之谜》的时候，很多人都站起来，他们挥动手里的节目单，高喊着China，人们是那么热情，我以前从没有想到的一种热情。那时我在想，你也一定听见了这热烈的欢呼，你一定听见了……

明天我们将去德国演出，愿奔驰的列车把你优美的旋律带到欧洲各地。

五洲

肖五洲在火车即将驶离萨尔茨堡的那一刻，把给安群的明信片投进了邮筒。

76 黑羊角

一只山鹰在高原的上空盘旋。寒流滚滚，大团的云从遥远的地方涌来，压向白雪皑皑的山巅。山鹰展开宽大的翅膀，尖利的寒风撕扯着它的羽翼，它在黑暗中搏击着，要用翅膀煽起狂风，驱散浓云。它犀利的眼睛在浓黑中搜索着云罅中的一丝亮光，可到处都是黑暗，黑暗……看不见一线亮光，沉沉的黑暗像绳索一样缚住了翅膀，它失去了平衡的力量，像一块沉重的石头从高空坠落下去，向着无底的深渊落下去……啊……它发出了绝望的哀叫……

安娜惊叫了一声，猛地惊醒了。黑暗中，她的双手紧紧地握在胸前，心在胸腔里突突地狂跳，她还枕在那个硬邦邦的登山包上。她不由自主地松开握在一起的双手，轻轻地抚摸着自己的身体，她的胸脯还是那么温暖，丰满而且富有弹性，她的肩膀还是那么圆滑柔软……她长长地吁了一口气，睁大眼睛看着周围，李莲莲、方玲都还很安静地蜷缩在睡袋里，只有冯米拉的睡袋发出轻轻的沙沙声。不知什么时候雪粉从帐篷的缝隙里钻进来，在地面和睡袋上铺上了一层薄薄的雪绒。

安娜，你怎么啦？冯米拉从睡袋里露出半个脑袋悄声问。

我……呵……米拉，我做了一个梦，把我吓坏了。

你梦见什么了？

一只鹰从天上掉下来了……米拉，就像真的一样……

冯米拉在黑暗中笑了。看你吓的，你没听人说吗？梦都是反的，你梦见掉下来，说不定就会爬得更高呢。

是吗？那好。我希望明天就能到达顶峰。安娜又说，要是能接着做这个梦就好了。

冯米拉说，那你快闭上眼睛啊。

安娜说，米拉你知道，其实就是真掉下去我也不怕，一旦选择了登山，危险就时刻伴随在身边了……

以前只听说登山危险，来到这儿才知道多可怕，有的地方一不小心掉下去就是万丈深渊呢。

就是啊，睡吧，米拉。

帐篷里又静默了。

哎，安娜。冯米拉又小声叫她。

你干吗不睡啊？安娜问。

我忽然就睡不着了，都怪你把我吓醒了。安娜，明天就要下山了，在这儿过得真快。

是啊。安娜像是自言自语地说，回到学校会很紧张，要去实习，写实习总结，准备论文答辩。对了，还要联系工作单位，有那么多事要做。

安娜，你决定去哪儿了吗？

有一家瑞士制药公司已经找过我好几次了，他们各方面的条件都很优厚，可……可我还没决定。

冯米拉说，安娜，我觉得你应该去，这么好的条件你还犹豫什么？从你的专业来讲，去制药公司是最好的选择。

安娜说，我也是这么想。米拉，我很想到瑞士去，因为那里有阿尔卑斯山，冬天的时候还可以滑雪。你知道吗？阿尔卑斯山的冬天是非常美的。哎，你呢？你想去哪儿？

如果不能留校，我就到附属医院去做临床医生。

冯米拉忽然问，安娜，你为什么还不下决心呢？

我……我只是还不想离开。

不离开什么？

冯米拉轻轻地问，安娜，你……你真的爱上肖顿河了吗？

安娜没有说话。

过了一会儿，冯米拉以为安娜睡着了，可安娜却又说话了。

米拉，明天我不走了，我要留下。

什么？留下，你是说留在这里吗？冯米拉呼地一下从睡袋里坐起来，零下二十几度的严寒一下把她冻得直发抖。安娜，你干吗？我想肖顿河肯定不会同意。

他同意不同意我不管，这是我自己的决定。安娜说。

冯米拉停了一会儿说，安娜，现在我算明白了，怪不得那个丁小漠说，爱情是什么，爱情就是让女人为男人，或男人为女人疯狂啊。

安娜忍不住咯咯地笑出声来。

第二天早晨，燕北大学山鹰梅里雪山登山队全体队员从海拔5300米的2号营地下撤。肖顿河特意派次仁旺青做他们的向导。次仁旺青五十多岁了，他身材魁梧，脸膛黝黑，待人亲切和蔼。他从小在梅里雪山长大，对这里的一草一木都了如指掌。下撤时,他一直走在队伍的最前头，他一边探路，一边排除障碍，遇到难走的地段，他总是站在旁边，直到全体队员都安全通过，自己又急匆匆地奔到最前头，继续领路。

刮了一夜的大风，很多地方的积雪被移动了位置，有些地段的地形甚至完全被风改变了，就连经验丰富的次仁旺青也要费一会儿工夫才能辨认出来。好在他对各种风力、风速下的积雪变化都十分了解，一些被积雪覆盖得严严实实的裂缝、深沟和陡坎都被他机智地识别出来，这样，下撤的队伍始终走在安全地带。

安娜走在队伍的最后面。阳光灿烂地照耀着，天那么高，那么蓝，雪峰连绵，在阳光下闪耀着灼灼的光辉。她一边紧跟着下撤的队伍，一边不时回过头去，看一看越来越远的5300米的2号营地。他们住过的帐篷已经看不见了，她在那里度过了一个难忘的夜晚，她听到了自己心爱的人发自内心深处的话语，感受到了他离得很近很近的呼吸，他的气息，他的宽厚。

她的眼睛总是一眨不眨地看着他的脸，看着他那浓密的胡须下厚实的嘴唇，听他讲梅里雪山，讲澜沧江，讲登山队，讲他们遇到过的惊心动魄的故事。她想起少女时代第一次见到肖顿河，那时他到家里来找姐姐，在见到肖顿河的一瞬间，她心里不知为什么忽然一跳，肖顿河，他多么像自己臆想中的一个人啊。不，不是臆想中的，而是理想中的，一个在她读过的很多书中出现过的人，他比书中的人更真实，更亲切。她觉得，在他很随意的外表下有一种只有她才能察觉的博大和宽宏，他那对隐藏在浓眉下的眼睛里有一种果敢坚毅……他强烈地吸引着她，让她像现在一样看着他的脸，听着他说的每一句话。她走到他的身边，站在离他很近的地方，近得就要碰着他衣服的地方，闻着他呼吸的气息，甚至在他要离开的时候跟着他走出门去……其实他早就像一个古代岩壁上的雕像一样刻在她的心上了。

她觉得肖顿河响亮的嗓音、敏捷的思维、矫健的身姿，就像一个朝气蓬勃的年轻人，可眉宇间却更加成熟老练，像一个久经沙场的老将，沉着稳健，能够胜任一切艰险的工作。这一切都让她有一种激动，她越发觉得自己离不开他了。在大本营，在行军途中，在营地，她几乎形影不离地跟着肖顿河，即使他一次次大声呵斥，她也不离开。有一次在大本营，晚上她跟着肖顿河从外面回来，肖顿河一进门，冷不防咔嚓一下闩上了门，把她关在了门外，任凭她气得大喊大叫，肖顿河也不开门。她一直在大门外坚守到很晚，直到冯米拉他们闻讯赶来，连劝带拉才把她拽回去。

爱是无法抗拒的。

人也许能够抵御任何严酷的自然环境，寒冷、炎热、风暴……能够忍受饥饿、干渴的生理极限，也能够承受酷刑的折磨而毫不动摇，但是却往往无法抵御爱的攻势。在爱的急流面前，很多人的心理堤防会很快崩溃，最终被裹挟而去。在安娜火一般的爱情面前，肖顿河那颗被坚冰护卫着的心似乎也在融化。

队伍在继续下撤，可是安娜却落在后面，离队伍越来越远了。队员们不断地停下来，回过身向安娜使劲招手呼喊，可她却仍然没有赶上来。冯米拉急忙跑到队伍最前头，招呼次仁旺青，要队伍停下，等着安娜。队员们都停下来，回头向山上望去，发现安娜并没有往下走，她在一个巨大的缓坡上转来转去。次仁旺青一手搭起眼罩，眯起眼睛向上看了一会儿，发现安娜手里还拿着一个圆筒一样的东西，上下晃动着，他不知道她在干什么。

安——娜——冯米拉扯开嗓子喊起来。

安娜，快下来——

几个同学也跟着喊，尽管肖顿河对他们说过，在雪山上有时不能大声喊叫，可他们还是此起彼伏地喊起来。

安娜回过头来，先是愣了一下，然后转身向山下跑来，晶莹的雪粉在她身后扬起，闪闪地反射着耀眼的光芒。她飞跑着，有好几次差一点像溜冰一样顺着雪坡滑下来，甚至差点儿滑倒在冰崖边上，可她又敏捷地稳住了自己，保持重心继续飞奔。

安娜，小心！有人紧张地提醒着。

安娜冲到大家面前，她两颊绯红，嘴里呼呼地喘着气。所有的人都聚拢过来，围在她的身边。安娜，你在干吗？冯米拉有点责怪地问。

你一个人在那里多危险啊。李莲莲说。

安娜，你到底在干什么呢？冯米拉还想刨根问底。

现在不能说。安娜有点神秘地笑了，她又说，等星星出来的时候，我再告诉你。咱们快走吧。

女生们又开始叽叽喳喳地往下走。

哎，你们发现了吗？咱们走的时候肖顿河的眼圈红了。

他一定掉眼泪了。

小川也是，我看见他流泪了。

真的？

我觉得小川这个人不错。

不知是谁感慨了一句，几个女生就更热闹了。有的说小川英俊，有男子汉的气质。有的说他长得像日本电影《砂器》里的男主角。她们说着说着竟站在原地不走了。

你们说考察队这次能登上顶峰吗？

我觉得一定能。有人说。

这一次准能成功。

为什么？

这时候陆兵也在旁边说，我觉得主要有两点。一是他们有这么多年的精心准备，条件已经成熟了；二是天气这么好，连天公也帮忙呢。所以，他们这次绝对能征服卡瓦格博之神。

哎，陆兵，你是不是觉得自己是恺撒大帝啊？安娜说，我觉得，征服这个词好像有一种敌意似的，我们到梅里雪山是为了体验她的壮美，是和大自然更亲近，所以我们的攀登是为了领略……

我们赶快走吧。安娜的话还没有说完，次仁旺青打断了她，他提醒大家，一定要在天黑以前赶到山下，要是耽误了时间，万一天气有变化，就会有大麻烦。

队伍又向山下移动了。

他们沿着次仁旺青在前面引导的路，艰难地通过一个个积雪深厚的雪坡，攀下陡峭的冰崖。

现在想想燕大校园多美啊。到了一个坡度缓一点的地方，大家都觉得又松了一口气，安娜忽然发出了这样的感慨。她说，过去我在那里总是匆匆而过，什么也不留意，这会儿才觉得那里的草坪喷泉，林阴小路，还有树下的长椅多可爱。这次回去以后，我一定要在校园里好好散散步。

我也这么想……李莲莲又问，安娜，你不是说有瑞士制药公司和你联系，你去吗？

安娜使劲点点头，昨天我还没有决定，可我现在已经决定了，就去瑞士制药公司。

那你可要远走高飞了。

嗨，大家注意了！

次仁旺青再一次提醒，他们这才发现又到了一个坡度比较陡峭的地段，每个人立刻绷紧了神经，不再说话，小心翼翼地跟着次仁旺青往前走，刚才轻松的气氛很快就被粗重的喘息声代替了。

忽然，次仁旺青停下了，他说，你们等一等，我马上就回来。说着他就向旁边的一个陡坎上跑去。大家站住脚，朝次仁旺青跑的方向望去，发现在陡坎上站着一位白发苍苍的藏族老阿妈，她的眼睛深藏在白色的眉毛和深深的皱纹里。她一手摇着经筒，嘴里喃喃地念叨着什么。在她的身边有一个被积雪盖住的玛尼堆，一对弯弯的黑色羊角从那里露出来。

她是谁？安娜觉得奇怪。这时她看见次仁旺青很谦恭地上前给老阿妈鞠躬，老阿妈不知对次仁旺青说了些什么。次仁旺青立刻就转身回来了，安娜发现他从来都是很平静的表情忽然变得有些惊慌，可是又在竭力掩饰着自己。他回过头，声音有些颤抖地对大家说，我们……要抓紧时间，快……快走！

次仁大叔，那是谁啊？安娜问。

呃……我们……快走吧。次仁旺青头也不抬地迈开大步向坡下走去。他的回避反而引起了大家的疑问和好奇，他们虽然跟着他向山下走，可还是忍不住接二连三地问，次仁大叔，她到底是谁呀？

次仁大叔，你怎么不说话了？

呃……呃，她是村里最年长的扎西拉姆阿妈，大家都很尊敬她。次仁旺青终于说。

我看她好像在念什么咒语呢。方玲说。

方玲你别瞎说，咒语是很可怕的。李莲莲有点紧张。

次仁大叔，扎西拉姆阿妈说了什么？安娜忍不住又问。

扎西阿妈说的事都很准，所以村里人有事都向她请教。次仁旺青答非所问地说。

那她刚才说什么了？安娜又问。

扎西阿妈说，要下大雪了，很大很……次仁旺青皱紧眉头想了想，又止住了。

不会吧？天气这么好。李莲莲抬头看了看说。

是啊，天气预报也说未来两天都是晴间多云呢。陆兵说。

我们，我们还是快走吧。次仁旺青语气坚决地说。

次仁大叔，你说扎西阿妈说的是真的吗？安娜追问着。

她说的事都很……很灵……呃……

安娜想起以前曾经听肖顿河说过，在山上的一个村子里，有一位藏族老阿妈，她会念咒语，而且她的咒语都很灵验……安娜不由得回过头看看山坡，扎西阿妈还远远地站在那里，几缕白色的长发在风中飘动，手上还不停地摇着经筒。安娜心里猛一颤，一把拉住次仁旺青焦急地问，要是下大雪，登山队怎么办？

雪下大了，大本营就会通知他们下撤。次仁旺青说。

安娜抬头向山顶望去，天还是那么高，那么蓝，雪山还是那么宁静，熠熠地闪着寒光……还有两天他们就要冲顶了……他们不会下撤的……她自言自语地说。她已经了解了肖顿河和小川原兵卫，他们说这一次无论如何也要登上顶峰，这意味着……她又一次扭过头去，扎西阿妈不见了，就像一阵轻风飘得无影无踪，只有挂在树枝上的五彩经幡还在飘飞着。

安娜忽然站住了，她看看大家说，你们快走吧，我要回去。

回去？我们是在回去呀。冯米拉奇怪地说。

安娜，你要回哪儿啊？李莲莲也疑惑地问。

我要回考察队。安娜说。

所有的人都惊呆了，连次仁旺青也怔住了。

安娜，你要干吗？

我要回考察队，我一定要回去。安娜说。

安娜，我们是一起来的，可你却要留下，这怎么能行啊？安娜，我们还是一起走吧。冯米拉说。

不，你们走吧。安娜说。

要不，我们和你一起留下……陆兵轻轻地说。

好了，别说了，再见吧。安娜说完，就转身往回走。

安娜，你干吗这么固执啊？冯米拉着急了，想拉住安娜，可安娜却挣脱她的手，头也不回地走了。

这时，陆兵追上安娜，把一个保温杯塞进她的登山包里。

大家都呆呆地站在原地，看着安娜走远了。忽然，冯米拉好像醒悟过来，飞快地跑着去追安娜，登山包坠得她的身体左右摇晃着，她一边跑一边喊，安娜，等一等，安娜……突然她滑倒了，顺着一个小陡坡滑下去，陆兵和另外几个男生慌忙冲过去，却跟着她滑下陡坡。等他们从坡下爬上来，安娜已经走远了。冯米拉的眼泪差点涌出来，她扬起胳膊，朝安娜高声喊着，安娜，快点回来，我们在学校等你……

安娜的身影渐渐变成了一个小红点，可队员们依然默默地站立在原地，几个女生还在不停地向那片耀眼的冰雪世界招手。在次仁旺青的一再警告和催促下，他们才转身向山下走去。冯米拉还是忍不住扭过头去，可是那个小红点已经看不见了，只有冰雪在阳光下闪着白惨惨的古怪的光。

77 坠落的山鹰

　　安娜奋力地向上攀登。她走的是前些天上山和今天下撤的同一路线。她对地形已经有了点印象，特别是下撤时有了次仁旺青的指引。她一开始走得很顺利，就把注意力放在了速度上。因为她是在接近山腰的地方开始重新攀登，所以，必须抓紧时间，要赶在夜幕把山峰完全遮黑之前赶到5300米的2号营地，这样，就可以在第二天追赶肖顿河他们的突击队。

　　夕阳擦着西边的山脊慢慢地落下去，淡淡的雾气在山谷的底部缓缓地升上来，远处的山腰间，已有几条薄绢般的白色飘带在轻轻飘荡。在映着夕阳的梅里主峰顶部，不知什么时候也戴上了一顶镀着金边的白帽。

　　安娜停下脚步，把防护眼镜推到额头上，以便真切地看一眼日落前的景色。她感到奇怪的是，眼前好像罩上了一层薄薄的云，无论往哪个方向看，都有一块半透明的白色的帷幕，她分不清哪儿是路，哪儿是冰雪，哪儿是山谷深渊。她怀疑是自己看错了，就摘下厚厚的手套，用手背揉揉双眼，然后又闭上眼睛稍微休息一下。因为一路上快速攀登，她一直机警地躲避着可能的危险，眼睛很疲劳。她就闭上眼睛稍稍休息了两三分钟，等她再睁开眼睛的时候，不禁大吃一惊，夕阳在这短短的时间里隐没了，天空和雪山已经陷入了一片朦胧的昏暗之中，仿佛云翳一般的雾霭不仅没有散去，反而更浓了。她有点儿紧张，睁大眼睛向山上搜索，远处隐隐约约有几个像帐篷一样的东西，啊，营地就在前面，快到了。安娜禁不住一阵高兴，从登山包里取出蓝色的派特滋头灯戴上，这是小川原兵卫送给她的一种法国最新产品，很轻巧，可以持续照明150个小时。安娜拧亮头灯，一道明亮的光柱穿透了眼前蒙蒙的雾障，她看清了路，还要爬过一个冰坡。

她拧开保温杯喝了几口水，这是陆兵给她的。多么好的同学啊，跟他们在一起，总能感受到一种信赖，可现在只有她一个人了，而且被冰雪严寒、黑暗孤独包围在这几千米高的雪山上。尽管如此，安娜的力量丝毫未减，因为前方就是营地，那里有她的爱。肖顿河，你知道吗？此时此刻我正在这险峻的雪山上一步步向你走来，我……我回来了……哦，真费劲儿，每走一步都很费劲儿，让人觉得呼吸不太顺畅，甚至有些憋闷。安娜前进几步就要停下喘口气，她的两手一左一右，用力地挥动冰钩，锋利的钩尖深深地扎进冰里，脚上的冰爪也刺进坚硬的冰面，她就这样一步一步向冰坡攀上去，她忘了疲劳，忘了饥饿和危险，奋力向上攀登着……

忽然她觉得有点儿不对劲儿，前些天上山和今天下撤，都没有爬过这么长的冰坡，她抬头向上看去，冰坡的前方竟然是一个突出的悬崖！她从来没有看见过这样的悬崖，黑暗中狰狞得像一头张开血盆大口的巨兽，仿佛要把她一口吞下去。坏了，这是爬到哪儿了？惊恐摄住了她，她觉得自己的心在发颤，自己的身体在发颤，她突然想起了昨天夜里梦见的那只山鹰，从寒流滚滚的高空坠落下去……不，不……肖顿河你在哪儿？快来救我……快来……

她又一次向上看去，心里更加恐慌，那悬崖就要倾倒下来，那巨兽就要把她吞没了……她向两边看看，没有退路，冰坡很宽，而且不知道要爬多远才能看见边缘。安娜有些绝望，呼吸更困难了，体力正在大量地消耗着，哦，快来救我……快来……泪水一下涌了出来，但她很快克制住自己：要镇静，要稳住，要想办法……她低头向下看去，下面很远的地方，有一片迷蒙幽蓝的光，仔细看看，是一个巨大的Ｖ字。啊，那是我写的，是我写的，胜利是属于我的，我会胜利的。先下去，慢慢地下去，退到冰坡下面，然后……

安娜定了定神，屏住气息，用全身的力量稳住自己，用冰钩钩住冰面，先向下探出一只脚，用冰爪站稳，然后再伸出另一只脚，就这样一步步向冰坡下面退去。一步，两步，三步……每一步都紧紧地绷着她的全部神经，消耗着她全身的力量。她坚持着，走得一步比一步更稳，头脑也更冷静。多么漫长的路啊！仿佛走了几年，几十年，她终于下来了。

她的一只脚踏上了冰坡下的平地，然后她小心地从冰面上拔出冰钩，另一只脚也着了地——她踩上了一块圆滑的冰石……她的脚滑了出去，身体突然失去了平衡，背上沉重的登山包带着她向后仰去，她挥动着还牢牢抓在手里的冰钩，想抓住什么，可什么也没有抓住，她坠了下去，头上的照明灯在夜空中划了一道明亮的弧线……

冰峰雪谷中仿佛回响起一声鸟鸣，悠长婉转，又凄厉惊骇，让人想起在大海上灰蒙蒙的雨雾中穿行的鸥鸟，一只孤独的鸟……

78 发光的 V 字

在冰坡左侧不远的一个缓坡上，肖顿河和小川原兵卫正站在5800米的3号营地的帐篷外面四下观望，肖顿河俯瞰着山下很远的地方，忽然发现那里出现了隐隐约约闪烁的蓝光，美丽而奇异。小川君你看，那是什么？肖顿河问。

小川也看见了，呵，好像是……是一个字……他说。

他们发现那蓝光看起来就像一个巨大的V字，真的是一个V字。

是谁在这里做的标志呢？小川很激动，多美啊！一定是梅里女神的手笔。我去拿照相机。说着，他钻进了帐篷。

肖顿河继续眺望那片幽蓝的光，在白色的雪谷中闪闪烁烁，如同夏日夜晚天上的星河。呵，梅里女神，这真是你的手笔吗？多么神奇，又是多么神秘啊。他在心里祈盼，但愿这次冲顶能够成功。他想，等这次考察结束，他要以最快的速度回家，进门一定先给陈晓薇打电话，他要对她说，晓薇我想你，请你回来，让我们的生活从头开始……还有，他要告诉安娜，他和小川在这样的夜晚，看见了一条蓝色的星河。安娜，你已经到达大本营了吗？也许我真的伤了你的心，可我必须这么做，因为晓薇，我是个男人，男人就要有意志力，不然……安娜，我只希望你不要生我的气，安娜……肖顿河在想。

小川原兵卫拿着照相机来到他身旁，见他沉默不语就问，顿河君，你在想什么？

我在想……不知道安娜……不知道他们怎么样了。他不想对小川隐藏自己的内心世界。

安娜爱上你了，顿河君。我觉得，你不应该这样对待她，你太伤她的心了。小川原兵卫说。

肖顿河没有说话，过了一会儿才听见他在自言自语，其实……你不忍心爱她……

……

小川原兵卫轻轻地叹息了一声说，谁叫我们干登山这一行呢？

肖顿河忽然说，可我们会成功的！

就在这时他忽然看见在他右侧的冰坡下面，有一个亮光闪了一下，就飞快地坠了下去。看，那是什么光？他说着，一把抓住了小川原兵卫的胳膊。

可……可能是流星吧。小川原兵卫顺着肖顿河指的方向看看，举起了照相机。

流星？

小川开始对焦距，在镜头里他的视野变得清晰起来，他看见山下的那个巨大的 V 字，原来 V 字上面开口的部分，还隐约有一道发亮的弧线，这样看起来就像一个巨大的心的形状。

顿河君，你快看，那是什么？

肖顿河接过照相机，向那片蓝光望去。哦，是一颗心，一颗晶莹的心。他忽然想起安娜好像在那片冰坡上用荧光干粉喷过什么。是安娜，一定是她。他忍不住叫出来，安娜——肖顿河放开嗓音，向着雪谷呼喊起来，泪水滚落在他杂乱的胡须上……

79　瓶子里的话

肖顿河带着登山队开始向海拔6300米的4号突击营地进发。

下雪了，虽然气象预报说没有雪，但是登山队在出发前还是把下雪考虑在登山的不利条件之内，并做了充分的准备。在梅里雪山这么多年艰苦的观测、记录、勘察，不就是为了摸清它的"雪脾气"吗？攀登雪山，只要摸清了它的降雪、积雪、雪的运动规律，成功就有了把握。

十年的心血没有白费啊。肖顿河默默地想。从攀登途中进行的实地考察来看，积雪的分布情况，雪崩发生的概率，还有雪崩的通道，几乎都与观测的情况相符。

肖顿河把冰锥深深地插进冰壁里，站稳脚跟，回头看看，茫茫雪幕中，十几名穿着红黄两色保暖服的登山队员正排成一字，沿着山脊蜿蜒着向上运动。他们使用了各种先进的攀登器材，沿途铺设了几千米长的线路绳和保护绳，在冰裂缝密集的地方还架设了金属梯。在危险地段插上了红色小旗，安全地带插上绿色小旗做标志。

肖顿河认为这是一支训练有素的队伍，也是一支经验丰富的队伍。在中方队员里，有的队员已经参加过上百次攀登行动，有的还攀登过珠穆朗玛峰。日方队员中也不乏登山老将，比如浅野盛宏，他在很多国际登山活动中都有过出色的记录。一想到日方队员，肖顿河的心忽地往下一沉，哎呀，小川原兵卫呢？他一看海拔表，已经接近6140米的高度了，他猛地高喊了一声，小川——

哈——伊——我在这儿——

在身后不到十米的地方，肖顿河发现了他。

有情况吗？肖顿河指的是小川每到这个高度都要出现的恐惧症。

情况……没……没什么……小川回答。

肖顿河又问，到底怎么样？

真的没什……什么。小川来到肖顿河身边时，呼哧呼哧地喘着粗气。

肖顿河替他拍拍身上的雪，说，老伙计，还有一百米，一定要坚持住啊。

OK。小川原兵卫做了一个很夸张的手势，擦过肖顿河的身边，继续向上攀登。肖顿河决定跟在他的后面，以防万一。

天快黑的时候，他们到达了预定的6300米4号营地的位置。肖顿河万万没有想到，在预定位置无法扎营。表面上这里的山势略微平坦一些，很适于扎营，可是积雪太厚了。肖顿河仔细查看了一下周围的情况，不觉倒吸了一口冷气，这里已经接近6740米的峰顶，风力非常强劲，大量的降雪不是顺坡而下堆积，而是被风抬升到了营地周围，形成了一个底部狭小的积雪平台。如果在这个平台上扎营，万一平台底部突然垮塌，全队就会在一瞬间被埋得无影无踪。

茫茫大雪中，全队人的目光都看着肖顿河。

4号营地的位置，是肖顿河这十年来倾注了大部分心血的地方，也是突击营地的位置。真正的攀登——冲击峰顶的行动实际上要从这里开始。肖顿河一年又一年地参加攀登考察行动，每一次都要登上这个高度，有几次，他甚至一个人单枪匹马地闯到这儿，6300米，是他心中的一块圣地。

他选定的这个位置坡度略小一点儿，它上部的坡度比较陡峭存不住雪，也就是说发生雪崩的可能性很小，而且，在这个位置上可以选择几条突击峰顶的路线，真是进可以攻，退可以守。正因为这是个理想的位置，肖顿河才没有更多地考察和选择别的地方。

大家看怎么办？肖顿河看着站在飞雪中的十几名登山队员，他提高了嗓音问。

有人主张继续向上，在更高的海拔寻找新的宿营地，理由是现在已经是6300米了，再往上，越接近峰顶，发生雪崩的概率越小，越安全。

万一上面没有地方宿营怎么办？有人问。

也有人主张下撤，到6200米的地方宿营，但是多数人坚持原地宿营。

肖顿河把目光转向了一直在旁边一言不发的小川原兵卫。小川君，你认为呢？

我同意原地宿营，但是位置应向西移动到山脊上。小川原兵卫说。

为什么？老资格登山家刘宝明问。

因为在同一水平上，山脊的位置最高，雪崩总是沿着山脊下方的陡坡运动，而不会跃上山脊，所以山脊是安全的。小川说。

我不同意。这里的积雪特别厚，尤其是今天这样的降雪，上部的坡度大，雪崩的冲击力也大，一旦发生，很可能越过山脊……刘宝明的嗓子被一阵狂风堵住了。

天黑了。肖顿河拧亮了头上的照明灯，他又一次直视着小川原兵卫的脸，严肃地问，你再说一遍，到底在哪里？

在山脊上。小川很干脆地说。

你能保证吗？我告诉你，全队人的生命就攥在你的手里啦。你能保证吗？肖顿河又追问了一句。

我保证。小川原兵卫语气很坚定。

那好，我们就在山脊上扎营吧。肖顿河宣布。

不行。在山脊太危险了。刘宝明喊起来。

那你说在什么地方？肖顿河火了。

我觉得还……还是应该在远离山脊的下坡，在……那里找地方。刘宝明咳嗽着，仍在坚持。

我建议大家分头去找，找到位置到这儿来集合，再研究决定。徐一航说。

都什么时候了？天再黑，就什么也看不见了。有人说。

次仁旺青——你说呢？肖顿河大声喊道。

没有声音。

嗨，你说呀。肖顿河又吼了。

他不在，你不是让他下山护送大学生了吗。有人提醒他。

……

肖顿河拍拍自己的脑门，说不出话来。

我们在珠峰的时候，从来也没在山脊上扎过营。刘宝明坚持说。

这里不是珠峰。这是卡瓦格博峰。日方队员浅野盛宏嗓门也很高。

我认为还是应该在山脊上扎营，我研究了这么多年的雪崩，从来也没有找到过在山脊上发生雪崩的例子。

小川原兵卫也在坚持。

不要再犹豫了，就这样决定吧。日方队员羽田俊太着急地说。

好吧，那我们就在山脊上扎营，一切后果由小川负责。肖顿河咬了咬牙，狠狠地说。

雪越下越大。

晚上，肖顿河钻出帐篷，他的眼前是一片浓重的雪幕，在呼啸的狂风中翻卷着，飞舞着，旋转着。他举着照明灯仔细观察，情况果然像小川原兵卫所说的那样，由于风力的作用，山脊的雪被风刮得很干净，有些地方甚至都露出了岩石，而在山脊两侧，雪却在堆积。他还不放心，又钻进帐篷，把自己全副武装起来，然后沿着山脊向上攀登了三十多米，去观察上部的情况。上部的情况与小川的判断也基本一致。他松了一口气，返回来，在帐篷门口拍掉身上的雪，又钻进去。然后他和大本营通了话，汇报了到达6300米后在营地选址上的争论和最后的决定，大本营中日双方的总领队经过研究，表示同意突击队的决策并祝他们明天冲顶成功。

通完话，肖顿河松了一口气，他想好好睡一觉，明天就要再一次突击顶峰了。

夜深了，雪还在下着，可是呼啸的狂风却渐渐变弱，平息，后来就无声无息了。雪幕不再那样疯狂地翻卷、旋转，而是悄无声息地从天宇上沉沉地垂挂下来，给卡瓦格博峰的悬崖峭壁、陡坡深谷、山脊沟壑铺上越来越厚的雪毯。雪也在登山队宿营的山脊上静悄悄地堆积起来，越积越厚，渐渐地与帐篷齐平了。

这是致命的堆积。因为先进的雪山帐篷具有很强的保暖、抗风和抗压作用，外面的风力和积雪再有变化，里面的人也很难察觉。大雪失去了风力的输送作用，就在山脊上方堆积起来，因为坡度太陡，雪堆积到一定厚度，就开始向下坡流动。起初是涓涓细流，在流动中它越来越大，也越来越快，终于变成了一股雪的洪流，沿着山脊直泻而下，很快就掩埋了所有的彩色帐篷……

我来替你吧，这样你就可以安心地睡觉了……

肖顿河迷迷糊糊，好像听见有人在说话。这是谁？唔……是安娜……安娜，这个多情的倔强的女孩子，你在哪儿？

忽然，他看见一只豹子跑来了，它在雪地里奔腾跳跃着，飞快地向他扑来。他拼命地奔跑，豹子咆哮着，毫不放松地追着他，直到把他压倒在雪地上。他奋力挣扎，想爬起来，可是豹子是那么沉重，它巨大的身体把他压在身下，不让他喘息，还咬住了他的喉咙。呵……他觉得就要窒息了，他继续挣扎。不，让我起来，他妈的，你这该死的豹子，让……让我起来……他觉得喘息越来越困难了。我……我要死了……真的要死了吗？死是一种什么感觉呢？闭上眼睛，停止呼吸，不再想什么，可现在还没有死……肖顿河相信自己还活着，他觉出自己还在呼吸，还有很多东西在脑海里划过，远远近近，飘飘闪闪……

他曾经见过死者，面容安详平静，就像睡着了一样。那天许大勇拿着照相机去拍照，后来……后来怎么了？他努力回想着。许大勇掉进了一个30多米深的冰裂缝里，他们把他救上来，他解开衣服，把他冰冷的身体捂在胸前。后来，许大勇的眼睛微微睁了一下就闭上了，再也没有睁开……他觉得眼泪从心底里涌上来，凉冰冰的，又从喉咙里流下去，那时想起了什么？也许什么都没想，他的脑海里一片空白，如同死了一般……那时自己就死了吗？不，也许现在正在死去，眼睛是这么不听话，怎么也睁不开，想说话也发不出声音。

他觉得因寒冷而挛缩在一起的身体一点点松弛了，他挛缩得太久，心都累了，累得不能舒畅地喘一口气。现在这种松弛的感觉很好，好像爬到了一个高处，把手里的绳索松开，让身体落下山崖，轻飘飘的。有一次他从一个山坡上跌落下来，就是这种感觉。一个自由落体，毫无恐惧，什么也不想，一切任其自然，就像天上的飞鸟，那会儿他觉得自己是一只鹰，往下俯冲的鹰，鹰在俯冲时样子是那么轻捷，他很羡慕。

　　他觉得四周温暖又寒冷，蓬松的棉花，迷蒙的雪雾，忽然，他很想说一句话……他张了张嘴，却没听见说什么，自己想说什么？唔，他觉得心里很清楚，这句话就在嘴边，过去总是说，晓薇……哦，对了，那张纸条上写的就是这句话，它埋在那片种着向日葵的地里……

1997年12月—2001年12月于济南

图书在版编目（CIP）数据

绝顶 / 张海迪著. -- 北京 : 中国青年出版社,
2025. 1. -- ISBN 978-7-5153-7301-0

Ⅰ. I247.5

中国国家版本馆CIP数据核字第2024BX7243号

责任编辑　孙梦云
书籍设计　IDEA·XD + 刘清霞

出版发行　中国青年出版社
社　　址　北京东四十二条 21 号
邮　　编　100708
网　　址　www.cyp.com.cn
编辑中心　010-57350394
营销中心　010-57350370
印　　刷　北京盛通印刷股份有限公司
经　　销　新华书店
开　　本　710mm×1000mm 1/16
字　　数　333 千字
印　　张　28
版　　次　2025 年 8 月北京第 1 版
印　　次　2025 年 8 月北京第 1 次印刷
定　　价　98.00 元

如有印装质量问题，请凭购书发票与质检部联系调换
电话：010-57350337